煮命

石也 著

黄河出版传媒集团
宁夏人民出版社

图书在版编目(CIP)数据

煮命／石也著．—银川：宁夏人民出版社，2015.10
ISBN 978-7-227-06138-0

Ⅰ．①煮…　Ⅱ．①石…　Ⅲ．①短篇小说—小说集—中国—当代　Ⅳ．①I247.7

中国版本图书馆CIP数据核字（2015）第261259号

煮　命　　　　石　也　著

责任编辑　陈　晶
封面设计　伊　青
责任印制　肖　艳

黄河出版传媒集团
宁夏人民出版社　出版发行

地　　址　银川市北京东路139号出版大厦（750001）
网　　址　http://www.yrpubm.com
网上书店　http://www.hh-book.com
电子信箱　renminshe@yrpubm.com
邮购电话　0951-5052104
经　　销　全国新华书店
印刷装订　宁夏银报印务有限公司
印刷委托书号　(宁) 0002470

开本　787mm×1092mm　1/32
印张　12.75
字数　260千字
印数　2300册
版次　2015年11月第1版
印次　2015年11月第1次印刷
书号　ISBN 978-7-227-06138-0/I · 1560

定价　36.00 元

作者简介 ZUOZHE JIANJIE

石也，男，1977年出生于宁夏中卫南部山区一个叫周涝坝的小山村。宁夏财经学校毕业时意外致残（左半身不遂）。一边务农一边写作，先后发表小说、散文、诗歌百余篇，出版长篇小说《尘事》，累计发表出版近百万字。系宁夏作家协会会员，中卫市作协理事。现为中卫市刊《沙坡头》特约小说编辑。

过去的风景

（自序）

在文学的路上，已经跌跌撞撞走了十数年，但让人愧疚的是，一直没能写出让自己满意的作品，甚至没能追索出这样日复一日读写的意义。但我又不能停下来，一门心思地去做其他更实效实用的营生，读写这事，已然深深嵌进我的肌理和灵魂，成了日常生活的一个情态。

在苦闷又愉悦的读写日常中，我先后写过数十篇“小说”（加引号是因为我吃不准我写的文字能不能算小说，即使算，也还不是我想要的那种味道）。即便如此，这些拉拉杂杂的文字曾是我的骄傲，也曾给我带来无限的生趣。然而，随着时光的默然流逝，随着自己的认知水平的逐步提高，我越来越觉得这些文字幼稚、生涩到可笑。

经常和文友探讨各自作品的回顾和否定等命题，我们发现漫长的写作过程犹如人的成长，总是在自我的不断否定与修缮中螺旋式上升，直至达到某种我们或可稍微满意的程度。

挑选、梳理和修改这些疑似小说的时候，我发现每一篇文字都或多或少地映照了我某个特殊阶段的生活，或者对生活的思悟，尽管这映照很多时候是走了样的，甚至与初衷相背离。也就是说，这些文字于我，有其存在和保留的价值。这些文字几乎全部在区内外文学刊物上发表过，但以我越来越严格的文学审美来看，都显幼稚和粗糙，充其量就是爱迪生的第三只小板凳。

我很庆幸今生选择了文学，是文学给了我信心、阳光、温暖和爱，是文学让我体验了别样的人生况味。回首自己的文学路，那一个个辛酸又甜腻、快乐又忧伤的片段，不时跃入脑海，强迫我一遍一遍地回味、反刍。我忘不了学生期间，我的文字被同学抢去一个接一个地传抄，完了又大声赞叹的情形；我忘不了伤残后信手涂鸦的第一篇文字别别扭扭写在妹妹的作文本上，不顾姐妹们的反对倔强地誊写一遍，最终见刊的那份难言的激动；我忘不了第一次收到稿费，心底陡然升起的那种饱满的信念和热望；我亦忘不了第一次参加青年征文大赛，组委会寄来证书和奖品，我兴奋得手舞之足蹈之的那癫狂劲儿；更忘不了我为爬格子而置窘迫的生活于不顾，焦虑、困惑、忧伤，甚至绝望，被人讥笑嘲弄，有劲没地使，恨不得一拳捣碎自己脑壳的那种难挨煎熬……林林总总，不一而足。

我相信这些都是我今生不可缺失的宝贵财富，我将从中汲取足够多的养分为我喜爱的写作服务，同时也会给我晦暗错桀的人生以多彩注脚，和更多向好的可能。就是在这种体悟下，我又重新审视了自己的这些文字，觉得它们好孬也是我一路走过的风景。这风景，随着指尖敲击键盘哗然流出，然后又静静地驻足于内存或纸页上，静静等待懂她欣赏她的游客或路人。当然了，路人甲和路人乙在欣赏同一处风景的时候，得出的结论很可能大不相同，甚至完全相反。

与文字结缘，是我的福分。如果没有文学的点缀和滋润，我晦暗的人生将更加晦暗，我惨淡的前路也将更加惨淡。幸运的是，从小就有的读写爱好或者说是习惯，适时地将我从命运的泥沼中打捞出来，给我原本枯涩、乏味、无趣、疼痛的生路注入一些活力，这活力又是源源不断、永无穷尽的。所以，我得像珍惜自己的生命和名誉一样，好好珍惜与文学的缘分。

基于这些考虑，我决定出一部短篇小说集，好为自己前期的写作做一个小结，做一次集中展现，同时也想为下一步的读写生涯做次有益的探索。

早期的小说稿比较凌乱，筛选起来也颇费心思，个别篇目虽然我个人比较喜欢，并且坚定地认为它曾代表过我的风格，但种种原因使我不得不忍痛割爱弃之不选。我只能选取一些稍稍符合大众口味的篇目，所选篇目百分百在本地一些刊物上露过面，然后又全部默然无声地黯淡在我的文库里。先期我已经再三订正过，饶是如此，差错和谬误也在所难免，敬请读者朋友谅解。

看过一些不同量级的作者的文集或小说集，发现大家给集子命名的通行做法是，选取内里其中一篇的题目做书名。轮到我要出小说集的时候，我毫不犹豫地给它命名为“煮命”。我曾写过这样一个短篇，但它并不是最能代表我写作风格的一篇，甚至不是我喜欢的一篇，之所以给这部小说集如此命名，是因我很喜欢这两个字所蕴含的那种不可言说的无奈和疼痛。我觉得，人人都蒸煮在自己命运的大锅里。当然，这蒸煮因人的不同，得出的感觉也不同，有的人体验到的是幸福，有的人感受到的是磨砺和痛苦，更多的人，则在五味杂陈的迷香中寻找那宽慰人心的少得可怜的一点感动。但任是谁，终究也逃不过命运的蒸煮。

有朋友建议我找个名人或要人为我写序，我思量再三，还是决定自己写，理由有三：其一，但凡劳人大驾，须酌量给人酬劳，这是常情，不可违背，而我钱袋空空；其二，名人或要人最是注重名誉，请人写序，别人未必能透过文字看到我内心，完了必定还要劳烦他们稍稍美言几句，倘若我真的写得一塌糊涂，“强说好”的结局是，毁损他人的清誉，这不好；其三，既然是自己要出书，我喜欢从头到尾全是“石也制造”的感觉。

临到出版小说集，我觉得这些话必须要说，权作出版前的一些必要说明。

目 录

麻　花

在电脑上随便敲上一个人名，比如张三，就能搜索出成千上万个条目。就是说，现实生活中叫张三的不乏其人，而且来头不小。你随便说出一个或几个正常的或离奇的事件，比如绯闻啦，生病啦，出书啦，贿赂啦，上当啦，受骗啦，婚外恋啦，走霉运啦，当老赖啦，打架斗殴啦，非法集资啦，门挤着头啦，脚踩着屎啦，坑蒙拐骗偷啦，做好事不留名啦，等等。没准，现实中的张三们迟早会遭际你编的这些事，这有点像学生做的连线题，你不经意的一划拉，人物和事件就对应起来了，现实中每分每秒都在发生这样那样的事，谁身上发生什么事也不奇怪。世界大了，什么事都可能发生。正因为这样，我们编的故事才有了现实的依托，你安排在张三身上的事才不会让人打眼一看就觉得是无中生有的瞎话、胡话。杜芳说她当初念书的全部兴趣就在做连线题上，她喜欢把一些人一些事物和一些情景联系起来，她还希望某根看不见的线线把自己和别人连起来，借机把自己推销出去。她的想法搁到现在也算超前的，但是她下手仍然迟了，别人挑来拣去地就剩我这根烂葱了，没有选择的余地了，没有自由发挥的机会了，才不情不愿地搭上了我这辆破车。

我常对杜芳编一些瞎话、胡话，可怜的杜芳竟信以为真，惊讶的嘴巴一遍一遍地张大、聚拢。杜芳其人其貌不扬，身材矮小、体态臃肿，是女人中的武大郎。可爱之处是小巧的嘴巴总能鱼儿似的吐出一串一串滔滔不绝的傻话。最早认识她的时候，我们正上初中，我俩同桌。她的人缘不错，在班里十分活跃。同桌的机缘，让我和她也有了些许接触，每当她被我哄得一愣一愣，总是眨着一双极具穿透力的水汪汪的小眼睛，用那对黑豆样的眼珠直盯着我，像是要逼视出我眼底的谎言。她的快人快语、小巧的嘴以及黑豆样的眼珠在当时十分让我着迷，异性间的神秘气息更是吸引着我，于是我就卖力地编瞎话讨她的欢心。当我正正经经地告诉她，我给她讲的故事全是现学现卖的瞎话时，她竟然不信，拳头雨点般地落在了我瘦瘦的肩膀上，嘴里一遍一遍地嚷嚷："你坏、你坏。"

那时节，我和杜芳们还是一群懵懂无知的小屁孩，对世界一无所知。我之所以能对杜芳夸夸其谈地大编瞎话，全是课余时间埋头苦读的结果。杜芳不懂。我不说。我不能确定心里有没有喜欢过杜芳，我也不知道我们的纯真友谊能维系多久，心里茫茫然地没个头绪。不久我们就初中毕业，各奔西东了。我顺利升入高中，杜芳则直接招工进了县农机厂。那时节杜芳终于确信我曾讲给她的许多故事是我信口开河胡编的瞎话，竟对我生出无限的敬佩和羡慕来。杜芳的信雪片一样从农机厂飘进我就读的学校，有时她还不顾劳累地直接到学校听我说瞎话。我当时课业正紧，无暇旁顾，再说注意力早不在杜芳身上了。

直到我升入一所专科学校，杜芳的信还是一封接一封情意绵绵地涌进我班的信箱，掌管信箱钥匙的班长笑说她成了我的专职邮递员。我当时对此极为光火，因为其时我正经历着我的初恋，久攻不下。我不想让任何人任何事在这节骨眼上影响我，这种时候一封远方的异性来信的杀伤力不可低估。通常，我的策略是置之不理，但这并不妨碍杜芳的创作热情，她的信越写越长越写越厚，到后来我实在懒得看了，就顺手把信丢给舍友代为拆阅。杜芳的来信在某一天戛然而止，之后听说她不断变换男友，速度之快令人吃惊。杜芳这些不光彩的情事传入我耳后，我果断决定从此不理杜芳，就算迎面碰到也要假装不认识。

数年后，县农机厂倒闭，杜芳和她的工友们一道有幸成为本县史上第一批下岗工人。造化弄人，我从学校毕业后意外摔成半身不遂的废物，险些丢了性命，也因此丢掉了唾手可得的工作，痛心痛肺的初恋也就此宣告结束。煮熟的鸭子飞了，快要煮熟的鸭子也飞了，从此拖着伤残的躯体和心灵再次回到了家里，守望着无边无际的苦崖。我和杜芳的年龄其时正当婚嫁，我们各自经历了一些或多次伤情故事，颗粒无收地回到同一起跑线，而我们已不再是原初的我们。就是说，正当我低三下四地向意中人表白的时候，杜芳的情人们正搂着她越来越不娇贵的饱满的身体上下其手。这些恋情之所以统称为伤情故事，是因为我和她都不同程度地受到了伤害，我摔得不成人形，她落得声名狼藉。更要紧的是我们越发没有市场了，不值钱了，拿不出手了。我们都未被采纳，惨遭淘汰，被爱情的大手抛弃了，从感情的竞技场上出局了，out了。

直到有一天，我们两个情场上的伤兵、败将，游弋了太久的目光重又神奇地紧紧纠缠到一起，要命的是两家大人极力把我们往一起推，好像我们真是天造地设的一对鸳鸯。和杜芳重新认识后，过往的深交竟然再次点燃我们的情爱之火，我不计较杜芳曾经浮躁的情事和越来越不光彩的声名，杜芳不在乎我已然走样的身体，让那些虚头巴脑的世俗见鬼去吧。我们把恋爱的程序省略掉了，我们结婚了，我们过上了惯常的日月，我们开始为柴米油盐算计了再算计。我感觉我从来没有真心爱过杜芳，能和她结婚实在是生活和生理的需要。我对杜芳笑说，老师当年安排男女生同桌，确实有乱点鸳鸯谱的意味。我由此得出结论，人世间什么事都有可能发生，两个原本毫无关联的人，让老师的大手随便一点拨，各自再经过一些乱七八糟的事后，竟然能巧妙而又熨帖地结合到一起。天下之大，无奇不有！杜芳却持反对意见，她说才不是呢，她固执地认为我和她的结合是缘分使然。天知道，鬼知道，我不知道。

我和杜芳的婚姻生活不和谐，更谈不上幸福。是上苍的败笔，月老的耻辱，老师的误判。杜芳归结说这是因为我太窝囊，谁谁谁只念了小学二年级，日子却过得比谁都滋润。这种鬼话最让我来气，但是我又没办法让读到肚子里的书立马产生功效。我只能忍气吞声地左耳进右耳出。杜芳越是唠叨，我越要排除干扰努力读书，我骨子里也越看不起杜芳。

也是给闲的，我后来居然照猫画虎地写了几篇类似小说的稿子，不想竟被市内一家刊物选登了。随后杂志社寄来的稿费让杜芳喜出望外，她笑得花枝乱颤，笑得地动山摇，笑得胖脸上堆满了褶子。她拍着手说好，这办法也能挣到钱，真好。杜芳鼓励我接着干、好好干，就这样一天写一篇，一篇挣个百儿八十，等将来我们的孩子出世的时候，我们也可以攒够上城里买房子的首付了。我最讨厌杜芳的这副嘴脸，对她的如意算盘我只能报以冷笑。可是，我什么农活也干不了，只能成天待在家里打发日子，只有不断读书写字才能让我找到内心的安宁，累了困了就到街上溜达溜达，除此我别无所能。一篇满意的稿件的新鲜出炉对我的激励不言而喻，我没办法停下来，唯有这样，我才觉得活得充实。杜芳不停嘴地唠叨，到手的精巧构思经常被她惊得烟消云散，气得我哭笑不得。我一旦表示出这层意思，杜芳倒觉得不耐烦了，哎哟，你整天蹲在家里，风吹不着雨淋不着，冷了走到热处，热了躲进凉处，哪里知道下地干活的苦处，还娇气得说不成，明天你和我一起下地试试！

可是，我不能。沉默，等于主动放弃话语权，是消极的抵抗，却是我此刻最从容的对策。

冷战之后，我依然伏在书桌上，构筑我的精神图腾。接下来，我把心力全部用在一个中篇的构思上。我的主人公是一个出身寒微的农家子弟，他从小就立志长大后要挣最多最多的钱，过最好最好的生活，他读书不多又一无所长，有的只是一副强健的体魄。在他成长的过程中，他受够了窝囊气，赚足了旁人的口水，赢得了无数的大鼻涕，同时也学会了溜须拍马、阿谀迎奉之术，且深谙处世之道。独独没有挣上钱。不想他那见不得光的“特长”却让他今后的成长一顺百顺，得心应手。不知怎的，几年后他竟混成乡上电石厂的总经理。该青年的资产一路飙升，像见风就长的野草，财富的雪球越滚越大。青年终于实现了儿时的梦想，成了富甲一方的富豪，声名显赫的企业家。不想他心理的阴暗面却也野草般疯长起来，他开始记起曾遭受的歧视、屈辱和泪水，他决定用非常手段答谢那些为他的成长做出努力的人们。在骤然暴富和心灵扭曲的双重重压下，青年企业家仍然洁身自好，他不抽烟，不喝酒，不打牌，也无嫖娼记录。只有一个毛病，他喜欢拿钱砸人，砸到谁归谁。这几乎成了他唯一的爱好。发迹前他没法成家，发迹后的他不愿成家。他挥出的钱和肉包子打狗是一个意思，根本没有回来的道理。他高兴，别人也高兴。他特别喜欢听到挨钱砸的人哭，被砸的人如果哭出声，还额外有奖励，哭声越大奖励越多。企业家砸出的常常不是哭而是笑，奸笑，贱笑，媚笑，真笑，假笑，憨笑，傻笑，疯笑，狂笑，怪笑，坏笑，奉迎的笑，开心的笑，讨好的笑，皮笑肉不笑的笑，偷偷摸摸的笑，遮遮掩掩的笑，气吞山河的笑，鬼哭狼嚎的笑，肆无忌惮的笑，兴奋过头的笑，笑里藏刀的笑，上气不接下气的笑。人上一百，五谷杂陈；同理，有什么样的人，就有什么样的笑。他越来越不满意，砸出的钱摞越来越大，也越来越多。消息传出后引起震动，慕名前来讨打的人来了一批又一批，络绎不绝。有人等了几天也挨不上砸，有人干脆在电石厂门口排起长队等待挨砸，有人明明挨过砸了偏又浑水摸鱼地排上了队，有人在电石厂外围设卡卖起门票，有人就地做起了小生意，兜售瓜子、饮料、啤酒、香烟，帐篷、活动房、太阳伞、安全套、方便面、锅碗瓢盆、柴米油盐醋，等等。企业家越砸越来劲，他还给自己的扔钱行为冠名为“真情大回报”。电石厂和他积攒多年的财富很快被他一砸而光，人们亲切地称他烧包厂长，我给他取名沈得利。电石厂和沈得利一块儿倒闭，沈得利再次成为一文不名的穷光蛋。这次，人们没有向他喷口水、甩大鼻涕、扔果皮、丢嚼剩的口香糖，而是热心为他送来衣裤、水果和粮食，甚至还有给他赞助零花钱的。沈得利感动得说不出话，鼻涕口水流了一地，然后人们就看见他长长地躺在地上，人们以为他快要死了，纷纷向后跳出一步。隔了很久，才见沈得力弓身起来，朝着四周的乡亲深深鞠了一躬，大声说，乡亲们，恩人哪！

杜芳大声朗读我业已成形的稿子，她念到这段时愤愤地大骂一声，变态！不知是骂我还是沈得利，抑或是痛恨自己没赶上这等好事。事实上，她真心希望找到这样一个既出风头又捞钱的好机会。

数月后，这个中篇发表在省城的一家刊物上，引起了一点反响，我也曾洋洋自得过。杜芳则捧着一沓大票哈哈大笑。我丝毫未曾想过，这篇东西会给我带来难以预料的麻烦。

那天我去村口商店买烟，老远就看到一群人朝我指指点点，我不以为然，继续低头走我的路。一辆鲜亮洋气的小轿车冲我直打喇叭，我走近前去，车窗开处探出一颗硕大的脑袋，恶狠狠地冲我说，就你这德性，还敢天花乱坠地写文章，我们沈总招谁惹谁了啊（声音高度上扬）？你怎么敢在省刊上胡吹乱侃，好端端一个厂子给你整没了，好好的沈总也过了今日没明日了。你他妈的担得起这责任吗（声音再度上扬）？

我不想分辩，便没头没脑地回了他一句，不认识。

这时我敬爱的乡亲们早已在我身后围起一个半圆形的包围圈，里三层外三层。

有几个性急的，爱看热闹的，唯恐天下不乱的看客喊了起来，担不起，担不起。

又有几个热心的乡亲冲我喊，沈总就是沈得利。

还有乡亲朝车里人讨好一样解释，这人头受过伤脑子有问题，您大人有大量，千万不要见怪。

我像个杂耍演员被围在中间，越听越糊涂。沈得利是谁？我真的不认识。我所有的同学、老师、朋友、邻居，以及他们的配偶，就没有一个叫沈得利的，听都没有听过，难道真的像好心的乡亲说的那样，我的脑袋受过伤，智力大不如前了？不，不，一定不是这样的，有乡亲经常说我脑瓜子好使得很，他们是诚实本分的庄稼人，不会撒谎。对了，大脑袋刚才说过省刊的话，我恍然记起不久前发表的那个中篇，主人公是叫沈得利。可是我又不认识他，小说里由他而生发的那些事完全出于我的杜撰。难不成沈得利会从纸上走下来和我较真？

不会的。可能的情况是，真有一个叫沈得利的家伙碰巧做过我小说中类似的事。我的错误也只是把他和那些糗事联系起来，而且不幸言中了他的命运走势。仅此而已。

我有类似的经历。

我曾在我的一个短篇里写了一条小街的落后、萧瑟、枯涩，以及小街商户的生趣寡淡。小街商户以相互取笑为乐，街头上的流浪汉也成了他们开涮的道具，结果流浪汉喝下商户恶作剧般送来的一瓶白酒后，豪气十足地将空酒瓶砸向小街一扇明亮的窗玻璃。玻璃应声而碎，小街的宁静和商户们平静的生活顿时被打破了。那会儿我在村口经营小货店，日子被我过得天昏地暗。某一日，真有一个傻了吧唧的流浪汉打路口经过，不知什么原因，他突然拿砖头拍碎了我临街的窗玻璃。我敢保证，我没有没事找事，流浪汉也没喝酒，但他确实打碎了我的窗玻璃。我一个熟悉内情的朋友差点笑岔了气，并告诫我再不敢胡写乱画了。我伤残前是个率性的人，伤残后仍然是个率性的人，说话为文一直很率性。通过上面那件事，我得出经验，人在生活中应该时刻谨言慎行，写作亦然，绝不能信口开河，想写什么就写什么。当然，更年轻一些的时候，喝醉的时候，发疯的时候，犯迷糊的时候，失去理智的时候，大脑不管事的时候，我曾胡言乱语过。我想我已经为自己的不理智付出了代价，我不想再为自己和别人埋下谶语式的胡话。哪怕是写小说，我也愿笔下的人物永远安然地活在自己的宁静里，饱尝幸福的滋味。

省刊上那个中篇是我写作经历中最辉煌的成就，在我差不多就是“杰作”了，我其他的“作品”都是小打小闹的豆腐块，不值一提。可是，我一力向好的美好心愿还是给别人带来了不可逆转的困境。小说与现实的重叠有时真的很可怕。沈得利——请原谅我并无恶意的诅咒——愿上苍能让你收获自己的圆满。

烟买回来时，小轿车的喇叭再一次轰响，激烈而持久的鸣笛声把我从无边际的臆想拉回现实的迷雾。车上走下一个戴着金丝眼镜的书生样的青年，笑容满面地走向我。还没散尽的人们再一次聚拢过来，这一次他们围了一个货真价实的圆，我和金丝眼镜成了圆心。我看到我的老婆大人杜芳从远处跑来，她拨开密不透风的人墙，呼哧哈哧地挤进圆心的位置。金丝眼镜一步一步走近我，杜芳立即张开双臂挡在我面前。

金丝眼镜笑模笑样地走过来，给我递上一支烟说，师傅您不要见怪，我们李副总就那脾气，公司刚破产，重建的事挺麻烦有点上火，怕是吓着您了，我先代他向您道个歉。

我强打精神说，没事，我现在还不是好端端的。

杜芳抢过话头说，腿都抖成这样了还说没事，别怕，有我在呢。

人群中立刻有人附和，就是，就是，人是吃饭长大的又不是吓大的。

金丝眼镜继续说，我们来，主要是想了解一下情况，师傅前一阵在省刊上发表的那篇《钱殇》，素材来自哪里？

我用我还好使的一只手，指了指我曾开过一个洞的脑袋说，想象。

嚯，金丝眼镜显然不大相信，那您的想象力也太丰富了。这不大可能吧。如果完全出于想象，您的想象简直就有神奇的预言魔力。您不光想象出了我们沈总的名字和他做过的事，连我们公司和沈总的结局也想象得分毫不差。太神奇了！金丝眼镜回头问观众，你们相信吗？

观众众口一词，不相信，不相信。

我点上烟，深吸一口，朝着天空吐出一团烟雾，淡淡地说，世上的许多事本来就没办法解释。

金丝眼镜这次没疑义，这话也对。不过您可能误解了我的意思，我是说我们沈总的那些经历，包括骚扰女工，包括在年度庆功酒宴上当众撒尿，也包括扔钱砸人，还有在田寡妇门前学驴叫那些事，等等。我们两县相隔这么远您是怎么知道的？是道听途说，还是上网或者和同学打电话、写信知道的？当然还可能是和熟人聊天，还有您是不是去过我们那里，或者我们那边的人见过您？请您再仔细想想，您到底是通过哪种途径，比如……金丝眼镜滔滔不绝地说了一大串。

瞎编的。杜芳不容置疑地打断了金丝眼镜的唠叨，他最会说瞎话骗人了，我从十五六岁就听他讲故事，到现在他还在编故事骗我，我被他骗得晕头转向。我傻啊，不知不觉地就被他骗到手了，现在后悔得我恨不得抠烂腔子。

围观的人发出一阵轻笑，金丝眼镜也挤出一丝笑容。

我得承认我不是一个好演员，要不是我老婆大步连天地赶来救场，我真不知道接下来该怎么办。只见杜芳扳着指头一样一样数给大家听，他这些年就没出过远门，家里的电话也归我管，他没钱上网，连张邮票也买不起。这些年他一直在写小说，其他什么事都不做，也做不了。杜芳顿了一下，指着我乱蓬蓬的头发接着说，再说了，花无百日红，人无千日好，他都成这样了，谁还能把他当朋友？久病床前无孝子，人到难时朋自稀。能和他来往的就剩几个本地的同学了，就那几个人一来就被他灌得跑的跑，吐的吐，睡的睡，连说胡话的机会也没有。杜芳朝着人群诡秘地眨了一下眼，不瞒你们说，他抽烟的钱都是偷偷捡饮料瓶攒下的，喝酒也是只喝不买。

立即有人高喊，写小说挣的稿费哪里去了？

杜芳自豪地拍了拍自己日渐粗壮的腰身说，都在这里。

这次，人群哗地笑成一片，有人笑弯了腰，有人笑出了泪花，有人笑出了鼻涕泡，有人笑出了响屁，有人笑掉了嘴里的香烟。我真是爱死我老婆了，在这种场合她太有表演才能了，她不去当演员确实冤了。她居然能整出我都不知道的新词。太精彩了！

金丝眼镜在这里显然得不到像样的答复，使劲扶了扶鼻梁上的眼镜说那打扰了，你们回吧。杜芳拉起我的手，像冠军举起奖杯那样朝头顶高高举起，还没走远的人冲杜芳笑说，你腰里那一嘟噜钱就不怕掉下来？还有更大胆的做出伸手要摸的样子，杜芳左躲右闪在我身旁转起了圈圈。

我以为这事就这样风平浪静了，谁知接下来的一些日子，我平静的生活完全被颠覆了。先是熟人撵到家里，吵吵嚷嚷地要看我那篇让我和杜芳出尽风头的小说，接着家里的电话几乎被打爆，金丝眼镜那边还不住地东问一下西问一下，后来记者也找上了门，要为整个事件做后续报道。乡长也打来了电话，《钱殇》事件涉及某位新调任的领导，为防事态扩大造成不必要的负面影响，建议我在省内媒体上公开向有关利害方致歉。文艺作品嘛，如有雷同，纯属巧合。事情不大。

这一次，我回答得十分果断，不。

杜芳在我病残的腿上重重踹了一脚，你傻啊，你就不怕乡长掐掉我们的低保？我疼得直抽气，她哈哈笑作一团。

乡长不久就被调走，新来了一位李姓乡长，据说脾气火暴，凶得让人望而生畏。我专程去了一趟县城，用我省下的烟钱上了一次网，与金丝眼镜所在那个县的同学接上火，一问才知道沈得利的电石厂早就关门大吉，重建的事也在紧锣密鼓地进行着。新的总经理就是那个李大脑袋。我如释重负地长出一口气。

事情总算结束了，我又可以坐到书桌前勾画我惨淡的人生和梦境了。这样真好。

我拉过方格稿纸，在页眉上郑重地写下两个大字：凤愿。杜芳凑过头来问，凤愿是什么意思，会不会是你把夙愿写错了？

我说不会，凤愿是我初恋的名字，打死我也忘不掉。

杜芳说你就会骗人。

我说真的。

杜芳说，我敢肯定凤愿是你在新小说里为我取的名字。

我说你在哪里都叫杜芳，我老婆，没走势。

杜芳笑了。

《凤愿》不久脱稿，虽是穷尽了我一生的才情，仍没达到我想要的高度。我很不满意。但是我稍作修改后照例向外投出。

样刊寄来后，杜芳看得泪水涟涟，问你的初恋故事真的是这样吗？

我说瞎编的，我的初恋其实很乏味，没什么嚼头。

杜芳立刻对我拳打脚踢，你这家伙老毛病又犯啦。

我颓然倒在椅子上，和凤愿在一起的情景就像悬浮在空中的巨浪，一波一波向我劈来，我和她撕心裂肺的爱情新鲜得仿佛昨天刚刚发生过，它却不知不觉地离我越来越远，那无数可能的美好向往也渐渐走向虚无。想象和现实相交织、纠结，麻花一样横亘在眼前，我在这谜一样的生活里才能忘了痛，忘了往事，忘了所有的期盼和心愿。我难过极了，杜芳却哈哈大笑。笑够了，又跑到院里哇哇作呕吐状。少顷，又跑来向我报告，老公，我可能有孩子了。说着，一脸得意。

我说你不会是也学会了说瞎话？

杜芳学着港台剧女主角的语气嗲声嗲气地说，当然不会的啦。

我忽然感觉到我不再那么讨厌杜芳了，她现在的模样简直是另一个版本的凤愿。

小街一日

村口有两棵树，一棵是槐树，另外一棵也是槐树，双槐村因此得名。

小街在双槐的中央地带，是双槐地界的政治经济文化中心。

凌晨五六点钟的光景，瞎子德龙家的院灯突然打开，一团柔和的橘黄色的灯光顿时在小街荡漾开来。瞎子德龙其实根本无所谓灯光不灯光的，他在五六点打开电灯唯一的目的只是在于提醒路人，开车走路一定要看准方向莫要胡冲乱撞祸及无辜。

天光渐白的过程可能要比世纪的更迭更为漫长，杂货店老板吴东正在经受时间之剑的磨砺，艰难地从睡梦中醒过来，胡乱揉了揉酸涩惺忪的睡眼，然后打了一个又一个长长的哈欠，这才起身收拾停当，开始准备日复一日如出一辙的营业。

东方见白的时候，巧媳妇米行仓房的大门訇然打开，紧接着响起各家店铺推搡百叶折叠门窗吱吱呀呀哗哗啦啦的声响，小街被这声响吵醒了，小街居民们与小街保持着高度的统一性，也都在这时离开了让自己流连的被窝。妙手春美容店主人小蔓在穿衣的当口伸手捏了捏丈夫马小军的鼻头，马小军极不情愿地扭动着身子，一不小心蹬醒了蜷卧在脚下的儿子马波，马波立刻以山呼海啸的啼哭来表达自己的不满。小蔓的近邻红磨坊油行老板韩东被这一声紧似一声的哭叫惊醒了，脑袋空落得像狂风漫卷而过的秃山一样。小街最后一个醒来的是农机修理工许安平，他事实上是睁眼过了一夜，昨夜和朋友喝了太多的酒，最终没能架住别人的怂恿玩起了扑克牌，也许是牌技太臭也许是点儿太背，身上仅有的五百大洋神不知鬼不觉的消失殆尽。许安平闹心地想，那可是一个月的辛苦钱啊，无端转手送了别人却没有落下人情，不值。

炊烟——作为一种古老乡村的标识，已然离小街有了一段距离，小街现在根本看不到炊烟袅袅的景致，闻不到饭香扑鼻的原始村味。不管怎么说，小街居民在早起以后无不在或散漫或精心地操持着一早的饭食。很快，小街上空便弥漫着一丝咸咸淡淡温温馨馨的居家过日子的味道。

懒汉饼子店主人成永刚在这种味道里稍微迟钝了一下，然后从容地揉面和面制饼。何时能拥有一个属于自己的家，成永刚心里没有底。管它的，过一天是一天。成永刚饱吸一口气，有些忧郁地想。

街心台球桌边早已聚集了许多闲来无事的年轻人，他们打台球多半是要带点彩的，有时候是一瓶酒有时候是一盒烟，都是事先讲好的，另外球资也是由输家来付。

深秋的气候已然有些凛冽的意味，但是年轻人们个个显出一副不畏严寒的英勇样儿，他们反而玩得有些热火朝天忘乎所以。

太阳从一开始出来就像怕冻似的在云端藏来藏去，使小街居民无法领略到阳光普照的美好滋味。天，平白无故地阴沉着。太阳像一个顽皮而又任性的孩子躲在云端和小街居民们玩捉迷藏游戏，似乎是在说，我就不出来看你怎么着。

差不多是在吃中饭的时候，街心蓦地腾起一团旋风来。小街居民无所谓早饭、中饭、晚饭，也无所谓上班、休假，饿了吃困了睡是天经地义理所当然的事。旋风将一只白色食品袋裹挟到高空，打着转儿向远处或更远的远处飘去。生意寡淡的杂货店老板吴东呆呆望着那只被风吹得鼓胀的白色食品袋，迷离的目光随着那白色的塑料制品起起落落。食品袋最终高高挂在了小街北头的一个树丫上，随着风一块儿起劲地猎猎作响。树丫正对着摩修中心侯保民家的大门，侯保民媳妇大概觉得白色不太吉利，拿竹竿捅了几下没有结果便悻悻折回了屋。

旋风已过，天气清冷如旧。

说不清是在什么时候，街心热热闹闹的人群中突然多了一个衣衫褴褛的乞丐。最先发现乞丐的是妙手春美容店的马小军，他对一旁正在盯着地上几只觅食的蚂蚁发呆的许安平说："安平娃，你看你大表兄来了！"许安平抬头一看，立刻恶狠狠地瞪了马小军一眼，用比他的眼神更狠毒的语气回敬道："去你姥姥的！"不想两个人原本无恶意的玩笑很快引发了一场永无休止的争吵，争吵声吸引了小街居民们散淡的目光。乞丐若无其事地在街心游来荡去，瞎子德龙在这时拄着拐杖笃笃笃地循声摸到妙手春美容店门口，豁牙嘴里迸发出了浑浊却也有力的叫声："别吵了，都别吵了，都是紧邻的生意人吵个什么劲儿！"

吵闹声终于平息下来，人们这才有机会仔细端详争吵的发端，那个神态悠然的外地乞丐。乞丐一身说不清底色的衣服布满黑垢，在若隐若现的阳光下锃光闪亮，像是要与阳光比拼一下谁亮得更纯粹。

许安平这时恶作剧地想，乞丐要是喝点酒，最好能喝醉了，那不定有多热闹呢。许安平回屋找了昨夜与朋友刚刚启封却没来得及喝一口的一瓶白酒热情地给了乞丐说，"哥儿们，大冷天的，喝点酒驱驱寒吧。"乞丐犹豫了一下，继而叽里咕噜地不知说了些什么，终于接下了这意外的礼赠。小街居民訇地笑成一团，纷纷瞪着惊奇的眼睛紧紧打量着这个来路不明的异地乞丐。

乞丐毫不吝啬地满足了小街居民的好奇心。

乞丐双手捧起酒瓶，像一个仰天长叹的英雄豪杰一样瓶口对着嘴巴咕咚一下喝掉了半瓶白酒。小街和她的居民们顿时在乞丐眼里矮了半截。小街居民们发出一串介于惊叹和鼓励之间的“哎哟”声。这时，乞丐似乎也受到了鼓舞，干脆利落地以同样的姿势喝掉了瓶中的另外一半白酒。小街居民们不得不赞叹乞丐超人的酒量。没等人们就乞丐片刻工夫喝掉一斤白酒的豪壮举动交流一下各自的感观及看法，乞丐一个更为激越的做法终于扼杀了人们急待满足的好奇心，人们纷纷四散逃遁，躲到安全地带静观事态的发展。

很明显，乞丐不光是乞丐，而且是一个神志极度不清醒的精神病患者。

乞丐喝完酒，顺手将空酒瓶砸向妙手春美容店的玻璃门，扔酒瓶的动作和喝酒的动作一样干净利落。玻璃门应声碎了，碎玻璃溅了一地，几个正欲旧貌换新颜的顾客悄悄退到一边加入到看热闹的人群中。

最先就此事做出反应的是小蔓，小蔓张牙舞爪地扑向乞丐，不待冲到乞丐跟前，忽又想这样不对，转身冲到许安平跟前声嘶力竭地呼喊着：“许安平，你赔我的门！”许安平憎恶地推开小蔓，愤愤地说：“凭什么让我赔你的门，我又没砸你的门，关我屁事！”

男人和女人在街心吵了一会儿，难分伯仲。热烈的吵闹最终惊动并激怒了小蔓的丈夫马小军。至此，男人和女人之间的争吵演化成了男人之间的肉搏。两个人像一对久别的情人紧紧地抱在了一起，不待言语都已重重地倒在地上。小蔓在这时也义无反顾地投入战斗，许安平的朋友韩东不忍看到朋友孤立无援正欲起身相助却被媳妇硬硬拉了回去。

真正的肇事者——那个乞丐已迈着强有力的步子坚定地向小街西头走去，对眼前的情景置若罔闻。

瞎子德龙佝偻着身子再次出现在街心，马小军夫妇和许安平都在竭力为自己辩护，瞎子德龙轻声说："我以为是什么大不了的事这么喊声震天的，小军的门由我来赔。都散了，该干什么干什么去！"

太阳总算羞羞答答地从云层中探出头来，将最后的光芒一泻千里地洒向小街，看上去像一个站在西山顶上的巨人。

马小军和许安平最终还是被人们架开了，两个人都骂骂咧咧余怒未消的样子。

看热闹的人群就玻璃门事件形成了两种迥异的意见。第一种意见是马小军、小蔓应该找那乞丐要玻璃，另一些人持反对意见，理由是乞丐一无所有且有精神问题不具备赔偿能力，如果不是许安平给乞丐一瓶酒就不会有这些事，所以马小军的门应由许安平来负责。持两种意见的人各执一词，谁也无法说服对方，但他们一致认为让瞎子德龙负责是没有道理的。

暮色四合的时候围观的人们才发觉一丝凉丝丝的饥饿感像虫子一样撕咬着腹腔，纷纷不情愿地离开了街心。

马小军已经开始用硬纸板修补破碎的玻璃门，许安平这会儿早已呼呼大睡。

晚间才是"夜里好"酒家的幸福时刻，霓虹灯掩映着城里城外的食客们的身影，吆五喝六的声响响彻云霄。

灯光成片成片地黯淡了下去，各家店铺也纷纷关门打烊。"夜里好"酒家热闹而略显混乱的声音终于被黑暗笼罩，侵吞。

瞎子德龙被孙子一阵前言不搭后语的梦话惊醒了，他摸索着给孙子掖好被角。

这一夜，熟睡中的小街居民们被一阵瓮声瓮气的叫声吵得难以安睡，这叫声像一把尖利的刀子划破了小街短暂的宁静。小蔓侧耳倾听了一会，低声咕哝了一句，“这傻驴日的又来了。”许安平听了那叫声，自顾笑作一团，困扰了自己一整天的新愁旧绪顿时烟消云散。

许久以后，小街终于艰难地复归宁静，随后安然进入梦乡，再也听不到巧媳妇米行门外成群老鼠无理取闹的撕咬声。

镜　子

第一次做那事是在一九九六年五月间，那时我十八岁，她十七岁。我想我是疯了，我胡乱在她身上撕扯着，钟宁也以同样的方式在我身上还以颜色，我们完全听任本能机械地动作着，我们享受到的不是快乐而是相互破坏的快慰。

我们其实还是懵懂少年。

我发现在整个过程中，钟宁一直紧紧闭着双眼，脸上也没有太多的内容，我无法揣测她当时的真实感受，只是一味地放任自己。汗水早已迷蒙了我的双眼，滴答滴答滴答地跌落在钟宁的颈窝里。

完事以后，钟宁嘤嘤哭泣起来，而这时我只能像一个傻子一样呆呆站在她面前不知如何是好，心里想的全是老师同学复复杂杂的眼神和钟宁孤母震天吼叫的愤怒谴责。钟宁匆忙穿好衣服，我睁眼呆望着她灵巧的身影消失在杨树林的尽头。

我有些后怕。

那天是我的生日，我和钟宁为我举行了简单的生日宴会，吃过蛋糕我们喝了点儿酒，喝过酒的钟宁脸红得像熟透了的苹果，我脸没红脑子却嗡嗡响个不停。我约钟宁到校外杨树林里去散散步，钟宁没有表示反对，跟在我身后悄无声息地走着。那天的天气特别闷热，杨树树叶被炙烤得打着卷儿，风吹得树叶哗啦哗啦地响。而这风似乎也是热的，吹在脸上有灼痛的感觉，徐风送来的与其说是凉意莫若说是热浪。

林间阒寂幽深，空荡荡得像一个空旷的峡谷。钟宁突然被一截树桩绊得趔趄了一下，我趁势扶住了她，继而抱紧她，她挣扎了几下没能挣脱只好就势伏在我肩上。这时，我像一头猛兽一样粗野地将她横空抱起，然后重重地放在地上，她大概是被什么硬物硌了一下尖利地啊了一声，我哪里顾得上她那些夹七夹八的事情。

说起来，我现在对钟宁除了悔，还是悔。

钟宁的家其实离我家不远，我们两家隔河相望，在我家后院里能看见钟宁家的炊烟。每年寒暑假，甚至五一国庆周末，我俩总要搭乘摆渡的船儿相互走动，我熟悉她家正如她熟悉我家一样。钟宁幼年丧父，钟宁的母亲是一位可亲可敬的农村妇女，视钟宁为掌上明珠，对钟宁百依百顺。作为钟宁的朋友，我们也毫无例外地享受到了钟宁妈妈的仁爱。我的朋友，县中学高三文科班班长厚土生曾对我说过，钟宁的母亲是一位伟大的女性，她用博大的母爱撑起这个残缺不全的家庭，钟宁在这样一个既不幸又幸福的家庭里最终养成了好强坚毅的性格。

第二天一早，钟宁是踩着上课铃声走进教室的。她低着头不看任何人，完全是凭感觉和习惯摸索到自己的位置。我侧目望去，她的眼睛红肿着，一副泪眼婆娑的样子。我心里一阵难过。这一节课我什么也没听得进去，我对老师的布道充耳不闻，我眼前只是钟宁心力交瘁肝肠寸断的痛苦样儿。下了课，钟宁除了信手翻几页书就是呆呆望着前面某个不太确定的虚空，过了好一会儿猛一激灵又伏下身去翻看眼前的书，偶尔捉笔胡写一气。

我想钟宁一定在诅咒我，如果她的诅咒能消磨我的罪过，我情愿让她诅咒一千年一万年，永远也不要停歇。

隔天是周六，钟宁早早背着挎包跑回了家，给我留下一个好看而且耐看的背影，我决定约上好友厚土生一起去她家。有些话必须得说，本该面对面说的话绝不能付诸文字或者假借他人之口。

我和厚土生到钟宁家的时候，钟宁正在院子里帮母亲择韭菜，听到脚步声，她抬头看到了我们，竟哇地哭出了声，她扭身跑进里屋，择了一半的韭菜撒了一地乱哄哄得不成样子。

我担心她将我们的事告诉了钟妈妈，我待在她家简直就是如坐针毡活受罪，钟妈妈要是知道我做下的丑行，很可能一记烧火棍将我打出钟家永世不得再入其门。此时我真的后悔我一时冲动铸成大错，可能会成为我一辈子都难以搁浅的心理负债，而我可能再也没有忏悔的机会了。

厚土生瞪着一双惊疑的眼睛问我，你到底把钟宁怎么着了？

这时钟妈妈从厨房出来，见是我们，回头嗔怪起钟宁，说客人来了不好好招待跑到屋里哭什么哭。

现在看起来我的担心是多余的。钟妈妈热情地邀我和厚土生进屋，并且拿出招待贵客的鸡蛋给我们做了鸡蛋面，一边数落钟宁的不懂事，一边劝说我们别多心，钟宁就那脾气，爱使娃娃性子，一阵风一阵雨，过后就会好的。

饭毕我悄悄告诉厚土生是我伤害了钟宁，当然我不至于蠢到告诉他我把钟宁怎么了，只是笼统地说是伤害。

厚土生先是无关痛痒地责备了我几句，然后胸有成竹地对我说小事一桩，说他可以使我们尽释前嫌重归于好。

厚土生天生是搞政工的料，没过一会钟宁就从里屋出来，和我们有说有笑。自那事以后，钟宁终于暂时不再刻意地回避我，这样使我们大家面上都过得去。我竟天真地认为，随着时日的流逝，我们可以回到原来那种无拘无束快快乐乐的状态。

可是，我错了。

每当我和钟宁在一起的时候，我能从她眼里读到刻骨的恨，她再也不允许我碰她，我一旦去碰她，她立刻会用让我难堪的方式提前终止我的行动并让我为此后悔老半天。

记得有一次，几个要好的同学凑在一起玩麻将，我因为要赶一篇文章手捧威茨格的小说现学现卖，躲在一旁看书没有上场。平日里聪明伶俐的钟宁在麻将场上真是一头十足的笨熊，常常能将一副绝好的牌打得七零八落，她一输再输，越输越不服越输得厉害，俊俏的脸上再也没有一点空闲的地方全部贴满了纸条，她事实上早已看不到眼前的牌仅凭感觉信手胡出，这样打下去断无翻身的道理。我实在看不下去了，我拿一只小凳坐到她身后帮她出主意，不想一只手竟情不自禁地搭在了她的肩上，她迅速扭过身，一把夺过我手中的威茨格，同时不失时机地抬手给了我一记响亮的耳光，完了回头招呼其他同学继续玩。

之后紧张的摸底考模拟考接踵而来，我们都有喘不过气来的感觉，我加紧操练，想要通过高考从此跳出农门，我想钟宁也是，许多相识或不相识的农村考生都如此。

钟宁似乎消瘦了许多，脸部棱角分明，性格也日益忧郁起来，她有时像一尊沉思默想的雕塑，坐在座位上一动不动，久久长长地保持着同一个姿势。

这一年高考的结果是，我先于钟宁、厚土生他们以2分的优势涉险过关被一所专科学校录取，钟宁则以较大的分差被拒于高校大门外。

钟宁的性格越来越让我难以捉摸。

杨树林。在我野蛮掠夺了钟宁的童贞同时也贡献了我的童贞的杨树林里，我和钟宁进行了一次推心置腹的谈话。

我说钟宁，不管你以后是否还将继续读书，我们依然是朋友，我会竭尽全力地帮助你爱护你，只要你愿意。

钟宁听后默默无语，良久，她轻吟着说，有了友情/就少了许多烦忧/阴郁的叶子/便不会落在土里/而会浮在水面上/向远方漂流。

我说我会为自己犯的错负责，不管以后我们各自要面临什么，我会一直关心你。

钟宁稍一皱眉，坚定地说没有比脚更长的路，没有比人更高的山。

我忽然抓住钟宁的手，忘情地说，钟宁你说话咋就变了味儿呢？钟宁轻轻地抽出自己的手，淡然笑着说，这一阵我特别迷恋汪国真的诗文，我说的只不过是汪国真的诗句，不过我觉得汪国真的诗句的确很有哲理，也能表达出我的某些感受。

我和钟宁惺惺相惜了一会儿，我强忍着从此不得常相见的痛楚转身大步走开。

钟宁突然在身后大声叫喊着我的名字，我猛地转过头。

钟宁的眼里含着泪水，似乎有千言万语，却噘着嘴一句话也没说出口。

我说钟宁你怎么了？

她哽咽着说，你爱过我吗？你以后还会爱我吗？我要你说你永远爱我一个人。

我想了想，觉得我做不到，我不能再骗钟宁，不能违心地随便承诺什么。我张了张嘴却什么也没有说出口，转身离开了杨树林。

初到省城的日子，人生地不熟，生活如同一团理不出头绪的乱麻，我开始日复一日夜以继日地想念故地的同学、朋友，以及每一个熟悉的人。

想念钟宁。

我开始发疯似的给钟宁写信，信写完以后却常常丢在桌子上忘了往外寄发，几个有窥视癖的舍友趁我不在的时候偷看了我给钟宁写的信件，对我的文采和炽热的爱情大加赞赏。那一阵，常有同学当着我的面声情并茂地吟咏出我写给钟宁的精彩章句，我在这一方面的才能得到大部分同学的认可。一些为情所困的男同学慕名前来央我代写情书，可能是为了显示自己的才华，一般来说，我对前来讨情书的人是来者不拒，同学们也够意思，得到情书的人总会给我一包好烟的酬劳，行情是十元左右的“555”或“红塔山”，我在感动之余一般还要即兴配发一首情诗，有时候还要勾勒出一幅粗线条的速写画，真正达到了图文并茂的奇效。

有一件事情我现在想起来还觉得特别有意思。我的一个家住南部山区的同学央我给他远在甘肃某大学的高中密友修书一封，表达自己的相思倾慕之情，我问了问他们交往的诸多细节遂笔走蛇龙，完了把信交给这同学。不想这同学过于懒惰，竟将我的原稿原封不动地塞入信封直接寄往甘肃某大学，不久收到回信，说是无论语言还是字体绝非出自我的这位同学之手，女大学生不干了，竟从此断了来往。除此之外，我还是成功地当了许多次为别人牵线搭桥的月老。

我写给钟宁的信还是源源不断地通过人民邮政的手送达钟宁的手中，钟宁却没有给我回过一封信，哪怕只言片语或者一张空白信纸也好。没有。没有。

我就纳闷了，我给别人代写的情书能够唤来别人爱情的春天，是别人屡试不爽的制胜法宝，用在我自己身上却激不起一朵小小的浪花。

我曾在一封信里向钟宁建议，来年填报志愿的时候填报我所就读的大学，钟宁很要强，她可能向往更好一点的大学，但是我却无法知道钟宁的内心世界。后来厚土生告诉我说，钟宁心里只有我一个人，再也盛不下其他任何一个男孩，但是她决计不愿来到我的大学。

我隐隐感觉到钟宁和厚土生之间可能会有一些故事要发生，我的疼痛也隐隐泛上心头。

这期间，不管我和钟宁之间如何别别扭扭，厚土生仍然是我可以倾心相谈的朋友。我不能在失去恋人的同时再丢掉朋友。倘使厚土生对钟宁有意，那也不失为一件好事，厚土生至少是一个值得信赖的人，他在我不在钟宁身边的时候能给钟宁以友爱，让她不再空虚、烦恼，最好不过。

这年我被学校乐队相中，他们要我给他们填词，我答应试一试，不想我填制的几首歌词很受欢迎，在本校风靡一时。我也因此成了校际名人，填词的事欲罢不能。

由于我在学校乐队的突出表现，我成了众多女同学瞩目的焦点，歌手向燕儿就在这时候走进了我的生活。我们两个公然在校园里出双入对，同学也戏称我俩是两口子，我们好像也愿意接受这样的戏谑而不愿作出任何辩解。其实我不喜欢向燕儿的那种傻呵呵的癫狂劲儿。

次年高考结束以后，我去过钟宁家一次却没有见到钟宁。我一直怀疑钟妈妈知道我和钟宁之间七七八八的事，脑子里长久地飘荡着钟妈妈对我怒目相向的镜头，一旦出现这种情况心里难免发慌。可是，钟妈妈热情地接待了我，并拿出许多糕点和糖果让我吃。我想钟宁口风一定很严，纵使是相依为命的妈妈也无从得知属于我们两个人的隐秘。

钟妈妈说，钟宁想考外地的大学，越远越好，她报的是云南的一所大学，分数也够了，只可惜让别人挤掉而最终未能如愿，结果录取到你们那所大学。钟宁不服，准备补习，我苦劝了好些日子她才勉强同意去上。这样也好，你们两个相互有个照应，我也放心了。其实，我想在本地上才好呢，我们这样的家庭，实在无力承担那些外地学府高昂的学费，离家门近有不顺心的时候可以回家来，家里至少有一个当妈的在。

面对钟妈妈的一番絮语，我唯有点头称道。

我最终还是没有见到钟宁，就是见到我也不知道说什么好。我告别钟妈妈，独自一人来到阻断我们两家的大河边，却被告知此处航船已暂停使用，要过河须绕道上游处大桥才行。我心里一阵怅然，是否，我和钟宁心与心的沟通也需要绕道很久才能实现?

再次成为校友的钟宁根本不愿搭理我，向燕儿却在这时候对我温柔有加，我也只好决定顺其自然了。

我和向燕儿最疯狂的时候成天腻在一起，在校园里偶尔也能碰到钟宁，钟宁总是把头偏向一旁，对我们视而不见。

一天，学校包了场美国大片《泰坦尼克号》，我和向燕儿到达电影院的时候，电影已放了很久，放眼去望整个影院黑灯瞎火的到处都是人，座无虚席的盛况多年不遇，我拉着向燕儿转了几圈也没有找到座位。向燕儿不死心，强拽着我又转了一圈，不料竟真的发现了一个座位，我们手拉着手挤了进去。不料旁座的一个女孩儿温婉地说，对不起，这儿有人了。我听声音有点熟，仔细一瞅，却是钟宁。向燕儿才不管呢，毫不客气地坐了上去，并且拉我坐到她腿上。这时钟宁大概也认出了我，竟愤而起身大步走开。隔一会儿，厚土生拎着一网袋小吃摸了过来，他朝我们这儿寻寻觅觅看了几眼以后怏怏离去。

至此，我已有十足的把握认定厚土生和钟宁在谈朋友。一念及此，伤感顿生，心里面恍惚得再也无法关注银幕上人物的悲悲喜喜起起落落。

在后来的一次酒聚上，厚土生对我说钟宁那次在电影院碰到我和向燕儿，不知怎么气得要死要活，回去后一直在哭，并且发誓再也不理我。我对厚土生有了一点点小意见，但转念一想，他也只不过是在追求自己的爱情没什么错，所以我仍然经常和他在一起胡侃神聊，得空就忙里偷闲地喝上几杯。

我试探着去钟宁宿舍找过她几次，钟宁一见我扭身就走，像疯了一样狂跑不止，边跑边含混不清地叫着，惹得整个楼道的女生都瞪大疑惑的眼睛盯着我，我想她们肯定把我当成了一个十恶不赦的淫棍或者色魔了吧，我再也不敢轻易去找钟宁，一直到我的学子生涯结束。

1999年夏天，毕业后我在省城一家民营小企业当了会计。我在学校的时候招人喜爱的那些花拳绣腿没了用场，我已风光不再，向燕儿也弃我而去，很快和一个长发歌手混到一起。怎么说呢，大学期间的男女朋友关系多是为了填补空虚无聊的青春时光而进行的一次演练，这种关系应时而生随风而去，何况向燕儿是一个非常现实的女孩，她的字典里只有利益和享乐没有传统道德的约束，更何况我们也许根本就没有真正爱过。

我发现我在骨子里还是非常喜欢钟宁身上那种独特的女人味，尽管她不再理我，可她身上的种种韵味却让我久久不能释怀。我对钟宁的想念几乎达到了疯狂的地步，而偏偏这种想念又无以为托，最后我想起钟宁曾说过喜欢汪国真诗文的话，便去书店买了一本《汪国真诗文集》。我没事可做的时候就拿出书来看，书中的好多段落我都能背下来。渐渐地，我感觉到钟宁之所以喜欢汪国真，可能是她在没有得到我说爱她的确凿允诺之后为自己寻找的一种精神寄托。于是，我常常约厚土生来喝酒，以期从厚土生的口中知道更多关于钟宁的事，厚土生在我面前从不讳言。

与此同时，我又找到了另外一种排遣寂寞和相思之苦的良方，我把我和钟宁的点滴往事组织起来杜撰出许多爱情小说，这些小说离奇古怪，小说主人公钟宁（当然，小说当中我会用另外一个名字）在我笔下简直就是一个多面怪兽，一会儿温柔贤惠，一会儿歹毒阴险，一会儿清纯可人，一会儿市侩庸俗。我从钟宁不断变换的形象中体味到了快乐。这些小说有的不幸被发表了，大多数束之高阁，我不知道它们将来如果被钟宁自己看到了该作何想。

千禧年六月，钟宁、厚土生结束了各自的学业，钟宁回到本县在一家超市谋了个收银员的职业，厚土生与一家远在宁波的企业签了约，说是去做什么企管。厚土生临行前和我喝了个通宵，他承认他在追求钟宁，只可惜钟宁倔得很，从不轻易给他允诺什么，他也无法与钟宁取得什么实质性进展。末了，他又对我说，操，你他妈用什么招儿把钟宁的魂给勾走了？

我笑笑没作答复，厚土生很快死一般睡去。

去年元旦，我和同事在外面喝完酒以后，踉踉跄跄回到宿舍，我掏钥匙准备开门的时候听到后面有响动，回头一看是钟宁。我惊讶得半天说不出话，隔了好久我才招呼她进屋，她大大方方地走了进去。我给她倒了杯水，又搜罗出单位过新年发的果点给她，她轻轻地抿了口水说，我可能要出趟远门，也许就不回来了。

我噢了一声，表示已经知道。

钟宁不再言语。过了许久，钟宁起身走了，并轻轻给我带上门。第二天早晨，我在写字台上发现了一本《汪国真诗文集》，与我先前买的那一本几乎一模一样，只不过装帧要精美得多，扉页上有钟宁娟秀的一行小字：为我们的青春作别！祝好！！

泪水一下子模糊了我的双眼。

中秋节这天，厚土生给我打了一次电话，那家伙八成喝了酒，抱着电话一个劲儿地对我说谢谢。我不明所以，大骂他一声，你他妈谢我什么，我为你做过什么事？

厚土生嘿嘿笑了一阵，突然说，我到宁波以后，为钟宁寻下一个工作，正好县里那事她不想干，我就叫她过来。听说她走之前去找你，只要你说一句挽留的话，她肯定抱定主意跟着你，可你他妈馊屁不放一个，她一气之下就跑来了。嘿嘿，你说我不谢你还他妈谢谁？谢谢啊！

听了厚土生的醉话，我火了，嗖地一下扔掉电话，电话将每日里伺候我梳妆打扮的镜子打裂了，我索性冲上去两记老拳将它捣了个稀巴烂，可是心里还不畅快，怒火久久无法平息。

晚上到街上乱晃的时候，又意外地碰上大学时的一个女同学，女同学正在为工作上的烦心事愁肠百结。大街上人如潮动，却没有一个可以一谈的朋友，女同学的意外出现多少弥补了这样的遗憾，于是我们相邀着去喝酒。女同学知道我有时写点小说，为迎合我的兴趣跟我大谈雨果、狄更斯、村上春树、卡夫卡、莫言、魏明伦、朱文、海岩、汪国真、徐志摩，还说汪国真的《镜子》写得尤其出众，说她现在虽然年岁不大却已经有了岁月沧桑的感觉。说着她竟为我背诵起了汪国真的《镜子》：拿起你来/你仍然是我少年时的样子/日子，还是那么宁静/我却已不是/一首活泼天真的诗/拿起你来/常感岁月的流逝/那路太远/那山太高/跑也不是/走也不是/拿起你来/在心中默默祈求/岁月，无论怎么/改变我的容颜/只是 请千万保留我/最初的品质。

女同学诵得极其投入极其沉醉的样子，只是我听得全不是滋味，一时兴起竟对着她破口大骂起来，你他妈丑得像个骡子，臭不要脸还敢提什么镜子，你他妈张口汪国真闭口汪国真的，汪国真把你他妈的怎么了？你他妈年纪轻轻就人老珠黄一副驴不爱的鬼样子，你不愁鬼才相信哩，你给我滚得远远的，最好别让我再看见你这缺德货。

女同学一开始还哭得很节制，抽抽搭搭的，后来索性放开喉咙哭喊着跑开了。

我回到宿舍的时候夜已黑透，我拿着钥匙却怎么也对不准锁眼，这时候我听到经理在背后说，喝多了吧，又失恋了吧？

我转身怒视着经理，去你妈的，你他妈的才失恋呢！老子早都死了恋爱的心怎么能失恋？老子偏不恋爱，你能把老子怎么着？

经理过来推了我一把，我马上以百倍的勇气对经理大打出手。我们的打闹声终于惊动了公司其他人，他们跑过来把我们架开，把我搡进了屋子，又把门从外面锁了起来，我听见经理说，小伙子，好好反省去吧。

一觉睡醒来，窗外的日头明晃晃得有点刺眼，我这才感到头痛欲裂，我无事可做却又无法安睡，干脆坐起来写下这篇东西来纪念我业已死亡的爱情。让爱和往事都随风，都随风。

五楼上面是六楼

我们羊摆尾村的换届选举与美国总统大选在同一天进行，我们使用的是北京时间而美国佬极有可能以纽约时间来安排日程，北京与纽约的时差为13小时。也就是说，在老塌鼻子前任村长用破锣似的嗓门通过破锣似的大喇叭召唤村人预选开始的时候，美国人才刚刚迎来了大选的前夜，美国人注定要在这一夜做形色各异的春秋大梦，毋庸置疑，我们在某些方面是走在美国的前列的。布什和克里很可能一夜无眠。

而我却能呼呼大睡到火烧屁股，这时候老塌鼻子前任村长高亢而激越的呼唤声在耳畔轰然炸响，管它的，我是一个既没有选举权也没有被选举权的人，选举是别人的事，与我无关。

羊肠子河其实是羊回头山涧溪流和多处泉眼冒出来的泉水汇积而成的一条渠水似的小河，正是这条小河蜿蜒数十里，横穿地势较洼的羊坝镇，养育着一代复一代的羊坝人。自上而下流经的几个村子，诸如羊犄角村、羊脖子村、羊蹄窝村、羊摆尾村，形成了各自独特的风貌和村政特色。比方说，羊犄角村的青年素来凶狠好斗，独揽河水宁肯淹死自己的苗也不愿别村人分得一杯救命的水，虽为乡人不齿却又常常敢怒不敢言。比方说，羊脖子村人头脑活络擅长经商，富得流油的富户比比皆是。比方说，羊蹄窝村人温和恭顺，家道不很丰殷却批量生产美女，羊蹄窝闺女历来就是乡里小伙子们角逐的对象，而羊蹄窝村则是小伙子们施展才智和胆识绝好的沙场。我们羊摆尾村全无特色却出人才，每年中高考的成绩远远超出其他村甚至其他村的总和，真个是寒门多俊杰。

我考上省师范学院的那一年，羊摆尾村肩挑背扛着铺盖卷儿一下子走出了十五六个青年男女，人们一起到村口相送这些据说将来可能会给羊摆尾村带来梦想和荣光的青年后生们。汽车发动的时候，我的眼睛湿润了一下，眼前站在村口旮旯角里的乡亲们成了我眼中虚虚实实模模糊糊的影像。

恍惚中，我感到我左手虎口处被人掐了一下，手背处热乎乎柔腻腻的甚至有一缕甜丝丝的滑腻感直撞胸膛，我定睛一看，是秋荷。

秋荷是羊蹄窝村人，她上小学时因家离羊摆尾小学近就成了我的同学。小时候秋荷总是扎着两条小羊角辫儿，咧嘴笑的时候总是故意露出两颗小巧的虎牙，不过那时常见她牙齿上挂着一丝鲜绿鲜绿的韭菜叶，尽管后来我俩初中高中大学一路上下去一路做同学，秋荷幼年时留给我的龌龊相却再也无法忘记，我对我的这位“发小儿”同学永远提不起兴趣来。

秋荷聪明好学，是羊蹄窝著名的女状元，她的影响力甚至渗透到了羊摆尾村，羊摆尾人训斥自己不用功的儿女时常拿秋荷作比。

我扭头看了秋荷一眼，秋荷粲然一笑，两颗小巧的虎牙跃然眼前，我不知该怎么形容她现在的牙齿，晶莹透亮？洁白如玉？反正非常好看，越看越爱看。

天，我竟有一丝眩晕。

我在师院迎来我大学新学年的同时迎来了我的初恋，对方是我班的文艺委员，叫做俞静，我那时任班里的团委宣传委员，因为同是班干部经常要在一起开开会什么的，我和俞静的相恋其实有那么一点日久生情的意思。

俞静是一个活泼开朗的女孩儿，在我们班干部群体里最招人眼，有她在场的班务会即使是在讨论最严肃艰涩的议题的时候她也能将会场气氛调理得井然有生气。如果她的提议什么的遭到冷落，她照样可以喜笑颜开，最多是冲反对者做做鬼脸，猛吐一下舌头，我就是被俞静的这样一个俏皮动作一箭命中，从此跌入爱河，覆水难收。

千禧年的冬天特别冷，我和俞静却被爱火炙烤得近乎疯狂，我们常常携手走在校园的花径草丛外的水泥护栏边，趁没人注意的时候热烈地亲吻、拥抱，丝毫也不觉得冷。爱与被爱的滋味真好，那时我们真想时间就此打住，地球停止转动，让我们的青春时光定格。我那阵幸福得头昏脑涨，眼里根本容不下别的人和事，唯有俞静和爱。

校园很小。我和俞静的恋情在整个学院传得沸沸扬扬，被别的欲行其事的校友和学弟学妹当做楷模。常在校园里碰到秋荷，每次不等我不好意思，秋荷就先自害起了羞，脸倏地一下红了起来，好像在学校大张旗鼓谈恋爱的不是我而是她。

有一阵秋荷找我找得特别勤，每次来总有一样借口，无非是要我帮她改改演讲稿修修随身听什么的。我有时对此很感诧异，要知道秋荷学的是中文本科而我学的是汉教专科，论起心灵手巧我在秋荷面前只是一个十足的笨蛋，我当时完全沉浸在我和俞静的爱情中，对别的事情从来就缺乏深入考究的兴趣。秋荷找我的次数多了难免会引起俞静的猜疑，我总会不遗余力地对俞静说我与秋荷只是同学加同乡的关系，俞静的疑虑却并未因此消减。为了表明我的清白，每次我与秋荷在一起的时候，俞静一旦找我，我会立马放下手头的活儿飞奔而去，给秋荷做的活把儿从此没有下文。时间久了，秋荷大概也察觉到了什么，找我的次数明显有所减少。可我与秋荷还是有很多机会碰巧遇到一起，毕竟是老熟人，我们有很多共同的话题要谈，我们最常说的就是我们共同熟知的人和事，尤为频繁和恒久的话题很可能就是我们各自的理想和前程，少年时代的我们对未来从不缺乏想象。

秋荷同我一样，对未来充满了许多不可名状的憧憬。

那时我的理想很多，每一种理想都备有一种爱好。比如说，我想做一个广集珍奇的收藏家，我曾为我集邮的爱好宁舍三顿饭不愿错过一枚票。很久以前，我就梦想做一个博学多才的书生并且我一直在为之努力着，为此我花掉大量该花或不该花的钱买下成堆的书供我点灯熬油地去狼吞虎咽。我的这两种爱好没有给我带来些许好处反而给我带来了灾难性的伤害，为了节省支出我常常饥一顿饱一顿地艰难过活，加上我又在同俞静谈恋爱，开销大得让人咂舌，秋荷常常用她省吃俭用存下的零花钱周济我一下，而我却能受之坦然。

秋荷曾送给我一整套纪念伟人诞辰的小型张，结果被我拿到街头贱卖给街头票贩，在我和俞静的一次外出聚餐中挥霍一光。

每年寒暑假期间，秋荷都会与我同乘一辆车，紧挨着坐在一起往返学校。不知是从什么时候开始，羊蹄窝与羊摆尾两村盛传着一个谣言，说是我与秋荷正在处对象，我们自己也都知道有那么一种说法却都不站出来辟谣，任由谣言散播，以致人们以为我们是在默认这么一种事实，继而添油加醋地任意渲染演绎，谣言越传越邪乎，最后人们终于得到一个众口一词的结论，说我们两个人本来就很般配，天生的一对。说这话的时候满是羡慕和嫉妒的神色。按照他们的逻辑，我与秋荷早已私订终身，只等各自拿到一张毕业证书就登记结婚。令人奇怪的是，我们两家的大人似乎也愿意相信谣言，极力当着我们的面说对方如何如何好，让我们好好对待对方，他们似乎对这桩姻缘相当满意。

他们却不知道，与我私订终身的是另外一个女孩，俞静。

大三那年关于我的一桩丑闻传遍了学院的角角落落，我羞愧得无以复加，因为懵懂的我们未采取任何预防措施，俞静怀孕了。初时俞静对种种发生在自己身上的妊娠反应毫不介意，等到真正觉察时她的肚子已现出形状，不得已，只好到医院去堕胎，害我拖欠学校一年的学费。我知道这事搁到布什身上也是丑闻，很可能会左右即将到来的大选结果而终成憾事。

秋荷变了，脸上总挂着一丝忧郁，动不动就哭，眼睛红肿得像两只熟透的桃子。我这时因为面临找工作的事也是心力交瘁，自顾不暇，哪有精力去照管一个或许并不交好的女同学，只是在路遇的时候勉为其难地挤出两句安慰的话。秋荷在我面前却故作坚强强作欢颜，说什么她也就是想家，想到父母劳苦的样子她就难过。如果说她父母的劳苦让她难过，为什么我从前没看到她哭过？她的父母只是一如往昔地劳苦着，我哪有精力去分析她话里的真假呢。我笑着伸手揉乱她的刘海说，其实你笑着的样子蛮好看的。秋荷的脸上闪出两片红云，俄顷又是一副山雨欲来的样子，眼泪扑簌扑簌地飘落了下来。

毕业前，学校组织了一次同乡联谊会欢送我们这支即将开赴教育一线的教师后备力量，安排我与秋荷同台演出一个夫妻反目最终尽释前嫌重归于好的小品。秋荷演得很投入，我也在这种氛围里很快进入角色，演出的成功既给我带来了愉悦也带来了痛苦。俞静事后断定我与秋荷之间有私情决意弃我而去，而我万分不愿这么早就掐灭我才刚刚绽放的情爱之花，俞静却全然不顾我的感受话说得铿锵有力，原来你早就和她心有灵犀，趁我现在还不是没人要的处理品，分！

那一阵，不光俞静难受，我也不好过，我开始借酒消愁，一旦沉迷进去竟发现酒醉也别有一番滋味。秋荷知道后劝说过我几次，我不听，她竟陪我醉得一塌糊涂。

2002年5月16日是一个我命定要刻骨铭心的日子。那天我照例喝了些酒，我借着酒劲去溜冰，我本不熟练的技艺在这一天却超常彰显，挥洒自如的感觉真是太棒了，我不觉有些飘飘然。冰场闪烁的霓虹灯掩映着冰场中的男男女女，我置身于虚幻的真实中，多天来的阴郁不快一扫而光，在隆隆作响的音乐声中我加快了舞动的步伐。这时，一只大脚斜刺里插入我的双腿间，我立即像一只落地后被重重弹起的皮球冲向高空，然后又重重地砸向地面。随后穿心而过的疼痛让我失去了知觉，我感到我正向一个幽深黑暗的隧道里滑去，我想抓住什么却什么也抓不住。

醒来后我发现我已躺在医院的病床上，我伸手去抓挂在床头的病例卡，费了好大的劲才看清上面说的是我左腿髌骨粉碎性骨折。我试着动了动腿，钻心的疼痛很快让我再度昏死过去，再次醒来时发现秋荷正悄无声息地立在我床前，床头凭空多了一束黄色的康乃馨，中间插着一支红得耀眼的玫瑰，病房里一缕淡淡的幽香缭绕不断。我想坐起来，深入骨髓的疼痛却迫使我放弃了努力。秋荷一下子扑过来压住我的肩膀说，你别动，你要什么我替你拿。

我茫然无助地摇了摇头，脑子在这时才逐渐清晰起来，问她我这是怎么了。

秋荷拿中指点了点我的额头，老师般严厉地说，你呀你，喝了酒还溜的什么冰，吓死人了。昨天你摔坏了腿，冰场老板从你口袋里掏出你的学生证按照上面的地址找到了学校，我们才把你送到医院，你都睡了十七个小时了，这阵你渴不渴？你放心，我已请了一周假保证二十四小时不离你左右。

我说我现在是不是已成废人了？

秋荷说哪能呢，休息休息会好的，不过需要时间。说着伸手抓住了我的手，这是我与秋荷之间最亲密的一次接触，这接触让我想起了俞静，我大呼大喊着俞静的名字，拼命伸手去抓想象中近在眼前的俞静，直到再次昏死过去。

病房里又住进两个人，各人的家属队伍纷至沓来，整个病房喧闹如集市，主治医师一边大讲病区安静之重要一边挥手驱散拥塞的探视队伍，我在种种吵闹声中又睁开了眼睛，意识也逐渐复苏，全身上下被许多管子缚住一动不能动。依稀记得先前我念叨着俞静，这么想着，果然看到了俞静。

俞静正笑吟吟地看着我。

我说，静儿，你来了。

俞静淡然笑了一笑，说你那个老乡待你还真不错，她打电话告诉我说你一遍又一遍叫我的名字，非让我来不可，我架不住她的死缠硬磨就来了。

我火急火燎地扯住俞静的一只手，摩挲着说，你该不会是向我道别的吧？

咳，你倒真醒事。俞静大大方方地说，我就喜欢你这股直爽劲儿。

我清楚地知道眼前的她已不是过去的她，我想要的那个她，却止不住地想要再次吻吻她，我说静儿，再吻我一次好吗？

俞静将头伏了下来，我伸出双臂紧紧环住她。

完事以后，俞静长出一口气，喋喋不休地说，真糟糕，你大概有几天没刷牙了吧。然后冲我做了个鬼脸，调皮地吐了一下舌头，转身走出了病房。

就这样，我始于一个鬼脸的荒唐情爱终于止于另一个鬼脸。只不过，此鬼脸已非彼鬼脸，或者，我已不是过去的那个我。

俞静出去以后，门口倏地闪现出一张生动的脸，是秋荷。

秋荷给我提来了一网袋营养品，还有一罐鲜鸡汤，不由分说地伏在床沿给我一小口一小口地喂食。

当时一个进口的人造髌骨的市价是五六万元人民币，我根本无力承担，那么我面临的选择要么是截肢要么是安装一根金属管连接大小腿骨。面对选择，我没有犹豫，我发现秋荷躲在一旁暗自垂泪。

手术进行得还算顺利，一个多月以后，我在秋荷的搀扶下能够勉强走几步路。我对秋荷开玩笑说，我现在的造型是有一点不好，不过也无所谓，反正我已是一个铁杆残疾人了。

秋荷眼睛红了一下，又是山雨欲来的样子，同时不忘在我腰际掐了一把，我立刻疼得大呼小叫起来。

过了两到三个月的时间，我已不需要别人的搀扶能够独立行走、上下楼、挤公共汽车，这时候一纸就业协议书将我们遣送到省内各地。就是说，能找到工作的安心上班，找不到工作的在家待业。

见我瘸着腿回来，村里有些好事之徒经常向我打听我是如何勾引到羊蹄窝村的秋荷，又是如何使她怀了孕最后又是怎样堕了胎？我简直有些哭笑不得，这是哪儿跟哪儿呀。这些严重走形的流言蜚语我都听得心惊肉跳，秋荷又将如何面对？大多时候，我会笑笑不作答复应付过去。

为工作的事我辗转再三，好不容易联系到一家县级重点小学，该校以校风严谨著称，校长见我已然破败的尊容轻笑了一下，然后说，我们学校的教师已经满员，没有空缺了。我微笑着走出小学大门，感到自尊心很是被那么伤害了一下，在心里决定再也不找什么狗屁工作了，没有一点收益徒伤面子的事谁愿意干？有劲使不出的滋味真是太他妈的了！

在家里，我连一个农民都不是。因为从原则上来说我是城市居民，而我却没有工作，我的农村户籍已被注销，我所有作为一个农民的权益也因之消失。在一定意义上说，我是一个流亡的黑人，心里的不平衡和失落可想而知。

秋荷在假期里仍不忘到我家探望探望，我发现她活泼了许多，机智敏锐，话锋犀利，有时也能妙语连珠惹人一笑。我不知道她是怎样面对乡间的流言，却不敢张口询问，只好和她胡扯一些不着边际的事，说到高兴处哈哈大笑，说到难过处掩面沉思。

晚我一年秋荷也从师院毕业，秋荷因为文笔较好被羊坝镇镇中看中聘她做语文教员，秋荷却不愿在羊坝教书，决意南下广州自谋生路。

秋荷走前又到我家小院来，来到我蛰居的小屋，我给她拉了把椅子，她却扶着我坐上去。沉默，良久的沉默。

回家这么久了，你看下个对象没有？秋荷忽然问我，记忆中我与秋荷从未讨论过这种问题。

也许是男子汉自尊在作祟，我信口说，我妈说羊脖子村的刘家大闺女是省护士学校的自费生，各方面条件都合适，就是眼睛眯成一条缝，好像也没有工作也在家闲着，打算过些时候带我去提亲。反正就是那么回事，我不在乎和什么人结婚。

这时候秋荷注意到我书桌上的自学考试会计本科的教材，说你还是这么上进，一点没变。

想到我自己的身体，我黯然说，其实，我的变化才大呢！

秋荷忙制止我，说，快别这么说，你现在不是挺好的嘛！只要心中有梦，你任何时候都是最棒的，相信你。

秋荷其实也没有说错，不管我的身体残缺到什么程度，我心中自食其力最大程度发挥自己的光和热的梦想亘古不变，我想终有一天，我的梦想会全部或部分地实现。这不，我又在为自己的这一梦想持续“充电”，除了自学会计本科，我还花大力气学习各种农村运用方面的知识，希图有一天为自己也为别人带来福音。

秋荷跟我说了近期将动身去广州的事，坐了一会就走了。

功夫不负有心人，2004年秋季我以优异的成绩通过了自学考试取得了本科文凭，凭借这张证书我很快在一家中小企业联系到了一份会计工作，月薪八百，让我过完春节就去上班。

参加预选的村民回来了，踌躇满志的老塌鼻子前任村长首轮即惨遭淘汰，走下了村政的神坛。

朔风强劲，人声鼎沸，人们已经开始谈论老塌鼻子前任村长的是是非非长长短短，种种言论连并沙土枯叶被风一块儿卷走，我关起门来翻看一本发黄的《资本论》。

这时候邻家小女孩推门而入，她神色诡秘地冲我一笑说，大哥，你既有官运又有艳福，恭喜！说着递给我一个包裹，信皮上娟秀的字迹分明出自女性之手，而且似曾相识。

我急忙拆开来看，里面有一封信和几本精致的日记本。日记记录的全是女主人的情感历程，信是这样写的：

未曾谋面的朋友：

见信好！

我是秋荷现在所在公司的企划部主任，我受秋荷之托将这些东西寄给你，没别的意思，她只是想让你知道她内心的真实想法。说实话，我万分不愿她这么做，因为，你是我潜在的最大的一个敌人。

秋荷在这边的工作干得相当出色，深得总裁信赖，更为我们广大同事喜爱，而我则被她独特的魅力所征服，坦白说，我已无可救药地爱上了她。

可是她爱的却是你，她始终无法忘却你。

秋荷说你身上始终有一种东西叫她感动，小时候她不懂得那也是一种爱，却将这份感动深深埋藏在心底，后来你有了女朋友，她想她再也没有机会得到你的爱和眷顾，她体味到了深深的绝望，暗暗责备自己为什么不将自己的这份情愫敞开给你？后来你意外的伤病了，并且和你的女朋友就此分手，她的希望之火重新点燃。

然而，家乡的风言风语太甚，她在替另外一个女孩背负着耻辱，她倒希望那些传言是真的，不过她强烈的自尊让她无法在那种地方平静的生活，更不想让你背负什么心理重荷，所以她选择了离开。

她离开前得知你宁肯去和邻村一个不相识的姑娘相亲也不愿意把她考虑在内，她震惊，她愤怒，她绝望。后来她通过别的渠道得知你并未和邻村那个女孩结合，她感到这可能是她和你的最后一次机会了，她不想再次错过，她嘱咐我一定将这些东西寄给你让你明白她的心意。

到广州她工作很卖命，用她的学问和睿智替公司扩大了效益，很快被提升为业务主管，精神物质方面都得到了极大的丰富，暂时忘记了情感上的不快。由于她业务出色，很有发展前景，公司决定委派她到牛津大学攻读MBA工商管理，这一去可能得数年，行前她想再也不能一错再错，决定对你和盘托出，无奈时间紧迫不能亲自去寄发，只好写好封皮托我代寄。

我从内心里不愿将秋荷拱手相让，可我们都是男人，男人之间的问题应该用男人的方式来解决。我们都曾爱过，知道爱一个人并不是一定要将这个人据为己有，而应是给她一个广阔的天地任由她翱翔。假如你内心真的容她不下，请及早告知，切莫让她再备受煎熬和折磨；倘使你对她亦有真情，抑或可能培育出真情，也请来信相告，我会尽早转告于她。谢谢！

祝好！

龙铮

2004年10月23日

读罢信，我陷入一阵长久的难挨中，我匆忙翻看了一会秋荷的日记，越看心里越不是滋味。我与秋荷自小就在一起，长久地在一起空谈理想，谈得挺投机，却从未想过我们之间会有爱存在，我对秋荷从未朝那方面想过，我现在的境遇还允许我有那样的想法吗？可能在情爱方面我一开始就犯了错，我由此对爱和其他已有固定或较为固定的概念的认知和见解以及思维体系产生了怀疑。水不一定总是从高处往低处流，五楼上边未必总是六楼。

我曾经想当然地认为，大学毕业后就会有一份好工作，恋爱的结果就是恋爱主体的结合。可是我发现，所有这些近似常识性的结论都不很确切，原因是构筑它们的基础本来很脆弱，经不起推敲和琢磨。世上的事情，越是顺理成章越不是牢不可破，一旦发生突变，越是让人觉得难以接受。

最好的办法就是保持平常心，冷眼看尘事浮定。

2004年11月4日，由电台传来消息，说布什已在大选中艰难胜出，克里宣布竞选失败。

5日早上我起得很早，揣了本书沿村路溜达。走出了很远的距离，蓦然发现天色阴沉，强劲的朔风如剜心的利刃。北地的雨夹雪说来就来，转眼间天地间一片混沌，四野尽是仓皇逃窜的农人，我也立刻掉头朝来路疾走。泥石路上已有许多积水，泥泞难行。我的一只鞋子不慎被淤泥拔了去，我弯腰捡鞋，却一头栽倒在泥水里，但凭我怎样挣扎，却无论如何也站不起来了。我将左腿平伸出去，靠双手和右腿支撑起身子，正待站稳忽觉右脚下软绵绵的，想看个究竟时我又被滑倒了。我全身早已湿透，彻骨的寒意浸入肌理，看看天色愈发阴沉，我想这次我是完了，打算放弃努力，这时一个大叔过来扶起了我并拉我到他家去烤火，进屋时一个在炉边看书的女孩含羞进了里屋。我忽然记起这儿可是羊脖子村的地界，匆忙烤了两把火向大叔道过谢回头匆匆走向羊摆尾。

周六到村部借阅报纸，看到几则消息很感兴趣，遂抄录下来以资备用。

我久已习惯数着自己的步子走路，从村部到我家约有四里地，正常人步行耗时十几分钟，我却需要大半个小时，步数差不多在三千步左右。

这是一个漫长的过程。

在这个过程中我笼统地回忆了一下抄录在笔记本上的报纸内容，到家的时候恰巧回忆完毕。这时我忽然记起大学时代同宿舍的一位仁兄，那小子总喜欢篡改流行歌曲歌词，改完了一个人躲在宿舍里雷吼不停。当时张宇的一首名为《月亮惹的祸》的歌风行一时，他是这样唱的："都是你的错，毛里求斯莱索托……"不想他的这些伪作品竟成为校园新的流行。

想到这儿，我哑然失笑了，却被母亲撞见，嗔怪道，我的傻娃子哟，一个人傻笑什么呢你。

南在南方

从县城出发，一直朝南走，大约需要两三个钟头的脚程，就能进入山区，山旮旯里星罗棋布地爬满村庄，这些村庄首尾不能相接，没有公路，人们出门全靠脚板丈量行程，这仅仅是城里人眼里的山区。燕子湖比真正的山还要山，继续往南走，一路经过黑水潭、刘家水、一碗水、饮马池、李家涝……一直到南得不能再南了，就会被一座名叫霸王山的陡山挡住去路，要到燕子湖，还得绕过霸王山步行两顿或三顿饭的工夫。

牛饮向朋友杨咪叙述自己家的方位的时候，费了很多思量，话说得吭吭巴巴、啰里啰唆。杨咪勉强听懂了，这个面皮黝黑的家伙是真正的山里人，他的家在一个封闭的甚至是与世隔绝的小山村。那里没有水，地名却奇奇怪怪地一律与水有关；那里没有路，乡亲们喜欢待在家里熬日子，大门不出二门不迈。杨咪心里着着实实沉了一下，原来有一种日子是熬出来的。

在杨咪之前，牛饮还有过一个朋友，叫甘富水，也是燕子湖人，他们是小时候的玩伴。在牛饮眼里，甘富水是一个文化人，曾到霸王山后山脊的中学里读完初中，据村里老辈人说，燕子湖几百年来没有出过一个像样的读书人。文化人甘富水在村里闲不住，变着花样穷折腾，几年前到省城跟人学水暖安装，挣了很多钱，成了村里数一数二的殷实人家。过完大年，甘富水给牛饮捎来口信，说工程队有出笨力气的粗活儿，待遇很不赖，牛饮可以去干一干。牛饮当时就心动了，婆姨也主张他搞点“外出息”，好把娃娃送到山外学点文化，麻利地斩断穷根。小家伙灵醒得很哩，形样动作和他的父亲以及燕子湖人很不一样，保不准真是个人才呢。

作出决定以后，牛饮和婆姨把家里的粮食一袋一袋背出霸王山卖了，留一小部分作家用，其余的都给牛饮作盘缠，婆姨说穷家富路，出门在外不能亏待了肚子，到紧要三关一分钱能难倒英雄汉哩。牛饮推辞说现在力气也能卖钱，自己有的是力气，家里用钱的地方也不少，素常一日的吃喝家里倒是有，怕就怕哪天娘母两个有个头疼脑热的不好对付，多留点钱总不是坏事。婆姨坚决不同意，按自己的意思把一叠大钞细细缝进牛饮的贴身裤衩里。行前婆姨交代说，山外人心复杂，小心点别上当，挣上钱就想办法带回来，挣不上钱也早点回来，家里再怎么说也能活人，别老待在外面让人担惊受怕。牛饮忙不迭地应着，一泡热乎乎的泪水顷刻把山里汉子的睫毛打湿了。婆姨也是一副泪眼婆娑的模样，不像是送丈夫出门挣钱，倒像是生离死别。

牛饮一口气走到一个可以搭便车的地方，先到县城，再到省城。下了车，牛饮就从口袋里摸出甘富水留下电话的纸片片，别别扭扭地按出一串数字后，听筒里传来一阵嘁喳乱响的音乐，通了。听出牛饮的声音甘富水很高兴，告诉牛饮坐车的路线，叫他到工地上直接找他。

牛饮没费什么事就找到了一辆开往省城西头的公交车。

甘富水眼下正跟他的老板为省内最高学府扩建的校舍搞水暖安装，牛饮干活的事他早给老板打过招呼。牛饮就是在这趟省内最拥挤的公交上认识杨咪的，牛饮坐在最后一排，紧挨着他的是一个面皮白净的细高个男子。公交车走走停停，每停一次都有大量乘客上下，不多时，过道里就挤满了紧抓扶手的人。听说贼娃子都是在人稠的地方下手，牛饮想，在公交车上做贼会更容易得手，过道里的人前胸贴着后背，密实得透不过一丝风。牛饮不怕，尽管他身上带着一笔“巨款”，一则是因为他体壮如牛，对付个把毛贼绰绰有余，再就是婆姨为他想出的搁钱的地方比银行的保险柜还保险，绝对安全。没有防备的牛饮就有了闲心打量车里的男女，这时他看到细高个男子白葱一样的手里拿着一把明晃晃的刀片去割过道里一男人的黑皮包，男人被挤得双脚悬空，吊在扶手上的皮包在车厢里摇来荡去。牛饮下意识地起身捉住了细高个握刀的手，稍一用力，细高个就疼得咝咝抽气，刀片哐啷一声掉到车厢里。再一站，细高个就下车了，临出车门丢下一句恶狠狠的话：“小子，你等着！”

下了公交，牛饮才发现夹黑皮包的男人和自己同一站，他现在顶顶要紧的是找到甘富水揽一份卖力气的活，他大踏步朝甘富水电话里说的方向走。没想到那男人在身后叫了一声：“先生，请等一等。”牛饮停下来，那人气喘吁吁地撵上来说谢谢你刚才的出手相助，牛饮憨憨一笑。那人给牛饮一张纸片片，说上面有他的电话，牛饮有什么难处了可以打电话给他，或者有空了一块坐坐。牛饮把纸片片塞进上衣兜里，还是憨憨一笑。

甘富水说，老板刚包下这所大学的工程，正缺人手哩。牛饮的任务是搬运粗笨的大件，哪里需要往哪里搬，管吃住，月工资一千八。甘富水一伙人负责安装，他们这样的“技术工”，不怎么费劲就能挣到三千六，不多不少，刚好是牛饮的两倍。甘富水他们还有机会和老板一起进酒楼胡吃海喝，牛饮只在初来时跟他们进去喝过几杯酒，甘富水只要一有闲就约几个人去学校南门口的“清水瑶”喝酒吃肉。

牛饮在校园里经常碰到公交车上遇到的那个夹黑皮包的男人，见了面会相互笑着打声招呼，有时会顺嘴聊几句，后来知道这人叫杨咪，是这所大学的助教。杨咪告诉牛饮，自己也是一个山里人，只不过他家所在的那个县比牛饮他们县底子厚实一点。杨咪请牛饮到“清水瑶”喝过一次酒，杨咪酒量不大，没怎么喝话就多了，说他家乡的事，说自己从上学到工作的曲折经历，说上次在公交车上险些把为母亲治病凑的钱丢了。杨咪胆小，遇事能忍则忍，不能忍也硬硬咽回肚里去。喝了杨咪的酒，牛饮就有些过意不去，总想找机会回请杨咪一次，却被杨咪推脱了，后来牛饮终于请了杨咪一次，杨咪非但不领情，还把牛饮臭骂了一顿。牛饮觉得杨咪很实在，就有了好好结交的心思。

时间一久，牛饮和杨咪竟真的成了无话不谈的朋友。

牛饮他们住在学校临时腾出来做宿舍的一间旧仓库里，工友大多是省内各县出来谋生活的吃苦人，这些汉子除了一身好苦性再没有别的资本，能在这样有文化的地方住一段时间让他们心里生出许多骄傲。一有空闲，他们就会结伴在校园里走一遭，天之骄子们漾动青春的脸庞有一搭无一搭地勾扯着他们苍白的心，他们由衷地羡慕大学生们的生活，这样活着才是活着。有时牛饮想，这个校园里随便哪一个人搁到燕子湖，都是可以载入史册的英雄人物，很可能比老支书还要风光。等自己挣足了钱，一定送娃娃来这里上学，娃娃能在这里上学是一件多么荣耀的事情啊。老支书早年走南闯北经见了许多事，回到村里当故事讲给大人娃娃听，乡党们惊得直吐舌头。

杨咪有时来宿舍找牛饮，或出去吃顿饭或说一阵闲话。工友们羡慕得不成，说牛饮哪辈子修的福，能结交上杨老师这样体面的朋友。工友这样说的时候，牛饮很有几分享受，嘴上却说：“杨老师这人没架子，能把受苦人当人待，我哪来的什么福气？”

杨咪在学校里是个怪人，跟同事的关系处得很淡，却偏偏和牛饮这样不明不白的“农民工”不惜老本地交往。这就难免让人怀疑杨咪的动机，工友们也替牛饮捏把汗，怕他一不小心钻进别人的圈套。牛饮急得直跳脚，脸红脖子粗地替杨咪申辩：“我穷得叮当响，哪里有别人惦记的东西，你们这样想杨老师是不对的，再胡咧咧我就不客气了。”工友们不理睬，还是偷偷替牛饮四下里打听杨咪的底细，每天都有杨咪的最新消息反馈给牛饮。

杨咪出生在省城北边的县城的一个小山村，父亲早亡，母亲一把屎一把尿把他拉扯大，靠邻居周济艰难过活。杨咪自小聪明伶俐，靠众人的帮助上完小学和中学，最后又出人意料地考到省里的大学，毕业后留校任教，娶了一个低他三年级的校友做妻子，婚后因经济生活不如意，两口子关系一直不咋样，杨老师的婆姨说什么也不愿生孩子。杨咪把母亲接到家里以后，浑身是病的母亲又成了他的拖累，日子更加艰难，杨咪和婆姨更没多少夫妻的恩情了，两天小闹三天大闹。杨咪的弟子尤其一些花枝招展的女弟子对杨咪却看起得很，经常想方设法帮杨咪，婆姨一口咬定杨老师有婚外情，要和杨咪闹离婚，杨咪不同意，干脆整天有事没事爱喝两口酒，回家以后倒头就睡。杨咪一直觉得没办法报答母亲的养育之恩，母亲得了没治的病，医院说母亲的日子不多了。杨咪就想把母亲接到省城享几天福，尽一个儿子的孝道。甘富水说杨咪这样出身的人肯定有心理障碍，保不齐就会在人不提防的时候捅人一刀，因此劝牛饮不要和他来往为好。牛饮却在心里作出了少和甘富水来往的决定。

日子不紧不慢地向前滚动。

牛饮和杨咪的友谊没有因为别人的猜疑受到半分耗损，反而日积月累地更加深厚了。他们经常到“清水瑶”去消费，一般是清喝几杯啤酒，多数时候杨咪请客，有时牛饮也请，两人亲切得像一个人。杨咪对牛饮的名字产生了浓厚的兴趣，说你们那地方既然很缺水，地名里带点水还有情可原，你的名字咋也这么不含糊？牛饮解释说姓是祖传的，名字是父亲请山外一个读书人搬字典取的，大概是让后人想怎么喝水就怎么喝水的意思。说完牛饮就先自不好意思起来，说这名字就像一道招牌，谁都可以从名字里看出他是一个来自干旱山区的人。

杨咪说有意思，这名字气派。

去“清水瑶”次数多了，牛饮发现他每次去总有一个服务员垂手站在他旁边，只要他一张嘴说话，女孩就掩嘴吃吃地笑。这一发现让牛饮很生气，他以为女孩是在笑山里人的粗俗。时间一久，难免会经常碰到甘富水，牛饮总会装作不认识，待理不理的。

这一天杨咪约牛饮再一次来到“清水瑶”，杨咪开口要了五瓶啤酒，还是那个女孩伺候他们喝酒。女孩倒上一杯，杨咪喝掉一杯，再倒一杯，杨咪再喝一杯。牛饮睁着牛一样的眼睛看着，却又不敢拗杨咪的性子，倒是那女孩红着脸说：“杨老师，您不能再喝了！”

结果，杨咪彻底醉了。

结账时杨咪抢在前面，还另抽出一张50块钱的票子硬塞给那女孩。

女孩推辞说：“杨老师，我咋能要您的钱呢？”

杨咪板着脸说：“拿着，我的钱就扎人手了吗？”说完杨咪就软成一摊泥，牛饮把他架回家里去，杨咪的身体薄薄的像是没有重量。

一路上，杨咪都在絮絮叨叨地说自己这些年摸爬滚打实在不容易，说着说着竟泪流满面了。牛饮牛眼一瞪，说你咋还给她那么多钱？杨咪说她是你们那个县山区来的，山里孩子考上个学已经不易了，千难万难也不能让他们苦着自己，能帮凑一点是一点，不然自己的良心过不去。

第二天，牛饮没见到杨咪，却从工友的口里知道杨咪的母亲去世了，杨咪请了长假回老家为母亲料理丧事。工友还告诉他，杨咪的工资实际上相当高，但是他把大部分拿出来支持贫困学生读书了，婆姨和他不同心，认为他这样做是肉包子打狗有去无回。杨老师死硬，自己再苦再累也要帮助他的穷学生。工友说杨老师真是个好人，不过话说回来，哪个女人摊上这么个不顾家的男人都会寒心，杨老师也真是，再怎么帮人也不不能撇下家里的光阴不管嘛。

杨咪不在，牛饮照样去“清水瑶”，面对牛饮一个人，女孩就用家乡话和牛饮攀谈起来。她说她叫刘娟，是刘家水人，再过三天就整二十岁了。牛饮说自己要是上学的话，肯定在刘家水上。女孩说就是的，大山深处十村八里的学生娃娃一般都在刘家水上完小学，再上初中，能考上县里的高中跳出农门的机会就大多了。牛饮说你都读到大学了，咋不好好念书跑到这儿当服务员？叫刘娟的女孩眼睛红了红，说怨就怨家里的光阴不如人，拿不出钱来供自己上学，这样半工半读也误不了什么事，好在再坚持一年多就毕业了，等攒够了下一年的学杂费就安心上学，毕业了再找份工作还父母和哥哥的恩情。牛饮说杨老师待你们真好哩！女孩眼里忽然有了泪光，说我拖累杨老师太多了。

临走，牛饮一定要学杨咪的样子给女孩50块钱。女孩表示，给不给小费完全是客人的自愿，多少都是个意思。牛饮不管，把钱硬硬塞给女孩，头也不回地走出喧闹的酒吧。

一有机会，牛饮就去“清水瑶”，有时喝几杯啤酒，有时什么也不做，但走时总会掏给刘娟50块钱，能用区区50块钱帮助一个贫困女大学生，牛饮心里很享受。牛饮算计着刘娟的生日，准备在那天给她过一次生日。牛饮想给她买件生日礼物，又觉得不合算，不能吃不能穿的费那钱图个啥？最后，牛饮决定送刘娟500块钱，再没有比这个更实惠的了，那样她可以早点攒够下一年的学杂费，安心学好文化，将来找个好工作。

牛饮说要给刘娟过生日的时候，刘娟眼睛随之一亮，然后又暗淡了，她说过不过生日都是那回事，长这么大年年有生日却一次也没过过，人照样往大里长，过生日不过是有钱人烧钱的一个借口，牛大哥你不要这么糟践钱，有这份心意就陪我说会儿话吧。

牛饮就安安静静坐下来，一小口一小口轻啜着刘娟端上来的啤酒。刘娟坐到牛饮对面给他讲儿时庄子里的事，牛饮觉得大学生就是有水平，每一句话都说到人的心尖尖上了。她说小时候家里人连肚子都吃不饱，哥哥为了给妹妹掏鸟蛋吃从树上掉下来跌折了一条腿，从此落下残疾，哥哥因此不念书了，却一心想让妹妹念出个模样来。哥哥成人后一直没结婚，说过几门亲事都因为他的腿半路上黄了，为了供妹妹念书，哥哥欠下一河滩账，哥哥的婚事越耽搁越愁人。

牛饮插话说：“你哥哥是不是刘大锤？”刘娟哽咽着承认了，牛饮一下子生出许多愧疚来。说起来，刘大锤和牛饮还有一段“姻缘”哩。牛饮的婆姨曾和刘大锤订过婚，却因平地里蹦出个牛饮悔了婚。牛饮不敢把这层关系说破，对面的刘娟哭得更欢实了，他忽然发现这姑娘眉眼生得很不赖，尽管脸上挂满泪水，一望便知是个美人坯。牛饮不知道该怎么安慰这个伤心欲绝的女大学生，局促得直搓手，憋了老半天，才说：“妹子不要哭，以后你上学的事有我一份，你哥的婚事我回去了也帮着打问一下，今天是你生日，该高兴才是。”

刘娟却说：“生日是一个人来到世上的头一天，哪个人在出生时不是哭着来的？”

牛饮想了想，也对，同时在心里发狠，就是搁荒了自己的孩子，也要把刘娟妹子帮扶出去。牛饮问下一年的学费还差多少？刘娟说好几千呢。

这时一个穿着服务员服装的女孩嘤嘤哭着从里间跑出来，身后响起叮叮当当砸东西的声音，保安循声跑过去。牛饮问咋回事？刘娟说可能是客人喝多了撒酒疯呢。牛饮担心地说他们这样胡闹万一伤着你们服务员怎么办？刘娟低声说这种情况是可能的，有的客人喝着喝着就会喊服务员陪酒，喝多了手就不老实了，要是不依他们，他们会借着酒劲掀桌子踹凳子。前些日子就有一个姐妹誓死不从醉汉的无理要求，惹急眼的醉汉竟举起凳子把姐妹的胳膊打折了，到现在还没好呢。

牛饮听见自己的心咯噔掉下去一截，然后身上莫名其妙地冒出许多汗，有点冷。牛饮搁下为刘娟备的礼就急匆匆走出门外，街上人潮如水，各个都被一脸喜气罩着，牛饮觉得自己和大街上的人们一点都不搭调。

贴身裤衩的针线拆了缝缝了拆，里面再也翻腾不出多少内容。牛饮向工友借了几百，说工资发了就给他们还，自己心里虚虚的没个底，电视和报纸上常说一些老板拖欠农民工工资，这个老板平日待人不赖，不像欠钱不还的那种黑心人，可人心毕竟隔着层肚皮。牛饮心里还是一个劲地害怕，越想越怕，想到最后就用馍馍不吃在筐里搁着、短了日子短不了分量的老话给自己宽心。

从二月里出门到现在已经有八个月了，老板说过几天先发半年的工资，剩下的等工程结束一并算发。一月一千八百，半年就是一半万，这账好算。牛饮想发了工资先给家里带去两千，再还掉工友的钱，余下的和后几个月的都给刘娟，帮这个苦命的女子早日凑够下一年的学杂费。

牛饮每天晚上都要去“清水瑶”潇洒一回，工友们取笑他在“清水瑶”找到了相好，不然就不会白天下那么重的苦晚上还有精力去“清水瑶”下力气，还问他的作业做得好不好？牛饮笑笑不言传。再到“清水瑶”的时候，牛饮就有了一个心愿，他对刘娟说，妹子，认我做哥行吗？这个问题似乎很难，刘娟用她装满知识的脑袋想了很久，才郑重地点了点头。

牛饮觉得自己是一个幸福的人，虽然他没上过几天学，却糊里糊涂地捡了一个大学生妹子和一个当大学老师的朋友。这搁到燕子湖不知要被乡党怎样稀罕，刘娟妹子还说将来要辅导没见过面的侄儿，教他飞出山沟沟。天哪，那是多大的幸福啊，一想到这些，牛饮的黑脸膛就绽开一朵炫目的花。

发工资那天，久不通气的甘富水说要回一趟家，问牛饮给家里捎什么话带什么东西？牛饮给了甘富水两千块钱，说给屋里的言传一声，等工程结束算清了工资就回家，家里的活计能干多少就干多少，别太苦了自个。

杨咪本想为母亲举办一次盛大的葬礼，尽尽孝道，可手里的钱却让他心有余力不足，好在乡党们肯出大力，母亲的丧事还算过得去。为母亲坟头上添完最后一锹土，杨咪再也抑制不住悲恸，放声大哭了。

回到学校，杨咪到牛饮的宿舍找牛饮，却被告知牛饮出事了。说是牛饮到“清水瑶”去喝酒时，碰到几个痞子调戏一个服务员，牛饮看不过，脑子一热把那帮痞子打跑。谁知一个小痞子跑得太慢被牛饮撵上，牛饮把那小痞子打了个半死，直到警察赶来才收手。听说牛饮下手重了些，把那痞子打成重伤，有可能致残。牛饮被派出所拘留了，牛饮塞在袜腰子里的钱也被搜出来给伤者做了医疗费，听说还差很多，小痞子家里人不但要牛饮负担全部的医疗费，还得赔偿他们的误工费和精神损失费，牛饮再苦三年也挣不来这些钱。

杨咪托同学关系找派出所里的熟人，熟人说这个黑汉倔得很，死活不肯为伤者出医疗费，现在伤者一条腿可能留下残疾，家属已经告到法院，这种情况可能得判几年刑，就看法院的意思了。熟人分析完利害，还是安排杨咪和牛饮在拘留所见了一面。牛饮一下子老了许多，见了杨咪咧开一张大嘴就哭了，兄弟，我做下糊涂事了。杨咪开脱说要以正当防卫来量刑，估计问题不大，关键要看你和被调戏的服务员有什么关系。牛饮问干兄妹顶事吗？杨咪也吃不准，懊恼地把自己的头发揪了又揪。

杨咪到“清水瑶”了解情况，才知道“清水瑶”因出了事故被停业整顿。杨咪找到甘富水，说把牛饮后几个月的工资结了当医疗费，尽可能减轻处罚。甘富水却说老板从出事以后再没露过面，杨咪的心里立刻结了一块冰。

法院的判决结果很快出来，牛饮因过失伤人罪被判刑三年，杨咪和他的学生刘娟知道结果时一块哭得一塌糊涂。杨咪第二次找到甘富水，商量着先把这事不给牛饮家里说，就说工程没结束，牛饮可能迟些日子回家，甘富水红着眼眶重重地点了点头。

杨咪决定抽时间去一趟牛饮的家，他知道，从省城到牛饮他们县，一路往南，经过许多雨水枯竭的村寨，总会找到一个叫做燕子湖的地方。

把时间丢失了的夜晚

黎民一想女人就打喷嚏的毛病在他简直就是一种生理反应。这种状况由来已久，连他自己也不知道是从哪一天开始，后来他发现他的喷嚏总和女人有关，尤其是在夜深人静的时候症状更是明显。每每接二连三的喷嚏此起彼伏地接踵而来，黎民疑心自己可能是患了诸如流感之类的病症，第二天清晨所有的症状不治而愈，黎民便感到很有些奇怪却并不作多想，更没想到这毛病差不多和雄起是一个意思。当然黎民最终还是搞清了喷嚏在他有着宿命的意味，不过那是很久以后的事，在此之前黎民一直沉浸在各种臆想和猜度中并为之备受煎熬，寻找答案的过程在他来说也可能是一种折磨。黎民虽不很聪明，可他知道任何真知的寻证过程可能都是漫长而又艰难的，有时候还要看局中人的运气怎么样，据说人类寻找小小感冒的病原体大概用了几百年之久，几百年是好几代人生生灭灭繁冗复杂的一个漫长过程，其中可以演绎太多的悲欢离合、悱恻缠绵的奇情故事，相比起来，黎民的寻证要轻松省时得多。

黎民模糊记得，关于女人最早的喷嚏声源于多年前的一个女同学，女同学叫杨丽媛，是校园里名噪一时的明星，学习一般，风姿绰约，性格极其活泼开朗，很是招人喜欢。在黎民的记忆当中，杨丽媛活泼的身影常常在人群中东一下西一下，转眼间又没了影儿，男同学普遍对杨丽媛心存好感，杨丽媛在某种程度上可以说是个“大众情人”，杨丽媛却似乎从没有要把谁当做情人对待的意思，游刃有余地在众人中间说笑、跑动，黎民那时对杨丽媛有一种说不清动机的想法，每晚躺在床上多半总要浮想一阵，内容多半和杨丽媛有关，而且镜头总会叫人脸红心跳。事隔多年，黎民一忆起杨丽媛其人仍免不了喷嚏不断。事实上，杨丽媛总是很忙，忙得找不到北又说不清是在忙些什么，根本无暇给予黎民这样的无名小卒些许眷顾，偶尔相遇，送给彼此一个甜甜的微笑，这也足够让黎民心驰神往一阵。黎民有时想这样也挺好，总比热火一阵突然再泼盆冷水好得多。喧嚣过后的沉寂，繁华过后的荒芜，盛筵过后的空虚才是直入表里的痛。相濡以沫不如相忘于江湖。即使不能让杨丽媛对自己有所顾念，保持平平常常的同学关系也很不错，那样至少还有选择和发展的机会。留得机会才会保有希望，而希望正是保持激情的原动力。后来这奇怪的喷嚏愈演愈烈，见到任何一个年轻貌美的女性都能打起来，且不分场合和时间，这就有点像病了。他病得不轻。每到晚上是最折磨人的，他常常睡不着觉，好不容易有了睡意，一阵惊天动地的喷嚏会及时把他从睡眠的边缘拉回来。

其实黎民并不是一开始就对杨丽媛有想法，黎民至今依然清楚记得那天他忽然注意到杨丽媛的情景，每每回想起那天的情景心里就有一种异样的冲动，最显著的症状就是止不住地打喷嚏。

那天的课间休息黎民去上厕所，学校厕所是一排平矮的茅草棚，男女厕所中间只隔一道薄薄的砖墙，墙那头哗哗的流水声让黎民心里一紧，体内热辣辣的膨胀感使黎民羞怯不已。从厕所里出来，见前面走着几个女同学，其中一个一袭牛仔服的女同学屁股后面有一个圆辘辘的湿点，格外醒目，像一个昭然若揭的巨大谎言。黎民怀疑自己看走了眼，不由扶了扶眼镜，没错，是一个新鲜的湿点。瞪眼细瞅，那不是隔壁班上喜欢招摇过市的杨丽媛嘛，黎民不由得把杨丽媛屁股上的湿点和厕所里听到的流水声联系到一起，不想则可，一想黎民马上意识到自己快要出事了。黎民一直眼望着杨丽媛那带着湿点的屁股从眼前消失，细想起来当时心里确实没有一丝猥亵的成分，他不过是想那样美丽生动的一个姑娘就不该出现那样的差池。那晚，黎民第一次梦遗了，他在无休止的喷嚏声中开始了想象，自此以后就开始注意杨丽媛并对她想入非非，每回想到杨丽媛喷嚏声就不断，一发不可收拾。

按说黎民后来所从事的职业有很多机会和时间接触女性，可对女人一无所知的黎民有自己独到的情爱哲学，即不和自己妻子以外的女人发生本应该和妻子发生的事，不对与自己无关的女人心怀痴念。也许是因为黎民过于陈旧、迂腐，到了婚育年龄的黎民的婚事一再拖延，稍不留神就混成了大龄青年且对自己的窘境浑然不觉。黎民是一个正常男人，有欲望有冲动，不得已时常采用自慰的方式来解决问题。在他看来，手淫是一种高尚的性取向，尽管这是一次"没有生殖意义的射精"，但它起码不会给别人造成伤害。黎民经常是在喷嚏声中完成这一套行之有效的动作，喷嚏之于他的排射，相当于女人的呻唤之于男人的欲望。最初，黎民意淫的女性几乎锁定在杨丽媛一人身上，杨丽媛屁股上的那一团湿是他崩溃的源头。后来，每一个路遇的美貌性感的女子甚至每一张女子妖娆的相片都可能引发黎民的喷嚏以及被窝里暗中操纵的勾当。当然，他无意玷污她们，他只是在满足自己的生理需求。

黎民没想到的是，八年后的一天杨丽媛竟再次出现在自己眼前。那天杨丽媛陪她表妹来到他打工的丽都影楼拍摄婚纱照，她还是那样清丽可人，快人快语，穿一身黑色的圆领低胸连衣裙，深刻的乳沟跃然眼前。杨丽媛总是这样紧紧跟随服饰潮流，这个小城今夏流行这种款式的裙装，大街上到处都是这种打扮的女子，袒露着她们或肥或瘦或美或丑的脖颈，神气活现地来回走动。

黎民一边勾头收拾着器材一边偷眼盯着杨丽媛看，杨丽媛正忙着帮表妹拉拖地裙，猛一抬头发现黎民在看她，她迎面走了过来，脸上立刻显现出激动的表情，她说："啊哈，你好像是文科班的那个什么。"想了想顿了顿，她到底还是没能说出黎民的名字，红着脸怔在那儿。

"黎民，外号小老百姓儿。"黎民笑着帮她解了围。

"你还是这么实诚啊！"杨丽媛顿时喜笑颜开。

通过攀谈，黎民告诉杨丽媛他从小热爱摄影，中学毕业后自学了摄影技术并在这家影楼打工，一干就是八年，抗战似的。黎民也知道了杨丽媛毕业后在学业上无所长进，最后在人民商场租了个摊位卖衣服，让黎民心动的是她和他一样，至今独身且无婚史。黎民许久没有体验过和一个自己倾心的女孩子这样亲切地交谈的滋味，心里暖洋洋的别有一番滋味。黎民决定在空闲的时候约杨丽媛再细谈一次，杨丽媛爽爽快快地答应了，并说星期三她有时间，星期三晚上八点钟在人民商场门口见，到时她还穿这件衣服，好认。杨丽媛走前甚至俏皮地向他做了个飞吻的手势。

晕死了！

城市供电系统大概出了不小的问题，电力供应时断时续，所有电器设备都处在间断性休眠状态。送走杨丽媛姐妹俩，店面一下子冷清起来，黎民索性关起门将自己连同一团无由头的思绪深深掩埋到被窝。黎民脑子里塞满了杨丽媛的笑容、热情、大方和直爽以及缭绕的异香，还有关于杨丽媛的其他一些离奇想法，鼻翼在这时格外的刺痒，喷嚏呼啸而来。没办法，黎民只好上床休息，挨上被窝喷嚏打得更厉害了，他厚重的身子像一个重症患者一样在床上震荡起来。

这种感觉久违了。

随后的几天，黎民班上得无精打采，一向严厉的老板格外开恩，说这些天店里没什么要紧生意，让黎民他们趁机好好休息几天，等电力供应正常了再说。这是老板把影楼托付给黎民的意思，老板无条件地信任黎民。全城人对市内电力供应了然于胸，一时对市内所有涉电行业失去信心，影楼冷清得门可罗雀，黎民想不如关起门来看看书，他有一个老板也不知道的宏愿，他想有朝一日攒足资本自家开一家影楼，他得抓住一切可利用的时间多学习，没有足够知识储备的老板事实上是个空壳子，他不想费尽心机到头来混成那样的老板。书没翻上几页，脑子就轰轰隆隆地疼起来，他惊奇地发现自己原来对书这么不上心。电力吃紧，老板当上了甩手掌柜，等于给了黎民练习做老板的机会，他自作主张给楼下两个负责拍照和布景的男孩女孩放了三天假，三天后也就是星期四照常上班。

老板待黎民不薄，支付给他的工资是店内员工最多的，五千多一点。这是黎民苦苦奋斗的结果，也是技术能力的正确考量。影楼地方不大，就上下两间，还被杂物填得满满当当。楼上是暗室，楼下被各类器材和布景相册堆满。老板一心想拢住黎民这高级人才，包他吃住，早晨稀饭饼子，中午一顿盒饭，下午一碗牛肉拉面，偶尔想改善伙食就得自掏腰包。为了节省开支，在暗室里辟出一张床的位置支上钢丝床供黎民休息。黎民很知足，在这狭小的空间自如地工作和生活，从不抱怨。老板在摄影上是个十足的门外汉，店里的事多由黎民经手，他是事实上的二当家的，大家心照不宣。这荣耀不是谁想要就能要得去的。

黎民很少回家，每次回家父母总要抓住他比上比下地诉说他的婚事，这让他很不舒服甚至很厌烦。他的家在北山屯山前村，山前村嘛，顾名思义和山沾着边，村里人的日子和思想都很老套，婚姻大事得父母做主。母亲有一次甚至逼迫他和邻村的一个跛脚女子相亲，那女子仗着家里条件好非要找大专以上程度的愣是没看上他，他的自尊很受打击，自此再也不肯让父母操心他的婚事。父母总想一手包办黎民的婚事，黎民可不想把自己塞进一桩明显失败的婚姻里。父亲脾气很坏，动不动就打骂母亲，母亲逆来顺受，打得安心挨得也安心。他痛恨那些打女人的男人们，打自己的女人是没本事的表现，也充分暴露了打人者的束手无策。他对婚事很有自己的一番见解，找不到理想的爱人他宁肯一辈子独善其身。理想的爱人本来不多，杨丽媛曾经是他视野里最理想的一个人选。之后当然还有其他一些选择，最后都成了过眼烟云做了别人的新娘，她们没留给他太多记忆。杨丽媛很可能会像她们一样，他原以为这辈子再也见不到她了，他和她不会再有故事发生。这样的故事每天都在发生，这样的妄想每天都在灰飞烟灭。他早已习惯，甚至学会了冷眼旁观它们的生生灭灭。

现在，他的机会来了，再过两天他就有机会对她一诉衷肠，弄不好杨丽媛也在等待这样的机会。等待是一种十分费人的活计，他一方面得打好腹稿以供见面后的交流，一方面还得精心设计一下自己尽量给对方一个良好的印象，同时还得忍受时间的煎熬。没有顾客的影楼了无生气，像一只濒死的巨兽。接连两天黎民楼上楼下地乱跑一气仍觉时间多得没地使，他大部分时间都木木地看着案头的时钟漫无目的地走着字，吧嗒一声，吧嗒又一声。时钟永无止境的行走更让他觉得时间的多余。通常情况下，他会在闲暇时看看书，或者在暗室里摆弄那些枯燥的器材，现在不行了，他在等一个他生命中非常重要的人，确切地说是在等杨丽媛迟到了许多年的约会。

睡觉也许是打发时间的好方法，但他不是一个嗜睡的人，何况身体一旦挨上床，他脑子里就会涌出好多让人羞愧的想法，紧接着就是烦人的喷嚏。那张痕迹可疑的床上堆满了书籍和工具，楼下女孩曾执意要帮他洗床单，他坚决地谢绝了。男孩追女孩追得紧，女孩甚至不给男孩一次表白的机会，男孩很苦恼，他可不想让男孩因此对他有意见，记恨甚至仇视他。可疑就可疑吧，他除了看书很少开灯，暗室里除了黑没有别的颜色。面对杨丽媛，他必须保持自己的圣洁和雅致，他可不想让任何不洁辱没她。

星期三说来就来，天刚蒙蒙亮他就被闹铃吵醒，那一刻他忽然觉得时钟从此多余，一挥手就把它摔在地上。时钟哐啷啷破碎的声音像是对他的喝彩，他一个鱼跃跳下床，又对时钟意犹未尽地踩了两脚。接下来他该吃早饭了。多年来他一直固守着简约的生活习惯，能省则省是他的用餐原则，他得省下钱来筹办早晚有一天会来到的婚礼。好钢用在刀刃上。按说这样的生活他该因营养不良面黄肌瘦，偏偏不是，他生得高大壮实，孔武有力。据说稳定的饮食习惯能助人长肉，该到人胖时喝凉水都长膘，他信。

吃过早饭他觉得离晚上八点还早，时间多得仍可以尽情挥霍，于是他决定上街溜达溜达。很快他看到一则公告，说本市最近出现了一个杀人恶魔，专门袭击穿圆领低胸黑色连衣裙的单身女士，建议市民尤其单身女性尽量少出门，如果发现有利线索要及时向公安部门报告。黎民想这都什么人啊，搁着安稳日子不过非要祸害别人，要是栽到自己手里非揍他个满脸开花。

回到影楼已过中午，黎民把影楼楼上楼下统统打扫了一遍，这本该是女孩的活计，他这样做一来是为了打发时间二来是为了报答女孩。完了又想自己光顾着打扫别人的店面竟忘了收拾自己。他换上自己最体面的衣服，把头发梳得油光锃亮，这时忽然警醒，为影楼的事忙上忙下都记不清有多少天没洗过澡了，该洗个澡了，不然到杨丽媛跟前味儿味儿的总不是个事。影楼斜对面就有一家大众浴室，既经济又实惠，方便得很。

从浴室出来，黎民听到手机电量低的提示音，接着不知谁又给他打了一个电话，他掏出手机还没看清来电显示，手机就自动关了机，怎么打也打不开。他匆忙跑进影楼才发现电还没来，该死，早晨出门时居然忘了充电。他连现在什么时辰也不知道，跑上跑下找了好多地方竟然没找到一个能显示时间的东西，也是，这年头人人手里都有手机谁还用手表啊，他开始为自己早晨无端破坏时钟的行为微微后悔了。

夏天的夜晚来得特别快，转眼天就黑了下来，影楼更是黑乎乎得伸手不见五指。他摸索着出了门，整个城市全都黑灯瞎火的，只有天上的几颗星星忽闪着微弱的光，他仍能看到街上人头攒动，但两步之内他连男女都分不清。这些人真是吃饱撑的，不在屋里过安稳日子跑出来穷转什么，街上黑灯瞎火的又没什么景致。没有灯光浸润的城市一如暗室毫无光泽，深不见底。杨丽媛啊，你可真会挑时间，他心里愤愤又俏皮地想。到哪里去找她呢，时间到了没有？他不能贸然跑上去打问别人时间，那样别人会怀疑他的动机，也会破坏他的绅士形象。如果还不到八点，他还能采取一个笨办法来补救，去人民商场门口死等，他相信杨丽媛一定会从商场门里轻盈地飘出。好在没有路灯照耀的夜晚对在暗室待惯的黎民来说，实在不是什么困难，他轻而易举地就摸到了人民商场门口，但就是不知道现在是什么时辰，杨丽媛会不会从门里出来？守株待兔似乎比工作更累人，他等啊等，始终没见到杨丽媛的影子，甚至没见到一个穿黑色低胸连衣裙的女人。

后来星星多了起来，天空也亮了起来。星光自然没有路灯亮，甚至不如月光。可是在这缺电的时节，月亮也羞答答地不肯出来。黎民觉得他有把握在这模糊的光影里一眼认出杨丽媛。他坚定地站在商场门口等，终于看到一个穿黑色连衣裙的女人走出了商场。黎民想喊住她，叫杨丽媛太过生疏，叫丽媛略嫌冒失，他一时拿不定主意该怎么喊她。左右为难之际他冲了上去，在女人肩膀上拍了一下，“杨丽媛你要去哪儿？”回答他的是女人的尖叫。他看清了那是一张早过了更年期的女人的脸。都什么人啊，老了老了不学好了，平白无故的赶什么时髦啊。

有了这一次失败的经历他不敢贸然上去拍人家的肩膀了，可是杨丽媛还没来，他不能失约只能等。他记得人们曾说过约会的女人通常要故意迟到以便考察男方的诚意，杨丽媛迟到一时半刻是再正常不过的事，他经得住考验，可这考察也太折磨人啦！他忽然记起学校里同学间不习惯叫名字相互叫外号的事，他是小老百姓儿，李光叫李胡子，杨丽媛好像被大家称作小妖，对了，就是小妖。李胡子曾舍命追过小妖，可惜没追上，还好没追上。叫外号比较贴切，不生分也不冒失，还有念旧的意思，挺好。于是他站在商场门口大声喊起来：“小妖——小妖——你在哪儿？”他看到街上穿黑色连衣裙的多了起来，可是没一个回头看他，倒是身旁一些路人用怪怪的眼神看他，看得他心里毛毛的。算了，这个办法也不灵。偏偏这时候他的喷嚏山呼海啸地涌来，他再也没办法喊出一个完整的字。

他平常不抽烟，现在他特别想抽支烟，抬头就看到不远处的街口一杂货店里有烛光，店门口排起长长一队等待买东西的人，他跑了过去。排队的人正众口一词地责骂供电公司尽养了些吃干饭的东西。他悄悄排在了队尾。

街上人多车也多，借着车灯他忽然看到不远处一家店铺门口一男子正在厮打一个穿黑色连衣裙的女人，女人哭得特别响亮，四周围观的人却视而不见。

他飞奔过去，看也不看提拳就向那男子砸过去，边打边嚷嚷：“我让你能，让你能！”他越打越狠，男子很快躺在地上不动了。围观的人越来越多，越来越多。

有人打电话报警了。

这时候穿黑色连衣裙的女人早不知去向，黎民还不解气，又对着躺在地上失去反抗能力的男子狠踹几脚。人群忽然闪开一道缝，几个荷枪实弹的警察从人缝里挤了进来，他们麻利地为黎民戴上手铐。又有一辆救护车赶来拉走了受伤的男子，黎民也同时被塞进警车。

围观的人这才议论纷纷：“这小伙子发得哪路疯，人家小两口打架他瞎凑什么热闹啊！”立即有人说：“保不齐是第三者哩。”

人们谁也没看到，这时人民商场门口飞出一个穿黑色连衣裙的年轻女人，女人奔跑着赶向这里，女人裙裾临风飞舞的姿态好美。好美。

断　桥

每到雨季，东汤河就会像一匹脱缰的野马，从山谷深处奔腾出来，卷起一河泥沙，在被我们称为断桥的地方完成最后一次跳跃，然后一头扎进黄河，和滚滚奔腾的黄河水一起流向远方。它如火的烈性也被胸襟广阔的黄河吸纳了，平静地向黄河下游滚动，最后留给人们的仅是一次关于山洪的记忆。雨过天晴后裸露在阳光下的河床上便会生出许多情态各异的石头，更多更细的砂石淤积在黄河南岸不远的公路上，这个地方被当地人称作断桥，经过太阳的暴晒，砂石结构的断桥变得坚硬无比，在东汤河没有一滴水的时候成了一座架通南北的土石桥。雨季里有几场像样的雨，东汤河就这样奔腾几次，等到雨过天晴，东汤河就会以一条低于两岸路面的深沟展现在路人面前。断桥上的泥沙越淤越厚，但它终究没有高过两岸的路面，淤积在断桥上的泥沙会被凶猛的山水冲入黄河，公路段的“红孩儿”总是在雨后及时清理桥面，直到车辆能够顺利通行。

我和我的朋友喜子经常从断桥上骑车上下学，却从未领略过东汤河在大人们言传中的凶猛，我们看到干涸的河床裂开粗糙的大嘴，像是在问天，何以自己空负着一条河流的名字却没有一滴河水来泛滥？那时我们正上高中三年级，课程很紧，但这并不妨碍我们梦想未来。我和喜子的梦想可能都与断桥有关，我们幻想有一天能冲过断桥，离开贫瘠的土地到城里或更远的地方寻找自己的幸福生活。那时我们天真地以为我们离自己的抱负不过咫尺之遥，我和喜子以及另一个朋友三河在班里学习全都不错，是男生里的希望，班主任曾对我们三个说班里的男生就指望我们三个了，我们给说得晕晕乎乎。于是，我们三个来自山区的小小男子汉被誉为县中文科班的“三剑客”，我们却无剑可使，我们手中能答出高分的笔或许就是我们的“剑”。

那时高考即将来临，我和喜子骑车一路狂奔，各自车胎下绽开一朵朵细碎的黄花，腾起的尘雾几乎迷蒙了我们的双眼。喜子忽然撵上来问我高考志愿怎么填。我说要我选择的话，我一定选择偏远一点艰苦一点的地方去锻炼一下，新疆是我的首选之地，云南或者贵州也行。喜子很不以为然，他说他和我想的不一样，他更渴望到大都市感触一下现代文明的繁华，可能的话，再在当地找一个色香味俱全的人间尤物做老婆，他还会留在那儿工作和生活。完了他笑着骂了我一句，你他妈的有病啊你？尽拣那些没人去的地方，就好比搁着现成的肉不吃，偏要吃豆腐渣。我说你他妈的才有病，就算大城市有成堆的票子等着你去挣，你能挣来挣不来还是个问题，我估计你能把学顺利上完就算烧高香了，再说，能不能考上大学还很难说。喜子噘着嘴不再言传，八成是在估量形势，然后他发疯一样使劲蹬车，很快就将我远远丢在后面。我赶上他时他已在断桥边支好车子等我，见我一路晃来，他气呼呼地骂我磨叽，我一边擦汗一边向黄河张望，河水长得一眼望不到头，我觉得我们的人生也长得没有尽头，就像我们喜欢写在书页上的一句话说的那样，路漫漫其修远兮。我们也像东汤河一样，每到断桥处总要停下来作一次跳跃或停顿，公路段“红孩儿”的头儿老段就在我们经年上下学停停走走的过程中与我们熟识。

喜子见我不说话，便开口辱骂东汤河和断桥了，说世上还他妈有这么日怪的事，东汤河里居然没有一滴水，断桥也一点不像桥，这样日怪的事我们竟然一次性碰到两样。

我借用尼采的话回答他，存在即是合理。喜子重新跳上车，这下，他和我并排慢走，只有迎面来车的时候才猛蹬几脚蹿到前面和我骑成一条线。我在想，喜子除了学习好一点，恐怕再没有别的可以骄傲的资本。喜子在家里排行老七，还不算他那些已经为人妻母的姐姐们，他的父亲勉为其难地供他上到高三还是看在他是老疙瘩的份上，我估摸着他到了高考时就得为食宿犯难了，他想得竟那么高远！

果不其然，高考时喜子只带了20块钱的生活费，尽管那时的钱很像钱，可他这点家底恐怕连三天的住宿费都不够。我和三河简单地商议了一阵，决定资助喜子渡过难关，虽然我们本身还没有资助别人的能力。我和三河在郊区租了间平房，双人床想来够我们三个干巴精瘦的小男子汉挤一挤，热心的房东还从家里搬来一个长条沙发，甚至还把节煤炉贡献给我们生火造饭。喜子接受我们的邀请时似乎很不情愿，我们软磨硬泡了好一阵他才答应住下来，并且申明他会出自己的一份租金，他的话竟然把我俩逗笑了。

没想到喜子真的用自己仅有的20块钱买来一点蔬菜和几瓶啤酒，并当即挽袖子抹胳膊地准备给我们炒个下酒菜，那时的天气是一年当中热得最厉害的几天，啤酒对我们来说还是奢侈品，我们责备喜子不该乱花钱，但我们没有拒绝他的啤酒。当晚，我们三个喝得都有点晕乎。喜子睡觉极不老实，我和三河被他挤得就像快要蹦出口袋的土豆，歪歪斜斜地跨在两边的床沿上，怎么也睡不踏实，最后我只得在沙发上将就一夜，腾出地方让他们睡个安生觉，大家明天都有一场硬仗要打。

每场试考下来，喜子都掩饰不住自己的激动之情，和我们对答案时眉飞色舞，直到成绩稍优于他的三河和我都疑心是我们错了。喜子一面忙不迭地向几个相投的女生发出邀请，说到大学里要记得经常来往，他说得越多女生们越是担心得要死，因为没有任何一个成绩优秀的同学敢保证自己能在今年的高考中胜出。喜子是个例外。喜子有一个特别要好的女同学，叫张欣，我们都知道喜子对张欣有想法，喜子一见到张欣眼里就多了一分柔情。三河也对另外一个学习好的女生有想法，三河却坚决不承认，至多是和那个被我们叫做“红楼梦”的女生一块散一会儿步，至于他们在散步时说些什么话我们无从得知。我因学习好一好遮百丑被同学们尊为大哥，对每个对脾气的男女同学都平等对待，一般来说，班里任何一个真心上进的同学都愿意把心里话说给我听。张欣在这期间对我说过喜子讨厌死了，傻乎乎的没一点男子汉模样。“红楼梦”和三河却总是在我面前极力说对方的好，喜子眼里的张欣就是一朵人见人爱的花。

我们想象中火药味十足的高考平静地过去了两天，喜子过早地被胜利冲昏了头脑，居然接受了一个初中同学为他摆的庆功宴，那天晚上我和三河一直等到深夜才听到他重重的砸门声。喜子已经喝得醉醺醺的，躺到床上就发出惊天动地的呼噜声，我和三河只好把沙发当做双人床胡乱睡了一夜。

第二天，我们都考砸了，喜子脸上的自信不再那么强烈，我和三河也无法预料我们的命途。为了消除高考带给我们的紧张情绪，喜子决定约几个关系不错的同学去他家里转几天，我、三河、“红楼梦”以及另外一个男同学和女同学都在被邀之列，当然，我们都知道喜子最直接的目的是约张欣，看到有这么多好朋友都要去，张欣竟爽快地答应了喜子的邀请。

我们骑车一路狂奔，很快就到了断桥边，桥面上坑坑洼洼的不好走，于是我们推着车一路说说笑笑地往越走越荒凉的喜子家走。迎面碰到正在带人铲路的老段，他笑着打问我们的高考情况，并说他的小儿子明年也要高中毕业了，希望我们能为他提供一点参考。老段的话让我们的心情沉重，大家都不开口说话，喜子很快打破了冷场，他说，段大叔，万一到时候我们考不上个正经学校，你能想办法把我们弄进公路段吗？老段思谋了好一会才说，公路段是个小庙，盛不下太多的和尚，再说你们学生娃的前途应该比这个更高远。老段的话把大家逗笑了，张欣娇嗔地戗了喜子一句，就你事多！

我们在喜子家里疯玩了两天，之后又到我家玩了一个晚上和一个白天，喜子和我同村，相距不过半小时的脚程。我们发现张欣和“红楼梦”这些城市女生对农村的了解近乎无知，尽管她们的学习成绩在班里属一流。他们对什么都感到新奇，张欣竟连花生是长在土里的也不知道，一直犟嘴说果实是应该结在树上的，并缠着问我们家里有没有花生树。每到这样的时候，喜子就耐心地给她讲解，他煞有介事的样子乐坏了我们，一头雾水的张欣却把他当成渊博的化身，眼里流露出无尽的崇敬。

后来我们就待在各自家里等待谁也无法预知的考试结果，大家的心都在忐忑着。分数出来那天，喜子第一个坐不住了，他跑到我家里约我进城查看分数，见我不大情愿，他不由分说拉起我就走。到城里我们遇到了张欣她们，我看到她们的脸上一半写着喜悦一半写着忧郁，一问才知道她们几个都上了本科线，但是分数不是太理想。喜子骑车带我去教育局亲自看分数，他说他只相信自己的眼睛。教育局门口有很多人，喜子搁下车子就一头扎进人堆里。不多会，喜子满脸沮丧地挤了出来，我问他咋样，他虎着脸说你们他妈的都兴时了，三河连我的苦日子还没到头。这一年高考的结果是，张欣、“红楼梦”们先一步考到省大，男生中只有我一个被一所专科学校录取，另一个低于录取线几分的男同学被省大艺术系特招，喜子、三河他们的大学梦只能等下一轮高考来临时圆。

喜子似乎并不灰心，当即就为自己确立了下一年的奋斗目标，并且欢天喜地地约张欣他们再去他家里玩一次，张欣想也没想就答应了他的邀请。行前“红楼梦”嘱咐三河多加件衣服，说看天的样子像是就要下雨了，喜子吹嘘说他就能观来天象，那么薄的云彩根本不可能下雨。我们把车子骑到断桥的时候遇到了老段，老段劝我们回到城里去，说不然一下雨就得在山上待几天。开弓没有回头箭，我们没理老段昂扬地跨过断桥朝山上爬去，谁知还没到喜子家天上就飘起了雨丝，而且云彩越来越厚了。三河说他得赶在雨下大前搭上一辆回家的车，果然就在我们的注视下拦住了一辆同村卖瓜果的农用车，三河挥挥手向我们告了别。

几个城市同学一到喜子家就被突如其来的雨景迷住了，扑天抢地地跑出屋子故意淋了一身雨。后来张欣说她得给家里打个电话，看看有没有什么事，没事的话就在山上待一天。喜子表示欢迎，并极力主张马上去打这个电话。那时我们村打电话要走很长一段路，我们在越来越大的雨中追逐嬉戏了半个小时才赶到。事情坏就坏在张欣的这个电话上，我们都听得出张欣妈妈要她立即回去，态度十分坚决。张欣要回，“红楼梦”和另外一个城里男生也要回，喜子气愤地骂了天气又骂同学。最后我决定由我和喜子护送他们下山，在半坡上我们就听到了哗啦啦的流水声，喜子嘟囔着说发山水了，谁也过不去。

我们终于见识到了东汤河的凶猛，河水卷着泥沙一路狂奔下来，水花溅起老高，断桥被河水深深地掩埋起来，把两岸的过路人坚决地阻隔开来。喜子若有所悟地说，原来断桥的叫法是这么来的。东汤河水挡不住大车，它们照样从断桥上小心翼翼地驶过去，也有几个性急的骑车人架着车子从上游水浅的地方试探着往前走，终于有几个人一身泥一身水地涉过凶猛的河水，张欣说他们能过我们也能过，城市同学纷纷表示愿意试一试，我和喜子怎么劝也劝不住。城市男同学已经身先士卒地绾起裤腿，坚定地推着自行车踏进上游拐弯处的浅水里，张欣和“红楼梦”也脱了鞋袜绾起裤腿紧紧跟上，我也赶紧做好涉水的准备，喜子站在岸边说过不去，肯定过不去！

我的这位同学找的真是地方啊，我们下脚的时候河水刚能淹过脚踝，越往里走河水越深，而且谁也不知道山水掩盖着怎样的沟壑，最重要的是这一处的河面最宽，这就决定了我们在山水里浸泡的时间更久。你要是没有在山水里行走过，一定想象不出那种奇妙的感觉，河水轻一下重一下地拍打着我们的小腿，从上游滚滚而来的石块总是在人最不留意的时候十分凶狠地撞击一下你浸在水里的腿脚，脚下的泥沙也以水流的速度向下游涌动，感觉就像在天上飞，像是有种神秘的力量牵绊着你的腿脚。张欣和“红楼梦”已经发出胆战的尖叫，那个男同学没有尖叫，声音却有点飘，他问我怎么办？我说现在后退还来得及。此时我们的过河任务还没完成一半，正在我们犹豫着该不该撤的时候喜子已经涉水跑来，他架起张欣的车子不由分说地向后退。两个女生已经惊吓得不成样子，我左手拉着张欣右手扯着“红楼梦”也向后撤，那个男同学也在全力后撤。我们的后退其实也是一次惊险之旅，河水好像越来越大了，河中央已经汹涌出了浪花，脚下的泥沙也越走越快，我们绾到膝盖的裤脚已经被水浸透了，城市同学个个紧张得面如土色。这时候我忽然想开句玩笑让他们放松一下，我说我舅舅在山上管山水，今天怎么把山水放下来，成心让我们过不去河。喜子天生是一个好搭档，他接过我的话茬说你舅舅那个老酒鬼，今天肯定喝多了，没事干放着山水耍。没想到张欣却当了真，她忽然埋怨起我那个并不存在的舅舅，她说你舅舅咋这么坏嘛。这时那个男同学脚下趔趄了一下，张欣赶紧让喜子放下车子去帮他，喜子丢开车子跨着大步跑向那男同学，喜子靠近那男同学的时候听到男同学低声发了一句牢骚，石头！随后喜子被另一个滚滚奔来的石头打中了小腿，我们清晰地看到他痛苦地跌在水洼里，然后他的头碰到了一个更大的石头上。万分庆幸的是，此刻几个需要救助的同学突然爆发出惊人的能量，他们和我一块把一身泥水的喜子抬到岸上，张欣带着哭腔问我，能不能打个电话让我舅舅先停一会水，就一小会！“红楼梦”的意思是我们直接上山找到我那位游手好闲的舅舅，警告他再不要胡作非为。

喜子还在昏睡！

要回家的同学谁也不敢再提回家的事了，我们最终搭上了一辆农用车回到我家里，大家把自己身上的所有钱搜罗出来准备把喜子送到村卫生所检查一下。回到陆地上，我们的思路开阔了，手脚灵便了，我们用自行车驮着喜子赶到村卫生所。村里的赤脚医生说喜子只是受了轻微的脑震荡，休息一段时间就会好。医生的话让我们放下心来，给他开了几味西药，我们又骑着自行车把他驮回我家。到家里不久喜子就醒来了，他笑着说东汤河发威可能是因为他说过对东汤河不恭的话，我们把他臭骂了一顿，说他中的封建遗毒太深。

第二天我们返城时又在断桥处碰到老段，山洪已过，沟里只剩零星几处水洼，“红孩儿”们正在加紧清理断桥上的沙石。老段说昨天幸亏我们没下来，不然非让山水卷走，山水后来大得能冲走一头牛。我们吓得直缩脖子，但谁也没提昨天我们过河的事。

这年夏末，我和几个要好的同学到省城或省外继续我们的学业，三河、喜子以及更多的同学留在县城参加补习班。“高升”了的同学始终没有忘记喜子他们，在新学校里不断写信鼓励他们，喜子在信里向我雄赳赳地宣誓，来年他一定考到首都里去，可是不久传来消息，喜子因经常犯迷糊不得不提前退学，永远地失去了深造的机会。班里又有几个同学顺利地考取了省内外高校。喜子回村的最初一段时间里，脾气变得异常暴躁，经常为鸡毛蒜皮的小事和庄邻大打出手，据说光是赔给对方的医药费就够他上几年学了。在我们上学期间，每个假期都要去喜子家探望他，喜子对学业已经很冷淡，开始向往老婆娃娃热炕头的日子。

谁也没有料到此后的高考形势一片大好，再加上各种门类的民办高校破土而出，三河和大部分同学都通过补习考到了理想的学府，喜子成了我们班唯一没有上过大学的人。喜子这时候已经能够平静地面对这一事实，再也没有半句牢骚，但是我们从他眼里仍然能读到失落。

喜子果然在不久以后就结了婚，他的媳妇各方面都很一般，搁在村里也算不了什么尤物，喜子却对他百依百顺，成了同学圈里最著名的“怕老婆”。喜子曾自豪地对我说，他虽然没有读过大学，却是班里最早结婚的人，再怎么说他也捞到了一项全班第一。我哑然。

我毕业那年因一次意外丢掉了唾手可得的“铁饭碗”，绕了一个大圈又回到了村里，喜子结婚的时候我甚至还没有恋爱的打算。在百无聊赖的日子里，我开始了我的漫漫写作路。我们的同学纷纷从各类学府毕业了，他们先后找到了理想的工作，有的人甚至把工作当衣服换来换去。过去学习最糟糕的同学也都活得像模像样，相当一部分人已经在工作岗位上担起了重任。同学经常结伴到我家看伤病在身的我，有时来也匆匆去也匆匆，顾不上再去看侍弄土地的喜子，似乎忘记了和我同村的还有一个我们共同的同学。喜子对此很有意见，经常在我面前对同学骂骂咧咧的，后来每次同学来我家，我总是想方设法把他们引到喜子家，或者给喜子打电话叫他来，喜子总是以各种理由推脱敷衍。我知道喜子很忙，农田的庄稼太费人心，养活老婆娃娃也许不是一件容易的事。我也知道同学的情分也许会在一天天的家务活里流失，我不愿意看到任何一个纯真年代的朋友在友谊的方阵里掉队。

现在，喜子的儿子已在喜子的言传身教中学会了叫我瘸子，还能按他爸爸妈妈的意思去小卖部打来酱油，喜子也完全成长成一个精壮的农民，肩负起了家庭的重任，少年时代的梦想被无限地搁置起来。喜子似乎不愿再回想他的学生时代，他甚至在有意无意地回避昔日的同窗好友，我知道往日同窗好友夺目的光环灼痛了他的眼睛，照出了他的卑微，他是在刻意回避心口的旧伤。

我回家总该有七八年了，喜子从来没有主动去过我家，倒是我隔一阵慢腾腾走近两个小时的路程去看他。我到他家常常见不到他的面，他母亲告诉我他不光要侍弄田地，还得腾出手脚打些零工，有时候忙得连一顿热乎饭也吃不上。有一次我终于在喜子家把他活捉了，当时他正爬在炕头上和村里几个后生打纸牌，见了我他挥挥手里的票子说稍微等一会，他再赢一点钱请我喝酒。然而我叙旧的心思在那一刻消失得无影无踪，我朝他笑了一下就扭身拐出了他荒凉依旧的院门。

每次坐车去城里办事，我总要偏头看看干涸的东汤河，以及阻断喜子命程的那座断桥，公路段的“红孩儿”换了一批又一批，老段早已没了消息，有人说他已经去世，也有人说他跟着子女到省外享清福去了。

张欣前一阵刚结婚，回到县里她又为高中时代的朋友补办了一桌酒席，张欣嘱咐我多招呼几个人，提出的口号是一个都不能少。我坐在车上一遍一遍地给喜子打电话，听到的尽是忙音，最后好不容易打通了一次，喜子却说忙着哩。

从前的断桥上已经凌空飞起一座货真价实的桥，东汤河发多大水也够不到桥上的车和人，也许我们的命运也像这上下两座唇齿相依的桥，多年前的惊魂一劫仍历历在目。这座桥，难道真是阻隔喜子奔向雄途的天险吗？

我在想，无论我们一生要经过多少事，我们最终的命途可能会锁定在某一件具体的事务上，比如我的文字，喜子的土地。

所有的螺丝钉

西塘很小，小得任何一级行政地图上都找不到。可它照样有四通八达的路，公路、机耕路、生产路、羊肠小路，应有尽有，据说沿着这些路可以走到全国任何一个地方。

绝大多数西塘人都是老实本分的庄稼人，过着日出而作日落而息的农耕生活，很少出远门，穷日子富日子都能过得下。也有人不肯安分，顺路七扭八拐地到外面的阔天阔地谋生活，他们嘴皮子活，手头子快，钱路子也宽。自然有理由鄙视土里刨食这种粗鄙的活路。刘洋是这些人的杰出代表，他和对象招娣在南方一座现代化都市做工，是个头目，手底下有百十号人，家里家外都受人尊敬。他当然有更多的优越，他甚至放出豪言，打死也不回这个破地方。刘洋常年在外，村里很多人从没见过他，很多人是从别人的闲谈中知道他，从偶尔飞回西塘的信件和汇款单上感知他，他是西塘的神话，西塘的传说。

刘洋他们过得是像候鸟一样的生活，年关前后总要在西塘和那个南方都市之间飞来飞去，风雨无阻。招娣说这个比喻比较贴切，单就是一个“飞”字用得不太恰当，每回往返都赶上客运高峰，车票很难买，每次他们几乎都是连滚带爬地踏上旅程，“飞”得一点也不轻松。刘洋不以为然，说急什么急，会有那一天的。招娣懂他的意思，但她不愿说破。

刘洋给招娣描述的生活图景十分诱人，单是想一想就觉得脸红心跳，幸福的滋味即刻在心里漫开，她做梦也想过那种日月。刘洋说，等他们攒够了钱，就把家搬到工作的那个城市，置一院大房子，办家公司自己当老板，买辆小车出入代步，生个娃，吃喝拉撒全交给保姆操办。总之要什么有什么，想怎么过就怎么过，到那时就能把西塘这边的穷根连根拔掉，像模像样地做城里人了。

可是，他们离目标还很远，他们还得在两地来回穿梭。

刘洋在公司做车间主任，招娣是会计兼着打字员。一开始，刘洋傲得很，根本不待见西塘一起来做工的老乡，对招娣也不屑一顾。后来，在外谋生的艰辛使他们渐渐有了共同话题，加上同事的便利让他们有了些微接触。他们学着时下时髦的年轻人拼车拼房拼吃拼喝，逐渐就拼出了恋爱关系。刘洋喜欢招娣的灵秀善良，招娣为刘洋的志向和才干折服。那场举世震惊的金融危机袭来之际，公司的财务每况愈下，刘洋他们的生活也举步维艰，这种时候刘洋对招娣的依恋却与日俱增，招娣过早地显露出了勤劳朴实的主家妇的风范。公司在最危难的时候裁减了一部分工人，经济回暖后人力出现严重缺口。年前公司的年终会上，上层透露出人事变革的风声，中层干部可能会重新洗牌，几个副主任甚至下面的工班长都蠢蠢欲动。刘洋本不想在此紧要关头回西塘过年，也做通了招娣的思想工作。可就在刘洋他们兴冲冲地为在异乡过年积极做准备的时候，突然接到通知要各部门各车间负责人返乡招聘工人，有定额，硬性命令，完成还有奖励。

刘洋和招娣不分昼夜排了三天队，才买上回乡的车票，没有座位，一趟下来身心俱疲。回到西塘，招娣家也不回就开始在西塘周边一些村落的路口和店铺门口张贴招工简章，刘洋则站在一旁苦口婆心地向人们解释公司的工作环境，以及福利待遇等情况。看热闹的人很多，报名的却少得可怜，比人里头的二尾子还少。刘洋简直搞不懂这些乡亲，他们一方面对出门做工的好处充满艳羡，一方面又对这种好处视而不见，仿佛外面的工钱是烫手的山芋。简章贴出好几天了，村里上了年纪的大妈大爷倒是有几个上门询问，看有没有适合他们的工作，刘洋哭笑不得。招娣替刘洋联系了几个青壮年，这些人也只是说先过去看一看再做决定，并要求刘洋把他们的路费先垫上。刘洋拧着眉毛想了很久，才答应了他们的要求。看刘洋愁眉不展，招娣很着急，问他，富贵行不行？刘洋一听就来气了，笑话，富贵笨头笨脑的能干个啥？招娣马上辩驳，富贵虽不像别人能说会道，可他心眼实，干活踏实，从不偷奸耍滑。

富贵是村里出了名的愣头青，傻了巴唧，连句囫囵话也说不了，快三十岁还没说上个婆姨。家里更是穷得叮当响，卖了羊羔又卖地，最近听说又打算卖掉房子去外面逃荒。那年卖羊羔时，贩子给他多数了一百块钱，他硬是多跑了十里山路，撵上贩子把一百块钱退回。这事让村里人笑话了整整一年。还有一次，富贵晚上去淌水，看到田邻富有家的麦子稀稀拉拉蔫了巴唧，地里的野草倒是绿茵茵冒出一大片，富贵猜想富有家缺少人手顾不上田里的活计，竟不顾自己的庄稼给富有家淌了水，事后才知道富有家眼看麦子指不住，在麦地里另种了胡麻，故意要隔一水，淌了水的胡麻苗淹死了不少，又因随后的一次霜冻彻底死光了。富贵好事没做成，反倒落了一身臊，最后给富有家赔了一年的产量。

原计划初七返回，可工人还没招够，刘洋决定再等一两天。初八、初九家里再没来过人，连故意捣蛋的也没有。刘洋几乎绝望了，只顾一支接一支抽烟。抽完最后一支烟，他使劲把烟头朝院里一扔，对招娣说把富贵也叫上吧。

刘洋总共为公司招来七八个新工人，总算没剃光头。按规定，新工人在上岗前要接受一个月的培训，富贵穿着一身新工作服喜气洋洋地随大家去了车间。刘洋以为，他把工人招来就万事大吉了，培训成不成是公司和工人的事。哪里想得到，培训没几天，他带来的乡亲就跑了三个，任务的缺口更严重了。好在公司似乎对此早有防备，已经通过市劳动局另招了一批工人。富贵脸红脖子粗地对刘洋说，二娃子，你放心，我不当逃兵，不丢西塘的脸。

新工人的岗前培训很快结束，富贵竟神奇地通过了考核，隔天就要上岗了，正好分在刘洋的车间。公司给新工人发放了劳动保护用品，让他们到车间报到。富贵活没干上几下就跑来向刘洋报告，二娃子，手套……窟窿……得换，口罩……带子……断了，也得换。办公室里人很多，听富贵这么说都笑了。有一个人甚至学着富贵的口气说，二娃子……脑袋……毛病，得换。办公室的笑声更放肆了。

刘洋板着脸吼起来，我再给你说一次，我叫刘洋。

见刘洋生了气，富贵赶紧给他递上支烟，主任，你抽。刘洋接过烟，没吸上几口就摁死在烟灰缸里。富贵见了忙拣出来塞进自己嘴里。刘洋的心情忽地糟糕起来，大声说小赵，给他重发一套劳保。富贵找到刘洋时天已黑透，刘洋费了好大的劲才听明白，富贵说论辈分他是刘洋的叔，但到了这里，他不会再计较这些，上午给刘洋心里添了堵，很过意不去，他是专程来给刘洋道歉的，以后他会在工作上努力再努力，再不敢给刘洋丢人了。刘洋气咻咻地打断他，你跑大老远的路就是为了说这？赶紧一边歇着去。

富贵在车间干活拼命得很，任劳任怨，工作干得也很出色，下面的工班长一致交口称赞。不过，工人们并不因为富贵能干肯干就领他的情，他们常设法捉弄他，故意找茬欺负他。富贵很配合地哈哈笑着，活像被捉弄被欺负的是别人。工人们似乎也乐意和富贵一起上班，他们嘻嘻哈哈地逗他，完了把自己手头的活计也丢给富贵，还有人伸出乌黑的大手捋富贵乱糟糟的头，摸他的脸，他的衣服也给工友们涂抹得花里胡哨。富贵很开心，干起活来更卖命。招娣有时看不过，站出来帮富贵说几句公道话，却招来工友一阵挤眉弄眼的笑，刘洋也骂她多管闲事。有一天，一个工人编造富贵和招娣的闲话，富贵忽然动了怒，扑上去就把那人打翻在地，刘洋毫不客气地扣了富贵当月的奖金。富贵却傻呵呵地笑着说，值了。

刘洋的宏伟计划不是一朝一夕就能实现的，婚期被无限期地拖了下来，招娣催过几次，刘洋总说不急。公司的人事变革首先从后勤开始，一些元老级中层干部纷纷下马，公司管理层一时间人心惶惶。刘洋心里乱得很，五味杂陈，要是自己在主任的位置上待不住，以后的生活恐怕都成问题，这种时候谈婚事简直就是没事找事。眼下，他最紧要的任务就是在公司站稳脚跟，可能的话还要再上一个台阶。大学同学都有了可靠的工作稳定的收入体面的职称，甚至理想的家庭，他在企业上做已经够掉份的了，如果连这份工作也保不住，传出去他还有什么脸面？不敢想象！招娣人是不错，要模样有模样，要品行有品行，就是学历次了点，中职毕业。大学时代的女友现在是另一家公司的副总了，一直单身，前一阵在同学聚会上放话说，她的大门永远向他敞开着。可是，他真的能放下招娣奔她而去吗？他现在的处境还适合和她在一起吗？

这一天，富贵一连顶了三个人的班，最终累倒在岗位上。刘洋知道后气得大骂富贵蠢货，交代招娣扣那三个人一月的奖金，安排富贵回住处休息几天。等到发工资的时候，招娣歉疚地对富贵说，领导说他这月脱岗几天工资没造满。富贵却说够了，在西塘一年也见不到这么多钱。招娣觉得刘洋这样对富贵不太地道，总是想找机会帮刘洋补偿一下富贵。刘洋的回答很决绝，企业不是福利院，规矩制定出来就得严格执行。招娣心里怪怪的，感觉刘洋这人有时冷酷无情得近乎可怕。她对他还缺少足够的认识，难道她真的要把自己交给这样一个人？她在他身上已经耗费了三年青春，三年里，她可着心地疼他、爱他，她把她所有的精力都用在他身上，她为他哭为他笑，她只希望能像其他人一样过上平和的生活。她以为他是一个值得信赖可以托付终身的人，她从没发现他这么不近人情，而且还不自知，自以为是得让人生厌，她不管不顾地爱他而忘了审慎地正视他，她甚至把他的缺点也当优点来爱。现在看来，是她错了，她不得不重新考虑她和他的关系。

富贵和四个工友在这座城市的另一端合租了一间房，富贵每天就在公司和住房两点一线间来回奔走。房子里工友先前跑了三个，剩下的一个不久也找到了新工作，搬到新公司里住了。富贵带来的一点钱全替大伙交了房租，工资也搭进去不少。房东又在催要后几个月的房租，富贵难肠得不行，央求房东宽限一段时间。富贵呜呜啦啦的话房东听不懂，房东说不然富贵先向领导借点钱。富贵赶紧说不敢麻烦二娃子。富贵想，自己一个人挣一个人花，足够。

刘洋带着招娣看了几个新建的楼盘，比较来比较去也不知该买哪里的房。招娣看得心不在焉，刘洋说了些什么她根本一句也没听进去。刘洋忽然拽住她问，你最近怎么回事？招娣木木然地回答，可能是最近公司的烦心事比较多，没睡好耳朵有点失灵。

刘洋说，狗屁，总经理交代你的事怎么从来不差分毫？招娣不知道怎么回答，转而问起他们什么时候举行婚礼。刘洋说她不要把形式看得太重，这事等等再说。

富贵这几天班上得无精打采，工班长已经给他敲了警钟，再这样下去就炒他的鱿鱼。富贵嘴上说不会了不会了，可下次上班照样是老样子。刘洋听说后，撵到车间当着大家的面把富贵骂了个狗血喷头，富贵红着脸不应声。招娣很快知道了富贵这样的原委了，她背着刘洋给富贵送了些吃的用的，她本想给富贵些钱，可她的工资多半替刘洋还了助学贷款，身上的钱仅够维持生活。

刘洋在公司干了四年，当了三年主任，年年先进。为提高员工的劳动积极性，董事长决定表彰多年来为公司的发展做出贡献的一批老员工，奖金不菲。条件是工作期满五年，每月都能出全勤。刘洋积极活动，让主管考勤的小赵替他修改了考勤和档案，这样一来，他恰恰就能挤进表彰之列。小赵的活计做得十分漂亮，材料上午报上去就通过了审核关，下午即被财务叫去领钱。刘洋心情非常好，拨云见日般的，他抽出五百给招娣零花，招娣居然说了声谢谢。莫名其妙。刘洋不计较，笑笑地揉了揉招娣的脑袋说，傻瓜，快去收拾收拾，晚上约了几个朋友去市中心吃肯德基。招娣却说，你去吧，我没胃口，说完一溜烟跑出了家门。

说服富贵接受借钱的过程异常艰难，一开始富贵还呜呜啦啦地表达不借的理由，到后来他嘴里就剩一个字，不、不、不。走出富贵的房间，招娣觉得轻松极了。跑回出租屋时天上冒出了许多星星，数也数不清。一轮上弦月悄悄升上来，星星们立即谦恭地隐身下去。刘洋还没回来，屋里空着，小小出租屋此刻倒显得无比空阔，招娣不知道该怎么打发等刘洋的这段时间。她和衣躺在床上，抬眼呆望窗外惨淡的月光和迷蒙的天空，心不由漫无边际地漫漶开来。她中职毕业以后，盲人摸象般地四处求职，不知吃过多少苦遭过多少罪，最后听说这座城市就业机会多，她带着全部家当过来，居然真的找到了一份稳定的工作。在这里，她又邂逅了刘洋这个同村老乡，她早就听说过他，他是西塘人的骄傲，她始终以仰视的姿态关注着他。后来，他们成同事了，她和他恋爱了，同居了，他是她的初恋，她情愿把自己的所有奉献给他。这些年，在西塘乡亲眼里他们过得很风光，乡亲们哪里知道他们在外谋生的艰难，他们心里的苦只有自己知道。招娣发现，无论在外面怎么漂泊，她的心依然在生她养她的那个地方，西塘。

招娣后来睡着了，她做了个甜蜜的梦，梦里她和刘洋都变老了，他们的儿女早已出人头地，他们住着洋房开着私车。他们一早出门到广场上打打太极拳，吃过早饭又到健身房锻炼身体，刘洋还说明年春节全家去新马泰旅游，把保姆和厨师都带上。刘洋的样子又老又笨，就像笨头笨脑的富贵，刘洋后来果真变成了富贵，富贵突然用他粗粝的大手抓住了她，她大声喊着你放手，你放手。这时候梦醒了，刘洋带着一身酒气拥着她。一夜酣睡。

车间两个工人嬉笑打闹时出了事故，一个工人的一条胳膊被机器卷进去，疼得哇哇叫。一旁干活的富贵急忙跑过去帮忙，不想连自己的一条胳膊也一起喂了机器。车间领导闻讯跑来施救，先前那工人倒是成功脱险了，只是刮伤了皮肉，富贵的胳膊在机器里绞了一圈，取出来后软塌塌得耷拉在胸前，动也动不成，两个手指也不知去向，血乎拉拉惨不忍睹。富贵黑脸上滚满了豆大的汗珠，却咧着大嘴傻乎乎地笑着。刘洋让小赵向综合办公室报告了事故，对涉事三人以及当班工班长、副主任通报批评，随后安排招娣到财务借钱立即送富贵上医院。交代完事情，刘洋就回头去办公，招娣扶着富贵一步一顿地走出公司大门口。富贵的胳膊多处骨折，短期内不可能复原。富贵只在医院住了半天，就带着节省下来的工伤预借款来找刘洋，他要还招娣借给他的五百块钱。刘洋不耐烦地一把挡开，说先看你的病，别的事后头再说。富贵执拗地把钱放到刘洋的办公桌上，用他招牌式的乡音说，借账，要忍；还账，得狠！

晚上，刘洋警告招娣，以后离那个蠢货远一点，免得惹臊上身。一向温顺的招娣竟然反唇相讥地说，富贵那不叫傻，人家那叫实诚，是热心肠，不像有的人为达目的不择手段，甚至不惜牺牲乡情，那才是大傻特傻的冷血动物。两个人发生了有史以来第一次的激烈争吵，招娣边吵边哭，最后以刘洋甩锅砸碗收场。后半夜刘洋几乎一夜未合眼，公司新换了总经理，一朝天子一朝臣，人事上肯定有重大变动，能否在主任的位置上坐稳真的成了问题。招娣偏偏在这节骨眼上使性子，他不敢保证两个人的感情能维持多久。前女友不止一次地给他抛橄榄枝，说她那边缺一个总经理特助，薪金惹眼，问他愿不愿意过去，他正在考虑过去和她重续前缘。刘洋给她发了条短信，真想回到从前。很快得到回复：随时恭候大驾。

车间原料库失火是第二天早晨得到的消息，总经理把刘洋叫去痛骂了一顿。回来小赵又向他报告了另一条坏消息，招娣刚刚递了辞职报告，富贵也向车间打了招呼，决计不干了。刘洋装作无所谓的样子，摊开双手说没事，两颗小螺丝钉翻不起什么大浪。刘洋的职务下午即被解除，主任由小赵暂代，小赵笑意盈盈地过来握手，刘洋视而不见。他懵懵懂懂地走出办公室，街上车水马龙，人流熙来攘往，他却不知道自己该去哪里。他一向以为自己有学问有能力有实干精神，还懂规矩，是块干大事的料，可他终究和富贵他们一样，成了一颗可有可无的螺丝钉，转瞬就被人抛弃了。苍天啊！

出租屋里破锅烂灶，了无生气，招娣一直没回来，打电话她不接，发短信她也不回，他不知道该去哪里找她。他唯一能做的就是待在出租屋里等她，他发现其实他一刻也不能离开她。一连几天招娣再也没出现过，他快要急疯了，他躺倒爬起，再躺倒，反复折腾，直到精疲力竭。几天之后，他才逐渐冷静下来，再不能这么穷折腾了。上帝关上一扇门的时候常常会打开另一扇窗户。他翻起身就给前女友打电话，一直是忙音，到后来干脆关机了。过了很久，前女友发短信说她正在外地出差，有事回来再说。

招娣联系了几个同城做工的老乡，大家凑钱给富贵治病。富贵感动得眼泪汪汪，越说不出一句完整的话了。好在富贵恢复得还算快，他的身体似乎比先前更壮实了，脸上始终绽放着不明不白的笑容，还经常下地干这干那。富贵的出租屋里挤满了人，热闹的场面就像过年。再过几天，富贵就能取掉胳膊上的石膏，他想再不敢麻烦大家了，大家给他的恩情永世难忘，他这一趟没白出来。拆了石膏他就得回西塘，那才是自己的家。不过他不能表达得这么清楚，他只能含混地说两个字，回家。这时节的西塘应该是瓜果飘香、五谷丰登的秋天了，富贵开始怀念在家的那些缺吃少穿的日子，他可不想在外面把自己的手脚逛大。老乡们好意规劝了一阵，见他仍去意坚决，招娣说富贵哥，我和刘洋把你带出来，就应该好模好样地把你带回去。可是，现在……招娣说着说着竟放声哭了起来，这时候富贵的哭声也惊天动地的爆发了，在场的人都吃了一惊。过了很久，出租屋里竞赛似的哭声终于停止了，大家商定过几天送富贵回西塘，招娣执意要一路护送。

刘洋好不容易联系上前女友，她却说总经理特助人选另有其人，要在她那干就得从头做起。刘洋顿时有些不快。这些天，刘洋一直昏昏沉沉得没个形状，前女友使出浑身解数开导他，他却越不知道怎么做。前女友每天都要带他出去散心，有时还找来附近的同学来陪他，同学也很忙，最多陪他吃吃饭、散散步、聊聊天，然后就去忙自己的事。刘洋愈发烦得不行，前女友向公司请了假，全天候陪他在这座风景如画经济发达的城市兜风，还帮他四处联系工作，结果他一个也没能看上。他终于下定决心要到前女友的公司发展，前女友马上着手帮他联系，最后定在公司办公室做文员，只是工资待遇不高，对刘洋来说一落千丈，刘洋却说行。前女友开车带他回出租屋拿东西，屋里还是老样子，丝毫没有招娣曾来过的痕迹，伤感不由从他心底冒出来，一缕接一缕，永无尽头。

第一天上班主要是熟悉工作环境，这对他来说倒是小菜一碟，他很快就弄清楚了自己需要干什么该怎么做，接下来长时间没事做，他摊开一张报纸，倒了一杯茶水端坐在办公桌前看起了报纸。快下班的时候他敲开前女友的门，问她什么时候能把那个碍事的前字去掉。前女友淡淡一笑说，不急，还得等等看。

第二天早晨，前女友去出租屋带他到公司上班，路过火车站时看到一帮人送富贵进候车大厅，富贵大包小裹地拿了不少东西。突然，富贵受过伤的那条胳膊上滑下一个手提袋，就见招娣从人群中跑出去提起来，又接过富贵手里的一个大包袱，和富贵紧挨着进了候车大厅。刘洋想喊停车，话到嘴边却像一颗小珠子滚进了嗓子眼，倏忽一下就不见了。前女友关切地问有事吗？他忙说没事，得开快点，不然要迟到了。这时人群中举起了许多只手挥手道别，招娣和富贵也把手腾出来朝着人群吃力地挥了挥。他心里忽然滚过一阵酸痛，车子快了起来，眼前的人影立刻恍惚得如同前世的一个梦境。

石头的尊严

月光下，两个魑魅般的身影在崎岖蜿蜒的山路上晃晃悠悠、停停走走。那个矮小一些的影子说，你别老踢石头了，怪不得你娘说你是费缰绳的驴呢！高大一些的影子向矮小一些的影子靠了靠，云云，你这是怎么说话的？

唉。云云叹了口气，广福哥，咱农村人可不比你们知识分子说话来得文雅，是不？

广福似乎着急了，话也说得不连贯，你，我不也是农村人嘛？

银铃般的声音马上作了否定，不一样，你是大学生，考上大学就跳出了农门，是城里人。

好，城里人，我不跟你扯这些闲篇了，我约你出来就是想和你商量商量我们俩的事。

我们俩？云云嗫嚅着，我爹说了，过了礼，我就是你们孙家的人了。

现在，都什么时候了，包办婚姻是不算数的。

噢，听他们说，你上大学时找了个对象，挺漂亮的，叫陈什么来着？

孙广福从牙缝里硬生生地挤出几个字，陈门燕。

广福哥，咱俩打小就在一起，你老护着我，不让别人欺负，我打心眼里感激你。后来，德清伯到我家提了亲，过了礼，我就等着你一毕业，我俩就结婚。

云云，你怎么就不明白，我和陈门燕是自由恋爱，合理合法，我想，我们还是把婚事退了，我看，刘瑞宁一直对你不错，你们俩也挺般配的。

哎呀呀，你快别说了，刘瑞宁那个王八羔子，羞死人了。嫁给他，我才不干呢。

云云，反正我俩不合适，再说，我和陈门燕都那样了。我和你，属于包办婚姻，政策是不允许的。

什么政策不政策的，我就是你们孙家的人。云云说着从怀里掏出一件东西硬往孙广福手里塞。

什么东西？孙广福怕疼似的朝后躲着。

云云咯咯地笑着说，看把你吓的，是一件夹袄。你常出门，身上带着钱不安全，带着它保管没事。就这点东西，我缝了好几天，差点又给刘瑞宁那二货抢走了。

云云，我不要，我不要，我不能要。孙广福忙不迭声地说。

云云收回了夹袄说，其实我知道，你娶了我是委屈了你，我是个俗人，配不上你。

云云，你不要胡说了，没有配得上配不上的事儿，感情问题。不知怎的，和云云说话，孙广福觉得特别费劲。

云云打小就顽皮、淘气，是杏树湾出了名的假小子。翻墙、上树、捉云雀，一点也不比男孩子差，甚至还经常和男孩子们打架，她的拿手好戏就是抠男孩们的脸，刘瑞宁的脸就曾被云云抠破过许多次。许多男孩想报复和捉弄云云，孙广福跳出来充当云云的保护神。其实，云云是不需要孙广福的保护的，那些男孩大多都不是云云的对手，云云三拳两脚就能把他们撵走，再不成，她撒丫子就跑得无影无踪，纵是他们有再大的气也撵不上她。

张、孙两家可以说是世交，云云的爷爷张吉成和广福的爷爷孙玉龙老汉一起在大队里成长，一起放过牛马，一起下过煤井。那时，他们正当青年，好得像亲兄弟，并且梦想着他们的后代也像他们一样友爱。因为穷，两个人结婚都很晚，两家大人做了口头约定，等将来有了孩子，若同是男孩或同是女孩，就让他们结拜为兄弟或姐妹，若是一男一女，将来就让他们做夫妻。后来孙玉龙生了孙德清，张吉成生了云云她爹，两个人都宝贝得不行。两个孩子经常在一起玩，也好得不行。长大后，他们又成了把兄弟，后来他们又分别生了云云和广福，两小孩一起玩耍一起长大，只是在学习上错开了步子。但两家老人都觉得该在他们这一辈上实现两家的姻亲了，不然对不起先人的遗愿。

就这样，在广福六岁，云云三岁的时候，两家老人就为他们定了娃娃亲，这样的娃娃亲在杏树湾很普遍，很多娃娃都定过娃娃亲，杏树湾人都知道孙广福和云云的这门亲事。

刘瑞宁这个拧种，可不管这些陈年烂谷子。二十来岁的云云已出落得端庄、秀丽，早不是当年那个专抠别人脸的假小子、丑小鸭了。

刘瑞宁发现，他不可救药地喜欢上了云云，总是不声不响地帮云云担担水、挑挑草、锄锄地、拉拉车，尽管云云再三拒绝，可他仍然死乞白赖地干着这些活，就像这些活是他自己家里的。

一次，刘瑞宁大着胆子，从后腰抱住云云，喘着粗气说，云云，嫁给我吧。

云云拼命地挣开他的怀抱，对他说，我已经是广福哥的人了，你不会眼睛瞎了耳朵聋了不知道吧。云云说着，脸上也绽开了两片幸福的红晕。

在孙广福上大学的四年里，云云总是设法躲着刘瑞宁，心里想着她的广福哥。广福哥大学毕业了，该是成亲的时候了。可是，广福哥却在大学里处了对象，陈门燕。

陈门燕是个天真烂漫的都市女孩儿。在大学里，追求她的男孩有一打之多，孙广福的铁杆哥们马高当时就被她迷得七荤八素，任凭他的一张铁嘴如何能说，陈门燕就是坚闭门户，置之不理。

事情的发展，往往超出人们的想象和预料，陈门燕竟爱上了平日里不声不响的孙广福这个农村娃。

孙广福也被陈门燕的优雅、活泼、浪漫所吸引，他觉得她是另一个世界的天使，清新、雅致，有着不可抗拒的魔力。很快，他们就公开在校园里出双入对，在大学三年级，孙广福和陈门燕在宿舍里偷吃了禁果。爱的火焰愈烧愈烈。

当然，孙广福没有忘记他和云云的婚约。但是，在云云和陈门燕之间，他毋庸置疑选择陈门燕，就是说，他将对不起云云，为了爱。

大学毕业后，陈门燕被分配到省财政厅，而马高又做了她的科长。孙广福想解除他和云云的婚约，在省城谋个职业，继续他与陈门燕的恋情。

眼下，云云的山里人特有的固执让孙广福骑虎难下，惆怅万分。怎么办？孙广福在心里盘算着。就算过了云云这一关，父亲也绝对不会轻而易举地答应他。依父亲看，他选择了陈门燕，就是大逆不道，就是不忠不孝，就是背信弃义。可是，他又怎么能舍得下陈门燕，去和云云结婚呢？

他和陈门燕约定，毕业后双方各自再等五年，五年后，再结婚。

刚刚过去了一年，就出现了这种不堪的局面，往后，难以想象呀。

孙广福焦躁地一脚踢下山崖边的一块巨石，轰隆隆，巨石滚了下去，发出一串极不规则的碰撞声、滚动声。

嗨，你又来了，广福哥，你想想怎么办吧。云云有点可怜兮兮地说。

什么怎么办？我肯定是要和陈门燕好的，我们——我和你的婚事不成。他的口气里多少有些生硬和不耐烦，少了一贯的沉静和修养。

广福哥，你生气了？云云怯生生地问。

没有，没有，我干嘛要生气。孙广福想掩饰自己的烦闷，忙矢口否认。

云云也没什么错，是个挺不错的女孩儿，只不过，有些无知，这么多年来，他一直把她当做亲妹妹去疼爱。当初，定亲的事情，是两家大人的主意，自己年龄小还不知道那是怎么一回事，谁想造成了现在这样难堪的局面。

哎哟！云云突然尖叫一声。她专注于思考他们之间的事情，却不小心崴了脚，这在平时是不可能出现的现象。平日里，即便是在黑漆漆的夜，她也能在山路上健步如飞，如履平地。是她太重视她和孙广福的关系了吧！

孙广福扑向云云，云云，你怎么了？他扶着云云坐到一块岩石上，撩起裤管看她的脚踝。朦朦胧胧的月光下，依稀可以看到她的脚踝已微微肿胀起来了。他一时手足无措，垂手呆立在一旁，就像犯了错误的学生在老师面前一样。

看把你紧张的，没什么，就是脚崴了一下，过一会就好了。云云说着竟咯咯笑了起来。

这下，孙广福更加的不知所措了。他嘟哝着说，你就做我的小妹妹吧。他像是犯了错误等待大人惩罚的孩子一样紧张不安，小心地斜视着云云，等待着她的回答。

行，好啊，只要能和你是一家人，怎么都成。云云快快活活地说。这反倒出乎孙广福的预料，他呆呆地站在云云面前，像个傻子似的。

广福哥，我，我……云云吞吞吐吐、欲言又止的样子。

孙广福恢复了惯有的敏捷思维，云云，你想说什么？

我想，你要是答应我一件事，我就听你的。云云有意兜了一个不大不小的圈子。

行啊！你快说，谁让你是我妹妹呢。孙广福觉得气氛一下子轻松起来了。

我长这么大，还没有到过省城，你能不能带我去一趟？她大着胆子，羞羞答答地说。

可以，当然可以，什么时候去？他愈发兴奋，甚至有些狂喜的味道。

随你，要不，明天。云云也兴奋地说。

那可要花很多钱的。想到一路上为数不少的一笔开销，孙广福没加思索地脱口而出。

我有，我有。云云说着，炫耀似的从腰间摸出一个小包。拉开拉链，一叠平平整整的纸币就呈现在孙广福面前。

你哪来这么多钱？孙广福警惕地问。

我放羊时拾发菜卖的，几年了，我一分也没花过。她说得理直气壮。

第二天，这一对山乡青年男女就出现在省城里。

在省城宽阔的街道上，云云蹦蹦跳跳，忽前忽后，忽左忽右地围着孙广福转。

孙广福的脑子乱糟糟的，云云不时在旁边问这问那，把他当作一部活字典，可以随时随地去翻用。

一辆摩托车突突突地跟在孙广福身后。

嘟嘟嘟，摩托车突然鸣起了喇叭。孙广福不由回头看去，摩托车停下了。车主取下头盔，似笑非笑地看着孙广福，怎么，不认识了？

竟是久未谋面的马高。

孙广福疾走两步，拍了拍马高的肩膀，朗声说，吃胖了，你小子。

你也不赖嘛。马高怪怪地笑着说。

云云突然蹿了上来，惊恐地望着对面的陌生人，眨巴着眼，怯生生的，朝孙广福的背后躲了躲。

马高眉梢轻轻一扬，说，对象？

扯你的淡，她是我妹。孙广福正正经经地答道。马高这小子，又不是不知道他和陈门燕的关系，凭空说出这种话来，不至于别有用心吧？他想。前面说过，当年，马高也曾追求过陈门燕。

突然，马高抬腕看了看表，说，哟，时间不早了，我得走了，晚上记得打电话啊。随后，摩托车屁股底下冒出一股青烟，马高走了。

云云从背后闪了出来，指着马高的背影问，他叫谁？

马高，我大学同学。孙广福无心去纠正云云用词的错误，简捷地回答说。

马羔（高）？云云有些莫名其妙地皱皱眉，难听死了，还不如叫马驹子好听呢。

云云，你不要乱讲好不好！他厉声制止着云云。

好，好，你别生气，我听你的，广福哥。云云懂事地点点头说。

晚上，他们寻了一家便宜的旅馆，各自住了一个屋。云云对什么都感到新奇，尤其是对客房里的遥控彩色电视机。十多个台，每个只看几分钟，甚至几秒钟，啪的一下又换频道了，也不觉得眼花缭乱。看了半天，等于什么也没看，嘴里还直嚷嚷着，太好看了，在我们杏树湾，成天就一个中央一台，一点意思也没有。

孙广福抽空到旅馆服务台给陈门燕挂了一个电话。燕子，你好吗？他颤声问道。

好啊，你今天才想起我来，你的事情办得怎么样了？陈门燕一改往日的柔声细语，劈头盖脸地问他。

差不多了，你再等一等。孙广福斟字酌句地说。

你心里还有没有我？陈门燕穷追不舍地问。

看看你，这是什么话？孙广福急得抓耳挠腮。

孙广福和云云在省城逗留了两天，两天是短暂的，又是漫长的，对孙广福来说。一边是和自己有过婚约的云云，一边是爱着他也被他深爱着的燕子，纵使他心肠冷硬，一时也不能麻麻利利地撇下一方全心讨另一方的欢喜。

终于，要命的两天过去了。

四年时光也这样匆匆过去了。

山乡的空气永远是清新的，羊们在咩咩地叫，鸡们在咕咕咕地四处觅食，牛带着犁耙，一步三摇地朝前走，朝前走。

又是这条山路。

孙广福和云云再次在这儿相会，已是四年之后，不是月朗星稀的夜晚，而是艳阳高照的中天。

云云已经二十五岁了，她的脸上，褪去了先前的稚嫩，使她看上去越发端庄、秀美，一身色泽鲜艳的休闲装，使她看起来活灵活现、朝气蓬勃、充满活力。

孙广福此次回到杏树湾，纯属探亲。二十八岁的他，西装革履，青春俊朗，透着沉稳、儒雅。

四年的人生历练，感情的、事业的、功名的、家庭的一些纷繁芜杂的事情，足可使他颓废、没落、一蹶不振。

所幸的是，他挺了过来。

四年前他和云云去过省城之后，辞别了家中父老，在省城谋求他的事业，经过一番摸爬滚打，俨然成了一个所谓的都市白领。但无论如何，他都无法快乐起来，原因是陈门燕弃他而去了。

陈门燕的丈夫是马高，他曾经的手下败将。

这个打击对孙广福来说，无异于灭顶之灾。

现在，孙广福和云云在山间的小径边上一块干净的石块上紧挨着坐下，开始进入谈话的正题。

孙广福全无羞涩感地朝云云靠了靠，说，云云，听说刘瑞宁这几年贩二毛皮、羊绒发了？

可不是嘛。云云喋喋不休地说，刘瑞宁起初贩那些东西，他家里人死活不同意，他爹差点把他赶出了家门。可他现在发了，上次他带着一个外国人来找我。那个老外一见到我，就伸出一只毛茸茸的手，对我说，好赌有毒（How do you do），老外还有一个怪怪的名字，叫李二笨死（李尔本斯）。

云云，你要学点文化哩。他说。

刘瑞宁也这样说过，他还在乡扫盲班替我报了名呢！她说。

那你和刘瑞宁的事咋样了？他说这些话的时候竟有些紧张，额头上现出一层细细密密的汗。

我和刘瑞宁能有什么事？她似乎有些愤怒地反问着。

云云，你都二十五岁了，不小了，在农村。他支支吾吾地说。

我知道，我知道，前些天，西洼的何小平来提过亲。她说。

那你愿意吗？他急不可耐地问。

何小平这个人还靠得住，就是他腿有点瘸。她说。

我听说过这个人，会写文章，挺有才气的，不错。他断断续续地说。

广福哥，你也该考虑考虑你自己的事儿了，陈门燕跟了马高，兴许你会找到一个比陈门燕更好的呢。她利利索索地说。

也许吧。他说着点上一支烟，兀自吸了起来。

起来走走吧，广福哥。她提议说。

孙广福默无声响地站了起来，在崎岖不平的山路上漫无目的地走着，云云像只快乐的鸟儿，紧随在他身后。

忽然，他抬脚踢了踢路边的一块石头，那石头纹丝不动，活像一只圆睁着眼的狗，对着他怒目而视。

她过来拽拽他的胳膊，走吧，走吧。

他也似那石头，立在那儿，纹丝不动，圆睁着眼。

走吧，走吧，你看它都害羞了。她仍紧拽着他说。

石头会有羞吗？这真是一桩荒诞不经的怪事。他知道陈门燕会背叛，知道天气阴了晴，晴了阴，野草绿了黄，枯了绿。石头会有羞吗？

是的，石头也许会像人一样，有爱有恨，有羞耻感，也有快乐的心。他想。

西甜的爱情

那年我还是个光棍。

通常我喜欢沿街溜达，或者折进路边小饭馆喝点酒，眼前的世界异彩纷呈，尤其是那些晃来荡去的女人让我大饱眼福，但她们终究和我无关。这种时候我就特别想要个老婆。当然，我矮小的个头马上会给这想法最有力的打击，在未婚姑娘们眼里，我充其量是个二等残废，没有哪个姑娘肯轻易向我丢过一个眼神。

我有自知之明，我不想轻易把这愚蠢的想法变成行动，我害怕遭到拒绝后深深的伤害，自尊方面的打击我遭受了太多，并且一次比一次生猛。

可是有一天，我在小酒馆里喝得半醉的时候，突然对为我端水送酒的服务员西甜有了想法，更要命的是，我居然对西甜说出了我的想法。开弓没有回头箭，我那阵脑子里想的尽是怎样讨西甜的欢心，然后我们一同坠进人间不复再有的胜景。当然，西甜照例给了我打击，她面带职业微笑甜甜地对我说，不。熟悉我的人都知道我是个犟杆子，不撞南墙不回头。多年的求爱经验告诉我，行或不行都得坚持，有时稍再坚持一会就可以心想事成，有时把自己坚持成万年枯骨也是枉然。年岁的增大不光让我升格为光棍这一行当的资深级会员，同时还增加了我的抗打击能力，甚至在经验的积累技巧的完善上也略有进步。当然，我是个愚钝的人，在技巧上很难找到突破口。我只能按别人口传身教的方式，对西甜展开死缠烂追的攻势。说白了，就是死皮赖脸地缠着西甜，让我有辱斯文的猥相深刻地烙进西甜的脑海，拂之不去，用绵久的人格力量融化她那颗覆着坚冰的心。

说实在的，西甜不是那种漂亮得让人想入非非的女孩，她的五官都不很突出，却能自然地搭配到一起，给人一种自然的美，直入心肺。也可能，光棍眼里女性的美是有太多的水分，我曾开玩笑说，我见到女的就两眼放绿，甚至看母猪也是双眼皮。这样说大概对西甜不公，平心而论，西甜是我真心喜欢过并且有过婚姻想法的一个好姑娘，我曾深深地被她的自然之美震撼，并且厚颜无耻地想把她据为己有，她是我曾经的神，任何对她不恭的叙述都能引起我良心的不安。

遭到拒绝后，我一点也不气馁，反倒厚颜无耻地频繁出现在西甜打工的那家小饭馆，去了又不能干坐着，通常得要上两个小菜几瓶啤酒。我乐意享受西甜的服务，乐意看她一尘不染的微笑，然后想方设法地借机向她示好。更希望两好搭一好，换来她对我的好感。一开始西甜还能陪着我说几句不疼不痒的闲话，后来她变机灵了，为我端上饭菜就躲进后厨不再露面，任我千呼万唤也不肯出来。只有别的客人来了，才出来招呼一下，然后掉头，消失。我干急也没用。

攻守双方的技能战术总是同步提高的，西甜越躲，我越想见到她，她躲得越厉害我追得越起劲。我趁小店生意寡淡的时候也悄悄溜进后厨，没话找话地和西甜闲聊，甚至讨好地对她那臃肿丑陋的老板娘违心地露出灿烂的笑。可惜西甜根本不吃这一套，见我进去扭身就跑，我只能怅怅地望着她好看的背影发呆。我向朋友请教，朋友告诫我说这种事一定要厚脸皮。死皮赖脸谁不会啊，这个我懂。有一次我悄悄摸进后厨抱了抱西甜，甚至蜻蜓点水似的在她脸上留下一吻，西甜很快挣脱，怒容满面地骂我不规矩，并拿餐巾把脸擦了一遍又一遍。西甜嘴里吐出的字我个个喜欢，哪怕是骂我的那些话，说真的，恋爱时的我是有些犯贱。天不遂人愿，有时好不容易捞着和西甜说话的机会，偏偏就来客人了，我只好识趣地走开。在这样的躲与追的过程中，我始终没和西甜说上几句像样的话。

为了能多看西甜两眼，我决心改掉睡懒觉的习惯。每天早早起来，我就开始沿街溜达，那阵西甜也该起来为饭馆一早的生意做准备，路过饭馆时我就会朝西甜忙碌的身影多看上几眼，心里暖意和痛苦同时升腾。小饭馆有一排鸽笼似的小房子做临时客房用，我知道西甜住在其中一间，但不能确定是哪一间，有的客人有时也会在酒足饭饱以后住下来，有一度我特别担心那些财大气粗的食客会对她动手动脚，越这样想我越心口疼得越厉害。西甜却很快活，好像她是生活在人间仙境，看样子她十分喜欢这份只有区区300块酬劳的工作，甚至十分乐意为店主下地干农活。那次她给店主砍了玉米秆回来浑身是土，脸上还有几处玉米叶划伤的痕迹，我心疼得不知如何帮她，要了一份鱼香肉丝邀她一起吃，她边洗脸边说不用。我说你傻啊，给他们干农活又不加工钱。她淡淡笑了笑说，闲也是闲着，都一样的。我像个傻子抓起她的手，指着她手掌里新鲜的血泡说，他们都拿你当使唤丫头了。她任由我握着手，说她才没那么娇气。这样的幸福时刻不多，正说着，又来了客人，好不晦气！

那天早起我没看到西甜，等我返身往回走时看到她从一扇小门里出来泼水，我赶紧撵上去向她问好，这才知道她感冒了。我赖在她屋子里不走，屋里有股西甜用的廉价雪花膏淡淡的香味，我使劲抽动鼻翼，像要把西甜吸进身体。趁西甜出门做活，我偷拿了梳子上的两根长头发夹进皮包，想在晚上想她时拿出来看看、摸摸。西甜床头用铅笔歪歪扭扭写着一个手机号，一看就知道出自小学生手笔，电话一定是她极其亲密的人的，我猜她可能有了对象，我心里一时五味杂陈，却又不好意思问她。西甜回屋时我忘乎所以地又抱了她，她没躲。天，这是一个巨大的进展！我傻里傻气地想，西甜可能并不讨厌我。

我说西甜，我真想和你一搭里过日子，用我全部的能量爱护你照顾你。

我知道。

知道你咋还这么绝情，刚从绝情谷来？

我不想找对象，我爸妈要知道了会打死我。

那我哪里不中你的意？是不是我年纪太大了？

不是的，是我太小了。

你迟早要结婚，只要你愿意我可以等。

那样你就更老了。

我不怕！为了你我什么也不怕！！

西甜忽然没了声音，只是甜甜地笑着。我故意吓唬她，就算她将来结婚了，嫁到哪里我也会撵到哪里，让她离了婚再跟我结婚。她咯咯笑出了声。我真是笨透了，好不容易有了和西甜说话的机会，净说些没用的，该说的一句也没说。最后只能看着西甜像片云飘进了后厨，我再赖下去显然不会有什么结果。

我看上西甜的事不知怎的就被我妈知道了，母亲在这事上永远比我积极，她竟打问清了西甜的来历，说西甜在山那边的家很穷，到我们阳街打工是为了帮父亲给她哥挣学费，她父亲是当地小有名气的木匠，本不指望西甜挣来金山银山，图的是阳街有不少亲戚，相互之间有个照应。母亲甚至建议我去找柱子帮我说话，柱子是我家关系不错的邻居，柱子的婆姨是西甜的表姐，说话顶事。我知道母亲为我的婚事没少流泪。母亲安慰我说不用着急，她会去西甜亲戚家探探口风。快乐地答应一声就向柱子家跑去，那镜头把苦着脸的母亲逗得笑出了声。

柱子全家都知道我在纠缠西甜，他们一再表示不计较我对西甜的影响并愿积极促成我们。柱子妈妈说我家有不少果园，又有一个不错的门市，主要是家里人都很实诚，要是西甜嫁了我将来肯定吃喝不愁。随后又极力赞扬我爸我妈的为人，说无论谁家女子嫁到我家都不会受气。最后说我之所以三十了还没成家单就是因为个头太小，这是摆在脸面上的短处。柱子妈妈长叹一口气，人嘛，只要会过日子就行，要那么大的个子戳天去？这话我爱听。柱子父亲热心地要以姨夫的身份给我做媒，说他会尽力促成这桩你好我好大家都好的姻缘。不过——柱子父亲又说——成不成关键要看西甜的意思。西甜要是不同意，他就是长着再能说的嘴也白搭。这是当然。西甜那边最终得她说了算，她的工作只能由我自己来做，我自作多情地想我能说服她。从柱子家出来，我快活地打了个呼哨，西甜，你跑不了，我俩终究会一搭里过一辈子，我会为我这个理想付出千倍百倍的努力，有一天你会心甘情愿地跟我好。

这是我一厢情愿的想象！

西甜根本不买我的账，我缠得越厉害西甜对我越厌烦，有时甚至故意冷淡我，往常能见到的那种礼节性的职业微笑突然不见了，每次见到我她都会横眉冷对，先发制人地对我说，快走开，忙着哩。这让我脸上挂不住，我又气又急又无奈。我恨自己的无能，恨父母给我的五短身材。我搬来的救兵这时节能起的作用几乎为零，有时倒像是故意给我添乱。饭馆的女主人也对我另眼相看了，说小店的生意本来就不景气，我缠着西甜只能让他们惨淡的生意雪上加霜，她也没办法迫使西甜同意这门亲事，她又不是西甜的妈。这话在理。我再纠缠下去就是自取其辱了，这不重要，我在意的是西甜的感觉，我不能让她因此把我看成一个没有廉耻的无赖。

我想看到西甜那醉人的笑容已经不容易了，再想得到进一步的发展无疑是痴人说梦。多次碰壁让我心灰意懒，我决心不再踏进西甜上班的那家小饭馆。可是，我每天照样早早起来沿街溜达，西甜也照常准时出现在我视野里，不待我看仔细，她忽然闪进那扇小门里不再出来。

从母亲那里关于西甜的各种消息源源不断地传入我耳朵，让我更加想念她，更加诅咒自己的无能。西甜是家里唯一一个女子，自己没上过几天学，一心巴望着哥哥出人头地，她哥快大学毕业了。西甜心灵手巧，家里家外都是一把好手，尤其一手针线活做得更是人见人爱。这些消息表明，西甜绝对是一个持家的好媳妇。这么好的一个人儿偏偏与我无关，而我又是那么喜欢她。

西甜西甜西甜。

我再也捞不到和西甜说话的机会了，每次只能远远地看着她忙碌的身影，越看心里越不是滋味。有时冷静下来我也会把我和西甜比前比后地仔细想一想，西甜可能是我做过的众多美丽而又荒唐的春梦中比较特别的一个，她就像天上的星星只能远看却不能摘下来把玩。像我，这样一个在众人眼里有着一目了然的缺点的人，也许就不该有一段美满的爱情，讨个老婆恐怕都是言过其实的梦想，咋还能指望星星来给我做伴？想到这一层，我有些释然了，西甜和我都有各自的生活，我不能再死死缠着她，我不能让她把我看成一个道德败坏的家伙。说不清是哪一天我决心忘了西甜，好好过我的单身日子。这时距离我看上西甜足足有一年光景，我又老了一岁，当然西甜也长了一岁。

后来一段时间我迷上了写诗，酸溜溜的那种，大多是写我对西甜的爱恋。写完我会东一榔头西一棒槌胡乱投给报刊，有一天朋友打电话说我的一首诗在市报上发表了，并嚷嚷着让我请客。

朋友带着样报来找我的那天，我俩鬼使神差地走进西甜上班的那家小饭馆。我打开报纸就在不显眼的一块地方看到我那首写我渴望西甜的爱情的小诗，正好西甜把酒给我们提上来，我像一个被抓了现行的小偷羞得面红耳赤。胡乱吃了几口饭喝了几杯酒，我对朋友说不如换个地方。

到另一家酒楼坐定，我才发现找不到报纸了。我沿街一路找去，都没找到。朋友安慰我说这种报纸城里能找来一箩筐，改天他再带一份就是了。

柱子见没能做成我和西甜的媒，又张罗着为我到西甜家那边说了一回亲，据说女方听力有问题，据我观察她连话都说不清，就这样还挑肥拣瘦地拿我个头说事。害我憋了一肚子气，绕这么大一圈说亲事还是没成。按说我对这类打击早该麻木了，可从那女孩家里出来我还是深深地难过了一下。在女孩家门口竟莫名其妙地跌了一跤。柱子过来一边替我拍打背上的土一边说没事，这个不成岔粱那边还有一个。

我苦笑一下。

就在柱子大张旗鼓地为我说亲事的同时，阳街未婚男青年的目光一起对准了西甜，柱子家热闹起来了。这让我很不舒服。我发现去柱子家相亲的多是问题青年。先是刘豁豁的大儿子，离异，带一小女孩。接着是孙占山的二儿子，家里兄弟多负担重。再就是胡日鬼何守财，五毒俱全的主。后一个就是北湾李元的独眼儿，还有开杂货铺的冯瘸子和臭眼子苏大。这些人之所以敢做癞蛤蟆吃天鹅肉的梦，就是因为阳街的经济条件比西甜她家那边好。我想西甜不是那么随便的女孩，她会随便让他们梦想成空。她要是答应了，就说明在她眼里我还不如这些人，那比西甜拒绝我还让我难受，那就是我最可耻的失败。

西甜果然没答应他们，据说她总能找到合情合理的理由回绝那些热心上门求亲的人，既能让他们死心又不伤他们的面皮。他们——那些总喊我武大郎的家伙们——不见得比我强。我在心里感激西甜，好样的！

柱子没说大话，他为我保的岔梁的那个媒出奇的顺利，我的亲事终于说下了，婚姻提上了议事日程。母亲和家里人都很高兴。我呢，感觉木木的，既说不上高兴也说不上激动。随后相亲订婚结婚一套烦琐冗长的程序下来，我一直忙得晕晕乎乎，心里好像真的没再想过西甜。可我知道那是自欺欺人的说法。命运真的会捉弄人，结了婚我才知道媳妇居然和西甜沾点亲戚，媳妇叫西甜姐，也就是说西甜成了我的大姨子。媳妇经常跑到小饭馆和西甜聊天，她们说的话她会原封不动地说给我。媳妇说西甜不想干了，阳街毕竟不是她的家。西甜说阳街是个好地方，就是小伙子不咋样。西甜说她在老家处过一个对象，人很好，可她家里全票反对。西甜还说我媳妇是跌到福窝里了。媳妇跟我说这些的时候，我嘴上哼哼哈哈地应着，心里却全不是滋味，我发现自己其实还是在意西甜的，她的每一句话、一个字，甚至小小的一个神情，在我都像一把穿心的利剑，可是我再也不能对她抱有一丝一毫想法了。

婚后的日子寡淡无味，我时常拿媳妇和西甜作比，越比越觉得差距很大，在无数个白天和黑夜，我都在嘴里默念着西甜的名字。好在媳妇并不在意，甚至针锋相对地念起老家时曾有的追求者。这让我哭笑不得。媳妇再有千般不是，对我却是全心全意没二话。

西甜很快辞了工，临走那天柱子两口子和我媳妇都去车站送她，我站在离车站最近的一个街口远远望着他们。柱子帮西甜把大包小包都拎上车，西甜从车窗探出头来，朝他们挥手道别。车子发动的那一刻，一种恍如隔世的感觉忽然涌上心头，我心说别了，西甜，我的好姑娘，但愿今后我们永不能相见，让我曾经的情爱梦想在日子的繁琐中沉没、消失，永难觅迹。

此后发生了好多事，比如我让媳妇从一个少女变成少妇，然后孕妇、产妇，最后成了我孩儿他娘。尽管我嘴里仍然还会念叨西甜，可我知道有些事一旦形成就没办法更改了，比如我的婚姻。

西甜回家后还会时不时地来阳街转一趟，来了就会在柱子家住上几天，我媳妇有时也会跑到柱子家看西甜。有时，我也会不可避免地碰到西甜。每次远远望见西甜，我心底都会波涛汹涌。

媳妇告诉我西甜又来柱子家的那天，我决心和西甜来个彻底了断，从心理上。

我和媳妇走进柱子院里的时候，隐约听到柱子两口正苦口婆心地劝西甜，好像是关于婚事方面的。见我们进去，他们又嘻嘻哈哈地说起别的事来。媳妇亲热地挤到西甜身旁。我说西甜你还好吗？西甜说反正就这样，不好也不坏。我翻出钱包说我有一样东西要还西甜，说着从里面找出几根细长柔软的头发。西甜说正好，她也有样东西要还我，她掏出来的竟是一张发黄的报纸。天！我的大脑在那一刻忽然懵了，可我还是强作镇定地说，你留下做个纪念吧。西甜说随你。之后很长一段时间大家都没再说话，坐了一会我就出门独自走了。

不久传来西甜结婚的消息。

和西甜结婚的就是曾和她处过对象的那个，西甜结婚后再也没来过阳街。她丈夫一定是个才貌双全的好男儿，她一定是沉浸在新婚的甜蜜里了，我有些嫉妒地想。

参加完西甜婚礼的柱子一家回来愤愤表示对西甜的不理解，说西甜真是瞎了眼，搁着那么多攒劲小伙不找非要找那么个东西，要长相没长相，要家庭没家庭，要人品没人品，总之没一点如意。西甜男人大概三十好几了，家在大山深处，那里不通车，穷得流哈拉子，人还懒得不行，又没什么特长，脾气还坏。柱子说起他表妹夫的长相时，打了一个形象的比喻，说他脸长得就像石子路。他们都替西甜鸣不平，说西甜真是鬼迷心窍了，为了那么个东西差点和家里闹翻，家里实在拗不过才勉强同意。他们说得我心里也跟着难受起来，西甜为了所谓的爱情毁了自己一辈子的幸福，真是白白糟蹋了她那么一个好人儿了。当初我们阳街随便拎起来一个光棍大概也比西甜男人强。唉！也许西甜是对的，爱情可能是超乎世俗幸福的一种难挨的折磨，谁知道呢，但愿让西甜丢了魂的那家伙能给西甜圆满的爱情。

西甜男人秋上来过阳街一趟，柱子热心地用好酒好菜招待他的表妹夫，并喊我过去作陪。见了才知道，那家伙果然长着一脸的疙瘩，脸上的皮皱皱巴巴，那些疙瘩倒是精神，个个白里带红，红里透黑，看着让人恶心。我想起柱子曾经的比喻，觉得还不够形象、准确，却又懒得想一个更确切的比喻。“石子路”喝到高兴处夸起自己的婆姨，还吹嘘说自古骏马常驮痴汉走，美妻常伴拙夫眠。说着说着把吃剩的苹果皮和果核扔到地下，柱子媳妇一声不吭地扫掉。还没等她扫利索，又一颗果核呼啸而下，柱子媳妇说好妹夫哩，再别扔了。柱子面子上挂不住，吼了一声傻婆娘，穷叫唤什么哩！转眼间，柱子两口子就吵起了架。“石子路”非但不劝，还火上浇油地说女人这东西不打不听话，西甜就被他改造得服服帖帖，总之女人不打是不行的。柱子没受他的挑唆打自己的婆姨，倒是我俩一起拥了上去把他新上门的表妹夫打翻在地。我记得我在挥拳的时候还狠狠地叫喊着，西甜是你随便能打的人吗，你他妈真是个给好不识好的东西。“石子路”怎么也想不明白，酒正喝得好好的咋就动起了手，那家伙给我们揍得一声不吭，只顾抱着他那颗丑相毕露的脑袋左躲右闪。

我娃周岁的时候我听说西甜也有了身孕，但不久又听说他们两口子经常闹矛盾，“石子路”竟在一次斗殴中失手打掉了自己的胎儿，流产的西甜痛不欲生，她拼命争取来的爱情变得岌岌可危，甚至殃及一个鲜活的小生命。西甜绝望了，结婚不到一年就坚决要离婚，她的父母和亲戚们反过来众口一词地劝她不要离婚。这些消息让我针扎一般痛，我想但凡我有一点办法一定救西甜出苦海，帮她找到她的爱情和幸福。

我媳妇却是另一种意见，她说看把你能的！

那年那月的一场风雪

那年冬天。村里的老李支书突然得了脑血管疾病，殁了。村民们就着哀乐大声嚎哭了三天，随后按老李支书生前的嘱托草草下了葬。阴阳先生说，人死后应当清清爽爽地上路，大动干戈地哭叫可能会使死者在转生的路上遭遇难以预料的磕绊，并且会使死者来世命运多舛。村民的号哭转而成为一种低沉的呜咽，红肿着双眼的村民从此成了石磨盘村一道独特的“风景线”，乃至很久以后，村民们久久奔波在医治眼病的途中而无丝毫怨悔。

老李支书是我们石磨盘村有史以来口碑最好的一个村官，也是村史上执政时间最长的一个村官。老李支书带领村民修渠造田，一心一意想让他的村民过上好日子。据说老李支书一生清廉，从不拿群众一针一线，甚至经常假私济公，甚至自个掏腰包为困难村民补贴家用，真个做到想群众之所想急群众之所急。总的来说，老李支书是个好村官，人们的爱戴和景仰是不无道理的，老李支书的亡故自然会让村民悲恸哀伤。

而我们这批回乡务农的高中肄业生向来就对此不以为然，小小村官嘛，谁当还不是那么回事，事情该是怎样还是怎样，谁日能能翻到天上去。

老李支书在世的时候一直想为村里修一条路，架通南北，让村民早日过上富裕的光景，因为种种原因老李支书的夙愿未得实现，带着遗恨离开了人世。

要想富先修路的道理不言而喻。村民现在关心的问题就是老李支书的继任者能否像老李支书一样和全体村民一条心，能否带领村民把路修好能否让村民过上好光景。

这年村支委的冬训会的中心议题就是民主选举新的村支书，因为事关村民的切身利益，冬训会这天村里老老小小、男男女女早早都来到了村部并以党外人士的身份列席了村支委的冬训会。我们几个小青年嫌会场气氛沉闷，就待在会场外谝闲传，等待选举的结果。好奇多过关切。隔不多久，会场里稀稀拉拉地走出三五个人交头接耳地议论着新支书为人的长长短短。于是我们很快获知新支书竟是老李支书的儿子李隆德，这与我们的想象相去甚远，我们感到这一结果很不理想，纷纷表示了对李隆德执政能力的怀疑，最后种种怀疑汇聚成对李隆德这个名字的几种非议。能够如实代表我们当时的真实想法的大概有如下三种。

张一鸣一贯大大咧咧，很有点叛逆的味道，说话口无遮拦。他说，操，土老冒村官也搞世袭，听听那名字，李隆德，整个就是在效仿唐明皇，德就行了，还他妈隆呢，俗！

徐波喜欢就事论事，说起话来有板有眼。他说，要说李隆德的这个名字还真有点蹊跷，有些人向来就是缺什么就说有什么，最缺德的人的名字里往往有这个德字，而穷人家的孩子动不动就叫什么金什么银，也许是老李支书做过什么缺德事难以启齿，只好给自己的儿子取这么个名儿来祈福赎罪什么的。

牛建东性格鲁莽，说话也粗鲁，平时沉默寡言，喜欢用拳头表达思想。他说，球，李家人假仁假义，用惯了狗屁“德”来糊弄人，想让我们石磨盘人对他们俯首帖耳，听任他们的摆布，老子不干！

这年冬天冷得有些邪乎，整个天宇静谧得像一幅静止不动的山水画，听不到一丝狗吠鸟鸣，偶有一群麻雀从村子上空振翅掠过，发出饥饿的低鸣，遮天蔽日的寒意腾空而起，将雀群渐行渐远的身影湮没。村街上偶尔蹦出一两个赶路的人，弓着腰，哈着气，双手插在衣兜里行色匆忙地疾走着，两眼来不及看看街道上皴裂的千年古槐。我们被冻得更是大气不敢出，跳着脚缩着脖子畏缩在墙角说胡话，各人的唇上早已染上一层白白的霜花，看起来像一个个精神矍铄的小老头。牛建东气嘟嘟地说，这么个球天气，只有傻子才肯出来做事，还不如回家打扑克呢。

正在这时，会场内传出雷动的掌声，想必是新支书李隆德说出了什么蛊惑人心的意气话。不多久，会场内的人们开始三三两两往外涌，表示冬训会已经结束。人们大概还在被什么好消息振奋着，兴高采烈地大声说着一些我们不爱听的话，而我们几个此刻正在思谋着如何迫使支委会更改李隆德出任村支书的决定，怏怏不乐地跟随散开的村人回家。

李隆德年纪不大，三十出头的样子，脸刮得白白净净，看不到一丝胡碴儿，与我们想象中的书记样儿相差太远。人说嘴上没毛办事不牢，尽管我们知道办事牢不牢与嘴上有没有毛并无瓜葛，可内心里还是愿意自己的村官是一副老态龙钟德高望重的样子，至少在感觉上让人信服。再说，老子刚下台儿子就登基，这成什么事了？其实谁当这个村官大概也改变不了我们过早辍学一辈子务农的命运。我们之所以反对李隆德出任村支书，很大的原因也许就是因为李隆德不是我们“自家人”。可为什么这李隆德的人气就这么高？我们也知道支委会一旦作出决定就难以改变了，况且既然是民主选举，选举的结果肯定是大多数人的意思，凭我们几个人翻不了船，所以反对的事也就是我们几个私下里说说，发泄发泄不满罢了。

石磨盘村是个封闭狭小的小山村，没有公路通向外界，村里人到外面只能靠步行走羊踩出来的羊肠小道，经过二十里路的艰难跋涉到达一条穿山而过的省际公路，然后在公路上搭乘便车去向自己想要去的地方，所谓的“便车”常常一等就是半天，十分的不便。在这样一个几乎与世隔绝的山地小村，只身外出尚且困难，更别说托运物资了。石磨盘虽说有丰富的煤炭资源和过剩的劳力，却因道路不畅，一直停留在煤炭自产自销的原初阶段，剩余劳力也只是在南墙边晒晒太阳或躲在旮旯角里玩些猫三狗四的小赌博，以此打发光阴。石磨盘人一直生活在艰难困苦中。村委班子几经变动，每回都有让人激动的新鲜想法出炉，结果是搞过一阵形式主义，最终劳民伤财无痛流产。老李支书曾痛下决心开路促销，为村民办实事谋福利，却因病撒手人寰，实为憾事。

冬训会上决定旧历十一月初就破土动工，由小李支书挂帅，各家精壮劳力分段负责修路，妇女和孩子负责供应后勤。修路的所有经费不再按户分摊，暂由小李支书垫付，等以后卖了煤炭再行扣除。

小李支书专程到县城请来了公路专家，专家经反复测绘后得出结论，说红石嘴到省际公路的直线距离最短，但是中间横亘着一座山梁，如果公路要横贯山梁的话，估计工程量要成倍增加，工期也将大幅拉长。我们看到小李支书温和的脸上现出凝重的神色，只顾一支接一支抽烟，双眼平视着被山梁遮挡着的省际公路，并不伟岸的身影很快淹没在一团腾空而起的淡淡的青烟中。许久以后，小李支书猛地把刚刚掏出来的一支准备续上火的纸烟狠命地揉碎，抛向天空，渐起的寒风将烟屑兜头甩向小李支书，陡然间细黄的烟丝爬满了小李支书的眉梢、唇畔和额角。小李支书在这时作出了决定，穿山过。

穿山过不是唯一可行的途径，我们几个高中肄业生曾就此展开过热烈的讨论，在争论中我们不惜动用我们有限的一点几何学、物理学、经济学知识为自己的见解增加说服力。大体有两种，一说红石嘴山势险峻，开山修路工程浩大，有可能劳民伤财无果而终。反对者认为，如果绕道沟底，土石结构的滩涂早已进入封冻期，挖掘起来比破石开路还吃力，而且战线太长，离村庄太远，即使将来路修好以后也没有多少便利可言，那才是真正的劳民伤财的浩大工程呢，所以不如穿山过来得实在。张一鸣、牛建东是最坚定的“沟底派”，话不投机半句多，牛建东一边大声表达着自己的修路思想一边把拳头捏得嘎嘣嘎嘣响。

我们几个不管是穿山派还是沟底派都对李隆德的修路愿望持怀疑和观望的态度。类似的冲动历届前任村官们都曾有过也都最终化作泡影，让人对修路一事提不起兴趣和信心来。

农历十一月初，工程如期开工。各家各户分段承包，李隆德身先士卒承揽了据说是红石嘴上最险峻最难缠的一段，并且指挥着老婆孩子在自家的路段上开始了瞎忙活。张一鸣笑说小李支书这是在烧火，狗日的烧完三把火我们也就该歇着了。牛建东说那我们大冷天还要跟着疯子扬沙子，谁给我们发工钱，倒不如两拳三脚将狗日的打倒算完了事。别家出工的人们也开始三三两两地散布在红石嘴的山梁上，铁器与石块的碰撞声和着喧嚣呐喊以及劲烈的山风顿时在石磨盘上空荡漾开来。尽管我们内心里有许多不情愿，也还是纷纷拿起了镐头和铁锨加入到修路的队伍中。

这年的冬天冷得很本色，天冷得差不多就到了滴水成冰的地步，人们在这样恶劣的天气里挥动着镐头和铁锨，少有偷懒耍滑的人，因为站着不动弹要远比干活冷得多。县城请来的公路专家大概是受不了严寒，在红石嘴的山梁上指手画脚地说道了几天，借口另有公务，全副劳保装备的身子便滚进了早已泊在省际公路上的轿车中一溜烟不见了。这时候一向沉稳的小李支书红着脸说出了一句让我们来精气神的话，他说我们山里人穷弱的原因从来就不是智商的问题，我们靠自己的智力和双手能够建造我们自己的幸福。小李支书从此肩负起了工程师的重任，在红石嘴上下奔忙，像一只轻灵敏捷的燕子。

因为天太冷，部分人抱着火炉耗在屋子里不愿出工，小李支书每天都是第一个到达工地，查看各家的工程进度，遇到难以排解的问题总要搭手帮一帮，发现有不出工的人就飞身回到村庄去做动员工作。这样，小李支书家的工程实际全落到老婆兰花和孩子拴宝的身上，尽管小李支书家没日没夜地苦干不休，他家的工程进度实际上已落后于别人家了。小李支书寡言少语，只知埋头苦干，汗湿的衣衫被冻得硬邦邦的，不得不在红石嘴上燃起一堆篝火来烘烤衣物。这样，不管小李支书走到哪儿，身上总氤氲着一团浓重的雾气。

电台有消息说，最近有一股名为西伯利亚的寒流将从我国西北部经过，所到之处的气温还将下降十摄氏度左右，部分地区可能会出现中到大雪。

小李支书始终都在起着模范带头的作用，各家唯恐落后，争先恐后地投入到修路的工事中，工程一开工，就出现了你争我赶的热烈场面，所以工程的进度实际已经超出了人们的想象，有望在年前把工程大样拿出来。

腊月初八这天，石磨盘上空早早就弥漫着一股扑鼻的饭香，各家各户都在忙着准备腊八饭，据说腊八饭一直要吃到年三十，来年才会丰收吉庆。人说宁穷一年不穷一节，光景再怎样凑合腊八饭可马虎不得，别人如是，石磨盘人亦然。小李支书早就说过，工程大样一定赶在年关前拿出来，争取让石磨盘人过一个舒心年，公路后期的修缮在农闲时抽空追赶。

天空晴亮亮得没有一丝云彩，只是冷，干冷干冷，人一走出屋子立刻被浓重的寒气笼罩，忍不住要哆嗦一下。电台中所说的西伯利亚寒流如期而来。人们在小李支书急促的声声催喊声中极不情愿地迈开了去往工地的步子。

似乎是在一夜之间，小李支书家的路段凹下去了很深的一截，如有神助。徐波笑说，李书记为了修路真个是废寝忘食，腊八饭也顾不上吃了。小李支书朗声说，你嫂子初七就猴急猴急地给我们做好了，等把这片顽石撬掉，我们就可以开饭了，一点也不比你们落伍。大家有一搭没一搭地说着闲话，说话间飘起了零星雪粒。

雪一开始呈颗粒状，毫无规则地漫山飘落，强劲的山风裹挟着雪粒直冲人们的衣领、袖口和裤管以及每一个暴露在寒风中的部位。夹杂着雪粒的山风比刀子还硬。雪慢慢有了形状，像片片败落的梨花，大片大片绵软无力地洒落到红石嘴上。刚刚出工的人们在声声惊叫中迅速逃离了工地，小李支书一家在漫天风雪中吃起了腊八饭，工地上寥寥无几的石磨盘人一边清扫遍地的落雪，一边撬凹槽里的石块。转眼间，红石嘴和在红石嘴上劳作的人们已浑然一色，白茫茫得分不清哪是人哪是石。

夜幕的到来也似那雪，悄无声息的。躲在村子里的人们发现，红石嘴山头最先出现了一点红，大概是谁家准备挑灯夜战，那红在漫天风雪中显得格外耀眼，那红也像是有传播和复制的功能，终于一点变成两点、三点……

雪，越下越大。

躲在村子里的人们再也不好意思坐着了，纷纷提着马灯向红石嘴方向摸去。走在前面的是一些老人，然后是一些年轻人，接着是妇女和孩子，最后连对修路抱有抵触情绪的人也悄悄加入到前往红石嘴的队伍中，山上明明灭灭的灯光到底汇聚成一条火龙，在这样的场景中劳动人们竟有一种异样的亢奋，人们大声叫喊着，吃劲地舞动着自己手中的工具，热烈的场面使石磨盘死寂的夜空变得沸腾起来。

多年后常年瘫痪在床的桂生爷回忆起那晚的情景时仍激动不已，他说他活了大半辈子就没有见过那样壮观的场面，隔着窗户他看到一条生机勃勃的长龙在红石嘴方向雄踞着，一副龙行天下的势头，他说他僵死的肢体在那一夜也仿佛陡然间充满了活力，他感到自己风烛残年的身体正在经历一场由颓废到奋起的新生，像是稍稍用点劲就能纵身站起来。他说黑沉沉的天际和白皑皑的雪地以及红彤彤的灯光在这个雪夜构成一副奇丽的图画，让人不由对未来生出许多真切的憧憬和向往。

十三岁的拴宝事实上已成了一个可以独当一面的壮汉了，他干起活儿来一点也不比我们几个正当盛年的大小伙子差劲，就连牛建东也曾不止一次夸奖过他，文弱的徐波更是佩服得五体投地，而我则只有羡慕的份儿。并不雄壮的拴宝其实靠的是耐力和韧性征服了人心，在深过脚踝的雪地里劳动不光需要耐力和韧性还需要机动灵活的思想，正所谓既要抬头看路又要低头拉车，而拴宝是一个实心眼的孩子，只知道一个劲地干呀干。脚下的道路早被踩得光溜溜滑兮兮，拴宝抱着巨大的石块深一脚浅一脚地疾走着，全然不管不顾，却在朝崖下扔石块的同时顺道将自己也扔了出去。最先发现拴宝不在了的当然是拴宝娘兰花，兰花最初以为拴宝是去哪里偷懒去了，扯着嗓子喊了一遍又一遍却没有得到一丝回应，直到接近收工的时候才开始警觉，心头有一丝不祥的疑云笼罩。

红石嘴山梁下的积雪足足有齐腰深，一夜风雪几乎填平了所有的沟壑，到处白茫茫一片，分不清哪是沟哪是坎。第二天人们找遍了所有拴宝可能去的地方，始终没有见到拴宝的影子，至此，基本可以断定拴宝出事了，但是，茫茫雪原哪里有拴宝的踪迹？叫人如何去找？小李支书强作镇静，说如果人真的殁了就是找到了也没用，他要是活着肯定会回来的，当务之急不是找人而是修路。拴宝娘兰花只顾哭，兰花撕心裂肺的哭声哭湿了所有石磨盘人的眼睛，但人们还是在小李支书的带领下一锨一镐地修理着业已成形的公路。

石磨盘公路的工程大样在当年腊月中旬完成了，小李支书和一些修路积极分子从外村借来了几辆农用车拉沙铺路。令人想不到的是，牛建东竟成了修路的中坚分子，他不光自己积极参与修路的事，还经常做别人的动员工作，说话也开始变得文雅了些，动不动给我们讲一些为人之道，与先前粗鲁野蛮的那个他判若两人。

完全出乎人们的预料，这年腊月底石磨盘公路就基本可以通车了，试行那天是农历腊月二十八，第一辆车款款驶进石磨盘的时候，石磨盘人用来过年的鞭炮在这一刻齐声炸响。石磨盘人的年关提前了，一些家道殷实的人家开始谋划着购买车辆。小李支书决定派人开一辆农用车到县城把因修路耽搁了置办年货的人们的年货给办了，办年货的农用车开进石磨盘的沟沟坎坎的时候，整个石磨盘再一次沸腾了，人们雀跃着冲下自家的坡头。

石磨盘人这一年春节过得有滋有味，舒心。唯一牵动人们心弦的是少年拴宝的生死，人们在欢欢喜喜过大年的过程中一次又一次地哽咽了。拴宝的尸体在来年冰消雪融的时候被放羊的大宝、二宝兄弟率先发现，消息立刻像长了翅膀一样飞进了石磨盘村庄，人们跌跌撞撞疯了一样扑向红石嘴崖畔下拴宝长眠的地方。

拴宝的尸体在雪窝中保存得惊人的完整，他脸上甚至还挂着一丝淡淡的笑意，雪地上有明显挣扎过的痕迹，他撑地的双手像是皴裂的树皮，头向着红石嘴公路方向仰视着，像一个睡觉不太安生的孩子仍然沉浸在睡梦中。

拴宝出殡的那天，全村人都放声哭喊着。按说未婚的孩子早夭是不宜大张旗鼓地置办丧事的，但村人还是说服了小李支书用对待一个老者的礼数隆重地葬下了拴宝。

多年后，石磨盘煤炭因质优价廉受四周乡邻欢迎，石磨盘煤矿解决了许多剩余劳动力的就业问题，石磨盘人的经济生活从此大为改观，许多因贫困失学的孩子得以重返课堂，我和张一鸣、徐波、牛建东也都顺利完成了学业并在省城参加了工作。

由牛建东出面举办了一次同乡联谊会，会上大家共叙了创业的艰辛，怀念了石磨盘的艰苦岁月，怀念了那场弥天大雪和拴宝，并决定在可能和方便的时候一起回石磨盘一趟，到老李支书和拴宝的坟前祭奠祭奠，一定要和小李支书说说掏心窝子的话。

会上大家还对李隆德的名字重新作了诠释，比较一致的意见是，李隆德就是老李家人带领石磨盘人过上幸福富裕生活的隆隆盛德的意思。

坨坨山

老马恋爱了。

恋爱着的老马心情忽然开朗起来，街上行人彬彬有礼，车辆井然有序，总之看哪哪顺眼，甚至连空气中也似乎飘浮着一股类似幸福的甜丝丝的味道。这在他38年的人生经历中是一种全新的、独特的感觉，要怎么甜蜜就怎么甜蜜。

老马不想独吞这份甜蜜，他要把这幸福的感觉尽快地传递给每一个熟悉的人，他此刻最想向工友牛饮倾诉。牛饮是工友中的“学问家”，新婚不久，刚尝过爱情的滋味，和老马关系不错，两人的幸福有近似点，有可比性，没有比较就没有差别，就没有压倒一切的优越。老马相信自己有别人无可比拟的优越，至少现在，安乡“众里寻他千百度”，在这千余人的大厂独独“选择”了他做对象，尽管老马对此还没有十足的把握。“人在恋爱时智商会降到最低”的普遍法则已经在老马身上起作用了，显然，他忽略了自己是厂里工友中少有的未婚男性这一事实，并且，安乡自身也没有多少优越的条件，搁人海里立刻会消失不见。

确切地说，安乡是一个有过不幸婚史的残疾少妇。老马对其间的差别也没有细究，有的只是一种前所未有的新鲜感觉，脑子里顽固地呈现着数个钟头前那个水淋淋的场景——当时老马刚下大夜班，按照一般程序，下班以后他要以疯跑的姿势冲进宿舍，就近打来一盆温水，把身上带来的工业污垢冲刷掉，省下去澡堂排队的时间，以便更充分地享受睡眠。车间繁重的体力活很容易让人疲倦甚至厌烦，瞌睡多得就像春韭，割掉一茬又生一茬。打来半盆洗脸水，老马就三下五除二解除了自己看上去邋遢不堪的工作套装，一身早已丢掉本色的迷彩服，只留下最后一块遮羞布，全然不顾宿舍窗外前来打饭的工友们鱼龙混杂的眼神。这是雷打不动的惯例。如果不仔细观察，解除武装的老马看上去就是一疙瘩能动弹的黑炭，只有通过不断擦洗才能还原本来的肤色。老马不怯乎门外五谷杂陈、异彩纷呈的眼神。他认为，洗自己的澡不关别人的事。老马有永远睡不完的觉，通常一下班就困得不行，潦潦草草地擦洗完，眼镜都顾不上摘就进入沉沉的梦乡。老马有深度近视，摘掉眼镜就等于是个瞎子，这眼镜就像老马身上的一个器官，须臾不离身。说来也怪，这眼镜跟了老马二十年居然没坏过，偶尔会因睡觉受到挤压而变形，捏巴捏巴又可以正常工作了。

就在老马发奋搓洗身上的污垢时，敲门声蓦然响起，老马用力抹了一把脸上的洗衣粉水，大声说，进就进球来，门又没有锁。同宿舍的工友们多不在一个班次也不在一个车间，基本上，宿舍什么时候都有人在，你来了他走了，门锁多数时候只能充当聋子的耳朵——摆设。不管有人没人，牛饮那小子回来总喜欢敲门，故意让屋里的人虚惊一场。门开了，老马头也不回地继续他未竟的课业——用力够着擦脊背上一块不知底细的脊梁骨，还不忘调侃来人，你这碎屁娃娃有敲门的闲工夫就不知道帮哥哥搓搓背？说罢就听到身后的来人咯咯咯地笑起来，听起来竟像女声，天呐，分明就是女声！老马这一惊不小，回头就看到安乡举着饭盆站在门口进退两难的样子，老马的洗浴已近尾声，他从没有这么明目张胆地近乎赤裸地站在一个女人面前，脸一下子红到脖根，忙不迭声地说对不起对不起，我还当是牛饮那碎贼，你进来坐。安乡在门口僵了一会，但还是迈着碎步走了进来，没等老马再说什么，就淡淡地埋怨起大师傅们做饭的进度，说都什么时候了饭还没做好，公司的钱真是多得没处使了，白白养活了这么多没大用的师傅。老马一边哦哦啊啊地应付着安乡一边努力够着脊梁上的死角，想要尽快结束这道并不复杂的工序，可是效果很不理想，死角之所以称为死角就是因为不容易够着，偏偏那里有一坨极其显眼的黑，不用看老马也知道，每次下班后身上就没有一块干净的地方，洗完澡牛饮总说那里还没干净，老马笨拙地擦了很多次，那坨黑却顽固地在老马脊背上保留下来，生了根似的。安乡夺过老马手里的毛巾说，我帮你擦。老马的血呼啦一下全涌上脑袋，想要抓住就要离开自己的毛巾，却没能，安乡的劲头有些不容置疑，老马只好站在安乡面前任由她摆弄。好在安乡的擦洗可谓轻柔、周到，甚至有点痒酥酥的眩晕，如沐春风的感觉实实在在，安乡手指经过的地方，风和日丽。老马本该粗枝大叶潦潦草草结束的洗浴到了安乡这里就成了一项浩大繁琐的工程，其间老马听到灶房叮当作响的炊声却故意充耳不闻、装聋作哑，他乐意享受这新鲜的感觉。安乡似乎也忘了打饭才是此行唯一的目的，居然也对近在咫尺的炊声充耳不闻、不管不顾。就这样，帮老马擦完澡的时候他们抬眼就看到宿舍对门的灶房已经人去饭光，大师傅们正在懒洋洋地打扫食堂。安乡急急忙忙地跑去打饭，却被告知就连米汤也被赶着装车的装卸工尽数打走。安乡没了饭吃，完全是老马一手造成的，不得已，老马请安乡到路边小饭馆要了两碗面条，在等待上面条的过程中，老马忽然有了强烈的说话欲望，一种紧迫的冲动让他不能自已，他挖空心思地和安乡说了好多话，老马觉得他和安乡那一会说的话可能比他出生以后和其他女性说的所有话加起来还要多，不是一般的多，而是多得多。

通过闲谈安乡知道，老马家在南部边远山区一个叫坨坨山的小旮旯角，祖上八辈都是黄土地里刨食的农民，最要命的是穷，他是家里众多兄妹当中最小的男孩，家里寄予他的希望很大，破例艰难地供他上到高中。不料，上了高中的老马萌动了初恋，就是那次恋爱改变了他的一生。他的初恋情人是他的同班同学，一个极其漂亮活泼，富有上进心的，却比他更贫困的农家女子。高中毕业那年，老马和他的初恋毫无悬念地双双落榜，老马从此告别了求学的舞台，初恋却选择了继续在求学路上打拼。虽同在一个小地方生活，两个相爱的人儿见面的机会却越来越少，后来初恋以高分考入省外一名牌学府。两人见面的机会越少了，初恋的心儿却越飞越高，甚至忘了她生命中极其重要过的老马。老马心里却放不下他的初恋，从此像个吃斋念佛的和尚不再轻动凡心，拒绝了好多水到渠成的婚事，直到38岁高龄他在婚事上仍然一无所获。老马说那场无心插花却又伤筋动骨的初恋给他带来了致命的打击。迫于生计，离开校门后他开始出门打工，一开始，老马打工纯粹是为了挣钱养家，初恋上大学后，老马决心资助险些因贫困失学的初恋，后来老马的初恋如愿上完大学，考研读博以后，初恋在城里筑起自己温暖的小巢像模像样地做起了城市人，其间有过多次可能的婚事，可惜全都和木头人老马擦肩而过，老马从此落下了谈爱色变的毛病。不用说，这是一个鸡飞蛋打的伤情故事，初恋留给老马的伤害不算不大。老马说他一直会等着初恋回心转意，他不会再随便和哪个女人恋爱或者结婚，一度甚至恶毒地期盼过初恋的丈夫有一天暴病死掉然后由他来填补这个空缺，当然，这个机会始终没有出现。

关于初恋的所有往事都将成为故事，初恋带给他的不愉快也将成为一段不光彩的记忆。现在，老马已经有了新的念想，而且，这冲动来得太过猛烈。铁树也能开花，枯木照样逢春，老光棍照样能迎来爱情的春天。老马不能不为即将开始的新一轮爱情激动并享受。

宿舍门大开着，却空无一人，这让老马的好心情大打折扣。门前早已排起了打饭的长龙，老马费力地在人群中看到等待打饭的舍友李三，李三一把拉住老马，笑嘻嘻地夸奖老马的脸上开了花，说有好事别忘了弟兄们。老马甩开李三，气呼呼地说没你什么事。这时老马在人群中费力地看到牛饮，老马大喊一声牛饮，你出来，有事！声音和语气同样不容置疑，不想牛饮并不买账，说就是天要塌了也要等饭吃了再说。打饭的队伍慢慢向前蠕动着，眼看就要轮到牛饮了，老马急着向牛饮炫耀自己迟来的幸福，也想顺便向牛饮学点恋爱的经验啊技巧啊来应急，这是迫在眉睫的大事，相比起来，牛饮有没有饭吃小得不值一提。他挤过人群，一把把牛饮拽出来，牛饮不急不恼，笑呵呵地问，敢情你又要请客了，听小琴说你中午请了安乡的客，难道请客也会上瘾？牛饮已经知道了中午的事，这等于提前释放了老马的快乐，他心里有了几分的不快，嘴里一遍一遍地嘟哝着，小琴那死丫头太爱搬弄别人的是非了，一个帮灶的小丫头嘛，好好帮灶才是正事，总惦记着说别人的闲话，又没人发工资，费力不讨好。牛饮马上替小琴辩解说，灶房和宿舍对门，宿舍里的一举一动都逃不过众人的眼睛，也怪老马谈情说爱没有选对地方。

老马把牛饮扯到宿舍里，硬让牛饮帮他分析这次恋爱的可行性，并缠着牛饮给他出主意。这个任务难坏了牛饮，牛饮又不想让老马失望，就和老马你一句我一句深入浅出地讨论起来。三说两说又错过了饭点，老马让牛饮等着，等他把安乡叫来一起下馆子。这似乎是个不错的主意。牛饮于是站在厂门口等，谁知长等短等就是不见老马的影子，肚子叽里咕噜地响成一片。牛饮没等来老马，太阳却在牛饮的等待中咕咚一下掉进西山，天黑了。牛饮急得一跺脚，走了。

晚上回到宿舍，老马一个劲地埋怨牛饮不守时，说他等安乡洗完衣服天都快黑了，他拉着安乡四处找牛饮，差点在伸手不见五指的院门口跌破了眼镜。还说安乡的腿脚那样不好，你一个大小伙子咋能忍心让人家跑那么多冤枉路？牛饮也是得理不饶人，说你们两个恋爱咋能让我跟着受洋罪？再说扯上我这个灯泡照不亮你们约会的路，况且，灯泡自己也有想法，不能在厂门口一直傻等着，就算自己能忍受得了饿肚皮，却没心情饿着肚子看夜景。老马说胡扯，你知道哥哥不是那种说话不算话的人，人家安乡一个姑娘家，总不能谁叫都跟着走，还得想办法做她的工作，做她的工作绝不像撒泡尿那样容易，再说她当时确实手头有事不方便出门。牛饮呵呵一笑说看来你不傻，谈起恋爱也是一套一套的。老马幸福并享受地笑着，久旱不雨的苦瓜脸上花团锦簇。

就这样，老马要和安乡谈恋爱的事在宿舍算是公开了。

舍友李三比较现实主义，说老马你真是，安乡腿上的毛病那样重，走起路来一扭一扭得就像随时要散架，长得也算不上漂亮，还结过婚，不知道怎么又不和丈夫一起过了，听说离婚手续还没办利索，你好歹是个正常人，还是正处级，在哪找不上个对象，干嘛非要安乡那型号的？老马脸上挂不住了，生气地把眼镜使劲朝上推了推说：“李三你个龟孙不识货，安乡是残疾人不假，可她的心眼好，比你这人模狗样的家伙强多了。再说我的眼睛近视到这种程度，也是事实上的残疾人，和安乡处对象也算是门当户对。再说你饱汉子不知饿汉子饥，我老人家38岁了还没个家，好不容易盘上个对象，你却来瞎捣蛋。你还够不够人？”

出乎大家预料的是，老马和安乡恋爱的事第二天就在厂里风风火火地传开了，传言里流露着对老马的惋惜和对安乡的不敬。老马猜想一定是小琴先在灶房里说，去灶房打饭的工人跟着传。经过加工的传言很快走了样儿，变了味儿，说安乡攀上老马是急着想甩开她的前夫。好事不出门，坏事传千里。老马的恋爱故事很快在厂里传得稀巴烂。恋爱不是个丢脸事，传就传去吧。话虽这样说，老马还是不断笑呵呵地跟大家公布他和安乡恋情的最新进展，同时不忘一遍一遍地责骂小琴是非。正想下午打饭时臭骂小琴一顿，不想中午吃过饭，小琴就自投罗网来了。她是特意跑到宿舍里做老马的工作来了，她说老马这个人其实是不错的，单单年龄大了些，人长得又不恐龙，并且肯吃苦，和安乡处确实不合算，有点掉价。宿舍里其他人也帮着劝导老马，只有牛饮的立场不一样，说残疾人也是人，老马既然看上了安乡，安乡对老马也有意，大家应该积极促成这桩美事，宁拆十座庙不毁一桩婚。实在不该说东道西给他们泼冷水，这没什么合算不合算的事。再说老马也老大不小了，盘弄个对象不容易，坏了老马的事罪孽正经不小哩。有人支援，老马自然高兴，脸上的表情也忽然阴转晴了，忙附和着说对对的，牛饮到底是知书达理的人，不像你们这些人俗气得说不成成。

初恋失意似乎不光留给老马遗憾和伤痛，同时为他积累了经验，这使老马的“再一春”来得顺风顺水。没用多长时间，老马竟真的把安乡俘虏了，两个人在厂部大院里像模像样地过起了情侣生活。老马甚至动用了所有关系，把他和安乡的班次调到一起，他们一起上班、下班，一起搭伙做饭，一块儿亲昵地逛大街，两人的作息时间保持了惊人的一致，用老马的话说他们现在好得就差合穿一条裤子了。老马像变了个人似的活跃在厂部大院里，工友们每天都见他穿得工工整整地在厂院里来回奔走。多数情况下，下班以后，老马总是用最快的速度洗完澡，然后换上鲜亮的新衣服，再用袖子擦亮眼镜，临了向牛饮借本书夹在腋下，神气活现地匆匆去过他的两人生活，从此在宿舍里神出鬼没起来，一旦回来，就缠着给大家讲他和安乡的那些甜蜜事，让人听得耳朵起老茧。一次一个串门的工友问牛饮他们宿舍里那个戴眼镜的怎么会找个残疾人？听说他还是个大学生哩。李三不以为然地说，鼻孔里插根葱的不见得就是大象，同理，走坐揣本书的不一定就是大学生。

老马的恋爱在自己来说可能是幸福、快乐、享受、甜蜜，诸如此类的任何一个词形容的那种感觉，但对爬在一个战壕里的战友，宿舍里的弟兄们来说，是公害，简直不啻一场灾难。

恋爱让老马的头脑变得更不清醒了，他经常忘了关宿舍门，把宿舍众兄弟丢给黑压压的蚊群。牛饮他们买了蚊香对付了一夜又一夜，李三终于忍受不了，警告老马出门要记着关门，不然就要开除他的舍籍。不想老马满不在乎，鼻子一歪说："你小子当初横挑竖挡地不让我和安乡好，现在看我俩好上了不舒服了吗？怕蚊子叮你自己操心把门关严实，你总不能因为怕热就让我给你买个风扇吧？我没工夫管这号破事，反正蚊子是不叮我的，没我什么事！"说完，又大开着门，扬长而去。李三恨得牙痒痒的，说今晚上有他好看的。

这一晚同宿舍的人都没睡踏实，牛饮几次要起身点蚊香，都被李三制止了。为了不招惹蚊子，大家和衣摸黑躺在床上，静静地等着老马回来，再睡个安生觉。夜半时分，老马终于像一颗炮弹炸进宿舍，门咣一声弹开了，拉灯时又撞翻了地上的洗脸盆，叮叮咣咣一通响，惊醒了所有半是清醒半是迷糊的舍友。大家你一句我一句地诉说老马的不是，老马只当没听见，捧起一本书坐在床上看起来，全然不知道照顾舍友的睡眠。蚊子疯了一样循着灯光飞进屋里，老马重重地叹了口气，嘴里一遍一遍地念叨着真他妈的倒霉！

第二天一早，老马抱着两条红肿的胳膊，走一步挠一下，最后苦着脸向大家宣告了一个噩耗，他得了胃癌晚期的准丈人老安医治无效，殁了。在这种时候大家应该庄重一下，至少也要向老马表示一下关切之情，可是老马的神经质让大家受不了，全都没心情安慰他。李三甚至打趣老马，说："你老泰山一直不肯认你这个女婿，这下好了，再也没人挡着你了，你应该高兴才是。哎——你的胳膊怎么了，蚊子也不认亲戚了？"老马恶狠狠地白了李三一眼说："畜生它就是个畜生，咋能明白人的事呢，就像你娃娃不知道我现在有多难受，在这种时候还拿这屁话挤兑我。"说罢，抱起头失声哭了起来。牛饮有些于心不忍，起身开导老马，遇到多大的事日子也要照常过，以后对安乡好一些就是了。所谓化悲痛为力量。老马点点头，说那是一定，我们坨坨山就没个烂杆人。

老安既在情理之中又在意料之外的突然病故，给他正在热恋中的准女婿迎头一棒，老马灰头土脸地过了三天。这难挨的三天里，老马总是天不亮就出门，半夜时才回宿舍，又回到热恋前的状态，头也不梳脸也不洗，衣服更是脏得一塌糊涂。这种时候他更不会顾忌舍友们的感受，反而在进门时故意弄出声响，经常拉亮灯不关门就把自己砸进温暖的被窝。有时，舍友们在白天有幸见到他，大家就得忍受他没完没了的诉说，说他对安乡的爱，说他在安乡身上倾注的心血，说他心上积蓄多年的苦。大多时候，总是见他把头深深埋在胸前马不停蹄地朝前奔，做出业务繁忙的样子，谁也不知道他到底在忙什么。不管怎么说，大家都被他的自私搞烦了，没人愿意再对他的恋爱说三道四。

三天后，老马总算恢复到正常，早晨起来抢在别人前头为他和安乡打来早餐，然后屁颠屁颠地送到安乡屋里。他会在下班以后把自己清洗一遍，完了哗一声把脏水泼到门外。工闲时是属于他和安乡的两人世界，他绝不会在宿舍露面，晚上他会在人神不知的时候回来睡一会，得空就向大家介绍恋爱心得，甚至为安乡买过什么也要一笔一笔算给大家听。经常的，大家听着听着就死一般睡过去，也不对老马的话做出回应。

老马和安乡的事不知怎么就传到坨坨山，家人又是欣喜又是焦急，喜的是老马终于开窍了，急的是老马居然看上了一个残疾寡妇，寡妇就得了，还残疾！而他自己是个硬邦邦的健全人。家里立即开会研究，决定派老马的姐姐做代表火速前往厂部大院，尽快为老马挑选合适的对象，让他离开安乡。

姐姐找到老马的时候，老马正殷勤地捧着安乡的脚做按摩，他这投桃报李的举动在姐姐看来简直不堪入目，姐姐当时就打了老马的耳光。老马呆呆地把头低到裤裆的高度，等安乡手忙脚乱地滚下床，姐姐早已风风火火地实施下一步拯救方案去了。第二天老马才知道，姐姐托人为老马在厂子周围物色了一个经营百货店的寡妇，不光腿脚好，人也漂亮，还仁义、体贴。大家也同时知道了，老马叫姐姐的那个妇女其实是老马的妹妹，谁也不知道老马把妹妹叫姐姐是什么意思。在“姐姐”的胁迫下，老马很快和那个叫张梅的寡妇见了面，闻名不如见面，张梅果真就是“姐姐”描述的那样，色香味俱全。这样一来，眼前的现实更让老马犯难了，一边是刚和自己怒放出情爱之花的安乡，一边是众望所归超值豪华的张梅，就寡妇的身份来说两人旗鼓相当，论二人的品貌特征显然不在一个层次。显然，这不是鱼和熊掌的权衡，感情的天平很容易倾斜。说实在的，两个都舍不得撇不下，老马真想一鼓作气，两个都拿下，可空缺只有一个。为能比较牢靠地找到一个爱人，老马想两条线都不能断，若即若离才是最佳状态，时机成熟再作定夺也不迟。

此后老马更忙了，像是游走在两个女人之间的一条鱼，也不知他怎样在她们之间周旋，反正老马有办法让自己成为她们眼里的缺货，同时成为安乡和张梅眼里的香饽饽，老马自觉风光无限，牛饮的看法却不一样，说他脚踩两只船，把感情当儿戏，是对安乡甚至张梅的不尊重，也是事实上的对老马自己的不尊重。老马说：“好兄弟哩，别看我年纪比你大很多，在这事上我顶多是个学前班，大事还要你给我当高参呢。前一阵要不是你给我拿主意，我也下不了决心追安乡。现在我在这事上遇到麻达了，你可得帮忙帮到底。”牛饮闻言，忽觉给人出主意不是好差事，老马这种心态，他要是再出主意，好了，皆大欢喜；闹不好，自己就是猪八戒照镜子，里外不是人。就搪塞说自己只能提点建议，决定权在老马自己手里，只是这样下去真的不成，到头来只能害人害己。老马狡辩说自己不是个随便的人。李三插嘴说：“我知道你不是个随便的人，你随便起来不是人。”老马说放屁，到这种时候了就是自己死了也不能丢下安乡不管，既然爱她就要对她负责。老马同时声称，张梅十分通情达理，也赞成他对安乡的深情厚谊，她没有因此对他有看法，反而更欣赏他的情意了。

老马照样在厂部大院里行色匆匆，照样神出鬼没，牛饮总结出一条规律，如果老马手里拿本书出门一定是奔安乡去的，在弱小的安乡那里，他总是想办法把自己装扮得高大无比；如果老马穿得清清爽爽的空手出门，十有八九是去张梅店里，富足的张梅对生活有她自己的态度。

这一天下班洗完澡，老马在腋下夹了本书就跳出门外，走了。不一会儿又回来气呼呼地说，现在有了竞争对手，自己不会随便让他们得逞。

原来厂里几个残疾单身汉也对安乡抱有想法，其中一个还特别大胆而且执着，竟然把安乡堵在屋里逼她确定和自己的关系，甚至扬言要找人收拾老马。也就是说，光棍汉老马能升级为香饽饽，年轻的寡妇安乡在残疾单身汉眼里照样是一朵花，在谁的花盆里绽放还不一定呢。这怎么成？安乡早是老马饭桌上的一道菜了，你想嘛，有我马大官人在此，怎么能眼睁睁看着安乡被别人一筷子夹了去？

天气太热了，不知咋的，说着说着老马额头上忽然细细密密冒出了好多汗水。呆坐了一会儿，他忽然提议晚上请大家喝酒，这个提议听起来凉爽宜人，大家都说好。牛饮却说算了吧，还是我请。老马的许诺张口就来，基本上没有兑现的时候，在这种恋爱的紧要关头，老马更可能把大家晾在一边，他可不想自找不自在。当晚，李三和其他几个人准备在酒桌上责备老马被恋爱搅昏了头，不顾宿舍弟兄们的死活，早出晚归从来不关门，恨不得把大家全都喂了蚊子，还没日没夜地进门就拉灯等不良习惯，害全宿舍都跟着背黑锅，厂里骂他们光知道搞个人卫生，不注意大家的卫生，尤其一出门就乱泼脏水的做法让灶房怨声四起，天天骂他们没有公德心。听说灶房已经给厂部打了招呼，可能近期就让大家搬出去。谁知老马出门再没回来，酒快喝完的时候老马总算回来了，进门就说，牛饮你帮哥哥拿个主意，我和安乡现在这种情况该怎么办？李三接过话茬说："我说老马，你们那个叫坨坨山的鬼地方真的像你说的那么好？搁了我，既然那么爱安乡，就会带上她一走了之。回家也好，远走高飞也罢。"

第二天，牛饮他们真的被厂里清理出老宿舍，搬行李的路上碰到老马，只见他黑着脸不理不睬。牛饮心眼好，说老马的眼睛近视得那么厉害，估计是没看着。李三说屁，那孙子现在太把自己当人物了，以为厂子是他自己开的，坚持不搬出老宿舍是想离目标近一点。没搬宿舍的老马并没闲着，他在四处散布牛饮、李三他们的坏话，说牛饮不够意思，搬房子也不告诉他，说李三不是个人，煽动宿舍里的人都跟他过不去。消息传到牛饮他们耳里，牛饮肺都要气炸了，心想老马要是规矩一点，也不至于害大家搬房子，一个老鼠坏了一锅汤还赖汤的不是。李三当时就跳着脚，说要撕烂老马的嘴。舍友们都说不如趁机把老马清理出宿舍，让大家清静几天。胳膊扭不过大腿，老马最后还是乖乖搬了出来，却不知道搬到哪里去，又是牛饮收留了他。这时候老马已经有了离心，还动员牛饮跟他一块儿走，说就凭牛饮的能力和为人，走出去一定比在这里混得好。牛饮给说得有点晕乎，却推说自己十分恋家不想远离家门，合不来舍近求远。

搬到新宿舍以后，天气转凉了，老马的坏毛病丝毫没有收敛。大家众口一词地埋怨牛饮不该乱发善心，把好不容易清出去的祸水再引进来。牛饮说老马现在是昏了头，等有机会了好好劝劝，他会改过来的，他的本质并不坏。

隔不多久，老马和安乡双双神秘失踪了。老马走时没向任何人打招呼，他走了以后宿舍像遭到打劫一样凌乱，牛饮他们的脸盆饭缸全被砸烂了，牙缸饭盆撒了一地。甚至宿舍里顶顶紧要的几样东西也被破坏了，比如李三的防尘眼镜，比如牛饮媳妇买给牛饮的结婚信物，一只高档电动剃须刀。

就在大家快要忘记老马和他的爱情故事的时候，老马从遥远的南方给牛饮打来电话，约牛饮和他去共同发展，说外面的工资比厂里好得多。还说他先是带安乡回到坨坨山，谁知道安乡看上人呢却看不上地方，好在他现在说服了家人，同意了他和安乡的婚事，秋上就可以把事情办了。老马还说了很多，牛饮哼哼哈哈应付了半天，挂了电话时竟记不起老马曾说了些什么。

后来宿舍里又住进了一个新招来的工人，他向牛饮他们介绍说他姓马，来自坨坨山，说那是一个经济欠发达的地方，但是人很朴实，讲信用，重感情。李三挠挠头皮说又是狗屁坨坨山，我他妈的招谁惹谁啦？

新工人伸出大手说，希望我们在以后相处的日子里，成为好兄弟。

牛饮说，可能吧。说着握住那只来自坨坨山的大手，使劲握了一下。

杀　鸡

公司机关人来人往得像闹市，老员工纷纷被裁汰，风传主管副总高升也要“下课”。各科室工作人员人心惶惶，生怕一不小心自己也会被当做“冗员”裁汰回去，丢掉工作事小，丢了面子就不好看了。人事部江源就害怕被辞退，好歹自己出身名牌学府，在学历平平的公司员工里也算高级知识分子，大老粗们都干得有劲有劲的，动辄长字加身，难不成自己还不如他们？在工资待遇上不如他们也就算了，谁让自己没他们干得久呢，如果连一份平常工作都保不住，那就太伤面子了。

老板创业初期是个十足的混混，专干坑蒙拐骗的勾当，发迹后运作公司的思路还带着明显的混混逻辑。任何人，任他再有工作能力，在公司干久了就会怀疑他有问题，随便一个借口，你就得卷铺盖走人，空缺的岗位立马由新手来补充。

比如眼下，总经理责成人事部到省城参加招聘会，招收一批应届大学生。用意之明显，傻子都看得出来，面上，公司为解决毕业生的就业出了力；内里，老板对公司某些老员工有了意见，又一拨“老人”得丢掉饭碗了。主管副总都朝不保夕，普通员工还不如流星换？新人永远比老手好使。

江源算不得老手，进公司不到一年，是人事部里的小字辈。人事部属要害部门，杂七杂八的事很多，江源整天忙得晕晕乎乎。经常还得不耻下问，向部里张部长和老尤他们请教业务上的事。任他干得满头大汗，工资和职位吃了定心丸一样，总也不见长。对外协调部的李美奂，大专文化，班上得吊儿郎当，就因为脸蛋漂亮点，不到半年就混到了副部长的位置上。还有企划部的杨立锋，原是国营水泥厂的职工，被老板挖了过来，刚到公司就被委以业务主管的重任，工资也跟着水涨船高，来了也没见他有什么作为，整天跟着总经理他们混吃混喝。人比人，实实在在活不成。

招聘会在省城开，总经理安排江源和李美奂一起去。当时江源心里疙疙瘩瘩的，他和李美奂不是一路人，转念又想，长途奔波固然劳苦，有美女相伴未必不是好事，随后就高高兴兴答应了总经理。李美奂打印了一大堆招聘材料，并大张旗鼓地带人去制作条幅。这些东西无疑是夸大其辞的，被李美奂做得充满诱惑。江源为这些虚头巴脑的玩意叹惜，同时也为自己在公司的前景担忧。公司为他们派了专车。这待遇不错，江源心里即刻满满的，管它呢，出完这趟差回来再说，再怎么也不能在出差路上就给开了吧。就算开了也没什么要紧的，如今好胳膊好腿的人在哪里也能混口吃喝。

一上车，江源就主动把李美奂让到前面的副驾驶座上，李副部长也不谦让，大大方方落了座。这样很好，江源不用费力就可以将李副部长的美色尽收眼底。李美奂静静望着前面的挡风玻璃，和司机伍为大有一搭没一搭地说着闲话，不时放肆地大笑。两个人的话题远远超过了工作范畴，从不注意身后江源的反应，好像江源根本不存在，或者有和没有一样。这是最严重的轻视。江源讨厌伍为大低眉顺眼的样子。车子快开出城区的时候，李美奂接了一个电话，然后命令伍为大停车。车停处见一肥胖的女子慢吞吞挪了过来。

李美奂这才向江源和伍为大介绍：“这是我妹，搭顺车去省城办点事。”那胖女子早已拉开车门挤了进来，顺手把一个大包袱搁在左手边上，江源赶紧向右挪了挪。胖女子往嘴里塞了把零食，向伍为大说：“开车！”然后就和李美奂聊起了家事，没完没了。伍为大居然也热心地参与她们的话题，不时抖出一个笑料。完了哈哈大笑。车子颠簸得厉害，江源一路无话。

后来胖女子晕了车，哇哇吐了一气，车里立刻布满了难闻的气味。江源记得中学老师说人呕吐的秽物主要成分是乙醚，狗都不吃。李美奂往车里喷了空气清新剂，伍为大开了车窗，车里的气味还是让人吃不消。江源左摇右摆，感觉自己也快晕车了，越来越不舒服。

好在路途不远，过了三五个钟头就到了省城。车停了，李美奂像是刚想起什么似的，回头问江源：“小江你怎么不说话？”李美奂比江源要小几岁，叫他小江明显是在摆官架子，也是，她是出差三人里的最高领导，随她怎么叫吧。江源笑了笑不言语，胖女子拉开车门爬了出去，回头又给李美奂丢下一句话：“姐，明天走前给我打电话。”

李美奂用商量的口气对江源说，晚上就住香格里拉酒店吧？江源说：“李副部长安排，我没意见。”

招聘会现场人山人海，李美奂热情地招呼着招聘台前的应聘者：“我们利马公司是一家大型民营企业，是省里十佳用工单位，是广大学子的就业天堂。公司具有先进的管理理念和超强的福利待遇，同时严格按照国家标准配发劳保用品……因业务需要，现招收应届大学毕业生20名，安排在公司管理层工作，一经公司录用，即可签订劳动合同。来吧，到利马展现您的卓越才华，实现您的人生梦想……”李美奂带有蛊惑性的语言吸引了不少应聘者，好多人凑到跟前问东问西，一边的江源手忙脚乱地为应聘者发送材料，并为有应聘意向的人登记造册。材料发出了一大摞，只有六七个人投了简历。熬到下午，会场里的应聘者逐渐散去，招聘单位也撤出了不少，只有零星几人还在各招聘单位前徘徊。

剩下的各家招聘单位负责人都在像菜贩子起劲地吆喝，来我们公司吧！零星几个应聘者一时拿不定主意，这里看看，那里要几张材料。

江源扭头请示李美奂，还有没有必要等下去？李美奂低头呷了一口水，说招聘归人事部管，她只能帮到这一段。

担子就这么轻飘飘地甩给了江源。

这时又有一个应聘者凑上来，李美奂把剩下的材料一股脑塞给应聘者，让他帮着发一发。然后得意地朝江源打了个响指，“收工！”随后就给伍为大和妹妹各打了一个电话。

李美奂的妹妹到省城居然仅仅是要买一件米黄色的低胸连衣裙，江源觉得俗不可耐。车子出发时已是傍晚，天上竟飘起了细雨，伍为大开得飞快，路上胖女子一直哇哇地吐。车内气氛暗淡，李美奂他们不再说家事和笑话。半道上，江源也吐了一次。

隔天早晨起来，江源跑到办公室签到，正好碰上李美奂。只见她蓬头垢面，显然一夜没睡好，正缠着主管考勤的老尤帮她把下午的到签上，老尤不依，让她找领导要出差假条。

江源学的是保险专业，在公司里主要负责职工的保险，可谓专业对口，偏偏这是最头疼的一块。公司职工多是近郊的农民，农忙时务农，农闲时到公司做事，干上三两月转头就走。工人的工作也不固定，经常换车间，下面的工班长又不及时汇报。保险入了退，退了入，入了再退，不胜其烦。一旦因保险入退不及时，出现工伤事故导致公司财务受损，江源本人和部里都得挨批评，还可能遭罚款，如果出了大事故，麻烦就更大了。

大家刚坐定，电话就急促地响起来。维修车间的一名钳工不慎从高炉上跌下来，摔成重伤。维修主任和张部长被总经理叫去商量对策。张部长出门时安排江源看看伤者的保险入了没？结果查出十天前刚入过，江源心里一块石头总算落了地。张部长和高副总赶到医院料理伤者，部里就剩江源和老尤。不到中午就传来消息，那钳工不治身亡。

接下来就要联系工亡职工家属，协调处理事故。江源找遍了所有保险档案，竟没一点工亡职工的线索。工人填的表格大多语焉不详，住址电话含混不清。老尤电话里问了车间工人，只知道那人家住光华镇，家里没电话。

老尤说："公司一味地招工、辞工，没有建立整套的职工档案，劳动合同也签得乱七八糟，以后我们的工作得往细了做，表格填不仔细就发回车间重填。"在部里，老尤虽然资格老点，可他不是领导，江源从不把他放在眼里。老尤这么说，江源觉得老尤在指责自己，脸上讪讪的。

最后还是老尤下了车间，七扭八拐地找到钳工早先要好的一个工友，才联系上他的家属。死者家属赶到公司大闹了一场，又被老尤他们劝回去。

下午刚上班，人事部又领到新任务，为职工突击建档并签订劳动合同，应付上级的检查。老尤打电话找来各车间主任，给他们分发了印好的表格，交代务必于下班前交回人事部。

各车间交回的表格都不够数，说有人不愿签合同，还有人不会写字，有人填废了几张表格也没填好，等等，不一而足。老尤江源分头审核表格，完了把表格和合同装进档案袋封存。又是一团忙乱。合同和档案上的内容出入很大，加上字迹潦草模糊，车间送来的档案和合同总对不上号。江源建议两人各分四个车间整理，老尤同意，并说自己对各车间人员较熟悉，把最大的几个车间分给他。

两人一直干到晚上十点，还各有一堆档案没有归置齐。江源平常嘴甜，一会儿打电话叫来几个车间负责人，帮他找他们各自车间的工人资料。找了好一会儿，还没把手头的事做完，他又拿起一张档案表说："王姐，这个吕东平是哪个车间的？"

"维修车间的电工班长。"回答他的不是王姐，而是埋头独自整理材料的老尤。王姐他们赶紧说："对着哩，这个人早先在一号炉，后来又跑到维修车间了。"下面工人乱串车间的多了，其他人感叹着说。

办公室嘈杂的声音显然干扰了老尤，他抓起一绺头发使劲揪着。这时江源把没整理完的东西全抱给老尤，这些可能都是你那几个车间的。回头又招呼王姐他们吃饭去，一伙人吵吵嚷嚷地出了办公室。老尤把剩下的材料归归齐，才从办公桌里摸出一包方便面大嚼起来。

上面的检查组随便翻了几份档案，又开车在公司大院里转了一圈，就由财务部带到城里吃饭去了。江源说日他哥，我们白忙活了半夜。老尤却说："没有白做的工作，之所以害怕检查，就是因为工作做得不够，以后的工作还得往细往足里做。"

江源不服气地说："主要责任在车间，办公室人手有限，搁着一大堆工作，我们不可能下去逐个核实。"

应聘的大学生不久来公司报到，高副总代表公司举办了一个简短的欢迎仪式。为了给大学生们留下不错的印象，宴会过后，高副总把他们安排到附近的东方红宾馆下榻。报到的大学生比投档时多了三个，除过保卫部，其他部室各安排一个，正好够数。

高副总许诺一定把他们安排到重要岗位上。

不几天传出消息，高副总处理工伤不力，被老板解聘。杨立锋不愿待在企划部，主动托关系进了生产部，整日价灰头土脸地没个人形，没几日又跳着要去人事部。张部长把皮球踢给总经理，总经理找老板商量，定在供应部，负责采购。待遇不变。

江源越来越为自己在公司的前途担忧，他不会钻营，也不会投机，更没有关系。少了这几样，想在公司里混个子丑寅卯，难！新聘用的大学生各就各位，公司领导十分疼爱这些学生娃，在食宿上给予特别照顾，宾馆水平。同样是大学生，自己当年来的时候住宿没法安排，硬是自己掏腰包住了一个月招待所。

公司中高层做了巨大调整，又一副总下马，老部长们的民主测评大多不合格，张部长被放到财务部做审计工作。李美奂意外被扶正，杨立锋也瞄准了供应部部长的空缺，分到人事部的学生娃也信誓旦旦地要干好工作。办公室里只有老尤和江源按兵不动，老尤置身事外，只顾埋头做事。江源如热锅上的蚂蚁，惶惶不可终日。

新上任的主管副总野心勃勃，刚来就瞄上总经理的位子，大刀阔斧地在公司实行起种种变革。首先要在人事上新貌换旧颜，中层领导纷纷下马，接着又对外大搞招聘。然后又对各部室做了调整，合并撤销设立。李美奂调任新成立的外联部副部长，部长由新主管副总兼任，李美奂同时兼任主管副总秘书，副总待遇。人事部部长暂时空缺，杨立锋做了销售部副部长，人事部财务部直接归新副总管。公司一时人人自危，怨声不断。

简直是胡闹！老尤向江源发表了自己的意见。

江源也填了一张表，准备竞聘化验部副部长。老尤予以肯定，说江源有学历，也有实干精神，应该到重要岗位上锻炼锻炼。老尤甚至开玩笑，化验部多是未婚女青年，如果江源能如愿做上副部长，就能顺道把他的个人问题也解决掉，两全其美！照例哈哈一通，江源建议老尤趁此混乱时机，争取在人事部谋个高职。人事部就老尤资格最老，业务最精，人际关系也属一流。老尤却大摇其头。

老尤说，这家公司的情况是爬得越高摔得越狠，与其削尖脑袋往上钻不如老老实实做点实际工作，获得丰富的工作技巧和处世经验为佳。

人事部现在最主要的工作就是招聘，每天都得接待大量上门应聘者，还要接无数个咨询电话。公司局面越是混乱，老尤越能淡然处之，这让江源心里很佩服。由于害怕被莫名解聘，江源整天恍恍惚惚，丢三落四，居然把应聘者的资料弄丢好几次，幸好有老尤帮忙补救。新副总对人事部的工作不满意，会上当面批评了几次。江源按捺不住想要争辩，老尤笑笑地把责任揽到自己身上，听任新副总发泄。江源问老尤难道不害怕被新副总给开了？老尤笑着说怕什么怕？该来的总会来，只要做到问心无愧，开上十次八次也无所谓。

老尤说公司现在就像一个农家院，院里饲养着好多鸡，无论职位高低，大家都是院里的鸡，命运掌握在主人手里，主人打牙祭杀鸡时难免会有选择，有时挑肥胖的，有时拣捣蛋的，那些病恹恹有毛病的，或者肯吃不长肉的也可能随时做刀下鬼。主人的意志不可违背，鸡就是给主人享用的，它们没有发言权。当然，主人也有糊涂的时候，可这不妨碍主人饲养下一批鸡。

新招聘的大学生一夜间跑光了，中层领导也走了几个。江源越来越担心，按照老尤的杀鸡理论，他迟早都得让公司给开掉，他不知道自己是病的肥的还是捣蛋的，但是他相信自己是那只最喜欢埋头苦吃努力长肉的鸡。

过去部里万事由张部长拿主意，现在老尤是人事部的主心骨，他能解决许多棘手的问题，可是他不思长进，靠不住。想要在公司站稳脚跟，只有努力向上爬，向权力中心靠拢。换言之，就是要和新副总搞好关系，风传老板有意要把新来的两个副总培养成总经理，保不准，某一天老板心血来潮，炙手可热的新副总就成总经理了，有总经理罩着，万事都会如意。风险也是有的，新副总的铁腕使自己树敌太多，江源自己也看他不惯，老板不见得永远信任他，公司管理层随时都可能重新洗牌。

难啊，做不了呼风唤雨的将军，连个走卒也做不安稳。这离江源的人生抱负相差太大，这种时候他更加佩服老尤，整天尤哥长尤哥短地叫个不停。

尤哥也有软肋，他不畏权势，爱憎分明，有时还爱说粗话，而且喜欢站在底层劳动者的角度处理问题，很容易惹恼上级，这不好，非常不好。先前那个工亡的钳工生前是个尽职尽责的好工人，为公司效力多年，死后公司按惯例赔了二十万的命价，再加上八千块丧葬费。后来死者家属不知怎么知道公司为他入了工伤保险，认为工伤赔款也应归她，三番五次地上门讨要。那女人每次来都要在办公室声泪俱下地诉说半天，老尤、江源苦苦劝告也不济事，工作根本没法开展。偏偏这时的接待应聘者的工作又是重中之重，新副总不断拿人事部的工作效率说事。老尤私下里说，照理，公司应该给她那笔钱，可老板赖惯了，总想拿工伤赔款给公司填窟窿。

女人再来的时候，老尤说他们没有处置权，得找上面的领导。江源给她支招，找其他人不管事，找新副总保险顶用。女人依言找了新副总，后来新副总到人事部大发其火，响亮的叫骂声引来其他部室的人探头来看，门外的应聘者影影绰绰。老尤边做出认真受训的样子边整理案头的资料，江源哗一声关了电脑，辩解道："雷总，我们现在就两个人，事多得处理不过来，再说工伤这块没有领导点头我们做不了主。"

"什么什么什么？"雷总显然更生气了，"你还来情绪了，人少就不干工作了，人少就有理由把工作做成一团糨子，人少就可以踢皮球了？都像你这样，公司大大小小的事都推给我，你们好回家睡觉去？公司白白养活着你们顶什么用？能干就干，干不了就走，还反了你了！"

江源额上的青筋一跳一跳的，像是随时要爆炸。老尤赶紧打圆场："雷总，小江说的是实情，依照惯例，拿钱的事要领导做主，张部长离开后，这种事我们得向上请示。"

雷总骂骂咧咧地摔门而出。

江源冲着雷总的背影愤愤地说："凶什么凶，大不了老子不干了！"

公司中层领导最终敲定，李美奂做了办公室主任，杨立锋成了销售部部长，其他部室的部长副部长一概由外聘人员担任。江源的竞聘演说在第一道关口就被刷了下来。

江源为此郁郁寡欢好几日，牢骚不断。

不久，老尤向上递交了辞职报告，雷总看了不予表态，老尤却做好了离开的准备。他把手头的工作一项一项交代给江源。江源心里失望和自得兼而有之，老尤走了他就是人事部的顶梁柱，可是他又担心自己干不好工作。别离的愁绪瞬间触动了他内心那根敏感的神经，他竟动情地搂着老尤的脖子说，"哥哥，你们都走了，留下我一个人可咋整啊？"老尤忙安慰，说地球少了谁都照样转，他走前一定把自己所有的经验传给他。

老尤走前邀请江源去了一次他在农村的家。老尤的家在介于川区和山区的陈家堰，这里一马平川，常年盛产瓜果。房子也规划得整整齐齐，因为地方大，院子倒显得十分空阔。老尤家的房子还是多年前的土坯房，地基垫得很高。院子中间是一个十米见方的大坑，一米多深，四周用石头和砖块码起来，圈着十多只羊，个个吃得肥头大耳。院门口拴着一只灰不溜丢的狗，院里的草垛下还有一只鸡在低头觅食。

老尤说小江，让你笑话了，家里的穷婆姨闲不住，什么都想养，脏得不像话。

江源的家还在大山深处，早领教过这种阵势。见老尤这样说，赶紧打哈哈，“哪里，在我们老家那里也这样，平常舍不得买肉吃，自己家里养几只，吃起来总要方便些。”

见家里来了人，老尤婆姨和两个娃娃迎出门，老尤支使婆姨赶紧把鸡杀了，再到前面的商店买件啤酒，他要和江源“坐一会”。把江源让进屋，老尤婆姨就领着两个娃娃捉鸡，鸡惊慌地满院疯跑。江源说这个他在行，出门帮老尤婆姨抓住了鸡，这才看清那只鸡背上的毛尽皆脱落，露在外面的皮肉呈暗红色。

江源问老尤，家里怎么才养一只母鸡?

老尤解释，先前养过三五十只，每次周末回家或家里来了客人，婆姨就会杀掉一只，总是拣调皮捣蛋的公鸡先杀，后头挑没用的杀，最后就剩一只公鸡和几只下蛋的母鸡。现在这只鸡早就该杀，可它贼得很，每到杀鸡的时候就跑得没影。剩下的公鸡和母鸡先后杀掉了，这只鸡侥幸活到现在，整天在院子里闲转。

江源纳闷地问这只母鸡在你家一定功勋卓著，比如下过很多蛋?

错了！老尤坚决地否定，这只鸡从来就没有下过一个蛋。

酒菜很快摆上来，老尤和江源边说边聊，说的话可能比在公司共事的时候加起来还要多。老尤问江源还记得他在公司人事纷乱时说过的那番杀鸡的话吗，说公司用人就像自家杀鸡，一个道理。

江源表示明白，过了一会儿，江源猛拍大腿说公司机关老职工就有三五十人，嗨，真像！

江源酒量不大，酒喝到一半就脸红脖子粗，老尤很显然没喝尽兴，正左一杯右一杯地劝江源酒。微醉的江源话渐渐稠了，开始滔滔不绝地说自己的家，公司的事，上次和李美奂去省城招工的感受，末了，酒至半酣的江源忽然联想丰富灵感大发，说李美奂就是公司的那只掉光毛的鸡，没用！说自己越干越窝火，保不准哪一天就一拍屁股走人了。

老尤不再劝酒，支棱着耳朵听江源不断地发牢骚。

江源忽然夹起一块鸡肉伸到老尤面前，“哥哥，尝一尝李美奂的肉，看看美不美？”说完蹬倒一瓶酒，一歪脑袋不说话了。

江源走时表示自己真的干不了几天了，他已经做好了随时走人的准备，并安顿老尤将来有事尽管找他。老尤把江源送上车，心里料定江源短期内不可能挪窝，这么想着忽然觉得自己有几分超脱。

一年后，老尤被聘入另一家公司，需要到原单位盖个章，忽然记起江源，想打个电话问问他还在那家公司没，要在的话，他们可得叙叙旧。江源家在外地，要是离开这里手机一定换号。

一打，居然通了，接电话的正是江源。一年多不联系了，江源听出是老尤，声音显得很平常，张嘴就说公司的烦心事，谁升了谁降了，谁的工资多少多少，自己仍旧干着吃力不讨好的营生。

老尤赶紧说了打电话的用意，江源开始支支吾吾，“现在……这些事归我们李部长管……那，没事，你自己过来办吧。”

“是李美奂吧？你小子现在吃起肉来可方便多了啊！”

电话那头忽然没了声音。

“老狗”许多金

米良摸进灶房的时候碰上了许多金，觉得脸上讪讪的，又不好立刻转身走掉，只得硬着头皮打招呼：“领导好！”许多金回头瞥了米良一眼，忽然想起什么似的：“库房成垃圾站了还不收拾，水池里垃圾堆得山一样也不知道清理，都是干什么吃的？哦，你小子上班时间不好好干活，又跑到灶房顺什么东西吃？菜价这么高！”说完就丢下米良，自顾往嘴里填了一个西红柿，又抓起一根黄瓜，捋掉毛刺，拿在手里颠来倒去。米良还没来得及为自己辩护，许多金早就大摇大摆地“颠”出了灶房。米良只好冲着灶房门口发泄：“你以为你是什么东西？呸，老狗！”

许多金是工地小头目，不带长，负责工地零散人员的管理，说话粗鲁，声音洪亮，再温吞的话到他嘴里都像骂人；做事武断，对下属态度专横，有时还爱吹点小牛。大伙心里多有不服，可面上还得恭恭敬敬，叫他领导，背地里，都叫老狗，狗嘛，专爱咬人，一有风吹草动就要汪汪两声。这称呼用在许多金身上似乎很合适，性格像，职业特征也近似。许多金支配工人干活不含糊，连叫带骂，有时还耍点小心思，整起人来一套一套。手底下的人对他恨着、怕着，老板经理们却对他爱着、宠着。许多金在工地是个不可小看的角色，不过他也有自己的难处，什么心都得操，有时上下不落好。不过老板器重他，大事小情总要听听他的意见。许多金四五十岁，生得五大三粗，胡子一大把还没个家，跟着老板挣几个工钱，一人吃饱全家不饿，小日子倒也过得滋润。许多金还是个爱钱的主，碰到能捞到好处的空子一定会削尖脑袋往里钻。工友常见他和工地上的大小头目在外面喝得红头涨脸，私下里都觉得他在工资里做了手脚。许多金的实际工资不高，比米良他们多一点，可他看起来要阔气得多，有酒喝，有肉吃，经常带着地下情人上茶楼逛舞厅。好不潇洒！

老板不常来工地，老板在其他地方还有好几项工程，忙着哩。各个工地都有经理，经理下面又有好多负责人，许多金不是工地负责人，更不是经理，顶多算个小头目，却总是背着手在工地上指手画脚。经理有时都要讨他的好，负责人只剩对他点头哈腰的份。

工地上的民工提起老狗许多金来，个个恨得咬牙切齿，却又拿他没办法。只有米良敢当面挑许多金的刺。米良念过高中，喜欢较真，经常顶撞得许多金一愣一愣，背后叫许多金老狗叫得最顺溜。许多金却不恼，有话还喜欢和米良说，用许多金的话说，米良是工地上的知识分子，他容让米良就等于尊重知识。

开春时是工地最缺人手的时候，干零工的小工总也招不够，工期不等人，老板三番五次地到工地查看工程进度，督促经理抓紧施工。巧妇难为无米之炊，工地上的小工大多跑回家务农去了，新工人又招不来，经理再能也不可能一个人把大楼盖起来。经理在大会小会上不断向老板诉苦。老板的态度十分强硬，不管用什么办法也要招到工人，不然就让经理自己下工地干零工，要是误了工期，经理就得承担全部的责任。

经理求爷爷告奶奶，托人四处招工，电视上也打了招工广告，工资许诺得高高的，可来工地报名的却寥寥无几。偶尔来个把小工，干不上几天又跑了。经理没治了，找许多金来商量对策。许多金却说自己又不是工地负责人，拿的也不是负责人的工资，没必要瞎操心。再说拿干嘴扇着也不是解决问题的办法。

经埋马上表示，只要招来工就给许多金把工资涨一涨，每招一个零工再给他100块的好处。许多金这才咧嘴笑了，让经理把心稳稳放到肚子里。许多金还建议，在招工的同时还要把工地现有的零工牢牢管死，谁胆敢再擅自离开工地就扣他一两个月的工资。

就在第二天，许多金一下子领来了七八个人，并让经理给他们按人头分发劳保和福利。经理乐呵呵地喊来生资科科长和库管，当着许多金的面批单、提料，并亲自督促生资科科长立即发放。随后又带许多金到财务科兑现了许诺的好处，会计问经理这账该怎么走？经理抓耳挠腮半天说不出来，许多金建议就按人工工资开。经理和会计相视一笑："对着哩，就是工人工资。"

晚上，许多金请经理，财务和生资上的人到紫云斋喝酒。大家正喝到高兴处，许多金竟起身结账先走了，经理感叹："许多金这个老狗滑得很哩，请人喝酒又怕多花钱。"众人支支吾吾不表态。

此后的许多天，来工地找活干的小工陆续多了起来，一问都是许多金介绍来的。

新工人里有一个老头，60多岁，干巴精瘦，干活一点劲也没有，干不上几下就要停下来抽烟。分在一处干活的工人意见很大，纷纷找许多金反映。按说这样的人不该到建筑工地混工资，养老院才是他该去的地方。许多金解释这人是老板的一个拐弯亲戚，老汉只有两个女儿，都嫁在外地，老汉靠种几亩地过日子。女儿送来的养老钱有限，甚至不够老汉的烟火钱，不出门挣几个钱老汉正经没法活。再说把人家招来了再使回去不像话，不看僧面也得看佛面。许多金和经理商量把老汉安排在哪比较合适。许多金说后勤上的活倒是松活，就是工资太低了，开升降机也轻松，可上了年纪的人脑子迟钝老眼昏花，有安全隐患，不如让老汉筛沙去。经理同意。

老汉最终和李玉成搭对筛粗沙，这活技术含量不高，苦也不重，工资却是小工里最高的。老汉乐颠颠地去了。

不料吃晌午饭的时候，李玉成就跑来给许多金打报告："领导，重给我分一个人吧，我现在一个人干两个人的活计，还要听那老汉不断唠叨，气得我活都没法干了。"

"赶紧给我干去。"许多金一蹦三尺高，"干活乏沓沓的不出劲还挑人哩，办公室里舒服，你有那个能耐吗？还有你嫌弃的人了，我看你是不想要这个月的奖金了。"

这个李玉成得过腰肌劳损，因病花光了家里的钱，到头来还直不起腰，外号"对儿虾"。平常总是唠叨"干大活的拿小钱，不干活的拿大钱"，经常嫌工资低，却又丢不下工地上的差事。见"领导"口气生硬，李玉成只好悻悻地走开。

工地上的工资压着一个月，财务上再迟钝一些的话，工人把工资拿到手常常还要迟些日子。到发工资的日子，财务室里早就挤满了人，吵吵嚷嚷得不行，许多金手下的零工最难缠。财务上怕麻烦，一般会把工资集中发给下面的负责人，再由负责人逐个分发。不能怪财务上的人懒惰，几百号人的工资数目不小，他们已经把每个人的工资精确到小数点后面两位了。

老汉到工地没几天，就找许多金预借工资，说是快断烟火了。许多金没二话，当即带老汉去财务上做担保，为老汉预结了半个月工资，老汉笑呵呵地走了，临出门拍了拍许多金的肩膀，说改日一定请他喝酒。工资干事小高喊住许多金，让他把这月的考勤报上来，再把出勤满26天的人拣出来，单独制一张"五一"

福利报表。许多金说行，随后又说这样不行，新来的工人出勤肯定不够，不给他们发福利会严重挫伤他们的积极性，万一他们撂挑子不干事就大了。不如改成26号起就上工，并且一直干着的都发福利。小高想了想，说这事还得请示经理。

经理的态度很明确，就按老狗的意思办。

许多金手下有五六十号人，整天灰头土脸地在工地上干活，比许多金大点的领导没人认识他们。许多金的考勤表里密密麻麻画满了人，米良数了数，一共63个。完了米良就说不对啊，工地上的小工根本没这么多，那个金许多和金许久听都没听过。

李玉成探过头看了一会儿："这个许多银又是哪冒出来的？会不会是领导的兄弟？"许多金一把夺过考勤，凶巴巴地喊，管球上那么多干什么？反正少不了你们的一个圆圆子！

米良不服："再怎么说，这也是对工地的不负责，对老板的不负责，更是对辛苦在工作一线上的工友的不负责。"见米良气得脸红脖子粗，许多金反过来低声安慰米良，工地上大大小小的事情那么多，没人在意这点小意思，再说多造一半个人的福利，以后弟兄们好歹能喝上场痛快酒。

在一旁抠脚丫的王海赶紧打圆场："就是，就是，领导手里不多个仨瓜俩枣，还怎么给我们搞好服务？"

"五一"福利发的是床上四件套，许多金带人用架子车拉了四趟，单身宿舍里塞得满满当当。路过办公区时，经理撵出门来打趣许多金："哟，老狗这遭发财了！"许多金反唇相讥："办公室里的人多舒服，有茶喝，有报纸看，还能上网搞网恋，哪里知道下面工人的辛苦。谁不怕麻烦谁来发！"经理呵呵一笑，你老狗的嘴头子什么时候松活过？得了便宜还卖乖！

无论如何，领到福利的工人们还是一脸笑意。米良快要结婚了，许多金替他挑了浅红色的被套、粉色床单、花格枕巾，还有一对乳白色的枕套。米良觉得还不错，笑笑地接受了。

领完福利，李玉成就跑来向许多金报告，和他搭对的老汉一下午就没露过面，撵到宿舍看到老汉床空着，床铺上连片纸也找不到了。

许多金虎着脸得出结论："老东西肯定跑了。"按规定，老汉的工资就得扣发了，如果他的工资不够借款和福利的数，差额就得介绍人负担。

许多金主动向财务报告了这事，并声明老汉的工资要不够就直接扣他的，财务科长说老许办事就是利索。

终于又到发工资的时候了，许多金宿舍门前挤满了人。

"李玉成，八百六十二元九毛七。"许多金喊了一声："曹双喜是个整数，九百。"

领到钱的李玉成挨在门前迟迟不愿走，说自己的工资应该不止这些，再说九毛七怎么着也该给凑个整数。许多金板着脸骂了几句财务，然后又说李玉成病假三天事假一天缺勤一次又没上满班，这点工资已经不错了，要严格按出勤天数怕还没这么多。李玉成怔了一会儿才又说，那总该给我领够吧？许多金一下子来了气："多少是个够？不然我给你九百，你给我找来三十七块零三分的零头。"不等李玉成再说什么，许多金就扳着指头算自己带大家干活又亏了多少多少，总不能再把零头给大伙贴上。

后面的人等不及了，纷纷劝李玉成："'对儿虾'算了，几毛钱又不是个命，赶紧走开。"大家都知道，在许多金这儿领工资，永远别指望零头。大数能投上就不错了。米良替大伙算了一笔账，许多金每发一次工资，按四舍五也舍的算法就能落个百十块，还不包括克扣的。许多金在财务那儿还有一笔稀松账，这么算下来，他的实际工资远比造册工资高得多。

工地七月里又发了一次劳保，外加一次福利，名曰防暑用品。许多金忙得屁颠屁颠。

小城的天气从五月渐渐转热，天一热起来就没有个尽头了。白天，工地上一团忙乱，米良他们浑身湿透没个消停；下班以后，才能三三两两地敞开衣服走出工地，沿街活动活动，待气温降下来回工地蒙头就睡。这时不断有消息传来，许多金逍遥得就像神仙，今天松骨城明天火锅店。许多金还曾拿了几张郊区日光浴的门票，约米良去泡澡，米良识趣地谢绝了。

工程进度在众人的努力下节节升高，楼体的模样已初见轮廓。经理很高兴，带着各部门主管和负责人到闹市庆祝了一下，许多金也去了。消息灵通的李玉成说他们先是在万宝路宾馆开了个简短的誓师会，随后到红灯区洗了桑拿，后来又去舞厅里狂歌劲舞了一番。许多金聪明过头，也没想到那天的节目会这么丰富，竟然弄巧成拙地带了“夫人”，结果什么也没弄成。立即有人反对，许多金曾有过一次半途而废的婚姻，夫人早没影了，单是留下一个女儿，亦在省城求学。李玉成信誓旦旦地保证自己绝对没说瞎话，大家嘻嘻哈哈地要笑起李玉成，说“对儿虾”之所以是“对儿虾”，就是因为他翻过来掉过去都能说，两头都占着理。

坏消息是第二天早晨传来的，经理的专车司机在二环岔路口出了事故，小轿车车头被迎面开来的农用三轮车撞得塌陷进去，缩头乌龟样地立在斑马线上。所幸并无人员伤亡。其时当晚的舞林大会渐近尾声，经理率先离开，其他人也陆续撤离，经理吩咐专车司机小吴把他们挨个安全送回。小吴迎来送往忙得够戗，加上天气闷热，汗水迷了小吴的眼睛，他盲人摸象般鼓着劲开车。事故勘察结果表明，责任主要在小吴这边，该转弯的时候不转，反应过来的时候车已驶离路口好几米。交警队很快拖走了事故车辆，并电话通知经理派人接受处理。

事情不算大，整个工地却因之沸腾。

得到消息时李玉成被许多金派去往脚手架上送了一趟混凝土，放下料车，李玉成不知怎的竟在脚手架上手舞足蹈起来，忽然像一片落叶飞离树枝从三楼落下来。不远处筛粗沙的米良看得真真切切，李玉成张牙舞爪地从三楼重重摔下，最后挂在离地面二尺高的一道钢管上，钢管将李玉成拦肚子处兜住，将掉未掉。李玉成整个身体呈倒V字形，在钢管上面晃荡个不停，看起来就像钟摆的两根不知疲惫的指针。米良惊呼一声：

“对儿虾”！

血从李玉成身上淅沥而下，工友们七手八脚地把李玉成从钢管上抬下来的时候，李玉成的神志还很清醒，只是一个劲地叫肚子疼。

许多金跑进经理办公室报告事故，经理紧锁的愁眉一下展了许多，老许，你来得正好，交警队叫人去接受处理，听说你在交警队有熟人，还得麻烦你去一趟。不想许多金报告的事故和让经理愁肠百结的并非同一件。

经理说：“当下要紧的是把小吴和轿车要回来，赶紧送修理厂，老板知道就麻烦了。”

许多金向来不怕经理，有恃无恐。听经理这么说，突然来了火：“狗屁，事情还没个轻重缓急了？工伤工人人命关天的事还没一辆破车重要？你少坐一半天轿车能把你身上的膘跌了？”经理给骂得哑口无言。协调的结果是赶快让财务派专人将李玉成送到医院，治病救人，许多金带钱去交警队交涉，两不耽误。

交警队那边的事双方都有责任，判小吴交5000元罚款，小吴和农用车主负责维修各自的车。李玉成这边却有些麻烦，办公室竟没他的保险资料，医药费成了深不见底的无底洞。许多金还没给经理汇报完在交警队那边的事，各种告急报告纷至沓来。经理烦得不行。破口骂起了许多金："少罗唆，你给我怎么用的人？派谁不行偏叫那么个风能吹倒的人上架送料，纯粹是添乱！"

李玉成来工地前是个药罐子，老婆跟人跑了，家里穷得叮当响。问题一个接一个，先是要找社保部门给他补入保险，病急乱求医，成不成还在两可。医药费也是问题，钱从哪里出，出多少是个头，账该怎么走？还有病人的护理，医院的护工请不上，好不容易请了一个，没干上半天就被李玉成骂走了。这个李玉成简直成精了，非要找个女护工伺候他。经理这次真真到了走投无路的时候了，向许多金摊了摊双手，老狗兄弟，你可得帮我拿拿主意。

许多金不失时机地嘲弄起经理："就你这点脓水还当经理？放驴都不是个好把式！"经理笑笑，赶紧给许多金递上一支烟。

许多金出面找了社保局的一位副局长，答应帮忙解决李玉成的保险。医药费先从工人工资里开，等保险下来再找找齐。由工地出一个人全天候护理李玉成，给他感情上的抚慰，安心养病。许多金决定派王海护理李玉成，王海个头不大，干活没劲，心眼却细，很会过日子，还会讲笑话。好钢用在刀刃上，不好的钢有时也能当好钢使。

王海在医院待了几天，就灰头土脸地跑回了工地。说他宁可在空地上抡大锹也不去伺候李玉成了，那家伙太难伺候了，好吃好喝地由着他，还得赔笑，稍不顺心就大发雷霆，吃了枪药似的。许多金比前比后，好话说尽，王海就是不愿回去。其他人钉是钉，铆是铆，一个萝卜一个坑，说什么也动不成。没法，许多金就向经理请缨，经理左右为难，少了许多金，工地上的事怕是不行。许多金强力推荐米良暂代他的工作，经理勉强同意。

米良下班后带几个工友去探望李玉成，见许多金正在喂他饺子，李玉成嫌饺子煮过头了，连个囫囵的也没有。许多金苦笑，就这，还是特意安顿馆子煮烂些，生怕李玉成吃了不好消化。许多金脸上胡子拉碴，头发乱糟糟的，衣服上还粘着不少饭粒。喂完李玉成，许多金变戏法似的从口袋里摸出一坨饼子，咔嚓咔嚓地嚼起来，米良赶紧递给他一杯水，许多金喝了一口就没完没了地咳嗽起来。李玉成趁机向工友们诉说着王海的种种不是，米良他们嗯嗯啊啊地应着。

又过了一个多月，李玉成终于能下地走动了，但是腰弯得更厉害了，看起来更像“对儿虾”了，在工地上什么都做不成，许多金给他申请了工伤补助让他回家休息。临走，李玉成牢骚满腹，说自己只在医院住了不到两个月，哪里能花财务上说的那么多钱，老狗肯定在医药费上做了手脚，还虚情假意地装可怜。许多金除了会当狗，还他妈会装孙子。米良却说：“你的这个想法有问题。”

老板来过工地一次，也可能两次，十分克制地对工程进度表示了一点点满意。不久，米良向许多金请假，他要回家结婚了，许多金用商量的口气说：“十天总够了吧？”米良不想麻烦工友，不打算请任何工友，决定回来后单独请大家一次，意思到了就行。

米良回请工友的婚宴定在市内一家酒楼，许多金还替他请了经理和其他几个负责人。许多金说他这些年带工惹得猪嫌狗不爱，加上自己又没文化再没发展的余地，也没心接着干了。米良前一阵带工的表现很不错，他要着力培养米良和上层的感情，等来年有工程的时候，米良就能放手做个小工头。许多金最后一个来赴宴，身边还带着一个明显小他很多的女人，他介绍说是他对象，王海起哄叫嫂子，女人夸张地答应了。觥筹交错间，许多金不住和那女人互递眼色，酒后的许多金脸色通红，透着狡黠。女人左一杯右一杯替许多金喝酒，工友叫嫂子她也照单全收。回去的路上经理说老狗又换伴当了，花哨得很哩。许多金笑而不语。

工程秋末就能结束，有些提前量要早做打算。经理安排许多金着手处理，许多金忙得焦头烂额。那天许多金带米良跑了一趟质监局，许多金诡秘地告诉米良负责人是他前妻，自己不方便出面，让米良与之周旋，必要时可以把他供出来。米良见那负责人面皮娇嫩，雍容华贵，浑身上下透着干练，断断不像四十岁的女人，想老狗这家伙真有福气，这样的可人儿居然能舍得放手。可惜了。

许多金授意，晚上米良带负责人到茶楼谈事，交代完注意事项，许多金接了一个电话就慌慌张张地走了。那天米良和那负责人都喝了很多酒，说了很多话。工程的事还得一位主管局长点头，那人很刁，水米不进。这时米良不得已搬出许多金，说自己是他派来的，有些环节非得头儿做主。米良注意到，负责人听到许多金的名字时似乎微微一震，眼睛骤然光亮随后又慢慢暗淡下来。负责人主动对米良说起了她和许多金的婚姻。负责人说许多金差不多能算个好人，他手勤脚快、心地善良，有责任心，善交际，就是嘴太刁，太大男子主义了，她和他的婚姻之所以能走到头，主要是因为女儿。米良说女儿应该是维系婚姻的纽带，怎么会因为女儿越走越远？

负责人继续说，她和许多金结婚六年不曾生育，问题出在自己身上，许多金带她看过无数医生，甚至偏方秘方都用过了也不济事，女儿其实并非亲生。那些年她还是个小科员，她当时最大的念想就是在工作上再上一上。每天，她都为工作的事愁得吃不下饭，回家还得腾出大把时间照顾女儿，许多金却一门心思用在家事上，丝毫不顾她的感受。负责人最后说现在她有点后悔当初太冲动，只能盼许多金过得好一点。

可以看出，前妻对许多金的感情很深，她最后答应帮许多金疏通那个主管局长的关系，但是成不成不敢打保票。

工程快要结束的时候，李玉成又跑到工地央许多金给他安排工作，许多金哈哈大笑，笑够了又挖苦了李玉成一顿。随后又和经理商量，把李玉成安排在门房看宿舍。许多金同时又向经理告假三天，说要去省城为女儿跑工作。三天后，许多金兴冲冲地从省城回来，见人就说他在省城如何智勇双全，一下子把女儿的工作落实到一家实权部门。这遭好了。

米良见过一次许多金的女儿，人长得十分标致，戴着眼镜透着书卷气，笑模笑样的，就是脸色太苍白。问过许多金，才知道女儿小时候因为先天心脏病被生身父母抛弃。许多金收养她，是为了给妻子营造家的感觉，弥补她不能生育的缺憾。可是，他的这一步棋走错了，非但没能给妻子带来快乐反而让她迅速地离开了他。

米良纳闷了："你们心里始终装着对方，你们本该是幸福的一对，你们的家庭原本可以非常美满。既然这样，你们现在都还单身，女儿也大了能够自立了，你们可以考虑复婚。"

许多金说不可能了，她现在是有钱人，过上了她想要的日子，他不想再打扰她的安宁，自找不自在。许多金还说，他之所以走马灯般更换女友，就是想找回曾有的甜蜜和幸福，可他总找不到刚结婚那六年的感觉了。他再也不想结婚了。

竣工那天，老板开着黑色宝马围着工地转了好几圈，然后把经理和负责人都召在一起开了个会。随后就见老板摔门而出，黑着脸又在工地上踱着碎步转来转去，边走边沉着脸打了一个电话，不多会儿就见许多金一路小跑冲到老板跟前，两个人头挨着头说了老半天话。

工程的验收很顺利，一伙人上楼转了转，看了看，就驾车走了。天上忽然飞起几朵黑色的云，越积越厚，转瞬竟然飘起了细雨。米良看到，许多金的前妻，那位质监局的负责人没有随车一起走，此刻她正打着雨伞在工地门口徘徊，这时许多金冒着雨雾从工地深处跌跌撞撞跑来，一身泥水。快到工地门口的时候他大概认出了前妻，居然疯了一样又向工地里面跑了起来。米良丢下手里的活计，也一头冲进了雨雾："老狗你等一等，老狗！"

软房子

家里的窑洞裂了缝，下雨天遮不住雨，刮风天挡不住风，沙粒一个劲地从裂缝呼呼往下掉，搞得人鼻子不是鼻子，眼睛不是眼睛。父亲把盖新房的意思说了很多遍，却迟迟不见动静。母亲每回打扫屋子时总是忍不住一遍一遍地叹息，甚至三番五次地追悔起自己的婚事。而我，他们这桩不幸婚姻的副产品，总是像一件碍手碍脚没有用处的家具，软绵绵地卧在窑洞门口随意搭起的简易木床上，静静地看着日出日落，也静静地等待着父母给我嘴里塞进一些食物，然后扶我到外面腾掉被我消化的食物。父亲的责骂，母亲的唠叨，连同他们无休无止的争吵，还有窑洞外的风雨声，以及鸡鸣狗吠，就是我的全部世界。倘若哪一天少了某种声响，我就会感到不舒服，偶尔也使性子拒绝父母塞过来的食物。日复一日，日日如此。

事实上，在我更年轻一些的时候，我也是个“攒劲人”。我为人诚恳、踏实，没有半点坏心眼。长相虽不过分俊俏，却也不至于“恐龙”，还有泥水匠的手艺。瞧，这一院虽然破败却风骨依存，曾让庄邻艳羡不已的阔大窑舍，就是我一手设计，我和父亲苦干十多天的结果。那时我是个出色的泥水匠，乡邻建新房打围墙都喜欢来请我，做完活计总要给我一些酬劳，二三升小米啦，七八块钱啦，甚至几句客套话啦。我不在乎这些，也从来不主动讨要，庄户人的日子都不敞亮，谁忍心再从他们嘴里夺食？我的“作品”

遍布整个山区，山下也有人慕名来请，山另一头的邻省乡民也愿意请我参与他们的家园建设。来我家请我的人络绎不绝，我家热闹如集市，我是来者不拒。无论如何，我家那时的光阴在村里还算殷实的，有些人家甚至愿意把他们还没成人的女儿早早许诺给我做媳妇。其实那阵我什么都不懂，总觉得娶老婆过日子是很遥远的事，远到父亲胡子一大把，母亲嘴巴皱成核桃那样。我可不想让人们过早地谈论我的婚事，但是我又不能对人们的美意说三道四，有时也嘻嘻哈哈和他们乱开几句说过就忘的玩笑。人们似乎特别爱开我和村里那些正在长大的闺女的玩笑，看着他们笑得浑身颤抖，我也跟着颤抖个不停。后来我发现，人们不再开我和其他闺女的玩笑，后来种种随意的玩笑汇总到一个人身上，他们开始专意把驴贩子李树林的二女子李金枝往我身上编排。

在过去和现在的一些特殊时刻，我总能模模糊糊地看到未来的某些影子，虽不太确定以后要发生什么，可那些影子幻觉似的总在眼前晃动。李金枝是个乖巧的好女子，但我分明看到，在我滑向一个无底黑洞的同时，她却披红挂绿地做了别人的新娘。我想努力看清那人的面目，那人却越走越远，我眼里只剩一个越变越小越变越圆的黑点。往往，我看到的都是事情灰暗不利的一面，这种时候我就会失声表达自己的意见，不好。

那年给村长家盖新房的时候，大伙又起劲地编排我和李金枝，说我们门当户对，是天造地设的一双。李树林钱财广多，又舍得花钱，到时一定舍了老命狠狠给尕女子置办个排场的婚礼。等我们成亲的时候，大伙就可以美美吃上顿好席。他们说得吐沫星子乱飞，有人甚至为时过早地流下了哈喇子，还有人抽动鼻翼，想要提前闻到空气中漂浮着的酒席的香味。空气里只有早春的草香和新鲜的泥浆味。我本该配合他们，让他们尽情地笑上一回。我却在这种时候不合时宜地大喊了一声不好。

这一声晴天霹雳似的喊叫来得太突然，太不是时候了，所有人都吃惊地停下了手里的活计，和泥的忘了和泥，抹灰的忘了抹灰，上料的忘了上料，砌墙的忘了砌墙，所有人都定定望着屋顶上挥汗如雨的我。

最先打破沉闷的是李树林的本家侄子冬生，他噗一声吐掉嘴里刚刚点着的香烟说，你这个碎屁娃娃还能得不成，我家金枝哪点配不上你了，也不撒泡尿照照自己，金枝她怎么就不好了？人们马上七嘴八舌地说起李金枝的好，仿佛我真的是一个挑肥拣瘦好歹不识的家伙。其实李金枝真的是一个再好不过的姑娘，她眉眼很不错，精干、勤快、懂事，嘴还甜，十分招人喜爱。在村里大是大，小是小，从不乱说一句话，村里老人和娃娃都喜欢她。如果真的要我在村里物色一个媳妇，再没有比李金枝更让我满意的了。唯一让人发怵的是她那个为一点蝇头小利和人斤斤计较，算计了再算计的贩驴的父亲。李树林的精明总是让人想想都发怵。

门当户对一说也很有问题。李家是村里的大户，拥有绝对的话语权，而我家是单门独户，在村里缩手缩脚得一点也不敞亮，就算日子过得再光堂也不敢戳到人群里大声大气地说话，永远无法躲开旁人无休无止的取笑。李树林这一支世世代代都是生意人，能说，会算，精明过头，会大把大把往自家衣兜里扒拉钱，是奸商，我家则是世代受苦受穷的老实巴交的庄稼汉。

冬生开始大声吆喊着骂我，一边骂我一边赞扬他堂叔李树林的家势。冬生骂一句，下面干活的人就附和一句就是，有人甚至腆着脸给他递烟送火，活像骂人也是一桩劳苦功高的事。冬生由我骂起，骂着骂着把我一家老小都骂进去了，甚至不忘把我那些早已故去多年的先人也一道骂了。我强忍着怒火，手一刻不停地做着活。随他去吧，骂又伤不了我半根毫毛，我那些先人更是不疼不痒。只是因我的不争，让家人和先人陪我一起受辱，让我心底泛起一股深深的愧疚和难过。眼泪和着汗水一道从我脸上漫过，我重重地抹了把脸。灰黑的泥浆瞬间爬满我温热潮湿的脸颊。下面的人们轰然笑开，笑得东倒西歪。冬生更来劲了，他用锹指着我说瞧瞧你那讨吃样儿，脏不拉几恶心到家了，以后再敢打我金枝妹的主意，老子非一锹拍死你。

冬生终于骂累了，他扔掉铁锹，一屁股坐到沙堆上，就像一场大骂耗尽了他的力气。这时候冬生哈欠不断，他摊开四肢，仰躺在沙堆上。早春火热的太阳一定把沙堆晒成一面滚烫的火炕，只见他舒服得翻转着身体，嘴里吧唧有声。

人们又开始拿我和李金枝说事，说我看李金枝的眼神就很说明问题，谁也瞒不下，我要是再嫌嫌弃弃的，这不好那也不好，搞不好就会像村口的精神病“赵站长”那样打一辈子光棍。这一天对我来说倒霉透顶，我已经没来由地挨了半天冬生的骂，我可不能再轻易接他们的茬了。

村长的宅院在村子中央的一块高地上，村长建的是一砖到顶的两分水新居，屋脊很高，站在屋脊可以将村子四周的景象尽收眼底。村里人的光阴过得都不够敞亮，村长家所谓“一砖到顶”其实很有水分，说白了就是那种“砖包皮”，后大墙用泥坯砌，用黄土掺了麦草的稀泥抹，这种房子外表光堂，内里粗糙，真正是“驴粪蛋子外面光”。虽是不够体面气派，却能省不少砖和水泥。村长家的新房眼看要竣工了，两边的瓦已经铺好，瓦是一色新的猩红釉面瓦，在阳光下闪着夺目的幽光，明亮、光滑，这让我不禁联想到一个叫做“锃光瓦亮”的词儿。我正在屋顶砌屋脊的镂空花栏，人们还在起劲地编排我和李金枝，李金枝果然被他们念叨出来了，我看到身穿蝴蝶蓝碎格裙子的她正手搭凉棚向这边眺望。一定是我的眼神出卖了我，下面有人叽叽咕咕说李金枝肯定会从村长家东面的斜坡上过来。

要命，李金枝果然迈着细碎的步子缓缓向这边走来。

我忽然感到一团浓浓的凉意在胸前荡开，起风了。我看到李金枝裙裾飞扬地出现在村长家东面的坡头，一双胖腿在微凉的风中像房柱一样挺拔。人们也发现了突然出现在眼前的李金枝，他们停下手里的活计，挤眉弄眼地爆出一片不怀好意的心照不宣的哄笑。李金枝大大方方地和人们打着招呼，还说这么热的天，咋都不知道喝水。说着她就去拎来水壶，挨个给大家送水喝。下面所有正在干活的人都喝上她端来的水了，冬生也一骨碌爬起来，他拍打掉身上的沙土，抢过李金枝手里的水壶，准备对着壶嘴喝。李金枝一把夺过水壶，嗔怪一句，吃货，还有人没喝呢！冬生一口就把一杯水全都灌到嘴里，却不急于咽下去，像是真正焦渴的地方不是肚子，而是嗓子和嘴巴。

冬生慢腾腾地走到后墙根，噗一声将水喷在墙皮上，不看我也知道，潮湿的墙皮会脱落一些，露出里面筋骨似的麦草。这时候李金枝已经搬来长梯，端着水杯，准备给我送水。

冬生及时伸手制止，金枝你也不看看他娃娃抹的这是什么狗屁墙，连泥都挂不住，还有什么脸喝这么香甜的茶水？

水壶瞬间又回到了冬生手里，他不管不顾地用嘴噙住壶嘴，美滋滋地喝了一口又一口。

我赶紧硬着心肠说，金枝你千万别上来，我不渴。

冬生得意地吧唧着嘴，李金枝眼泪汪汪的，最后她重重地跺了一下脚，转身跑开了。就在我痴迷于李金枝奔跑着的好看的背影的时候，冬生又开始了对我新一轮的羞辱。这次，他不再骂我和我的先人，而是专门挑我手艺的刺。我能忍受他的辱骂，却不能忍受他对我钟爱的泥水匠事业和技艺的羞辱。原来冬生躺在沙堆上一刻也不停地琢磨羞辱我的新招，他知道我真正在乎什么，他的话越来越刻薄恶毒。我是真的被他骂急了、惹恼了，一时管不住自己的嘴，我说有种你上来试试！话一出口我就后悔了，我仿佛看到厄运正张开身子笑吟吟地向我扑来，我想躲开，可是已经来不及了。

冬生正在笨拙地爬梯子，搭在房檐的梯子忽闪忽闪地摆动着，并且吱吱扭扭响个不停，像是不堪承受冬生肥大的身躯。危险！我忙伸手压住梯头，却不想脚下打了一滑，顿时陨石一样砸向瓦砾丛生的墙根。我感觉自己就像一颗炮弹，轰向堆满砂石、木料的地基，我甚至来不及感觉到疼痛，又看到大片更沉重的灾难向我扑来——梯子也顺势倒了，连同冬生肥大的身躯一起砸到我腰上，我听到喀嚓一声脆响，我感觉我浑身的骨头在那一瞬都断了，一起断了的还有我关于泥水匠的所有梦想。无数瓦砾闪着金灿灿的光，逼近我，远离我。

金枝啊！

村长的新房没有因这个小插曲稍停半晌，它已经卓尔不群阔气地挺立在村子正中。说到底，我的摔伤只是个意外，与他人无关，更与我这无关，如果这一切确定不疑是我的命数的话。那天我很快苏醒，我看到周围影影绰绰全都是人，有的慌乱，有的紧张，有的难过，有的麻木，全都是无辜的表情。我突然看到李金枝拨开人群，急慌慌地挤进来，带着哭腔问怎么回事，怎么回事啊！不多会儿，父亲、母亲也来了，父亲神色慌乱地在我这里捏捏那里摸摸，母亲哭天抢地眼泪一把鼻涕一把，仿佛正在面临一场诀别。有人大声喊着，都别乱动，赶紧送医院。后来，父母和众人一道把我抬上村长的手扶拖拉机，急匆匆赶往县城。

县医院因我伤势严重，拒绝接收。辗转再三，我的伤情没能减缓，而是变得更重了，我从一个医生嘴里第一次听到“植物人”这个词。就是说，我从此只能像花像草像树木一样，在晨曦微露时大口呼吸几口新鲜空气，不能动作不能思想，麻木溃败地生长在床上。我的身体不再属于我自己，我又不能准确表达我的意愿，我只能任人摆弄，他们一遍又一遍把我从家里搬到医院、道场，甚至一些游医的诊所，然后又绝望地把我重新送回家里。父母额头的深皱从此再没舒展过，他们的头发也在一夜间变得灰白。我家的光阴一落千丈，父母用千倍万倍的辛劳操持这个眼瞅着没一点希望的家，他们的超常付出只会有一个结果，那就是加速他们自己的苍老。从言语中却听不出他们对衰老和死亡的恐惧，他们真正恐惧的倒是我这个一无所惧也一无所能的家伙——往后，他可怎么活啊！而我，只能用我已经麻木的眼神目送他们苍老再苍老，打量这个温暖并有无限凉意的世界。我开始了我度秒如年的苦涩生涯，日子对我已经不再有意义，活和死对我也没意义。好在，光阴在我的冷漠和麻木中，倒也如“白驹过隙”，一晃十多年过去了，我已经面色黧黑胡子拉碴，渐渐逼近死亡之地。我喜欢死亡香甜的滋味，我渴望早早结束所有的痛苦。

村长还算仁义，他答应为我家盖一座五间砖房的新宅院，他已经联系好了山下的水泥厂，要他们即刻送来十吨水泥。我想说这远远不够，但看父母千恩万谢唯唯诺诺的样子，我还是努力忍住，什么也没说。作为把一个好端端的家带进无底深渊的罪魁，我说什么都是多余，只会招来无尽的呵斥和怨恨。我早已学会并长于忍受，我不能轻易地胡乱表达了，纵使这表达是正确的、利好的。我想让父母获得内心的欢愉，哪怕这欢愉是短暂的、易逝的、指靠不住的。

窑洞门口挂了一张细竹编成的门帘，年代久远，风吹日晒早没了焦黄的竹色，苍黑成了它的主色调，看上去就像一张历尽沧桑的老农人的脸。阳光被竹门帘切割成无数细条，挨挨挤挤落满窑洞门口。我想父母安排我睡这儿一定有充足的理由，一来可以充分享受阳光，二来能够吹吹我身上经年累月积攒起来的浊气，当然还能让我看到门外的风光，虽然这“风光”也是被竹门帘切割过的。总是聊胜于无吧。我大部分时间都用来昏睡，一个长时间昏睡的人大概无权参与、构成风光，白天和黑夜，有阳光没阳光都和我无关，我只能在我的角落里想些没有作用的事。有阳光的日子，我会在心里默数有多少块阳光落进窑洞，就像我一秒一秒数我还有多少时间用来煎熬。数着数着我就会沉沉睡去。可笑的是我还有梦，梦里的世界才够精彩。梦里还是那个精精神神的我，盖了无数的新房，又有无数的姑娘等着和我匹配。偶尔会有人探进来问我哪里不舒服、想吃什么等问题，我习惯用眨眼代表回答，我想让所有人忽略我、遗忘我，就像忘记一片落叶那样。

我家的新房也开始紧锣密鼓地筹建，村长李树远包料，我家只负责人工。看似我家得了便宜，实际我们的负担更沉重一些。我家能出的劳力只有父母两个，其他的人手要花钱雇，偏偏人工工资近年一路飙升，人工费用远远多过建材费用。作为这片土地上曾经最优秀的泥水匠的我再不能参与新房的建设，只能看着、听着新房的成长，这简直是在要我的命。父亲眉头紧锁，脸上的皱纹刀刻一样。母亲只知道哭哭啼啼，吵得我心烦，父亲好像更烦，每到这样的时候，他就会甩手走开，就像要把这无尽的苦恼丢给屋里这对一个话多一个瞌睡多的人。我想父亲是对的，他要是不离开，母亲就会找茬和他骂一架，任何事情都可能成他们骂架的由头。母亲哭够了总会拿起笤帚里里外外地打扫窑洞，她扫得特别细，一边扫一边唠叨，最后总是集中火力埋怨我，好像满屋的灰尘都是我带来的。时间被母亲的唠叨拉长了，我害怕这样的时刻。

就算有千难万难，我家的房子还是如期开工。门外吵吵嚷嚷到处是人，父母更是忙得脚不沾地。偏偏这样的时候有人来报告，说李树林新买的几头驴子进了我家的玉米地，父母扔掉手里的工具就赤脚往庄稼地里跑。结果还是迟了，大半块玉米已经被驴吃光了。父母回来后又说少了两袋水泥，我想母亲是气糊涂了，她抱怨说我吃个食也该打个鸣，咋不知道看着点，就是扎个杌人也能吓吓麻雀，你啊——到底能干个什么？

我什么都不能做，什么都不能说，只能任由眼泪在眼眶凶猛地打转。

这晚，李树林破天荒地来我家和父母商量驴吃秧苗的处理办法。他说别家的庄稼地都薅得干干净净没一点杂草，只有我家为盖房耽搁了田里的活计，草比粮食多，渠里也长满了草。驴是撵着吃草的，而不是专意去吃粮食，驴毕竟是畜生，不懂事理，吃着吃着就吃顺嘴了，祸害几根粮食也是难免。他说一句问一声是不是，对不对，父母连忙点头如捣蒜，就像理亏的是他们。李树林说他不是不讲理的人，事怕颠倒理怕翻，说父母为操持这个家，养活一个残废儿子不容易，又不能庄稼房子两头顾。驴已经把庄稼祸害了，作为驴的主人，他理应赔偿，但看在他家树远哥不惜老本的为我家盖房子的份上，数量上应该合理一些有人情一些。

150斤玉米！李树远最后下结论说，还得等到秋天新玉米打下了再给，你们看行不行？父亲张了张嘴还想说什么，却被母亲扯了一把袖子，随后满脸堆笑说，成哩、成哩，咋能不成？

李树林刚走，他的尕女子金枝就进来了。她一屁股坐在我的床沿上。她说都赖他爹没圈好驴，祸害了秧苗又不真心实意赔偿，她的心里很过意不去，她会想办法补偿我们的损失。她说现在村里各家都在盖房，多数人家都盖的是“砖包皮”，水泥价一下子涨了很多，多数人家都用黄泥砌墙。劳力也是个大问题，大工难找，小工也不好找。她说要是我好着的话，一定会盖出村里最漂亮的房子。我很享受李金枝小嘴叭叭的样子，她说的每一个字都带着甜丝丝的味道，馨香无比。窑洞里很快充满了这种醉人的味道。我恨透了那张走风漏气的竹门帘，就让我在这迷人的香味里多待一会吧。可是不行，李金枝坐了不多一会就起身告辞，临走，她往我嘴里塞了一颗糖，又给我掖好被角，然后拍拍手就朝外走。到了门口又回过身来嘱咐我要好好吃饭，说她有空还会来看我。

我眨了眨眼。

无论一个人多么喜欢阳光，也吃不消长时间在七月流火天干活。我一动不动地躺在床上的阴凉里，整个人浸泡在汗水中，身下的床单都湿透了。不断有干活的人跑进窑洞喝水、乘凉，当着我这个“活死人”的面抱怨雇主招呼不周。他们说水泥早就没有了，只能用黄泥代替，他们说大工本事不行，架子却一个比一个大。他们说一句我就眨一下眼，他们像看西洋景一样看着我，嘿嘿，瞧这家伙，还会眨眼呢！我在他们的阵阵笑声里，感到了丝丝的凉意，但我什么也不说。

窑洞门很快被一堵高大的泥墙遮挡，我已经看不到外面的世界，只能用耳鼻感知。村里新建的房子先后落成，人们喜气洋洋地搬进新居，欢庆的味道一波一波在村里荡开。父亲和母亲也喜新厌旧地从窑洞里搬了出去，就让他们在簇新气派的新屋里过几天舒心的日子吧。我祈求。

可以想见，现在村里一定湮没在一片新屋的辉光里，到处都是坚固如城堡的房屋和院墙，处处都是改天换地的新气象。可是，我分明感到一丝担忧，这些房屋就像漂在水面的纸盒，软软得没有筋骨。我想告诉父母一些什么，可是他们太忙了，一早胡乱给我塞些食物就再没踪影了。

炎热的夏天很快过去，入秋以后雨水多了起来。老天像要把攒了一夏的苦水全倒出来，雨下了一场又一场，越下越大，仿佛要洗尽山旮旯的泥尘。

这一天夜里，蓦地惊雷阵阵，闪电把天空撕得支离破碎。窑洞里外亮生生的，就像在天空挂了无数盏高度数的灯泡。窑洞的裂缝在雷电中越来越宽，雨水裹挟着沙粒一个劲地往里灌，竹门帘早已被风卷得不知去向，冷气和风雨也一个劲地从窑洞门口往里钻。我的耳朵、眼睛和鼻子也好像不起作用了，风雨中我听到远处和近处都有毁损和垮塌的声音，接着是人的惊叫声，全村的狗都跟着叫起来，世界似乎在雷雨中全乱套了，村里到处都是恐慌之声。雨水不断涌进窑洞，一开始，地面还能像一张贪吃的嘴巴，进来多少吸收多少。后来，它大概喝足了、吃饱了，开始拒绝送到嘴边的食物。雨水不断从门外涌进来，越积越多，越积越厚，我看到水已经漫到床沿的位置，床单和被子都湿漉漉的，空气中有股逼人的寒气。我不怕，我甚至用欢悦的心情来迎接不断涨高的积水。在这样的时候，如果我湮死在泥水里，人们一定不会为我的离去有太多的想法。

我知道明天一早，太阳照样会从某个山坳升起，村人照样会为了生计四处奔走，人们仍然会以冷漠的眼神看待我。只是我们这个村里，一定会发生一些重要的改变，让人深刻地记忆。

青苗茁壮

一

去年秋上下过一场毛毛雨后，陈家堰就再没见过一星半点的雨水，整个村子干得都要冒烟了。旱情就像一门讨厌的亲戚赖在陈家堰这个穷得兔子不拉屎的山村里，赶也赶不走。村里先前有几户人家春上还往地里撒过麦种，过了个把月还不见麦苗出来，老庄稼把式想也不用想就知道麦种的下落。顺着滚烫的地沟刨下去，麦种还安安静静地躺在地里，只是变得又黑又瘦，丝毫没有发芽的迹象。后来再没人肯往地里下种，倒贴着辛苦糟蹋粮食怎么也不像一个合格的庄稼人该做的事情，可是有地不种又是对土地的犯罪，人们只好在心里宽宥自己说等下场雨马上就下种。也是啊，在这片缺少雨水滋润的土地上，野草都到了绝种的地步，种庄稼简直是瞎折腾。土地没有一点水分，种和不种都是一样的结果。村里只有傻子丁聪还在不断翻整土地，不厌其烦地往地里下种，其他脑袋清醒的人倒变得游手好闲，好像务营庄稼是件可笑的事。陈家堰入春以来就没见过一丝绿色，四周光秃秃一片，倒是炙热的高原风还在有一搭没一搭粗野地掠过山旮旯。陈家堰一带就连最耐旱的芨芨草和沙蒿全都枯死了，打野的羊牲口都懒得上山觅食，精于计算的人更是知道体力的珍贵，猫在家里节省体力减少消耗才是上策。这样的日子简直就是等死哩。

人们热烈的期盼着一场透雨的降临。

人们没有等来透雨，倒是眼睁睁看着沟底装满泉水的涝坝一点一点干涸成一只巨兽的嘴巴，更要命的是泉水也忽然没了影，全村吃水用水成了当前最严峻的问题了。傻子丁聪都知道水是生命之源，没了水大伙当真只有等死了。庄稼自然是种不成了，活命都成问题。有人熬不住了，陈世龙的四条好汉儿子齐刷刷地打起铺盖卷奔山外搞副业去了，陈家兴拖着病恹恹的婆姨投奔山下的亲戚去了，焦红利热急慌忙地到山下给自己还没成人的闺女找婆家去了。村长万喜海早就放出话来能走的赶紧走，鸡巴地方不下雨总不能让人像柴草挨个晒死、渴死、饿死吧！青壮劳力大多下山找活路去了，村里就剩“三八六一九九部队”，陈家堰几乎成了一座空城。村庄越来越不像村庄了。

幸好年初山下就来了施工队，他们带了人和机器要为山里铺设柏油路，还说为改善山村的生存条件要为各村修建蓄水池和水窖，并且要在南山洼上的蓄水池四周加高加固一道拦水坝，尽可能多地收集雨水，把它做成横在陈家堰头顶上的巨型堰塘，让枯渴的陈家堰一劳永逸地解决吃水问题。毫无疑问，这是一项造福陈家堰的伟大工程。

听到这个好消息，傻子丁聪咧着宽阔的大嘴说拦水坝正对着他和陈妮家的责任田，等堰塘蓄满水两家的土地就能淌上水了，并且方便得很，他得赶紧把淌水的毛渠修好。万喜海马上板着脸训斥丁聪，你以为拦水坝是你一家的，就算堰塘将来蓄满水也是公家财产，哪家先淌水淌多少水得村上定。丁聪不以为然地哼了一声，却不再言传。万喜海又开起了玩笑，说丁聪得赶紧把自家的拦水坝打结实，不然把水淌到别人的责任田里就麻达了。丁聪听得出万喜海言语里揶揄的意思，却不再吭声，掉头折进自家还没有一颗青苗的麦地。

二

南山地区地形十分奇特，中间一座大山拔地而起，大山被五座稍小一些的大山死死围定，外围又星罗棋布着更多的小山，众星捧月的样子。中间那座大山被当地人称作南山，其他几座山按高低顺序均以手指命名，依次是中指山、食指山、无名指山、小拇指山、大拇指山。山与山的衔接处总有一两个自然村，陈家堰就在南山和中指山的交汇处，是南山地区最高的村子。说来也怪，虽然陈家堰地势较高，村庄坐落的地方却很开阔，田地也很平整，在雨水丰盈时节便于打坝浇水，在山里也算是个丰衣足食的地场，且因它的海拔比其他村要高一些，便有一点“一览众村小”的奇妙感觉。万喜海经常因此吹嘘，并且喜滋滋地把其他村的主任不管大小一律叫兄弟。

现在不行了，大家一般齐，都在受干旱的困扰，陈家堰人出门办事反倒要多耗费些力气，甚至在旱情上比其他村子要遭受更严重一点的损失。就是说，现在陈家堰的优势丧尽，劣势却更突出了。村里就数万喜海怨气多，动不动就把陈家堰和鸡巴扯上关系，脸上的皱纹多得就像陈家堰皴裂的地皮。施工队到陈家堰住下来以后，细心的村民就发现万喜海的脸展脱了不少，他当即就把自家的库房腾出来改造成食堂，成天和施工队的头头脑脑在里面吃吃喝喝。

施工队拉来不少吃喝，还顺带把陈家堰乡亲的生活用水也拉来了，不过数量有限，得按人头分配，当然是村长说了算。万喜海还把施工队三十几号人分配到各家去住，住房不够的就得想办法给施工队腾地方。施工队的人都很亲切，再说人家是为陈家堰乡亲办事来了，大伙都觉得没有理由拒绝。大伙只是对万喜海有意见，说他一味讨好施工队是为了多捞些水，甚至还故意克扣别人家该得的。万喜海气鼓鼓地说不行他把分水的权力下放了，谁吃饱撑的愿意揽这吃力不落好的营生，为了这旱疯了的陈家堰实在不合算。

三

万喜海最终把分水的权力下放给了傻子丁聪。

大多陈家堰人都喜欢把丁聪叫傻子，只有桂生爷不这么认为，他说丁聪这娃心眼实，是个难得的好后生。丁聪更不愿意把自己当傻子，他觉得万喜海才是傻子，当初涝坝有水的时候不派人好好管理，任由人畜到里面胡糟蹋，涝坝快没水了还不及时护理，只知道大铺二排地喝他那点“尿水子”，现在没水可吃了才知道了水的金贵。当干部的不为乡亲们做事就是傻子！陈世龙和他的四个儿子也都是傻子，当初横挑竖挡地不让他和陈妮好，愣是把她嫁给了焦红利的瘸儿子，焦瘸子家光阴是不赖，焦瘸子还能生养，一口气让陈妮生了三个女娃，可他终归腿脚不利索，放羊时竟摔死在大拇指山上，连个囫囵身子也没留下，陈妮现在寡妇领娃娃多受熬煎。对了，焦红利也是傻子，他家里的钱那么多，就不该让他的瘸儿子上山放羊，他儿子摔死后更不该拦着陈妮改嫁，难不成留着儿媳让他扒灰不成？丁聪和陈妮是从小的玩伴，两个人情投意合的样子曾让整个庄子的青年眼红，他觉得他和她什么地方都对路，最重要的是他知道疼她爱她。可陈世龙和陈妮的四个哥哥嫌他光阴不行，横挑鼻子竖挑眼地死活不依，还扬言要收拾他。他不管不顾地一趟一趟往陈家跑，那次被陈家金银财宝四兄弟撵出门竟坐在院门外干号了半夜，那个晚上他刚满十八岁，他没有号出陈家的理解反倒落了个傻子的名头。陈妮最终没能拗过父兄嫁给了焦瘸子，丁聪决定再不理陈妮了。每次见到陈妮，他总是故意把头别向旁处，假装什么也没看到，偏偏他经常能看到陈妮吃苦受累满眼是泪的样子，看到了他心里就不畅快就想帮陈妮一把。焦家人又不愿让他帮她，陈妮也不让他帮，焦红利还交代再看到他粘惹陈妮就敲折他的腿棒子，他才不管哩，只要看到陈妮有难处他就会揪心地痛，不帮陈妮他心上下不去。那次他看到陈妮一个人拉着一车水吃力地爬坡，像一只负重前行的老牛，他忍不住又上前帮她推车，陈妮红着眼睛说丁聪你以后别再这样做了，我的难处我自己受，不敢再让旁人说你的闲话了，你得赶紧说一门亲事。丁聪差一点就要说出除了陈妮他谁也不娶的意思了，焦红利却提着半截棒追了出来，大声喊叫着说他不在乎陈家堰再多一个快死的瘸子。听听，这是什么蠢话？傻死了！

丁聪后来还是提着礼品像模像样地上焦家求过一次亲，焦红利手里的棒终于落在了丁聪腿上，劲道十足。疼痛传遍全身的感觉竟然很痛快。还好，没瘸。

丁聪从万喜海手里接过为大伙分水的差事时既不推脱也不兴奋，他把施工队拉来的救命水锁进堂屋里，像看护自家婆姨一样看护着它。他把水分得公公平平，该长该短执行得一丝不苟，陈世龙也感叹说丁聪这娃一碗水端得平哩。人们发现他就是再渴也不会向施工队多要一滴水，他主动把堂屋大炕让给施工队，自己打地铺睡，他往自己碗里舀水时总是不偏不倚，他把分给自己的水紧着用，还经常匀给陈妮和其他人一些。唯一过火的是，他把施工队用过的脏水收起来往他那没希望出苗的麦田泼，人们普遍认为丁聪越来越像个傻子了。陈妮却有另一种意见，她说才不呢。桂生爷似乎很乐意看到陈妮为丁聪辩护，每到这时他就会咧开少了两颗门牙的豁豁嘴笑得丝丝有声。

四

天越来越旱，天上连一片象征雨水的云彩也没有。村里土地和石头都成了灰黑色，人们更不肯轻易出门，整个村庄灰塌塌的，只有沟底不时传来施工队的喧闹才能表明这是一个有人迹的地方。村里的牲畜大批贱卖到山外，有饲养鸡鸭爱好的人家也不得不暂时忘记这些活物的种种好处。你想嘛，人连自己喝的水都没办法解决，谁还有心拿比命还金贵的水去填牲口和家禽的大肚皮？大概鸟儿也知道陈家堰正面临渴死的危险，不愿随便光顾这个地方，偶尔路过，也是唰一下就飞远了，不肯在这没有云彩做伴的天空多停留一秒。

施工队拉来的水十分有限，还得先解决施工队的用水，丁聪这个大管家越来越不好当了。越是缺水人们越是发现用水的地方多，洗脸刷牙要水，煮饭沏茶洗锅刷碗要水，洒扫庭院要水，衣服和身上脏了也得要水，家里大大小小用水的地方多了去，单就一个人的生活用水也不是小数，一家人的用水加起来更是多得吓人。到哪里找那么多的水啊？附近的山旮旯早被村里人翻个遍，往年有水的地方今年不是没水就是水少得可怜，根本解决不了问题，人们想破脑瓜也想不出一个找水的好办法。万喜海到底是村干部，他雇了六辆农用车到山下拉水来卖，一桶五毛。丁聪想他万喜海再日能也卖不出去，谁知六车水不到中午就被邻居们买了个一干二净，真个日怪得很哩！

不过到了下午或傍晚，这些买了水的人还会自动来丁聪家领水，他分出去的水虽不多却不用花钱，实在。多数人都习惯了在丁聪这里领水，习惯了把这有限的一点水精打细算，他们从不在中午大热天的来担水，这种时候对水的过度耗费就是对生命的浪费。

万喜海卖水没几天就有其他人效法到山下拉水，万喜海的水卖不动了，丁聪家又热闹起来了，丁聪乐滋滋地把水分给大家并把自己的省水经验传授给他们。

丁聪早晨起来的第一件事就是收集头一天的脏水并把他们担到麦田里均匀地洒开，回来他才开始洗脸刷牙。他把毛巾浸湿搁在阴凉角一连擦几天脸，他在早晨做好一天的饭，吃完三顿饭才洗一次碗，渴的时候就努力想着吃酸杏，再渴再累也不浪费一滴水。用水时总本着能省则省的原则。一天下来，施工队分给他的水基本够用，有时还略有节余。他不会因为有节余就放宽自己对水的使用限制，用水的地方多着哩，拖家带口的陈妮用水的地方比他还要多，他宁肯自己紧巴一点也要让她宽裕一点。

为了省水，村里老小尽量减少出门的次数。丁聪却不一样，天越晒他往麦田跑得越勤，他眼巴巴盼着麦苗快些出来，却又害怕麦苗出来早了被毒日头晒死。他一趟一趟往麦地里担脏水，为的就是给大旱年景里的庄稼地尽可能多的滋润，让自己更像一个合格的庄稼人。可是事与愿违，在大伙眼里他更像一个傻子了。这个他不在乎。让他伤心的是，他精心务营的这块麦田在他的来回奔波里没有变得温润，反倒板结得厉害，似乎越不可能出苗了，就像对他没日没夜的辛劳的巨大讽刺。

五

丁聪有一个宏伟的愿望，他要让自己的麦苗尽快长出来，而且要在这灾害年月里长成十里八庄都羡慕的好庄稼。那是他的梦想他的荣光他的信念。

村子北面的南山腰上有一块天然的坝场，那里开阔平坦，足有两亩地大小。它远远高于村里建在最高处的房子，是当年丁聪和小伙伴们的游乐场，那时吃过饭他就会约上陈妮一块上坝场和伙伴们做游戏。他们的游戏很简单，就是坐在坝头看沟底公路上的人，比谁的眼力好。也是怪，焦瘸子虽然腿脚不如人，眼力却好得不得了，经常能赢得大伙的一致称赞。每次看到丁聪和陈妮走出家门准备上坝头的时候，他就领着小伙伴们起劲地吼喊自编的歌谣：

小小老头，
想要新娘。
油嘴媒人，
把事说成。
洞房有人，
好不扫兴。
……

他们唱完就放声大笑，这时他和陈妮正好赶到坝场，陈妮早羞红了脸，丁聪一点也不计较歌谣里的耍笑成分，心里倒因他们的耍笑升起一种暖融融的感觉。陈妮老是问他咋不上学？他的回答千篇一律，他说种田才是最要紧的事。没说出口的原因是家里穷上不起学。那时他丝毫不知道，迟早有一天他的“媳妇儿”会成为别人的新娘，这个“别人”不是别人，就是编派他和陈妮的死鬼焦瘸子。他们成亲那天他疯了一样跑上坝场朝着下面的村子又吼又叫，就像传说中的疯子那样。焦瘸子出事那天他也在坝场，这些年他总喜欢一个人来这里看远远近近的村庄，他的眼力快赶上当年的焦瘸子了。他看到赶着羊群的焦瘸子在南山边上最矮的大拇指山上摔了个跟头，接着就莫名其妙地滚下山坡。他飞快跑下山给村里报信，人们很快找到摔成肉泥的焦瘸子。陈妮哭得地动山摇，很快就软成另一摊泥，他的心也一揪一揪地疼。他冲着大拇指山大声喊着，焦瘸子啊你算什么狗屁羊把式，在大拇指山上都摔跟头，你腿瘸了眼睛也瘸了吗？你丢下陈妮咋办啊？

可是，自己又能强到哪里去呢？现在有地不能种，有劲使不出。这感觉要多窝囊有多窝囊，这么看自己也不是个好庄稼把式，还有什么脸面小瞧焦瘸子啊？这个事实让他心里很不舒服，他就是要做出样子让陈家堰老小看一看，在大旱年景里他照样能种出好庄稼，他丁聪才是正经的庄稼汉，才是陈妮该嫁的人。

事实上，现在村里人根本没闲心看他怎样犯傻了，天热得人连头都抬不起来。只有桂生爷还在关注着他和他的庄稼。桂生爷到他的麦地看过后说，丁聪，你娃行哩，庄稼人就得营务庄稼，种不种在人，成不成在天。有桂生爷这话就成，他的工夫没有白费。桂生爷还指出这样种地的不足，以及克服土地板结的办法。他觉得桂生爷说得不全对，但是他已经很感激桂生爷了，桂生爷的话在他就是力量，就是雨露，就是收成。

丁聪再往地里洒上水后，就按桂生爷教的办法松土，这凭空多出的一道工序让他吃尽了苦头。天太热了，他一蹲在地里就是半天，他感到头晕目眩，喉咙干得冒烟，渴啊，热啊。他强忍着就是不喝一口水，他使劲想着酸杏，不断用吐沫滋润自己的喉咙。这个办法也不太管用，没多久他的嘴唇干得裂了很多口子，凉飕飕的腥味很快布满口腔，腥甜腥甜。

六

沟底的柏油路基大体完工，为公路上油及其他后续工作要交付给下一拨专业人士来完成，施工队原班人马就要到坝场为陈家堰修建蓄水池。坝场太高，大型机械上不去，主要靠人力挖填。

住在万喜海家的老刘透露说，这工程说白了，就是在坝场基础上因势利导修筑一座拦水的堰塘，用来收集南山顶上流下来的雨水，在雨水枯竭时架设大型输水管道，把山下的河水抽上来供山村生活和生产用。到时这水经过净化处理，就能为各家压上自来水，吃起来更放心、安全。

这消息大快人心。

陈家堰人已经被水折磨得人不人鬼不鬼，每个人都攒下一大堆换洗的衣服，每个人都脏兮兮得像从深山蹦出的泥猴，身上的味道熏得自个都吃不下饭。换下的衣服攒下一大堆，身上的衣服脏得没法穿，再从早先换下的里面拣一件干净点的穿上。村里的体面人儿万喜海现在也顾不了多少体面，衣服也脏得像叫花子，嘴上还不轻省，说鸡巴陈家堰不养人，他得抓紧时间赚钱，有钱了就到城里买他个两层小楼住，一天洗它三次澡，喝它个溜光肚皮圆。万喜海的卖水生意突然又火了起来，大家都憋着一股劲，说等蓄水池装满水，一定跳下去泡上三两天。那天陈妮的大女子向云领着妹妹向雨、向水来领水，丁聪按规定舀给她们八勺水，不多不少刚好一桶。姊妹三个渴得不行了，竟对着水桶咕咚咕咚喝了个痛快，转眼水桶里的水就下去了半截，这时向云才觉得这样没法给母亲交代，吓得坐在地上哭起来。丁聪赶紧去万喜海家买了一桶水提回来，倒给向云半桶打发她们回去。乖乖，这万喜海真会做生意啊，一桶水居然涨到了五块。

施工队要在坝场挖一座巨大的蓄水池，池底和池壁用石头砌，还要用水泥抹，干活的工人也要消耗大量的水，施工队拉来的水基本刚够供应施工用，分到村民手里的水越来越少。现在，坝场的工作全是体力活，施工队人手不够，要在南山周围招收零工，工钱给得很高，零工自然能痛快喝水。先头出去打工的陈家堰人回来了一些，陈金四兄弟全回来了，焦红利的女儿和准女婿也回来了。陈家堰又活过来了，吵吵嚷嚷的好不热闹。只是仍旧干旱、枯渴。万喜海来动员丁聪也去做零工，说一天下来挣的工钱买上水足够畅畅快快洗一次澡，哦，不，这年月谁也不会把水用在洗澡上，一桶水当紧忙换个媳妇也没麻达。种地实在没意思，不如到工地上挣俩现钱。丁聪说不，他还得照看地里的庄稼哩。万喜海说，球，你的庄稼在哪里，我怎么看不到？见丁聪不言传，他骂骂咧咧地去追已经上了坝场的老刘。丁聪埋头在麦地里忙活起来。

施工队的人都在坝场上忙，忘了看管搁在万喜海家的物资，几个渴极了的顽童搬倒了院里的汽油桶，汽油漫进万家水泥院里，一群饥渴的麻雀不管不顾地扑棱下去，顷刻喝了个精光。老刘他们得到消息撵下来，麻雀早已吃饱喝足飞走了，院里浓重的汽油味呛得老刘直流泪。

七

终于，丁聪洒过无数次水松过无数遍土的麦田里拱起了几个可爱的小土包。一开始单是下埂边一小片，没过几天，整块麦田到处都是那种松软的小土包，有的地方麦苗已经把坚硬的土坷垃顶到一旁。种子的力量真是神奇。细细瘦瘦黄巴巴的麦苗一挣脱土地的束缚就袅袅婷婷地舒展开身子，只是因为干旱，它们个个显得面黄肌瘦。丁聪自得地想，这有什么可怕的？麦苗在旱地的发芽本身就是壮举，只要自己再精心务营一段时间，它们自然会茂盛起来。他有把握把这块麦地变成陈家堰甚至南山地区最出色的一块麦田。这是他的念想。

丁聪往麦地跑得更勤了，他总是呆呆望着这些小麦苗出神。哪里的土坷垃压着麦苗了他就会小心地用手指挖起它，把它细细捏碎，碎土从指缝流下的感觉就是饱满的麦粒盛进粮仓的感觉。这种时候他觉得自己就是最有成就的庄稼人。

傻子种出麦子的消息让左邻右舍大吃一惊，丁聪的麦田成了陈家堰的西洋景，人们成群结队地去丁聪的麦田看稀奇。桂生爷甚至为丁聪估了产量，万喜海不以为然，说鸡巴陈家堰能打下粮食简直是哄鬼哩。丁聪笑呵呵地看着大家为他的麦子争论不休。其实他最在意的不是产量，他看重的是种粮时由心而发的成就感。

丁聪很快发现，他的麦田不光吸引了人的注意力，麻雀和一种叫骚巴子的黑色甲虫也开始频繁光顾他的麦田，这些害人的东西来了就会糟蹋麦苗，将麦苗要么连根拔起要么拦腰截断。骚巴子还好对付，大不了见一个碾死一个。麻雀就难缠多了，这些东西特别大胆，人走近了才轰一下飞到麦田另一头，还叽叽喳喳地向人发出嘲弄，怎么也撵不开。人撵得太勤就会在天空盘旋不已，横竖拿它们没办法。这样，丁聪不得不顶着毒日头在麦田里待上一整天，专门对付麻雀和骚巴子，人又渴又乏几乎脱形。到了晚上，丁聪才能躺在地铺上踏踏实实睡一觉，睡前经常要陪着施工队的人看一会电视，新闻节目里经常报道南方正在发洪水。丁聪愤愤地想，就是把洪水全部引到南山怕也不嫌多。

麦苗的长势始终旺不起来，照这么下去，麦苗早晚也是死，不死恐怕也没多少出息。丁聪愁得直呻唤。

坝场的蓄水池已经做好，施工队还要赶去为其他村修建蓄水池和水窖。施工队头头老刘和万喜海商量，剩下的拦水堰塘用不用水泥抹，用水泥抹的话就要陈家堰自己出劳力，还得供应水和部分水泥，这样下来就得耽误工期。万喜海说鸡巴陈家堰十年也下不上一场痛快雨，早早干完早早零杆，让这些人出劳力出工钱等于要他们的命。于是，施工队在蓄水池四周用土石把堰塘加高加宽，草草收了工。

丁聪的麦苗旱死了一些，被麻雀和骚巴子祸害了一些，几乎损失了一半，甚至还要多一点。这才真正要人的命哩。就在施工队做好堰塘撤下山的那天晚上，桂生爷跑来对丁聪说麦苗有救了，久旱有久雨哩。

八

坝场上的蓄水池真是大啊，足足有三五个涝坝大，拦水堰塘有三层小洋楼高，只是越高的地方壁沿越薄，看着让人揪心。这里要全部装上水，足够陈家堰吃上些年头。大型疏水管道也已架好，像一条巨龙向山下逶迤而去。只是，施工队为了赶工期，拦水堰塘做得太潦草，边沿处只有门槛宽。如果堰塘里的水翻过沿，整个堰塘就会在瞬间垮掉。可是，陈家堰怎么可能有那么多雨水呢？

施工队很快撤出了陈家堰，一同走掉的还有陈家四兄弟和其他回家做工的人，丁聪也失去了为大家分水的权力。陈家堰的用水更加紧张，万喜海的卖水生意更加火爆，丁聪连一点点脏水也收集不起来了。麦苗低头耷脑的没一点生气。桂生爷却用越来越坚定的语气说快下雨了，丁聪抬眼望天，天空万里澄澈，丝毫没有要下雨的迹象。丁聪也开始怀疑桂生爷说的是鬼话。

丁聪在麦田里搭了凉棚，二十四小时在麦田里值守。麦苗每分每秒都在受煎熬，丁聪的心也在每分每秒滴血。向云领着向雨、向水来到麦田，长一声短一声叫着叔，说渴啊、渴啊。丁聪知道，她们是在眼馋这些青青的麦苗，他难受地朝孩子们挥挥手，说吃吧，愿吃多少就吃多少。孩子们欢呼着扑向麦苗。

这天夜里，天空突然雷声大作，起初人们都没太在意。光打雷不下雨的时候多了。等人们意识到真的在下雨的时候，天地已经被哗哗的雨水冲刷得白茫茫，山水顺着山沟不可遏止地淌了下来。大人娃娃不顾路湿泥滑冲出家门，等人们提着锹把撵出家门准备淌山水的时候，庄田间早一片苍茫，他们竟找不到自家的田地了。

这场百年不遇的大雨过后，野草一夜间爬满了山坡，丁聪濒临灭绝的麦苗奇迹般的葱茏起来，麦苗一节一节地拔高，性急一点的还抽了穗。其他人家的庄田里也冒出了零星几株秀气的庄稼，地里的野草呼啦一下冒出来。人们都不顾时节地忙着在地里下种，苞谷啦、糜子啦、土豆啦、麻子啦、油葵啦，应有尽有。

没过多少天，人们发现事情没他们想的那么简单，更严重的旱情随后也跟来了。农田很快干得裂了缝，到处都是硬撅撅的干泥巴，踩在上面嘣嘣响。

各家早已为自己储备了足够多的水，可人们对水的态度还是慎之又慎，水大户万喜海连一次澡也没舍得洗。不过各家门前空了许久的晾衣绳上，纷纷搭起长长一绳五颜六色的衣物，旗帜一般在夏日的微风中轻轻飘荡。

坝场上的蓄水池和堰塘里也装满了水，堰塘四壁居然经住了山水的考验。堰塘里的水清清亮亮，一波一波轻轻拍打着塘壁，似乎随时要冲破堰塘的束缚，有些地方已经有水漫过塘沿。大家现在有的是水喝，蓄水池和堰塘要留作后用且不管它。耕种要紧。

九

陈家堰人很快发现，这场大雨不能从根本上缓解旱情，大雨过后他们可能要经受更加严峻的抗旱形势。现在，陈家堰所有庄田里都种上了各种庄稼，庄稼在喝足雨水的土地里很快就发芽出苗了，可是这些嫩苗苗根本经不起的日头的烤晒，不等它们长大，病虫害随后就一股脑地涌来。新出的庄稼大片旱死，野草都在枯黄、萎缩。出苗容易保苗难。大多数人家不得不面临比丁聪先前还要多的困难，虽说现在蓄水池、堰塘以及沟底的涝坝都蓄满了水。

万喜海恨透了这场雨，它让他的发财梦轻易地破碎了，现在他又倒腾起了化肥和农药，这两样终不如卖水来钱快。眼下再傻的人也不会来他这里买一桶水了。记忆中，丁聪只买过一次水，也不知这个傻家伙怎么度过那段水荒，怎么把他那一块山田务营得绿意盎然？最后他得出一个结论，丁聪在分水时一定做过手脚。他说那阵为了照顾丁聪才把分水的权力下放给他，丁聪的麦子收获了有他一份功劳在里头。丁聪说所有陈家堰人和走了的施工队都对他的麦田有恩，他会替麦田把这恩情记在心里。

丁聪现在越来越反感万喜海，他觉得万喜海这样的蠢货根本不配当村官，他觉得万喜海比真正的傻子还要傻得多。当初要是他知道带领大伙护理涝坝里的水，村里就不会出现水荒。现在有水了还不知道组织大家维护堰塘，单惦记着自己的那点小便宜。连他这个村里公认的傻子也知道水的重要性，也知道保护水资源。他经常四处走动，寻找可能的水源，并积极维护涝坝和堰塘。他的麦子已度过了最艰难的时期，雨后长得蓬蓬勃勃，他现在可以放手做点旁的事了。陈妮经常在紧邻他的麦田的那块地里忙活，他要是像过去成天钻进麦田不出来，旁人就会说闲话哩。

陈妮那块地种的是玉米，刷刷长到膝盖那么高就瓷住不长了，玉米叶旱得打了卷儿，下面的叶子早已枯黄，再这样下去很难有什么收成。陈妮整日愁得眼泪汪汪，一次在地里看到丁聪，竟张口说话了，他叔，你看我这玉米还有救吗？丁聪说不要紧，旱地里的庄稼特别耐旱，一旦有雨水就会没命地长。陈妮哽咽着说，还哪来的雨呢，这里的雨水有多少你不是不知道，这一地的粮食迟早得旱死，我一家人眼看要遭饥荒了。丁聪赶紧安慰她，会有办法的。

县里气象台发布了高温预警，建议大家尽量少出门活动。到吃晌午饭时，整个陈家堰热得就像火炉，连最勤苦的人也回家睡晌午觉了。丁聪在麦田转了一圈，自己的麦子越长越壮实了，陈妮家的玉米则是垂死挣扎的模样，远处和近处的其他庄稼也半死不活的没一点灵秀气。四野阒静无声。如果不及时浇水，陈家堰这一季的庄稼就会绝产，也许就在今天，这些给陈家堰信心的庄稼会在某一刻全部枯死。这让丁聪心里很难受。

丁聪没有犹豫就独自向坝场方向爬上去，堰塘里的水一荡一荡闪着悠悠的绿光。下面就是陈家堰成片的庄稼地，沟口陈妮家的玉米地和他的麦田像两朵并蒂开放的马蹄莲，一左一右挡在山水沟两旁。丁聪用手轻轻在堰塘边上一划，一股清澈的水就裹挟着泥沙顺沟而下。他知道用不了多久，这个堰塘就会裂成桂生爷的嘴，下面的庄稼就会浸泡在温润的水里。丁聪轻轻拍了拍手，笑着对自己说，这遭好了。

十

堰塘垮塌的声音十分响亮，熟睡中的陈家堰老小都被这巨大而又奇怪的声音惊醒了，人们争先恐后地跑出家门。他们看到坝场方向飘下一条白练似的水帘，泥水裹着砂石訇然而下，堰塘边沿的土石不断往水里掉，蓄水池底层和池壁清晰可见，悬在半空将掉未掉的样子。

万喜海气得一蹦三尺高，说一定是有人蓄意破坏。立即有人报告晌午曾看到丁聪上过坝场，桂生爷马上反驳说丁聪哪天不上去三趟两趟？他以往上去都是为大家维护堰塘，偏偏今天上起了祸害堰塘的心？你们这样想亏不亏人？大家都觉得桂生爷说得有道理，转而怀疑是谁家贪要的碎娃要出了麻达，再不就是老鼠打了洞，要么就是风吹皱了塘水，冲破了土石结构的塘壁。这都是可能的。万喜海说绝对不可能，堰塘建好这么多天不是一直好好的，没人破坏它就会十年八年完好无损地立在那儿。

大家争来争去没个统一意见，桂生爷提醒说现在不是追究责任的时候，当务之急就是赶紧抽调人手补修堰塘。万喜海说那晚上开会研究一下。

丁聪从坝场下来就感觉脑仁子疼得要死要活，胸口憋得上不来气，晕晕乎乎辨不来方向，他知道这是中暑的反应。麦田是去不成了，他得赶紧回家睡一觉。

丁聪做了个奇怪的梦：陈家堰彻底摆脱了干旱，庄稼疯了一样长高长粗，他从没见过这样壮实的庄稼。他的麦粒有土豆那么大，压得粗壮的麦秆低下了倔强的腰身。喜山家的油葵个个锅盖一样，锅盖摞锅盖密不透风。陈世龙老汉的土豆也长成西瓜那么大，老汉当众杀开一个，里面甜丝丝的红瓤惹人眼馋，大伙不由分说抢过来啃上一嘴，幸福的甜味立刻在嘴角漫开。最让人眼气的是陈妮的玉米，随便掰上一穗玉米棒，就能搓出一簸箕圆润饱满的玉米粒。后来，所有作物都被大伙收割了，晒场上堆满了金灿灿的粮食。大伙掩饰不住丰收的喜悦，纷纷捧出家酿的果酒来庆贺。再后来，大伙全都喝醉了，醉得一塌糊涂。陈妮竟跑过来拉住他的手，他们疯了一样在铺满麦粒的晒场上翻滚、碾压，身下硕大的麦粒竟一点也不硌人。

丁聪最终被一双嫩生生的小手摇醒，张眼就看到站在炕前的向云，他赶紧擦掉挂在嘴角的涎水。向云说村上通知各家主事人到村部开会，丁聪披件上衣就和向云一起踏进灰黑的夜色。

万喜海主张全村男女老少齐上阵共同修建毁损的堰塘，不少人马上反对，村里青壮劳力少得可怜，老弱病残上去不但修不好堰塘还可能出事故，再说眼下农事正紧腾不出人手。万喜海说哪有那么多烂事，堰塘是全陈家堰的，自然要全村人来负担。反对的人马上反驳道，修补堰塘是全村的事不假，可那些外出务工的人家的活计由谁来做，总不能让大伙白白替他们效劳。会场吵吵嚷嚷的一直拿不出结论，一旁埋头吸旱烟的丁聪忽然说，堰塘是他开口放水冲垮的，自然由他负全部责任。立即有人说沟口的庄稼全给泥沙淤了，这个责任谁来负？丁聪说他给大伙造成的损失他会赔。

沟口的庄稼淤积得最严重的就数丁聪和陈妮家的，他们两家的庄稼过滤了不少泥沙。陈妮的玉米还好一些，丁聪的麦田淤积的泥沙和小麦一般高，基本上看不到一穗麦苗了。其他人家的田地只淤了薄薄一层，清理清理照样是一畦庄稼，因为灌了水还可能成为好庄稼。万喜海思谋了好一会儿，才慢吞吞下了结论，说各家的庄稼地就由自己清理，堰塘的事看来得麻烦丁聪了，不过村里会想办法给丁聪适当的补助。临散会时，桂生爷过来一遍一遍捋着丁聪的头发说，你娃真是个傻子啊。

屈老实家的窝心事

一

这个晚上，“老实蛋”屈宗才老汉怎么也睡不着，翻过来，掉过去，躺平，爬展，左腿搭右腿，右腿搭左腿，单腿跷起，单手抱头，双手抱头，弓成一把曲里拐弯的镰刀，铺成一张展展脱脱的面饼，都不能。非但不能，还越折腾越来劲。他试遍了各种睡姿，像是拿不定主意以哪一种姿势才能舒舒服服地入睡。如此折腾了足足半个晚上，老汉早已瞌睡得睁不开眼了，可就是睡不着。不光睡不着，心里还火烧火燎地疼，生生急死人、愁死人、气死人哩！

睡，必须睡。成片的麦子还等着收割哩，再睡不着，隔天就没有力气割麦子了。

睡着睡不着显然不是姿势的问题，而是老汉心里窝了一件倒霉事、愁肠事——老汉最得意的大女儿屈田田被人抛弃了！做下这个伤天害理事体的，自然是平常那个笑模笑样，甜生生叫他和老伴姨爹、姨妈的“好女婿”张旺。就是这个张旺，十多年前和他老子张保林腆着脸来家提亲，爷父两个把他们家夸得天花乱坠，说他们如何仁义明理，说他们心胸宽广、做事磊落，说他们一定让女儿和老屈家过上体体面面的好光景，还说他们有办法把女儿的工作从省城转到县城，让女儿有更多的机会回家团圆。结果呢，女儿的工作是转到了县城，可是女儿还没过上几天舒心日子就被他们撂到一边了。张旺说这是假离婚，等他身体好点就复婚，话虽这么说，可人心里总觉得悬悬的。唉，女儿已经是三十好几的人了，这种事这种时候发生到她身上，就等于车到半坡熄火了，就等于饭蒸个夹生停电了，就等于粮食晒到一半淋雨了，咋着都让人心里来气，简直日特人哩！

女儿从小聪明、乖巧、懂事、上进，是家里头一个考上学校吃上公粮的“工作人”，曾叫村上大人娃娃羡慕不已，女儿是他们那一代农村孩子的楷模，屈宗才老汉也因女儿的争气脸上有光，人前人后腰杆挺得倍儿直。女儿走出校门后，求亲的人一拨接一拨，都是些老实厚道的后生，也都有体面的工作，家里的门槛几乎被求亲的人踏破了。可是他一个也没应允，不是这些后生不好，而是他觉得这些后生总是缺点什么，具体缺什么他也说不好。女儿的婚事就这样一搁再搁，一拖再拖，直到张旺出现。张旺要比女儿大出好大一截，他早早谢了顶，头看上去就像一个飘在半空的肉葫芦，个头也不高，看是没个看相，可他看上去有股机灵劲，人也很活套，还有个吃商品粮的父亲，特别是张旺的嘴能说，那张嘴一张开，就叭叭叭没个停下来的时候，好像全世界的理他一个人全占着，细细品味他的话好像还有点道理。而且，他声音洪亮，再没理的事到了他嘴里，好像也能占上三分理。张旺的父亲张保林也特别能说，他是一家国营单位的干部，喜欢把道理掰碎了碾细了说，还要不厌其烦地摆事实、举例子。当初，就是这样一对父子，提着烟酒糖果来屈家提亲，两张利嘴一起开火，叭叭叭，叭叭叭。屈宗才老两口在张旺父子不歇气的诉说里，终于相信张保林一家是靠得住的人家，攀上这样的“好人家”女儿只会享福不会遭罪，连气也不会受一点点。屈老实家辈辈都是老实巴交的庄稼人，因着不会说话总觉得藏手缩脚得不是个事，家里就缺一个能说会道的人。一个女婿半个儿，有张旺这样一个女婿会让家里添些活色。叽叽叽，叽叽叽，喜庆呢，有这样的人搁家里头心里舒坦哩。也可能就是这个缘故，老两口在女儿的婚事上才动了心，松了口。

张保林的根也在农村，他还没来得及抠尽指甲缝里的黑泥，就开始厌恶农村，把全家老小都搬进城里，并上了城市户口，像模像样地当起了城里人。可是儿女们让他很不省心，虽然他们都有一张能说破天的巧嘴。孩子们书读得稀松平常，事也做得懒懒散散，还不能说他们的不是，一说就捅了马蜂窝，到最后好像他这个当父亲的最不是东西。大儿子张旺一个人就能搭一台戏，一张巧嘴能把死的说活，活的说死，再没理的事也会被他说出个活色生香来。张旺自小就淘气，总爱干个投机取巧的事。张旺的学业一塌糊涂，可是考试成绩从来不差，既骗得了学校又骗得了家长，两头都误认为他是个不错的学生，也都对他抱有较高的期望。其实张旺是靠作弊一路强取豪夺，又依托父亲的帮衬，混进了市内重点高中。高考那阵，张旺意外发现同桌考试的女生功课非常好，每次都答得满满当当，并且快，可她有个不好的习惯，总是在最后时刻才在试卷上匆忙写考号和名字。最后一门是张旺最头疼的功课，快要交卷的时候，张旺还没答出多少，他看到同桌已经快答完了，他一把扯过对方的试卷，飞快地写上自己的考号和名字。那女生问他要，反被认为是在作弊被逐出考场。女生最后哭着跑出了教室，张旺心里没一点愧疚或难过一类的情绪，反在心里埋怨她不该把试卷护得那么紧，不然他也不会抢她试卷。结果张旺以微弱的优势撞线了，张保林又动用关系把他塞进省卫生学校学习牙科。所幸他在卫生学校突然开窍，学习还算差强人意，毕业后分配到本市医院做口腔大夫。大夫他也不好好做，三天打鱼两天晒网，经常出去倒腾点小生意，上班倒显得无关紧要。医院实行签到制，他指使一个护校毕业的小姑娘模仿他的字体，不管他到没到都签上自己的名字，后来被领导查出，张旺把责任全推给小护士，结果张旺没事，小护士被请退。张旺自小就知道，很多时候，自己的快乐要建立在别人的痛苦上，别人的痛苦多一点自己的快乐才会足一些，只有别人痛苦了，自己才能快乐。反过来，别人快乐了，痛苦只能留给自己。同桌女生痛苦了，被逐出考场，他才能心安理得地挤上高考的末班车；小护士痛苦了，丢掉了来之不易的工作，他才能继续在医院混光阴，旱涝保收地领工资度日。要是让她们快乐了，得到她们想要的结果，痛苦的只会是他自己了。这怎么成？万万不成！

二

瞌睡差不多能算一种传染病，失眠也会传染。在老汉翻来覆去睡不着的时候，老婆子也开始左一声右一声地长吁短叹，哎哟——哎哟——

失眠是件很私人的，并且是格调不低的富贵病，几个人一起闹失眠，会大大影响失眠的质量，失眠的高格调也会被冲散。老婆子是个就知道洗衣做饭、种田喂羊的农村妇人，平常她一挨枕头就呼呼大睡，死猪一样。现在，同样的心事折磨着他，也折磨着她，她也开始没完没了地穷折腾，她把专属于他的失眠生生抢去了一半，这让老汉心里很不舒服。老汉在有些事上很霸道、固执，他不允许别人动摇自己在家庭这个王国的特权。以往，老婆子也一直在帮他维护他的特权。他把名誉、脸面看得高于一切，她小心翼翼地帮他维护着自尊，生怕一不小心惹他不高兴。他是家里的顶梁柱，顶梁柱心情不好了，全家都不会有好心情。

现在，老婆子不管不顾地进入他的领地，老汉心里更加不舒服了。他气哼哼地发牢骚说，要睡就睡，不睡就滚外面凉快去。

老婆子真的披上衣裳出了门，偌大一面土炕上就只剩老汉一个人了，可是瞌睡也好像被老婆子带走了一多半。唉——老汉发一声长叹，干脆坐了起来。事实上，瞌睡的巨浪一波一波向老汉劈来，他在倔强地和瞌睡做斗争。又好像不是，他似乎又在努力和失眠做斗争，他一会儿支持瞌睡一会儿拥护失眠，女儿的事让他越想越窝心，巨大的痛楚从他心头重重碾过，让他不敢合上眼，好像眼睛一闭，女儿的世界就会坍塌，就会彻底毁掉女儿苦心经营多年的幸福婚姻，就会让家里这点私密泄露出去。张旺走前特意安顿过，这事先不要跟旁人说。此刻，老汉眼睛里装满了星星，倏一下来了，倏一下又走了，挨挨挤挤，密密麻麻。这些星星泛着金光，带着热量，灼得眼睛生疼生疼。隔一会儿，就会有一股老泪将这些星星洗刷干净，可是马上，就会有更多的星星冒出来，金光满眼。

老婆子眼里也全是星星，天上的星星和眼睛里的星星混在一起，甜美的回忆和苦涩的现实也搅在一起。

女儿嫁给张家后，上敬老，下爱小，把张家老小伺候得舒舒服服，亲朋邻里没有不夸的。她不光要操心张旺的饮食起居，还要为张保林的另几个子女操心，可是她从来没有怨言。女儿在张家过得很辛苦，可是她觉得这苦也是幸福，她愿意倾尽所能地为张家老小着想，她甚至把自己的工资积蓄全部拿出来帮张保林为后面几个儿女置办婚事，她把自己的休息时间大多用来伺候张家老小。张保林的儿女们到处大吃大喝，而她自己的生活则简朴到极点。她觉得只有他们过好了她才能过好。那是女儿最快乐幸福的一段时光，不管有多忙有多累，她的精神头永远都是充足的。可是现在，这样一点可怜的幸福转眼就不见了。那也是屈家最快乐的一段时光，张旺肯扒家，女儿会持家，小日子过得红红火火，小两口和和美美、恩恩爱爱。女儿女婿的幸福就是他们最大的快乐，不想这快乐是属玻璃的，说碎就碎了，唉！

一早女儿打来电话，说要和张旺回家说点事。老两口赶紧搁下农活做了一桌好饭菜等他们，谁想等来的是那样一个消息！简直要人的命哩！

张旺坐在饭桌前，心思显然没在这里，筷子都没动，女儿也没动，只一个劲地抹眼泪。往常可不是这样的，张旺对饭菜从不挑剔，就连咸韭菜黄米饭也吃得吧唧有声，还夸张地说好吃。屈家人一度觉得这个娇气的城里女婿好伺候，甚至轻易地把他当成好女婿，也尽心尽力地满足他的各种要求。

张旺说他得了增生性的前列腺炎，这种病治不好，不能过正常的夫妻生活，而且随时有生命危险。他说田田还年轻，不能让他给毁了，为了她的好，还是早点离婚，让她找一个更好的归宿。如果他的病情好转了，他会及时复婚。他说离婚后他还是屈家的女婿，他还会照顾田田，还会把屈家老两口当成自己的老人。屈家老小都被这一突然的变故打懵了，医学上的事他们又不懂，到这样的时候只能听任张旺一个人在那叭叭叭，叭叭叭。他们第一次感到张旺的话有些阴冷的味道，但他们顾不上指出张旺话里的不足，转而安慰他说，现在医学这么发达，什么样的病都能治，抓紧时间治病才是正主意。

张旺以一个医生的名义担保说，这个真没什么指望。

其实离婚手续早在半年前就办了，女儿害怕父母的名誉会因她受到损害，一直瞒着没说。父母甚至弟弟、妹妹都是把脸面看得特别金贵的人，女儿觉得离婚这事会让家人感到丢脸。她幼稚地想，多瞒一天，自己的亲人就会多维持一天的幸福。现在，包火的那张薄纸被张旺的利嘴轻轻地、郑重地剥开了，委屈的火焰越烧越高，她只能趴在自己父母的饭桌上哭个昏天暗地。张旺却不像个得了绝症的人，依旧在饭桌上大谈特谈，说他的发展计划，说田田离婚后该有的“美满生活”，他甚至规劝这对被女儿的婚变打蒙了的老人，赶紧把家里的田产卖了帮他发展牙科诊所。

老人们的心，彻底被搅乱了，他们只一个劲地劝张旺抓紧时间治病，其他的事再慢慢商议。

就这样，张旺在老丈人屈宗才家丢下了一枚“重磅炸弹”后，又若无其事地回城操办他的“发展”去了。

老婆子蜷在院门口，就在这乱哄哄的思绪里迷糊了过去，她忽地一个激灵惊了醒来。天光已经泛白，新的一天又开始了，她赶紧起身收拾院子，打火做饭。

三

张旺在城里闹市区新开了家牙科诊所，生意不错。此前他已经在两个邻县开了诊所，平常他除了上班，还要频繁地在三地间来回跑动，总是显得很忙，有时忙得连家也不回。张旺心里有他的大算盘，屈田田也不多问他在忙什么，一问他就会叭叭叭说一大堆，倒像是屈田田在无理取闹，在无中生有地猜疑什么，在妨碍他的发展大计。屈田田心疼张旺，不想给他带来些许麻烦，也就不过问他的事，她对他太信任太放心放任了。屈田田只想做一个知冷知热、任劳任怨、孝敬公婆的好妻子、好媳妇，其他的她不用管，也管不了。

那时张旺只是个靠工资养家糊口的“工作人”，有兴致的时候胡乱来点小生意，还不能算纯粹的“生意人”，更算不上“老板”。尽管他的工资不低，但要靠工资完成原始积累实现他的“发展”大计，几乎不可能。张旺一边上班一边东一榔头西一棒槌地倒腾点小生意，可是斩获不多。张旺发现，现在人的生活好了，病也多了，几乎大部分人的牙齿都有问题。与其东奔西跑地折腾别的项目，不如依靠自己的专业特长在县城开一家上规模的牙科诊所，病人多得遮天盖地，钱财也多得遮天盖地。干这个他有技术基础，并且有广泛的人际关系可供资用。可是资金缺口太大了，他该去哪里筹足发展的资金？自己的积蓄远远不够，亲戚朋友又各有各的难处。比较来比较去，他把目光瞄向了屈家的穷亲戚们，他们大多是老实厚道的农村人，没多大见识，凭他的三寸不烂之舌，三言两语就会让他们信服他的劝说。这些年，他努力营造了一个好女婿的形象，已经获得了他们的广泛信任，他们虽不够富裕，可是人都很热心，并且手里总有几个小钱，把这些小钱收拢过来，聚沙成塔，涓涓细流也可汇成汪洋大海。张旺频繁游走在屈家亲戚家，这个姑姑家卖了瓜，那个姨妈家收了出嫁女儿的彩礼钱，小表弟刚发了工资，他都会像猎犬找到猎物，在第一时间出现在他们面前，赔个笑脸，说些好话，再吹点小牛，他们就会乖乖把还没焐热的收入全部拿出来帮他。和憨厚的人打交道是件让人身心愉快的事，事情做得利索，又没有什么后顾之忧。

张旺城里的诊所终于开了起来，就像张旺预想的那样，生意非常的好。开张两三年，张旺就赚得盆满钵盈了，他像模像样地做起了老板。他辞了公职，专心经营诊所。他又买了两三处房产，邻县的诊所也与时俱进上了规模上了档次，他越来越忙了，回家的时间越来越少了。屈家的亲戚们见他一面已经很不容易了，屈田田见他一面也不容易。就算见到，他也不提还钱的事，只是一味地哭穷，倒希望这些好心的穷人再给他提供一点帮助，让他更快更好地“发展”。

在屈家亲戚们眼里，张旺既是一个没钱的“有钱人”，又是一个有钱的没钱人，他开着名车出入高档消费场所，要紧三关的时候却拿不出一分钱。他四处举借却又花钱如流水，他的产业已初现规模却又穷得叮当响。但是，他们相信他有足够的能量成为真正的有钱人。所以在还钱的事上一再宽容，一再容让，一再理解。

张旺的摊子已经铺开，正朝他设想的康庄大道奋勇前行，可在这样的时候，他却病了，是绝症！就算是绝症，屈田田和他的家人并没打算抛弃他，而是想在他最困难的时候搭手帮他渡过难关。可是现在，他们离婚了，一家人成了两家人，成了两股不相干的河水，成了两股拧不到一起的麻绳。两边都耽搁了。

可怜的娃娃啊！

四

坏消息是几天后传来的。

张旺根本没病，“假离婚”是骗人的，张旺用假离婚的话欺骗了屈田田欺骗了屈家所有人！张旺其实是在外面有人了，还没等安抚好屈家人他又在忙着张罗新的婚礼呢，他的新娘是他的生意合作人，也就是邻县诊所的负责人，据说他们早已苟合多年，还生下了一个娃娃。屈家的“乖女婿”张旺利用屈家人的善良，精心设计了一个“假离婚”的骗局欺负老实人。这是一个精心设计的连环骗局，一环套一环，丝丝入扣。老实厚道的屈家人不知不觉地，咕咚一下全都掉进了他早就挖好的大坑里，却还在设身处地地为他着想。

张旺先是找做医生的朋友开了个假的诊断书，连哄带劝地骗屈田田在离婚协议书上签了字，将离婚这事坐实，随后又将离婚的事瞒下，大量向屈家亲戚借钱发展诊所，用钱把屈家人套牢，让他们听任他的摆布。诊所开起来了，该是收口袋紧套子的时候了，他迅速把财产悄无声息地转移了，制造出资不抵债的假象，迫使屈田田不敢提出分割财产的主张，分割财产的同时还要分担巨额债务。最后又扮可怜相假仁假义骗取屈老实家人的同情，同意并理解他离婚的决定。也就是说，张旺什么都算到了，他费尽心思编了一大堆谎从头到尾都在欺骗屈家人。屈田田没有对不住他的地方，他这样做就是为了和那个“狐狸精”重新建立一个家庭，以便满足张保林抱孙子的愿望。

张保林生有三男一女，四个儿女生的都是女孩，没一个“带把儿”的，这让张保林心里很不是滋味。说到底，张保林是一个生活优越的农民，传宗接代的土星子在他头脑里一刻不停地翻滚着，他看到别人抱孙子都要流哈喇子了，渴盼孙子的念头让他吃不香，睡不甜。几个媳妇要么不能生了，要么不愿生，难道他抱孙子的指望真要落空了？难道他家真的要绝后了？他不甘心，张旺也不甘心。办法永远比困难多，牛奶会有面包会有孙子也会有，建功心切的张旺正憋着一肚皮坏水没处使，决定先拣软柿子捏他一个再说。相比较起来，媳妇中屈田田性情温和，处世柔顺，并且更为单纯，捏起来难度不大副作用也不会太大。三兄弟中，张旺又是最机灵的，他那握惯拔牙钳子的手稳、准，且狠。

就这样，屈田田和她的家人成了张旺算计的对象。

夏收已经结束，屈老实家已经能坦然接受屈田田离婚的事实。但是，每每想到虚情假意又恶毒异常的张旺时，老人还是气得浑身哆嗦，半天说不出一句话。狗东西居然不声不响地这么祸害屈家！这些年屈家把他真正当成自己的亲人待，把他在屈家的地位甚至放得比有重病在身的儿子屈伟还要高。谁想他最后以这样让人难堪又痛到绝望的方式无耻地愚弄、背叛待他比亲儿子还亲的老人，他给这个家庭给屈田田甚至他自己的女儿都带来了无法愈合的创伤，而他像没事人一样逍遥自在，酒照喝，肉照吃，歌照唱，妞照泡，还继续作恶造屈家的谣，败坏屈家的清白名声。就他这样一个无耻的坏种，刚离婚又急吼吼地要结婚，还要指望生什么儿子，就算生下儿子，肯定也没屁眼。

唉，自己真是瞎眼了，这么多年居然没看出他是这么个玩意，好好的姑娘让他祸害了。家里多数人都被他蒙骗了，只有身患重病丧失劳动能力但偏爱读书的儿子屈伟对他不感冒，在事发前就断言他不是个好人。不过屈伟的理由不能让人信服，他说叫张旺的没一个好东西，《水浒传》里的劫江鬼张旺就是个贪财好色的家伙。老汉竟把屈伟的话当成一个重病患者的疯话。

整个夏天，屈老实家都处在一种恹恹的状态，丢了魂似的。这个夏天热得本色，阳光像一个勤勉的暴吏，一刻不停地抽打天地万物，塬上到处都是苦焦的颜色，屈宗才老汉心里却冷得发紧，是那种从头凉到脚，横穿心肺的冷。老汉从此落下一个毛病，不管出门还是在家，他都要套上厚厚的衣物，从头武装到脚，鼓鼓囊囊得就像一只提前过冬的熊。

五

也是在这样的许多个夏天，老汉率领全家匍匐在张旺租种的地里汗流浃背地为他薅草间苗，浇水施肥。张旺却躲在阴凉的办公室，用一部电话遥控着他们，姨爹，该浇二水了，该施尿素了，该锄草了。那阵张旺还在市医院上班，还在一遍一遍做着发财梦，他在屈家这边租了不少土地种药材育景观树苗，屈家的地也无偿借给他用。临到收成的时候，他倒背着手来地头巡视一圈，指挥人干这干那，老汉老婆子心疼女婿，田里的事不让他插手，脏活累活苦活全由他们扛着。最后张旺挣没挣钱，挣多挣少他们一概没问，他们不想把女婿的心思搅乱，就让他一门心思地忙他的大事忙他的"发展"去。张旺意气风发地说，将来他还要加大投资规模，把这片土地变成一流的药材种植地，变成财富生产流水线，让他的药材走向全国市场。看他的样子，一定是赚了，老汉不过问是不想落个向他追要好处的坏名声，他只愿女儿家庭和睦、幸福。他风里、雨里、大太阳底下玩命地给张旺干活就是想让女儿女婿能过上好日子，他绝不图他们什么。他生就是下苦的命，多下一把苦多受一点罪都不算什么，为女儿女婿他舍得下力。

在这里种了几年地，张旺又出外深造了几年，把个家完全丢给屈田田，回来就买了辆数十万的轿车，从此三天两头地开车去邻县搞"发展"，没想到他是去搞破鞋。就是说，在张旺的"发展"路上，是屈家人帮他赚到"第一桶金"。男人一有钱就变坏，也就等于说，是屈家人亲手葬送了屈田田的幸福。想到这一点，老汉就悔得要死，他目光短浅得怎么就看不到这一点呢？屈伟却不这么认为，他说张旺生就是个下流坯子，变坏是早晚的事，或者说，他根本一直就是个坏种，只不过遮盖得好，屈家人没发现，这种货摆脱得越早越好。

忽一日，听说张旺的肉包子妹妹说，她哥哥离婚是明智的选择，他其实一直在做屈家的提款机，屈家是个无底洞，永远填不满，需要钱的时候只需给张旺一个电话。电话一到，大量钱款就唰唰唰地飞向屈家，比真的提款机还灵验。

张旺妹妹这番话太恶毒也太没依据了，刀子一样剜着老人的心。天地良心，张旺当年种药材时是往家里拿过钱，可那些钱全用在他的“发展”上，屈家掏心掏肺地为他好，绝没昧过他一分钱，并且还时时处处想方设法为他节省。这个矬婊子真是翻脸无情，当年老两口还经常想办法给她带些土产，都是自家种的东西，不值几个钱，也从没往心上记挂。现在好了，张旺不再是屈家女婿，是他们反攻倒算的时候了，矬婊子立马跳出来疯咬。瞧瞧，“仁义明理”的张保林养的都是些什么货色！

羞先人哩！

屈家的亲戚们，也就是张旺的债主们，纷纷去找张旺讨要欠账。张旺摊开双手说，自己现在穷得都揭不开锅了，店面这么大，用度自然少不了，一下子全还了账，诊所就没办法运转了，依诊所现在的状况，最多能还掉一个人的账，其他人的钱一时真没法还，要是诊所关了门，歇了业，大家的钱就更没指望了。大家帮了他的忙，他一定会记下这个人情，等诊所盈利了一定加倍偿还。

大家说，不要你的什么狗屁加倍，你对田田都下得了那毒手，我们又能算什么？

两码事，两码事。张旺赶紧岔开话说，就算我和田田过不到一搭里去，你们仍然是我的亲人。

大家又说，少扯了，赶紧还钱，说别的没用，你做屈家女婿的时候也没把我们当回事，现在不是屈家女婿了，更不可能把我们当回事。

还钱！还钱！！人们乱嚷嚷地叫着，并上前来拉扯张旺。看着躲不过，张旺喊来会计，让她抱来20万先还给大家一点。

张旺用最卑鄙无耻的手段欺骗并遗弃屈田田母女这事，很快在村里传开。亲朋邻里纷纷到屈家声援，他们众口一词地谴责张旺的无耻，并纷纷说出一些惩治张旺的办法，最后大家劝屈老实做好屈田田的坚强后盾，和张旺打一场结结实实的官司，不能让他把丑事做下了还能逍遥自在。

屈老实一辈子没和人拌过嘴，早已习惯了忍气吞声。可这次，他决定听从大家的意见，支持女儿打一场官司，不能让张旺娃娃以为老屈家没人了，想怎么欺负就怎么欺负，想怎么摆弄就怎么摆弄。

六

张旺很快知道了屈家的意图，他托人转告屈田田，最好不要闹到法院，不然对大家都不好。毕竟夫妻一场，买卖不成仁义在，什么事都可以摆到桌面上协商。

一向温文尔雅逆来顺受的屈田田却犯了轴，吃了秤砣铁了心，下定决心要让张旺尝点苦头。前一阵她还蒙在鼓里，操心着为张旺买补药，希望他能尽快好起来，谁想他竟是这样一个忘恩负义、寡廉鲜耻的东西。太让人伤心了，她的真情换来的竟是这样一个结局！张旺不是梦想着和他的姘头结婚生娃娃吗？好嘛，她现在就要阻止这一切，让张旺心想的事不能成，让他煮熟的鸭子和没煮熟的鸭子都飞掉。官司是必须要打的，就算背上巨额债务也要打，坚决打。

眼看阻挡不住，张旺又叫女儿去做屈田田的工作，有那么一刻，屈田田差点心软了，但屈田田很快镇定下来，她硬着心肠着手为官司做准备。

开庭那一天，屈宗才老汉终于在法庭上见到了张旺和他老子张保林，爷父两个都讪讪笑着。这是自打张旺和屈田田离婚后双方第一次见面，屈宗才迎着他们的目光看过去，越看他们越觉得他们丑陋得可怕，这么丑陋的东西，从前竟然没有发现，还热汤热水地供着。老汉心里的怒火波浪般翻滚着，但他强忍着什么也不说，倒要看看这对假仁假义的活宝都有些什么说道，脸到底能厚到什么程度？张旺父子两张利嘴再一次集体开火，叭叭叭，叭叭叭。这么丢面子的事竟被两人说得满天飞花，台下一片唏嘘，法官不得不一次次叫停他们。

任是张旺父子巧言善辩，法庭还是认定了张旺采用卑鄙的手段骗屈田田离婚的事实，并且指出，在婚姻存续期间，张旺已经取得巨额资产，这些财产是张旺和屈田田共同努力的结果，应视作张旺和屈田田的共同财产。

一说到钱，张旺就紧张了，他赶紧从包里掏出一把欠条，结结巴巴说他根本没钱，有账才是事实。屈田田的代理律师认为，这些欠条来路不明，再说累计起来也是资大于债，张旺必须把当事人应得的部分给她。

法庭最后裁定，张旺须于庭审结束后一个月内支付给屈田田十万元补偿，张旺缠着法官讨价还价，但没得到应允。张旺懊丧地坐在法院门口，就像要誓死守住自己的钱袋子。

这是一场没有胜负的较量，打赢官司的屈田田忽然变得忧郁起来，经常长时间呆呆望着某处虚空，想一些无聊的问题，比如，张旺的事业会越做越大，他会不会在什么时候也像算计她一样甩了他的合伙人，另觅新欢？张旺和他的新妻子真的会生下男孩吗？有了新家庭的张旺会不会想起从前的好？唉，想这些已经没什么意义，可她还是止不住地想了一遍又一遍。一个人带着女儿过，好像和从前没什么大不一样，又分明不一样了。很多时候，一种败坏的情绪兜头袭来，让她不知道该怎么打发接下来的日子。她害怕亲人担心，总是打电话告诉父母她现在过得很好。

七

张旺因为官司耽搁了的婚事，终于在一个多月后如愿以偿。

婚礼很排场，在全市最豪华的星级宾馆里。张旺牵着新娘的手随着舒缓的音乐一起步入礼堂，两旁响起稀稀拉拉的一阵掌声。很明显，所有人都心不在焉不在状态，婚礼现场的气氛和婚礼的格调很不一致。宾客都是张家最信得过的“底实人”，大家前来道贺的心意也大半是真诚的。但是，感觉总是怪怪的，大家的笑容不是那么自然、真实，好像有一些宝贵的东西正在随时光飞快地流失。不管怎么样，张旺得高兴，高兴得笑，不高兴也得笑，于是，一团浓浓的笑便洇在脸上，像一团化散不开的墨迹。新娘脸上也堆着笑，却绷着脸笑不开，把一张好看的脸蛋皱成柿子脸。

分明是花钱买罪受嘛！张旺有些丧气地想。

好在婚礼进行得很快，约莫两小时后，张旺和新娘被大家七手八脚地塞进轿车，哄笑着驶向富豪区刚刚收拾好的新房。张旺使劲揉揉脸，想要挤出一些新婚的感觉来。

累啊，忙完张旺的婚事，张保林感觉全身的骨头都要散架了，他想赶紧找个清静的地方美美地睡上一觉。自从张旺闹出这档事，家里再没消停过。不是因为屈家人上门来闹，是自己心里在闹。屈家人不闹，却比闹还厉害。他也是个爱面子的人，人前头走的人，经历过风浪有着无尽人生阅历的人，张旺这事做得确实让他脸面丢尽。但是他又不能说张旺的不是，只能顺着他，做一个尽职尽责、用心护短的父亲。

半年来，无论他走在哪儿，熟人总要问张旺的事，他含含糊糊说不上三两句掉头就走，他感到背后总有锥子一样的目光扎在身上，哪哪都不舒服。他想到的最好的办法就是不停地搬家，把自家投放到一个陌生的环境里，把那些猜疑、议论，还有那些是是非非的烦恼都抛在远处，不去听，不去看，不去思想。

这已经是他们第四次搬家了，他不知什么时候才是个头。

屈家听说这一情况后，觉得很可笑，是他们自己把亏心事做下了，就算别人不说， 他们自己也臊得慌。张保林经营一世的“仁义”，张旺煞费苦心换来的新家，现在看来也不是那么可靠。相比较起来，自家清清爽爽，穷是穷了些，苦是苦了些，可心里是安稳的、舒坦的。就算女儿受了巨大的委屈、非人的折磨，日子还得照常过。唉，人活一世，真真格格是草木一秋，聪明人忙算计，老实人干实事，怎么着都是活，活和活又是多么的不同啊！

老汉的失眠病早已不治而愈，屈田田的工作得到上级的肯定，并被委以重任，屈伟的身体在秋上就有了重大好转，最小的女儿也有了体面的工作，一家人和和美美地团聚不就是一种最大的幸福吗？老汉意外地发现，经过女儿这一场婚变，他变得爱思考了，差不多成了一个思想者、哲学家了。这样很好。

这个世界，每天都有好多人结婚，也会有好多人离婚。结婚和离婚都是再平常不过的事，能过到一搭里就结婚，过不到一搭里就离婚。离婚不是什么大不了的事，如果光明一些磊落一些的话。张旺这事做得太不地道太阴损了，他不光欺骗了田田，甚至还在恶毒地诅咒自己，绝症——亏他想得出！

时间真是好东西，它冲散了欢笑，也稀释了忧愁，困扰了老汉一夏的窝心事，终于随老汉的“思想”变得风轻云淡，或许，迈过张旺这道坎，女儿才会收获真正的长久的幸福。而张旺，这个伤天害理的害人精，真的会逍逍遥遥地过上他的好日子吗？唉，世上的事，哪有个准头呢？

孤独的村落

梦里，我在野郊闲逛时看到一条时髦的崭新牛仔裤，看看四野无人，我趁着夜色的掩护迅疾捡起来夹到腋下。走了几步又觉这事似有不妥，万一我穿出去被人认出是自己丢失的，问将起来又该怎么回答？干脆放回去图个安生吧。这么想着，我又摸了摸自己已然磨破洞的破裤子，管它的，这种裤子别人能买到我也能买，怕他作甚！于是我又夹着裤子仓皇走了几步。心里另一个声音提醒我，这条裤子看起来价格不菲，熟悉我的人一定知道我买它不起，即使我偶然发点小财，也会花在吃喝上断不会购置衣物。倘若他们追问起裤子的渊源，我不会撒谎，一定语焉不详，他们多疑的心必定更加多疑。很可能有人还知道谁丢过这样一条裤子，进而怀疑是我偷的，如果他们不问青红皂白上来把我暴打一顿，让我像文豪笔下的孔先生那样因为偷书经常挂着青伤倒也罢了。不能忍受的是，如果他们真的把我当成贼，从此以后像防贼一样防着我，我怕真的没有脸面活在人世了。

不行，还是送回原地吧。

但是，已经来不及了，身后早已涌出许多手持火把的精壮汉子，潮水一样漫过空旷的野郊，向我嘶喊着冲来，抓贼啊，抓贼啊。

扔了吧，捉贼须拿赃，即便我被他们捉住，手里没有赃物他们也拿我没办法。这样想着，我躲到一棵大树后，恰巧看到一条幽暗深邃的小径。我扔掉让我惹祸上身的裤子，悄没声息地拐进这条小径。人群嘶喊着向前冲去。林间影影绰绰尽是人，我粗略数了数，追兵大概有三十多个。十多个提着木棍，十多个手持刀剑，还有十多个像是被临时纠集起来的农夫，手里提着湿淋淋的铁锹。都是些精壮的年轻人，有些人的面孔还比较熟悉，但是我顾不上分辨他们究竟是谁。仓皇逃遁才是眼下最紧要的事。

我顺着小径往深处走，我坚信越往深处走离追兵越远。树大林深，密密匝匝长满了不知名的野草和小花，鸟也叫，蜂也鸣，还伴着阵阵奇异的花香。倒真是一个陶冶性情放飞愁绪的好去处，我在心里赞叹着。喊杀的人群跑去多时，早就没了声息，只有零散的火光透过林木的间隙时隐时现。危险似乎已经解除。我为那条倒霉的牛仔裤白白担惊受怕好大工夫，如果就此走脱似乎不太值当，不如折回去捡回来。心里一有想法，脚下就有了行动。

我摸回小径的源头，在那棵大树底下轻易地找到了裤子。裤子已经被夜露打湿，不过它上面还残留着一些细碎的阳光的味道。我摸了摸，捏了捏。嗯，不错，是条好裤子，做工精细、用料考究。以往，我在地摊上选购衣物，只挑选式样，对做工和用料从不讲究。问好价钱，简单杀几句价就付钱走人。我不太习惯在价钱上和人纠缠太多，生怕让别人把我当成一个喜欢算计的小里小气的胡搅蛮缠的人。搞到最后，通常都是我在投降，像是占了摊主的便宜，怯怯地朝摊主讨好地笑笑，并以最快的速度从摊主眼前消失，好像是要让摊主尽快忘记这一场不愉快的交易。

夜色越来越浓，我完全可以趁着夜色的掩护返回家里，装作什么也没发生，什么也不知道。可是不行，万一那些人埋伏在某个地方，我会被逮个正着。被人赃俱获地拿住，怎么着也不是件愉快的事。反正我闲着，倒不如顺着刚才那条小径走走看，说不定有什么异样的风景呢。

在黑夜行走终归不是件很美气的事，更何况我心里装着一个不太亮堂的想法。夜露打湿了裤脚，不时有藤蔓伸出来绊我本来早就不够灵便的腿脚，还有一些带刺的枝条和杂草冷不丁扯住我的裤子，就像它们也知道我做了不光彩的事，正和那些追杀的人同仇敌忾地围堵我。真正让我害怕的是人，而不是这些花花草草、树木和夜的黑。反正追兵不在眼前，我有的是时间在这暗香浮动的树丛里溜达，闲庭信步似的。我倒要看看，在这小径的尽头有什么样的景象。

小径尽头是一条阔大的水渠，渠里苇草茂盛，蛙声连片，和村里的水渠没什么两样。让人惊讶的是，渠那边别有洞天，是一个大得没边没沿的村庄，村庄搭建在一块高入云端的高地上，似乎没有能进到村里的路。但见村子呈在一片光亮中，田舍齐整，牛马肥壮，沃野千里，绿意盎然。男人勤劳，女人秀美，人们在光亮下忙着各自的营生，对阵阵林涛充耳不闻，恬静、快活、安详。白天和黑夜好像是由这条渠分割的，渠那边亮亮堂堂，渠这边黑灯瞎火。这时间我们的村子早已进入休眠状态，人们早早进入了梦乡，鸡鸭鹅狗、牛羊驴马也没一点声息了。我们天一擦黑就早早睡觉，白天的活计太累人，只有睡足觉才能缓好精神。可是瞌睡却越睡越多，好在这也无关紧要，我们创造并享受安逸。

事实上，在我生活的地方，我是个彻头彻尾的“异类”，我不会扒扯光阴，不会过日子，甚至没有好好过日子的打算。我像个游魂一样从东逛到西，从西游到东，不逛不游的时间里我就干脆没事做，要么抬头看天要么低头发呆。总之我是个没用的人，所有认识我的人都这么认为，有的人甚至断言我活着没一点意思，也没有一点指望。我在家里不受待见，在外面也不受待见。

见我远远走过来，娃娃们会说，哎哟，瘸子来了；大人们也会说，哎哟，他个瘸爹又来了；老人们则会忧虑地说，这个娃娃可怜啊，瘸着个腿又不肯下力挣光阴，以后可怎么活啊？

眼下，渠那边的村庄就像一幅绝美的风土画挂在半空，看得我出神，看得我忘记了时间，忘记了地点，也忘记了被人追杀的那种惊心动魄的惊悚之痛。

正在我不知今昔是何年，优哉游哉赏景、神游的时候，身后的喊杀声再一次訇然炸响。坏了，现在我真的是上天无路入地无门。我拔腿就跑，可是，我哪里能跑得过他们啊？还没等我甩开步子，他们就风一样地撵到我身后，他们粗重的喘息声真真切切地响在耳边，他们的吐沫星子也飞到我的后颈上了，他们呼出的浊气几乎能把我打翻。

完了，这下我真的要被他们捉住了，而且是“现行”，不被打死也会给活活羞死。他们现在抓住我是再轻松不过的事，可是他们并不真的抓我，就像猫戏老鼠一样，戏耍够了才肯下手。我在心里侥幸地想，但愿他们要抓的人不是我，我只是在自己吓自己。如果我就此躲脱，从此绝不再贪图半点便宜，就再不会让人黑天半夜撵得满世界跑了。可是，眼前和身后再没有其他人，况且他们一直在我身后紧紧跟随。我一定就是他们的目标！

绝望了。

水渠黑咕隆咚得没有边沿，渠水也黑咕隆咚得不知深浅。一猛子扎进水渠一定是死路一条，乖乖地束手就擒很可能也难逃一死。我不想就这么死掉，再没用的人也不想就这么不明不白地死。惊吓。燥热。无望。泪水和血流。各种奇怪的情绪一块儿伸出藤蔓缠住了我，就像无数的苍蝇粘在了粘蝇板上，无力挣脱。我急得浑身是汗，腿脚也越不称我的意了。

恰在这时，奇迹出现了。两个神童模样的小人儿先于追兵抓住了我，他们一左一右架起我的两条胳膊，在我还不明白怎么回事的时候，倏一下飘到渠对面，追兵只能望渠兴叹了。三十多人开始一起跺脚叫骂，叫骂声被夜风吹得零零散散、模模糊糊，天籁一样漂在潺潺渠水之上。

脱离了险境，我的心情不由轻松舒畅起来，我回身睥睨那些狗急跳墙破口大骂的人，我忽然觉得他们可笑极了。在火把的映照下，他们的脸孔显得凶恶狰狞，并且丑陋。我忽然发现站在最前沿像泼妇骂街的那个胖大男人，面孔十分熟悉。想起来了，就是这个人，数年前还搂着我的脖子亲昵地叫我兄弟，现在他却带着帮凶要置我于死地。

那人叫辛毛，是一家公司的“外交官”，生得肥头大耳，满脸褶子，却没有一根胡须。当年我正在村街百无聊赖闲逛的时候，辛毛找到了我，要我到他当“外交官”的公司谋个差事做。我推辞说我什么都不会做，什么都懒得做，又不能到处闲逛着就把工作做了。他说好兄弟哩，每个人活在世上都有用处，只不过很多人到死都可能不知道自己到底有什么用，用处在哪里？他说现在，他要帮我找一个合适的去处，最大程度地发挥我的作用，让我手里有钱花，身上有衣穿，病有所医，老有所养。我承认我被辛毛的花言巧语说动了，最后我答应他愿意一试。

辛毛总共找了十来个像我一样的闲人，有李村的“对儿虾”李玉成，有张村的癫痫病张半仙，有王村的精神病患者王宝贵，还有陈村的陈瞎子。我们都是些没用的人，不光没用，还是累赘、祸害，个个都懒得要命，个个都老弱不堪，过了今天没明天，个个都没个好人缘，臭名昭著。可是现在，辛毛却说我们就要派上大用场了。

辛毛迅速安排我们到公司“上班”，让这些闲人摇身一变成了公司的职工。当然，上班前，辛毛还对我们进行了突击培训，让我们树立公司大家庭的意识，公司利益和荣誉高于一切，公司纪律坚不可破，等等。

我们的“上班”就是在公司里外瞎逛，“上班”以前我们也是在瞎逛。同样是瞎逛，以前是个人行为，没人管也没人发工资，现在是公司行为，由公司统一领导，有工资、奖金和劳保福利等待遇。老实说，让人这么款待，真够难为情的，就连我们这些习惯吃闲饭的家伙也觉得过意不去，总想真正为公司做点什么，以报答公司的知遇之恩。

后来，辛毛又把我们召集到一起，他在一家餐厅隆重款待了我们一回，他热心地为我们每个人夹菜、倒酒。这礼遇，我们这些闲汉从没领受过，现在更不好意思领受。辛毛说，弟兄们，公司对我们每个人都不薄，现在公司有难了，你们愿不愿意帮公司出点力？

我们大声说，愿意！

公司现在因一处矿山的产权和别的公司产生了争执，要是失去了矿山，公司的半边天就塌了。对方已经在矿山开始大规模开采，我们要做的就是阻止、干扰他们，争取时间，让公司多方运作，实现利益最大化。最好能激怒对方，让他们揍你们一顿，这样公司就会有更多的主动。辛毛大包大揽地说，兄弟们，他们肯定不敢把大家怎么样，要是他们真动手了，后面的事就由公司出面解决，亏不了大家。

辛毛还说我们的行为是正当行为，是在护矿。我们这些闲汉在公司也有了一个堂皇的组别——护矿队，辛毛还任命我当护矿队队长。所有护矿队队员的工资都翻了一番，辛毛许诺，事成后，每人还会得到一笔丰厚的奖金。

矿山在与邻省交界的深山里，我们赶到的时候发现对方的很多大型机械正在作业，人很多，车也很多。热火朝天的施工现场，到处都插着小黄旗，到处都有举着橡皮棍的保安巡逻。

辛毛安排我们住进早年开矿工人废弃不用的一间工棚里，交代我们怎样怎样做，他要我们每天都要打电话向他汇报工作的进展，我们郑重地点头答应。安排完工作，辛毛随后像风一样开车溜回公司了。

每天，我们几个轮流做饭、打扫卫生，吃过饭就去矿山转一圈，回来蒙头就睡。倒也逍遥。每次上山骚扰，对方既不打我们也不骂我们，还客客气气地给我们发烟抽，就像我们是他们请来的远路客人，最后还搂着脖子亲亲热热地把我们送下山。我们的伙食很糟糕，几个没用的人的厨艺更是糟得没法说，充其量是把一锅生食煮熟。大家都对伙食很挑剔，却又不得不硬着头皮吃这糟糕的食物。有几人早就叫着肠胃不舒服，我们开始怀念在公司的好日子，甚至连带着怀念在家游逛的逍遥日子。我把这些情况都打电话向辛毛作了汇报。

辛毛很不满意，他恶声恶气地问我，你们对得起我的信任，对得起老板发给你们的工资吗？你们难道连打都不会找吗？

当然会！对不起，但我们不能伸手痛打笑脸人，也不能硬往枪口上撞，让对方闲置几天的橡皮棍狠狠地满身抽。其实我心里明白，辛毛是让我们去耍无赖。这倒不是什么，我们这些人本来就没有什么好名声，做得再君子也和无赖差不多。无赖一次是无赖，无赖十次也是无赖。公司养活我们就是为了使用我们，我们不能在关键时候掉链子，毕竟吃人的嘴短，拿人的手软。那就干吧，我对“对儿虾”、张半仙、王宝贵、陈瞎子他们说，找打谁不会？他们坚定地表决心说，会，这个我们会！

这一次，我们再也不能像前几次那样绵软，让他们几支烟就消磨掉我们的斗志，让他们随便几句好话软话就把我们哄下来，我们要“直捣黄龙”冲上他们的工地，干脆利落地让他们胖揍我们。挨不上打，坚决不成。我大手一挥，就带着这支奇异的队伍雄赳赳地出发了，就像挨打也是一件让人身心愉快的事。

对方工地上忽然冒出来一伙身穿保安制服手持橡皮棍的保安，一个比辛毛还肥大的家伙大声喊着，谁敢再往前走一步就给我往死里打。

我愣了一下，生怕这个肥大的头儿来攥住我。那样，就算我有天大的本事也指挥不了一场群斗了。我发现张半仙他们也跟着我愣了一下。这时候我不能有半点犹豫，我举起了我指挥棒一样的拳头，走！我们的队伍继续往前开进，保安们也挥舞橡皮棍冲了过来。场面顿时混乱，保安们的橡皮棍鼓点一样落在我们身上，一下、两下……

我们中间已经有人被打倒了，我心里的激动多过惊惧，完成任务我们就可以下山像模像样地做职工了。“对儿虾”李玉成吓得瑟瑟发抖，问我怎么办？

还能怎么办？就让他们打个痛快吧，打得越狠，我们才越有资本回公司复命。

不断有我们的人倒在橡皮棍下，“对儿虾”抖得更厉害了，张半仙早已倒在地上抽成一团，陈瞎子干脆趴在地上哭开了。我的衣裤也被对方撕得片片扇扇，地摊货真的靠不住，可是我还在拼尽气力朝前拐动。王宝贵也是好样的，他甩开两个扯住他衣袖的保安，一力向我靠近，无数橡皮棍落在他身上。橡皮棍的抽打没打倒他倒像激励了他的斗志，他大声吼叫着说，有本事就打死老子！打不死老子就天天来闹。

没多久，我们全都倒下了，对方好像还没过足打人的瘾，他们伸出拳头指着我，打死那个戴眼镜的狗日的，打死他、打死他！

说真的，那阵我有点怕，一旦他们失去理智，所有的橡皮棍和拳头都砸向我，用不了多久，我真的就会被他们活活打死，我就再也没办法到处游逛了。这让我惊惧。

后来，行凶的家伙们用车把我们一伙“伤兵”拉到派出所，辛毛得到我们的报告后指示我们就待在派出所，随后他拉来被褥，让我们睡在派出所。他说我们立了大功，老板不久就会来派出所亲自看望我们。

我们日日盼望的老板始终没去看望我们，我们在派出所里过起了监牢一样的生活，疼痛和憋闷日日折磨着我们。公司有没有争取到矿山的产权我们不得而知，我们知道的只是我们像被丢弃的一堆废物，再也无人问津了。悲伤、绝望的情绪爬满我们心头，我们却不能有丝毫表露。派出所民警劝我们，别再闹腾了，都回去吧。他说我们没必要替公司卖命充当炮灰。我们都重重地点了点头，像是明白了这个词的意义。

公司对我们那样好，怎么会成心让我们送死呢？不可能！我们一定要扛到底！坚持做了十多天的无赖，我们花光了身上所有的钱，终于再也熬不住了。我们搭上一辆运煤车，灰头土脸地回到了公司。

没有鲜花，没有掌声，没有许诺过的丰厚报酬，甚至没有一句夸赞的话。总之，英雄没有得到英雄该有的礼遇。我们不光做了无赖，还被人当傻子美美戏耍了一回。更糟糕的是：回来后有几个伤重的人不得不住院，费用得从他们工资里扣；李玉成因几句牢骚话被开除了；王宝贵闲逛时溜进了车间，因“扰乱生产”

也被开除了；张半仙、陈瞎子两个人成天打斗，把在矿山上积蓄的怨气全撒在对方身上，结果也被辞退回家。我找辛毛理论，他搂着我的脖子说兄弟，你和他们不一样。

怎么能不一样？我们都是废物、闲汉、没用的人，我们习惯无所事事地到处游逛。在一些重要的时刻，我们的命没有任何意义，最多能成为别人获利的筹码。一撮战后的烟尘和另一撮哪有什么区别啊？

炮灰！炮灰！

想明白了这些，我也决定离开。辛毛假意挽留了一下，说他会想办法让老板给我个满意的答复，起码也要把我被撕坏的衣裤置办上。我说不需要了，我倔强地拐出辛毛的办公室。

现在，我像从前那些日子，无忧无虑地从东逛到西，从西游到东。在一些特殊的时候，我也可能会被忧伤狠狠地打中，这样的时刻我会没完没了地回想那些愚弄和被愚弄的日子，想念和我并肩作战的难兄难弟们。有时我懊悔得要死，当初我真应该让两派人马各取所需，相安无事地对峙、等待，伺机而行。可是我太冲动了，我的冲动斩断了弟兄们的财路，也枉送了我们最朴素的期待。

辛毛，就是这个可恶的家伙导演了那一出活生生的闹剧，将我们这些心智不全的废物推进对人世的深深罪恶里。有可能的话，我会带我“护矿队”的兄弟们用辛毛的方式来捉弄一下辛毛，让他生出更深更重的绝望。可是不能，虽然我们心智不全，可我们并没有祸害他人的意向，顶多是本能地拒绝这种“祸害”加诸到自己身上。再说，愚笨的废物根本不可能击溃精明如辛毛的健全人。

梦开始以快进的方式向前推进，我被神童带到一个须发皆白的老者面前。老者派人召集村人，以极其隆重的规格为我这个“天外来客”摆宴接风。

宴席设在村子中央一块阔大的礼堂里，村里男女老少全都来了，躺在床上不得动的人也被抬来了。人们脸上洋溢着真诚的笑容，把我这个没用的人当贵客一样招待。菜肴丰富得让我受宠若惊，礼数周全得叫我不知道该怎么应付。他们说村里还从没有一个外人进得来，我能进来，说明是个有缘的人，他们执意要我多住几天，我不答应也没办法。

我在这个村子住了三天，也可能四天，在这个村子里我还是习惯四处游逛。我时时处处都能感受到他们的热情好客，和那种出自真心的善良、友爱和文明。所有人都在为别人着想、而不考虑自己的得失。我感到这是一个没有歧视、没有算计、没有圈套、没有伤害、没有背叛，也没有家长里短、闲言碎语的高古的大家庭，就像一个怀揣特殊梦想的人，曲高和寡，炽热而又孤独。我真想常住下去，可是我又不能不回家。最后我不得不向这些文明又热情的，不是一家人胜似一家人的陌生人挥泪告别，人们前簇后拥地把我送到村口，才掉转回头。

村口只一条出路，那是一条长长的、若有若无的、窄而陡的滑板一样的天路。和来时一样，还是那两个神童把我架到天路顶端说，闭着眼睛滑下去就成了，他们只能送到这里。这是规矩。

我说我要是掉进下面那深水渠里怎么办?

他们嘻嘻一笑说，不会的，吉人自有天相。

于是我从天路上疾驰而下，风在耳边欢快地哼起了歌，云彩就像一个个饱满的巨型气球在眼前飘来飘去。只是一眨眼的工夫，我就从天路上极速滑下，越过了阔大的水渠，越过了茂盛的森林，也越过了内心无比的恐惧。回身看时，天路早不在了，就算在，也不会有人能爬得上去。有和没有是一样的。

就在我为完成了一次心旷神怡的神奇之旅莫名兴奋的时候，辛毛率领三十多个人突然出现在眼前。那条捡到的裤子早不在我身上了，他们费尽心思地追我抓我又所为何来？没有把柄留给他们，我什么也不怕，所以我干脆不跑了。显然，辛毛也很兴奋，啊哈，你到底是回来了，弟兄们，打死他！

十多根木棍，十多柄刀剑，十多把铁锹一起挥向我，打死他，打死他。我吓坏了，我在心里祈愿这仅仅是个梦。

果然是梦。

一早醒来，我还在为这个神奇的梦陶醉着，我躺在被窝里一遍一遍地回味梦里发生的一切，越是想，越是向往梦里的世界。

突然，我被一阵急促的电话铃声吵起，竟然是辛毛。他说老板已经答应为我们立了战功的英雄们发奖金了，要是我们愿意的话，可以回到公司上班。我本想拒绝，转念一想我们还没为上次挨打的事讨个说法呢。于是我支吾了一阵说，我考虑考虑吧。

风　殇

你一定听说过这样一个故事：一个小男孩（或女孩）被人拐骗（或自己迷失）到一个陌生的地方，幸亏这个走进故事里的男孩（或女孩）是个机智勇敢的英雄人物，他一准会在来路上做好标记，待时机成熟时勇敢地踏上回家的路。他的路标有时是石子，有时是柴棍，有时一块打算当做干粮的零食也能做路标，即使干粮被鸟儿吃掉，鸟爪子印一样可以指引迷途孩子找到回家的路。

河鱼现在也找不到回家的路了，河鱼不是孩子，而是一个身强力壮的男子汉。

风神说，吃掉这粒红色的丹药，你就可以永远住到洛河的心里，你和他同在。不等风神说完，若丹公主就伸手去抓风神手里的红色药粒，河鱼大吼一声，不——公主！

若丹公主爱上了邻国的洛河王子，偏偏洛河王子拒绝了美若天仙的若丹公主，若丹公主就去求无处不在无所不能的风神。河鱼听得出风神是让若丹公主去死，那怎么行啊？！

若丹公主是整个国家最受人尊敬的人，只要若丹公主说一句话，立刻就有上万人为她受死，她是他们的公主是他们的骄傲和荣光。更是河鱼眼里唯一的女神，他恨自己的门楣，他和她不是一个阶层，注定他和她的一切故事至多是妄想。

现在好了，河鱼终于捞到一个向若丹公主表露心迹的机会。

河鱼说，我可以替若丹公主吞下这粒丹药吗？

风神说，当你说出你的心意的时候，你已经为若丹服下半粒丹药，这粒丹药只有半份的药效了。有些事情别人是分担不得的。

若丹公主怨恨地剜了河鱼一眼。

一

你一定懂得国家的含义，但是你知道的国家又与我们故事里的国家完全不同，这是两个不可置换的概念。

故事里的国家是在远古的洪荒时代的一个部落，部落和部落之间经常会为了土地、财物和女人发生战争，他们之间的争斗从没有停止的意思，风神所到之处必定有战争。

人们厌恶战争，惧怕风神，但是遇事时还得请求风神的帮助。

若丹的父亲老若丹就是一个野心勃勃的暴君，他喜欢给周围的国家不断制造麻烦，这些国家在老若丹的攻打下瘦了一圈又一圈，老若丹的国家却逐渐强盛起来。若丹的邻国在瘦身后无一例外地去求风神帮他们收复失地和人民，风神回答说命数天定，非人力可为，即使尊贵为神的他也没办法。

洛河王国是所有被侵占国家受损最严重的一个，作为洛河曾经的子民，河鱼也不能阻止老若丹对洛河的侵犯。若丹已经空前强大，洛河则如丧家之犬，河鱼已经被老若丹驯服，成了老若丹麾下的一员牙将。

若丹公主似乎对父亲津津乐道的战事很不感兴趣，她用自己的善心善待每一个屈从老若丹的敌国臣民。按照若丹的律令，像河鱼这样的敌国降臣应当就地处死或发配边疆。若丹公主却偷偷释放了他们，并且以组织卫队的名义把他们收编到皇城根下。老若丹虽然对别的国家相当残暴，对自己的女儿却疼爱有加，但他绝不允许若丹公主对洛河王子的爱慕。

若丹公主对洛河王子的痴心不改。

河鱼说不清自己什么时候倾心于若丹公主，他愿意为若丹公主生，或者死，哪怕若丹从不正眼瞧他一下。

风神终归是一个善解人意的老头，他把自己手里的红色丹药给了河鱼，说最好现在吞下，以免丹药灵气散尽。但现在吞下还可能出现另一种结局，丹药会损伤服药人的脾脏，从此服药人的肉身将变成没有思想的空壳，他的灵魂会飞到天上坐观世态变化，无论出现什么情况都不能发急，更不能用力。否则，灵魂和肉体都会化成齑粉，遇沙为蒿，遇土成枣。

二

你一定知道强者有优先选择权的道理，可这不是事实的全部，有时候软弱甚至狼狈也是一种力量。洛河就是用他的软弱摄取了若丹公主的心，他被老若丹打得落花流水，虽然他长得一表人才，虽然他有满腹学问和一腔救民于水火的抱负。在这片土地上，老若丹就是最强大最有力量的人，但是他并不是无所不能的，他的强大不足以让他办成任何事。谁都知道渐渐衰老的老若丹再也担负不起杀伐的重任，强者只是传说中的话外音，事实上从来没有真正的强者。所有的强大都会被时光的酸液一点一点蚀成空架子，强大如老若丹者也逃不过这个命运。

洛河王子枕戈待旦，准备收复旧山河。可是他现在太虚弱了，即使老若丹把江山拱手让给他，他也没有力气接过这副沉重的担子了。瞧瞧，他现在有多么虚弱，多么无助，多么不堪一击，多么惹人怜爱。他和他的子民一道经受饥饿和病痛，他现在面临的首要问题是如何活命而不是收复土地。

若丹公主的心碎了，她宁肯自己跌入万劫不复的牢狱也不愿她的王子在苦难中沦落，而她竟没有办法襄助他。

老洛河比洛河还病得厉害，他唯一的继承人病成这样，收复了土地对他又有什么意义？老洛河决定献城纳降，条件是让洛河王子得到医治和粮食。别的国家也都无心恋战，打算献出残存的城池换取暂时的安宁。

于是，一个更加强大的若丹国诞生了，老洛河和其他国王都得到了平安和健康，天下盼来了久违的太平。只是，老若丹不知道自己还能治理这个国家多久，他害怕自己百年后王位无人承袭。他知道若丹公主倾慕洛河王子，要是由着若丹公主的意思胡闹，自己辛苦打下的江山迟早有一天会变成仇家洛河家的，那还不如现在就让仇家把他杀掉啊！老若丹没有选择，他决定杀死洛河王子。

就在洛河王子以为天下从此太平的时候，老若丹开始周密地实施他的计划，他亲手杀死洛河王子，只是他不知道，他也永远杀死了女儿一生的幸福，尽管若丹公主和洛河王子的结合不一定会幸福。

老若丹为女儿的登基做好准备后，突然在某一天死去。洛河王子的魂灵已经向西飞去，若丹新国王无心打理朝政，整日怏怏不乐，东边的几个国家又趁势作乱。

风神的法力也几乎损耗干净，他越来越不能左右局势了。

三

某一天，若丹公主忧郁而死。

四

你一定尝受过爱情的甜美，你却不一定知道有一种爱情与甜蜜无关，而是灾难和毁灭。河鱼的爱情更是如此。河鱼已经为了心中的爱（也可能仅是他的痴念）让自己的灵魂出窍了，只要他不着急不用力，还会有还魂的机会，他的阳寿会成倍增加。只是，风神的法力不允许他说得太多，否则，风神一定会让河鱼明白放弃有时候才是硬道理。

河鱼不知道他还有选择的机会，高高在上的他只看到洛河王子似有不舍地缓缓朝西飞去，后面紧紧赶来的若丹公主则轻快得多，他们快要飞到一起了。

河鱼知道洛河家的规矩，洛河家人绝不会和仇家结亲，破坏规矩的人就算是到了天堂也会遭到严惩，没人敢冒天下之大不韪。洛河王子是一个笃守规矩的人。河鱼决定阻止若丹公主，以百倍于若丹公主的速度向西追赶。

刹那间，天昏地暗，河鱼用多大力他的肉身就以多快的速度追赶他的灵魂，肉身和灵魂结合的一瞬间，风神的话一语成谶，河鱼感到自己的身体裂成无数碎片，轻烟一样撒满天际，但是他顾不了许多，还是一个劲地朝西赶，天幕上顿时落下无数粉尘，由东向西。

五

风神决定用仅存的一点法力做点善事，让沾满河鱼精血的齑粉富有生命力，让河鱼的生命得以延续，让河鱼得到永生。

就是说，河鱼身上跌落的每粒细小的粉尘都能成为一粒神奇的种子，凝聚天地之精华，遇沙为蒿，遇土成枣，旱涝无碍。然后风神死了，即使尊贵为神的风神也有生命极限，而河鱼获得了永生。

无论河鱼怎样努力，他始终追不上若丹公主，河鱼可能永远不知道地球是圆的，转了很多圈以后，河鱼才发现他依然在若丹的土地上，但是他的身体却以种子的形式倔犟地在这片土地上存在下来，或者，被鸟的翅膀或风带到更远的地方。

从此，世界上就有了东南西北风，司风大神再也不能操纵风永远朝一个方向刮了，他死得相当惨烈。

六

来年春天，若丹的土地上便生出两种奇怪的植物，一种喜水，一种耐旱。耐旱的植物顽强地生长在沙地上，喜水的植物长满了水塘边，这两种植物都有极强的生命力。很久以后，人们发现这两种植物各有用途，喜水的植物经年后能结出一种长而红的果实，这种极像大枣的果实味道鲜美，吃过以后能祛病消灾，耐旱植物的草籽可以食用，用它调制的面点耐饿抗饥，人们吃过这种面食后会唇齿留香，余味悠长。

七

你一定吃过很多果实，可你未必知道有一种果实和荡气回肠的爱情有关。

许多年以后——许多年是一个模糊的时间定义，差不多就是若丹和洛河以及其他国家的后裔就要忘记他们之间曾有的仇恨，天下不再有风起云涌的战事的时候，在一个叫中卫的城市里出现一个以出产红枣而闻名天下的乡镇，该红枣已成为该地区的品牌产业，是该地区递给世界的一张红色名片。据说经常吃这种果实的人会获得圆满的爱情。

八

这个故事里的事可能真的存在过，也可能是笔者生编捏造的。

……

逮只麻雀给娃耍

村街翻整一新，人们的心情也给收拾得清清爽爽、亮亮堂堂。不时有衣着光鲜的时髦女子笃笃笃地从门前骄傲地走过，也有一些悠闲的老人和嬉戏的孩子，还有几个像吴老二一样带着孩子的人。当然，她们清一色都是女的，有老的有小的，吴老二不是，他的心情也不似眼前那些招摇而过的身影。

他是个个案，是个异数，是个例外，自打老婆跟着进村收苹果的四川贩子跑了以后，他再没有过好心情，整天阴着脸带儿子从家里转到村口，又从村口转回家里。只有当村里通往外界的唯一一趟班车路过村口时，吴老二才会两眼放光，指着班车对儿子说，妈妈。儿子就学他的样子说，妈妈。

老婆走时儿子还不满周岁，听村里人说她坐的不是班车，是那种专门拉人的红色面包车。吴老二相信老婆是在家里待腻了、烦了，才跑出去散心，她转够了，玩尽兴了就会回来。她平常很惜钱，恨不得把一分掰成二分花，到最后她肯定舍不得打车会乖乖坐班车回来。她说村里空气好，就是有人送给她一套城里的楼房，她也不愿意去住。吴老二每天都带儿子到村口去等老婆，可老婆一次也没在班车里出现过。三年了，他这样痴痴顾盼了三年，老婆连一张纸也没捎回。好心的村里人劝他赶紧收心，再找一个可靠的女子做伴，可他不，他心里不是没有那些花花绿绿的想法，不等那些想法冒出头，他很快就会把它们掐死。一旦他再找了别人，老婆回来了又怎么办？况且他心里满满地装着老婆，再没有地方留给别人了。她可以不把他和儿子当回事，他却不能对不住她。

吴老二的光景原本是村里数得着的，他经营着十来亩果园，每年果熟季节都能收获好几万，小日子过得很是红火。他的老婆很张扬、活套，是那种很黏人也很容易让人产生黏的念头的人，她模样俊俏、胆大精明、敢说敢做，心里头还有永远无法满足的千奇百怪的欲望。

老二，咱家再栽点树？

栽！

老二，咱家也学前头李学明家盖间浴室？

盖！

老二，咱家也收苹果吧，不能让刘黑子一家把这钱独吞了。

收！

老二，咱买辆车吧？

买！

……

老婆是名牌高中毕业生，吴老二连乡村初中都没念完，中间差着好大一截呢。文化是一种力量，更是一种先进的觉悟、水平，老婆脑子活络，会普通话，能来事，有活力，有想法，有层出不穷的新鲜欲望，是家里绝对的“主心骨”。吴老二被一股无形的力量控制了，他尽自己的能量顺着老婆，满足老婆的七七八八的欲望，老婆攥住了家政大权的同时也攥住了他的魂。他觉得这样很好，男人是要适当被女人“控制”一下，拿捏一下，他需要这“控制”需要这拿捏。没别的办法，吴老二要靠勤奋靠“听话”讨老婆的好。当初，吴老二靠着十亩果园引来老婆这只“金凤凰”，不知是哪辈子烧的高香，他心里欢喜得都不知道自个是谁了，他使出浑身解数敬着她爱着她，生怕拗了她的性子拴不住她。可到底，她还是“飞了”，飞得了无影踪，飞得无牵无挂。

家里的光景被老婆的欲望推动着，吴老二的双腿也被老婆的欲望驱使着，事情坏就坏在这“驱使”上。老婆听说邻县来的四川贩子给的代办费高，就让吴老二开车去邻县把贩子拉家里来收苹果。吴老二软磨硬泡缠了十来天也没搬动人家。搞得吴老二心里灰灰的，车开得没精打采，结果在路过“断魂梁”时翻了车，所幸的是命保下了，可一条腿被砸断，花了不少钱受了不少罪，可后遗症到底还是落下了。

老婆没有埋怨也没有嫌弃吴老二，反过来尽心尽力地伺候他，家里的事开始让他拿主意，甚至饭菜的咸淡也要他定夺。好像吴老二一个车祸出的升值了，长能耐了，家里的主心骨忽然易主了。这让吴老二很不适应很不自在，觉得对不住老婆，对老婆越发疼爱了。只要老婆高兴，他愿意随时把家政大权交出去，就算搭上性命也愿意。

吴老二出事后，老婆安顿好家里，只身一人去了邻县，隔天就带来了四川贩子，开始在自家搭点收苹果。因为价钱更高一些，前来卖苹果的人很多，盖过了刘黑子家。老婆是个不甘寂寞的人，她大大咧咧地和人们开一些老少皆宜的玩笑，说到热闹处，院子里的人都笑得东倒西歪，老婆自己也笑弯了腰，笑出了泪花。吴老二有劲使不上，看着老婆高兴他也高兴，不过老婆摆在明处，放声地笑；他躲在暗处，无声地笑。贩子里有一个叫小张的青年人，长得精神，话也多，最喜欢逗老婆，总是跟在老婆身后走来走去。跟久了，老婆会回头踢他一脚，说去去去，跟个跟屁虫一样。小张却不恼，倒像这一脚是对他的莫大奖励，啥子啥子地为自己辩解一通，照又跟了上去，还讪笑着说不知什么时候才能和她实现零距离接触。老婆也不恼，呸呸呸地啐了小张几口，照样在人群里响亮说话风火做事，那干攒劲儿看着叫人心痒。

晚上，小张缠着要和吴老二喝酒，你一杯我一杯地碰着喝，老婆也在边上陪着，还给他们夹菜倒酒。小张的酒量实在不怎么样，没喝几杯话就稠了，开始没完没了地诉说自己的成长和家乡。说话的语调和说的事听起来都很新鲜，老婆听得一惊一乍，听到热闹处还要伸手掐吴老二两把，嘴里喃喃着，老二、老二。

小张话锋一转说，大哥，嫂子这样叫你可不对啊。这样说着，却不往下说怎么个不对法。吴老二不觉得，别人叫他吴老二，老婆叫他老二，故意少一个字，却更显亲切。叫顺嘴，听的受用。很好了。

小张夸赞说大哥娶了个好女人，吴老二知道他说的实情，却不顺着他夸奖自己的女人，只谦虚地说这女人的毛病也正经不少哩。小张赶紧接话说，当然了，好饭费菜，好女人费汉嘛。没等吴老二接茬，老婆却红了脸，指着小张的鼻子，急赤白脸地说，姓张的，你能喝就喝点，喝不了就滚出去！小张讪讪笑着说，醉了、醉了，对不住大哥大嫂了，说完真的走出门外。吴老二回头又责怪起老婆，再怎么说，人家是客人，发这样大的火可不对，明天赶紧道个歉。

随后几天风平浪静，该是怎么还是怎么，日子忙碌而又舒心。

这一年吴老二家的收入几乎翻了一番，老婆说等情况再好些，咱也出去走走，去九寨沟，去峨眉山，去香格里拉，去天涯海角。吴老二说，好，反正瘸子的路多，你走哪我都陪着，争取在活着的时候走遍全中国，要是不够，再去国外看看。小张他们走时说明年还来他家收苹果，然后就把集存在吴老二家的苹果统统拉走。这之后，吴老二也没发现老婆有什么异常。一定要找出异常来，就是老婆好像比以前对吴老二更温柔更体贴了。

老二，快把这条破裤衩脱了扔了去，我给你买了一打纯棉的。

好嘞。

老二，出去做活悠着点，别累着！

知道了。

老二，去趟城里不容易，多带点钱，在吃喝上别亏待自个，想玩啥就玩啥，别心疼钱。

行啊。

老二，天冷了，这块热炕头你睡，平日里你最怕冷。

谢谢老婆。

……

一年后老婆生下了儿子，吴老二喜得见人就笑。平日里，吴老二就待在屋里寸步不离地伺候着母子。老婆坐月子很认真，吃喝上特别讲究，绝对不沾生冷的东西，吴老二热汤热水地伺候着。老婆还遵从老辈人的说法，在月子里不动刀不动剪，甚至不梳头洗脸，吴老二用热毛巾给老婆轻轻拭擦，用手指帮她柔柔地梳理乱发。老婆怕“受风”，月子里从没出过半步门，饿了，渴了，吴老二端来吃喝，一口一口地给她喂；老婆的拉撒也在屋里解决，吴老二颠颠地端出去倒了，又风风火火跑回屋里，生怕他出去的这一小会娘俩有什么闪失。

老婆的月子终于做完了，但吴老二对老婆的照顾还没有结束。忙上忙下忙完一天，老婆心疼地捋着吴老二乱糟糟的头发说，老二，真是辛苦你了。吴老二嘿嘿笑着说，傻蛋，我乐意。老婆坐月子和吴老二伺候月子的那些细节很快成了村里的笑谈，吴老二不以为羞，老婆也不以为羞。吴老二不羞是因为他敬老婆爱老婆，掏心掏肺、肝脑涂地都不在乎，一点讽刺和讥笑不算什么。老婆不羞是因为有一个知冷知热、体贴入微的好丈夫，没有什么比这个更让一个农村妇女自豪的了，美还美不过来，有什么好羞的？

老婆的出走没有一点预兆，那天吴老二一早就下地干活去了，走前老婆给他烙了热腾腾的韭菜合子，还给他茶杯里续满水，一再嘱咐他早点回来。走前他隐约听到老婆接了一个电话，到后来究竟接还是没接他也不能确定了。从地里回来，儿子一个人躺在炕上哇哇大哭，却没有老婆的影子。吴老二当时没怎么在意，以为她出去串门去了，她不是个能闲得住、坐得住的人，月子里在屋里困了整整一个月，已经够委屈她的了，能转就多转一会吧。后来他搂着儿子睡着了，再后来，儿子用惊天的哭叫吵醒了他，老婆还没回来，他这才意识到老婆可能“走失”了，慌忙抱着儿子四处找老婆。村里人告诉他，下午看到老婆和四五个人坐一辆红色夏利走了，几个人说说笑笑地不像有什么事。村里人还说，听到那几个人啥子啥子说个不停，他由此断定和老婆在一起的是四川人，老婆是去了四川。老婆留有小张他们的电话，如果老婆和小张一块走了，好歹是和熟人在一起，老婆就不会受太多的罪，不会有什么危险。这么想着，吴老二的心里才稍稍安宁了一些。

老婆就这样走失了，人间蒸发了，再也没人喊他老二，再也没人让他拿主意，再也没人半夜蹬醒他谈家庭的发展规划。吴老二的心被老婆的出走掏空了，家里的人气也被老婆连根带走了。吴老二没一点做事的心劲，田地的营生从此撒手不管，家里也乱糟糟地没个样子。他没完没了地给她打电话发短信，电话不接，短信不回，她到底怎么了他一概不知道。他终于确定一个事实，她扔下这个家不管了。可是他却不能丢下她不管，不能不去想念她。吴老二决定带上儿子，带上全部的家底去四川找老婆。

车站里，人头攒动，吴老二抱着儿子伸长脖子瞪大眼睛一个一个辨认，脖子酸了，眼睛困了，手臂麻了，连老婆的影子也没看到。

繁华热闹的街区，吴老二看到有点像老婆的女人就撵上去拍人家的肩膀，结果被甩了无数耳光，他急得逢人就问，连说带比划，带着哭腔到处打听，人们被他的真情打动了，可是真的不知道到哪去帮他找老婆，纷纷摇摇头，走了。

大山深处，吴老二一个村接一个村地询问，连山顶上的破庙也没放过，可是还是没有一丝音讯。

厂矿企业里，吴老二满头冒汗地缠着向人家打听，负责人认真地翻了好多本本，最后摇着头对他说，没有。

就这样，吴老二在四川满怀希望又灰心丧气地找了将近一年，从春天找到冬天，从温暖找到寒冷，从咬定青山不放松找到有枣没枣打一竿子。老婆到底在哪？云知道，风知道，吴老二不知道。云不告诉他，风不告诉他，吴老二自己找不到。吴老二花光了身上所有的钱，儿子也在他的颠簸里害上了伤寒，他才决定回家等，他不能让老婆扑进一个空家，然后和他这样彻底错过、错过。

回到家里，吴老二还在想方设法四处打听老婆的下落，就算一个根本没指望的消息也让他激动得坐不住。家已经不是家，曾有的财富和光荣也不再，吴老二从一个殷实的农户变成一个没落的农村二流子。还好，儿子在一天天长大。

以前一个人照顾两个人没一点累的感觉，现在专门照看一个小娃娃，倒经常累得吴老二颠三倒四。看来，日子还是要和别人搭伙一起过才有味道，有心劲。现在，老婆躲在另一个地方享清闲，把家庭的重担全压在他一个人身上。这也不算什么，可是吴老二的心劲也被老婆带走了。

吴老二不怨任何人，他只想把儿子好好带大，供他读书，读比老婆还多的书。他相信老婆正在某个地方好好待着，过着比蜜还甜的日子，不然她不会不回家，不会不回家看看他们的儿子，不会不认真规划自家的发展方向。一想到这些，吴老二就忍不住要流泪，可是他又不想让儿子看到自己的孬种样子，转而逗儿子发笑。儿子笑的时候他才能挤出一点笑容。但很快，另一种情绪又在心头漫开。吴老二告诫自己说，老二呀，儿子是你全部的希望，也是老婆回家的重要砝码，带好儿子，老婆才有可能回家，为了这个念想你不能出什么差池。有老婆的日子活在阳光里，没老婆的日子也要活在阳光里！

每天，吴老二一边要照料儿子，一边还要忙里偷闲打些零工，他想把自家的光阴再立起来，那样老婆有一天回来，就不会再走了。要活的有人样，他就要付出比常人更多的劳动，就要洒下比旁人更多的汗水。任是吴老二再努力，他的收入仅够维持他和儿子的日常用度，稍稍不留神，就连给儿子买牛奶的钱也没有了。要想改变境况真是不容易，吴老二的头发都快愁白了。

一天，就这么过去了；一年，也这么过去了。

儿子没什么玩具可玩，最大的乐趣就是在院里挖土垒破砖。后来儿子对这些不再有兴趣，注意力转移到活物上，比如一些小虫子，看到门前飞过一只蝴蝶，儿子要逮，看到门前飞过一只蜻蜓，儿子也要逮。吴老二颠颠地为儿子抓来这些，儿子玩一会还要，没完没了，永无止境。

老婆走失以后，吴老二每天都要给她打电话，尽管永远不接，或者关机，但至少他能让她知道他的念想他的牵挂。他逮住机会就会给她打电话发短信。这一天，吴老二又拨了那个打过千遍万遍早已烂熟于心的电话，得到的却是另一个结果，老婆的电话成了空号！吴老二心情乱糟糟地不知怎么安放，带儿子去村口等班车的功课也忘了，他木木地望着前院的青砖红瓦，想老婆肯定换号了，她没必要为一串数字承担太多的话费，或者说，她就像丢掉一个号码把这个家也从心理上抹掉了。这让吴老二十分痛苦，是比老婆的走失更严重的痛苦。这个打击对他太大了，他用整整一天想明白了一个问题，只要老婆心里还有这个家，她就会回来。就算她换号了，只要他的号不变，她想家的时候一定会打给他。吴老二想，就算穷死累死，也要保证电话的畅通。电话里担着他的全部希望，虽然那头空号了，看似没指望了，但他一定要把这头守住、守住。

吴老二的电话几乎能算村里最热的热线，好心的邻居经常会给他介绍个活做，他用做活的收入养活自己和儿子，艰难却也充实。

吴老二，有一车砖，你顾得上卸不？

能。

吴老二，吕翠翠家的栗子都熟透了，叭叭往下掉呢，你能搭手摘一下吗？

能。

吴老二，许爱琪的车掉沟里了，你能帮他推推车吗？

能。

……

接到活计，吴老二就把儿子安顿在家里，说爸爸去挣钱给娃买好东西吃。儿子很乖，乖乖待在家里等着吴老二的好东西。吴老二知道，给娃娃许的愿一定要兑现，不能让娃娃小小年纪就学会撒谎学会欺骗，所以他不敢随便乱许诺，一般只说零食。这个好对付。

这一天吴老二过得兴味索然，电话没接到一个，活计没揽下一个，钱也没挣到一个，偏偏儿子的牛奶又断顿了。吴老二带儿子到门口的树荫下乘凉。门外新打的硬化路面干净又平坦，家里有娃娃的人家都带娃娃上路享受新路带来的欢悦。后院的娃娃开一辆和路面一样新的电动小摩托呜呜地过来，儿子跑过去攥住人家的车把不撒手，好不容易才劝开。没过几分钟，前院的女娃又开出一辆崭新的电动小汽车，儿子又撵到前面去了，后院的娃娃也丢下摩托撵了过去。两个娃娃一起眼巴巴地看着女娃潇潇洒洒地把电动汽车开过来开过去。吴老二看到儿子的眼馋劲心口狠狠疼了一下。他过去把儿子拉开，哄他说那些电动车没意思，爸爸给你抓只麻雀玩。

可是麻雀哪有那么好抓啊，吴老二说完就后悔了，但是已经说了，就必须兑现。他想起自己小时候支筛子逮过麻雀，并且能轻易地获得成功。他找来筛子、细绳、一把碎米，还有一节木棍。吴老二手忙脚乱地摆弄好，和儿子一起躲在远处等麻雀上套。麻雀在筛下蹦蹦跳跳，叼一口吃食就迅速往外跳。吴老二拉了几次绳套都没得逞，不是拉早了，就是拉晚了。折腾了一会，麻雀都不敢靠近筛子了，碎米倒被吃个精光。儿子也开始对他能逮上麻雀表示怀疑了，爸爸，你能逮上麻雀不？

能！吴老二坚定地回答。

有几只麻雀像是刚出窝的小麻雀，腿脚像被什么绊着，总是飞不远。吴老二跌跌撞撞地去追，追了半天，麻雀没逮上，人却累瘫了。这情景把儿子逗得哈哈大笑。

眼看一计不成，吴老二又生一计。记得小时候老有麻雀从洞开的门窗闯进屋子，他回家后先是关闭门窗，再找根顺手的东西撵麻雀不断地飞，用不了多久，麻雀就飞不动了，乖乖束手就擒。吴老二依法打开一扇门，又躲在一旁等麻雀进屋。麻雀像是故意和他作对，只在门口探几眼，照又飞走了。

唉，现如今，老鼠聪明得不吃鼠药了，猫也聪明得不吃死老鼠了，人更聪明，做坏事都不留痕迹了，连麻雀也不肯轻易地上人的当了。

吴老二已经给折腾得精疲力竭，他愧疚地对儿子说，对不住了宝贝，爸爸今天撒了谎，爸爸逮不上麻雀了。

安抚了一阵儿子，吴老二穿过马路去对面的林地拾些碎柴引火做晚饭。林地聚集着更多的麻雀，叫声密得盖过了树林。在这遮天蔽地的叫声里，吴老二分明听到一两声尖利而又绝望的雀叫，凄凄惨惨悲悲切切，就像被什么囚住了，叫得疼痛而绝望。

吴老二循声找过去，终于在林边的枸杞田里看到一只被粘网粘住的麻雀。他揭开田边的护网走了进去。枸杞正红彤彤得惹人眼，吴老二假装视而不见，直奔麻雀而去。被粘住的是一只小麻雀，嘴巴嫩黄嫩黄的，吴老二心里滚过一阵酸疼，他轻轻地给麻雀松开网套，又把麻雀小心地护在手心。正待他准备揭开护网回家给儿子兑现诺言时，忽觉眼前一暗，抬头就看到田主周大旗阴沉而多疑的脸。吴老二心说不好，被人家堵到地里，浑身是嘴也说不清了。

吴老二尴尬又讨好地朝周大旗笑笑，他举起双手说，麻雀！

周大旗阴着的脸往开展了展，吴老二啊吴老二，家烂了，咱再挣嘛；媳妇跑了，咱再娶呀，娶个黄花闺女有难度，找个带彩寡妇也成啊。你钻到枸杞地里逮麻雀，难不成想找只麻雀做媳妇？

吴老二把头埋得低低的，虚心接受周大旗的奚落。

现在，吴老二终于仓皇又狼狈地逃出周大旗的视线，把周大旗的笑声远远抛在身后。

儿子如愿得到麻雀很高兴，捏在手里怎么也不松开，麻雀不安地在他手里挣扎着。麻雀叫，儿子笑，儿子终于在一阵阵舒心的笑声里甜甜地睡去。吴老二小心地从儿子手里取出麻雀，最后轻轻地替它捋了捋羽毛，拉开屋门说去吧、去吧。麻雀叽一声飞进已经昏黑的高天。

隔天早晨醒来，儿子又问吴老二要麻雀 ，吴老二说麻雀回家了。恰好天上飞过一架飞机，儿子问那是什么？

吴老二说，飞机。

爸爸，你能逮住飞机不？

吴老二苦涩地笑笑，如实说，这个，爸爸真不能。

转年春天，吴老二终于揽了一个“大活”，村里要全面改造水渠，人手紧缺，工程量大，吴老二可以从春干到冬，但就是带着娃娃不方便，吴老二却坚决地对工头说，能！吴老二信心十足地想，等把这工程的钱拿到手，先把院子好好收拾一下。

就在吴老二热汗淋漓地搬弄渠板的时候，忽然接到一个电话，看号码是外地的生号，对方只轻轻喂了一声便挂断了电话，会是谁呢，是老婆吗？

只一瞬，吴老二的眼泪就哗哗流了下来，热血也再一次沸腾起来。

这一晚，吴老二做了一个长长的梦，老婆回家了。他和老婆一道把破败的院子收拾得干干净净、利利索索，他们又把荒废已久的果园务营起来了，农田里的庄稼也重新种上了。时光过得真快，似乎只在眨眼间，田里的庄稼和果园里的果树都开了大大的，粉嫩粉嫩的花，鼓鼓胀胀的像孕妇高高隆起的肚皮。拿手轻轻一碰，花苞就绽开了，里面竟无一例外地躺着一个白胖白胖的娃娃。

吴老二醒来后还为这个甜蜜的梦境甜蜜着，他回味着回味着忽然觉出不对劲，娃娃——不就是小人儿吗？听说做这样的梦要犯小人呢。吴老二呸呸呸啐了几口，晦气呢！心说管他呢，怎么来怎么挡，家都烂成这样了还有什么好怕的？

扶贫款

村主任老嘎争取来一笔扶贫款，钱还没拿到手，村里已经为如何分配这笔钱吵翻了天。有人认为，既然是扶贫，就应把钱分给村里几户最没落的人家。有人马上出言反对，凭什么让二喜那号二杆子得这个好？上面这笔钱是对这个村的扶贫，又没有指名道姓地给哪个人，所以这个村里人人都有份才对。

老嘎朝着争吵不休的人群大吼一声，少扯淡，不是老子费心费力地争取，你们毛也捞不到一根，还能轮到你们在这叽叽歪歪地乱叫唤？

人群里马上有人附和说，就是、就是，怎么分配得听老嘎的，主任心里有数呢。

村里最烂杆的人家要数二喜和杨发财家。

二喜年轻，有使不完的力气，却从使不到地方上，舍不得在农田下一把力气，也不愿出门做工，整天游手好闲地在村里四处晃荡，动不动就把邻居家的鸡偷来吃，被人发现后死也不承认，还摆出一副为保全名节和人奋战到底的架势。他拍着胸脯说，咱光棍一根，一人吃饱全家不饿，这破屋烂瓦的穷酸日子早过得不耐烦了，活成这窝窝囊囊的鬼样子我也巴不得早死少受罪，来啊，有种就抡圆你的家伙朝这砸。他指着自己的脑袋说，不敢了吧？没这个胆就别他妈到处败坏老子的名声，老子还没娶媳妇呢。

杨发财年纪大了，并且病病怏怏地永远打不起精神。老婆倒是有一个，却也是个不下蛋的病母鸡、老母鸡。杨发财老两口都是五十多的老人了，身边又没有个一男半女，日子过得比白开水还没味道。就是这样的日子要安稳地过下去，似乎也不大可能。老汉不服，穷犟穷犟、死犟死犟，总是在天还没亮透的时候就赶老婆下地，似乎稍一迟钝，日子就越不像日子了，人就越穷得没个人样了。可事实是，无论老汉怎么折腾，日子一直这么不温不火地过着，人也一直半死不活地苦挨着，生命的链条似乎随时有可能断掉。断掉、死了才好呢！老汉有时绝望又自嘲地这么想，自己生就是个穷得要死的命，父母却给他起了个气派的名字，发财。简直欺负人哩！发什么财，发哪里的财？现在，老汉老两口已经是黄土埋了半截的人了，早过了做梦的年纪，什么发财啦富贵啦幸福啦，统统是扯淡，能简单活着，饿了，有口吃的；困了，有个地方躺躺；病了，能拿出看病的钱来。就已经很烧高香了，想得再多，丁点用没有不说，还让人一思谋起来就难受。

老汉眼下正面临一件难肠事，村主任老嘎三番五次地催要水费，老汉每回都答应尽快交到村上。可老汉实在拿不出，这样倒显得老汉是个不实诚的人、惯于说谎撂骗的人。这让老汉很害臊，就像自己当真是个说话不作数的下流坯子。老嘎也很不耐烦了，他说杨发财，亏你白活了这么大岁数，说个话就像放屁，催一回你赖一回、拖一回，赶月底再交不上，我就让杨三断了你的水。

使不得、使不得！老汉赶紧讨好说，村上大人娃娃都知道你是个心慈手软的活菩萨，眼看我那两亩庄稼就要收成了，这个时候可万万不能断了水，就是断了我的命也不能把水断了。

行了行了，杨发财我告诉你，再不要给我整这些没用的话，看你这可怜样我就再宽限你两天，要是再交不上，说破天也得断你水。

一定一定，一定给你周转上，再不能让主任犯难了。老汉唯唯诺诺地说。

老汉再也不想让老嘎就水费的事说三道四了，这样好说不好听，好像他真是赖皮，就连他自己也瞧不起那些撒泼耍赖的人。再说了，一个近六十的人老让人杨发财杨发财地呼来喊去，怎么看都让人不舒服。同样是个名字，普通群众叫是称呼是代号，但是如果一个名字老挂在直线领导的嘴里，就值得玩味了。这个人要么优秀得一塌糊涂，要么是糟糕得不可救药。一个连日子都过不去的人显然算不上优秀，再糟糕的人也不愿意让人当糟糕的人对待。

杨发财的借钱路并不那么顺畅，就像他趺趺撞撞、磕磕绊绊的日子，似乎随时都会像断线的风筝，漫无目的地飘过一段，然后下砸，结束不曾绚烂的生命。而这线却偏偏不断，时刻揪着心，时刻又抱着侥幸的希望。平常不对付的、有过矛盾的人家根本不用去；有几家关系不错的邻居，光阴虽然比自家敞亮些，可也有自己的困难和苦闷，还是不能去打搅；从前交好过后来光阴也扶摇上去的人家倒是有几户，可是人家的门槛也跟着变高了，不是随便谁都能进去，更不是谁都能从虎嘴里拔出牙。总之，杨发财老汉在村里转悠了半天也没捞到一毛钱，还白白搭上半天工夫。

村街在日头的洗濯下，变得干干净净，没有一个人出来行走，连一只觅食的雀儿也没有，就像这里从来没发生过什么故事。紧傍街口的外来户卫大民坐在门口的树阴下，盯着几只吃食的老母鸡不住地打盹，活像是对母鸡勤奋进食的极大首肯。杨老汉趿拉趿拉的脚步惊起了卫大民，他抬起惺忪的睡眼，不解地把老汉看了又看。

好我的老哥哩，大中午的不在家里睡一会，哭丧着脸在街上瞎转悠什么，难道是把钱丢在街上了？

钱虽然还没借到，找个能听自己诉说的听众也是不错的。杨老汉慢腾腾地踅摸进卫大民独享的阴凉里，把自己正面临的尴尬也拿出来和卫大民共享，像是对占了他阴凉的补偿。

听了老汉的诉说，卫大民很不以为然，多大点事！不过眼下我刚给儿子装修了房子手头吃紧，手里确实没钱，要是要粮食，还有去年的五六袋陈包谷，只管扛走！杨老汉就像被卫大民的好心话烫着了，赶紧跳起来朝家走去。

老哥你等等。卫大民喊住了他，你肯定也听说了，村里来了笔扶贫款，只要能弄他个仨瓜俩枣，几个水费钱算什么。就算弄不上，你给主任说一声，让从扶贫款里扣下。就算暂时还不能扣，你让村上先垫上，等夏收了就还上。

他就不是个事！卫大民强调说。

如何分配扶贫款，老嘎已经有了初步意见，要一碗水端平，不偏不向。也就是说，村里人不论老小、贫富，人人有份。消息一传出，二喜就撺掇几个没有儿女的、家有残疾的、吃低保的、光阴不够敞亮的人家去村上说理。大家七嘴八舌地否决了老嘎的分配方案，认为扶贫不是吃大锅饭，必须向贫者、弱者倾斜，不然就失去了扶贫的意义。

老嘎作出生气的样子骂道，你们这些吃货，不好好扒扯自己的光阴倒赖上人了。有了一点好处，都他妈想吃独食，你们以为政府是专门为你们开的啊？你们想怎样就怎样，尽是你们的事了，怪球得很！

见大伙还站着不动，老嘎回头说，当然了，这个事也不是我一个人说了能算的。

那谁说了能算？事情总得有个解决的办法嘛。

那我总不能为这破事再去麻烦上级领导，为争取这笔扶贫款已经把领导麻烦得够够的了。

村上的事，当然由村里自己做主。有人提议说，得召开村民大会。

对，召开村民大会。许多个声音同时说。

村民大会到底还是召开了，一听说有好事，村里男女老少都来了。天上铁定要掉下一块馅饼，正在这个村子上空盘旋，具体砸到谁头上还没有分晓，人人有机会，大家俱各努力。没落户们终于逮住机会，大声吆喝地表达自己对扶贫款的渴望；富足的人家也逮住机会了，白白捡一笔钱，傻子才不乐意才不去争取。会场吵吵嚷嚷得根本听不清谁在说什么，但是每个人激动的情绪还是清晰地写在脸上。村民大会实际上已经成了一场闹剧，老嘎最后拍板决定，为避免人多嘴杂无法讨论，村民先选几个老成的值得信赖的代表，集中到村上民主讨论。

代表们来自各个层次，一到村上就充分行使自己作为代表的权利，但最后还是倾向于扶持弱者的观点占了优势。可村上到底都谁属于弱势群体？这个问题还值得讨论，代表们又一次坐下来圈定一个又一个贫困户。杨发财、二喜、刘自升、常贵……

消息传出，村里再一次沸腾了。一些光阴并不明显比别人好的人很为自己的漏选气愤，纷纷撵到村上找老嘎诉说自己的困难。狼多了肉就少，僧多了粥就会少的道理人人明白，以二喜为首的先期已经被确定了的扶贫对象也愤愤不平，跑到村上揭发另一些已被圈定的人的种种富相。

老嘎很为难，他把自己皱巴巴的老脸捋了又捋，好像要把自己目前心上的褶皱一并抹平了。他长长地叹了口气，艰难地把头从办公桌上抬起来，说日他妈，好心好意地要给村上办点事，倒把难肠落下了。这可咋整?

立刻有机灵的村民俯上来给老嘎出主意，把村里光景最好的人家排除掉，其他人一律有份。

老嘎脸上的老皮展了展，但是很快，他又说出了自己的疑问，村上到底谁的光景好我是区别不开的，这不也没有个统一标准啊?

关于扶贫款的争论暂时在村部大院里停息下来，老嘎开始着手处理村上的其他一些事务，杨三，看看都有谁还没交水费，他们什么意思啊，难道要往明年拖?立刻广播通知，再不交的话，立刻断水!

好!杨三唯唯诺诺地应了一声。

很多天了，杨发财老汉为水费高悬的那颗心一直没能落到实处，听到广播里的喊话，反而又往高蹦了几蹦。扶贫款的事看来还远得没影，根本指不上。思来想去，老汉决定去找放高利贷的何发梅，早年这个女人在外面挣了一些不干不净的钱，后来回家专放高利贷，日子过得倒也快活。老人一直嫌她那钱埋汰，再有多大的困难也不向她张嘴。可是现在，顾不上这些了。

何发梅倒是很热情，又是递烟又是端水，还一口一个甜生生的哥哥，这让老汉更加拘束。如果贸然开口，会毁坏老人在何发梅眼前刚刚树立的正直形象，也对不住她的热情了。老汉把半拉屁股搭在炕沿上，心里的话几次三番地滚到嘴边，都又被他生生吞了回去。似乎这些话是一个个不知天高地厚的闯将，一旦放出来，就会祸事连连。

老汉欲言又止、扭扭捏捏的样子就像一把剥掉干壳露出果肉的开心果，逗得何发梅哈哈地笑，那笑，像一把锋利的刀子，轻易地把杨发财老汉心底的最后那一层防线割断了。他满满吸了一口气，终于把借钱的想法说了出来。

何发梅很痛快，说别人借钱我还考虑借还是不借，你老哥实诚了一辈子，刚强了一辈子，张一次嘴不容易，说吧，要多少？

五百！老汉艰难地吐出一个大数。

五百？何发梅不相信似的摇了摇头，好我的老哥哥哩，你开什么玩笑。我这里借钱最少八千，期限一年，来年这个时候还一万。村里人都知道这个理，这些年一直这么办。说句多余话你别多心，按说你这么大年纪了，我不该借给你，你整天病恹恹地，又没个儿女，万一哪天你两腿一蹬过去了，我找谁要钱去？难道我的钱就该这么白白打水漂？我也挣的是辛苦钱，要不是念咱们在一个村里住着，又是老故亲戚我才懒得借你。

说吧，八千还是一万六？何发梅再次追问道。

要不了那么多，自家的锅大碗小我知道。老汉嗫嚅着，就像来而不借……来而不借大数也是天大的错。

何发梅慢慢合上刚刚打开的借据说，好我亲亲的哥哥哩，你要是这么不通事理，我也没有办法了。

高利贷到底还是没借成，杨发财老汉悻悻退了出来。天上的日头越发的毒，好像是故意考验杨发财老汉的承受力，天哩，这个时候那两亩庄稼是万万不能断了水的，可是，还能去求谁呢？因为穷，老汉很少和村上的人交往，能搭上话的都不多，能借上钱的简直没有！老汉忽然觉得自己失败透顶、窝囊透顶，窝囊得甚至救护不下几颗小小的庄稼。

怎么办？怎么办？老汉痛苦又羞耻地想。一股辛辣的老泪忽然从眼角不可遏止地涌出来，老汉的整张脸都被无名液体沾满了，他自己也分不清到底是泪水还是汗水。

老汉就这样湿淋淋地再次踅摸到街口，卫大民还在那棵老榆树下乘凉，他的面前仍然活跃着几只永远吃不饱的老母鸡。这个外乡人倒是个能扒扯光阴也会过日子的主，来这里不到十年，房子盖上了，田产也置下了，还把儿子供养成人，甚至还在城里给儿子买下了楼房。

还不等杨发财走到跟前，卫大民就主动走出阴凉，热情地迎上来，好老哥，看你这焦头巴脑的样子，水费还没下落？

没有。老汉有气无力地吐出了实情。

这可咋整？卫大民也很着急，像是问老汉又像是问自己。

大兄弟前几天说的话还作数不？杨发财实在没信心了，哑着声问这个或许唯一能搭救自己的村民。

老哥，我什么时候说话不算数了？你要是需要什么，只要这个家里有，尽管用就是。

要不，把你那包谷借我两袋，救个急。老汉急急地保证说，秋粮下来马上还，折成钱也行。

老哥，快别说这外道话了，可着你用的搬走就是。卫大民欣慰地笑着说，样子轻松得倒像自己卸下了一件大负担。

装包谷的时候，卫大民又想起另外一件事，说，老哥，管水的杨三是你嫡亲侄子，给他说上几句好话也能通融过去，你根本用不着这么犯难。

老汉唉了一声说，娃在人手底下混饭吃，也不容易，就是苦着自己，也不能拖累娃。

杨发财老汉最终靠卫大民的两袋包谷补上了村上的水费，老嘎哈哈笑着说杨发财这个老东西就是个乏绵羊，不赶上两鞭子就不知道走。

村部不断有人进来，新一轮关于扶贫款的代表会即将召开。老嘎听取了最广泛的民意，让大家推举代表来讨论，杨发财也被推选为代表。但老汉知道，自己是个有话说不出的代表，没用的代表，说不说都一样的代表。让他当代表，只是一种表示、样子。

和往常一样，会议刚一开始，代表们就各抒己见，热烈的气氛即刻在会场蔓延，争吵声几乎要冲破房顶，绝尘而去。最后，也没有决出扶贫款的分配方案，不过，代表们研究出了区别富人的方法，凡是家里有车、城里有房、儿女有工作的，日子都还不错，算是村里富有的人家。这样的人家列出了四十二户，占了村民的三分之一强。为充分体现民主，老嘎派人把享受扶贫款的人予以张榜公布。

客观地说，这个标准还是差强人意的，大多村民没有意见。

但那四十二户不乐意了，结伙跑到村上讨说法。吵吵吵，老嘎的头都快被吵炸了。老嘎重重拍了一下办公桌，大吼道，都给老子住嘴！桌上的杯子、茶壶、酒瓶子都摇头晃脑地栽了下去，哐啷哐啷响成一片。办公桌上搁的一台液晶显示器也摇摇晃晃，但它摆了几摆，终于没有栽倒。碎玻璃的声音直刺人心，富户们终于把自己的喊声咽了回去，但随即，这些喊声就痛苦地扭曲在脸上，把一张张鲜活的脸庞撑成一副副古怪的表情。

老嘎自知失态，清了清嗓子缓着声说，其实呢，钱就那么多，怎么分也在这个村里，唉，怎么着都落抱怨的事，不如依了你们按户均分了吧。

门外偷听的二喜闯进来说，那不成，怎么着也得有个章程，得做到合理合法有规有矩才成，不能一碗水端平、见人有份。

老嘎刚刚压下去的邪火又猛地蹿上来，他像个骂街的泼妇跳着脚说，在这里，老子就是章程就是规矩。

五年后，杨发财老汉和田邻卫大民一起坐在田埂上回忆当年争抢扶贫款的种种细节，脸上荡开了对往昔岁月嘲弄的笑容。

卫大民说，老哥，你那阵咋就想起了跟我一块种板蓝根？

杨发财憨憨笑着说，还不是你大兄弟带的好头。

那扶贫款最后给你分了没有？

哈哈，我都怀疑那是老嘎为树立威信胡咧咧呢。

谁说不是呢，反正村里就没见到什么扶贫款，连影子也没有。

那些都是指不住的，靠天靠地靠救济都不是办法，只能靠我们自个了。

是啊是啊。卫大民愉快地说，其实那阵我也看不上你那窝囊劲，老嫂子走了这几年我看你越活越精神，真为你高兴啊。

就算那个扶贫款真的有，落到我们手里也没几个了，不下苦得来的钱也不经花，扶贫款花完了也就等着进棺材了，那多没意思。

那事倒让我想起一个老故事，说是有弟兄三人，有一天看到一只天鹅，想要射下来饱餐一顿，可是因天鹅肉的做法争论不下，大哥说炒了吃，二哥说炖了吃，小弟说烩上吃，可是还没等他们讨论出结果，天鹅飞走了。

哈哈哈，两个人一起放声大笑。

远处，板蓝根细碎的兰花花在微风里陶醉得摇头晃脑，农田里掀起一层层蓝色波浪。卫大民忽然收住笑说，我以一个有经验的老农民的经验保证，今年一定是个丰收年，到时候你发达了，可别忘了重新给我找个老嫂子。

唉，老胳膊老腿了，哪能想那事。要是找个一起晒太阳的伴当，村里的老头老太太多的是，和谁晒还不都一样，还是算了，不找了。你那出息了的儿子几次三番地要你去城里住，你也该考虑接受娃娃的意见了，你不去，是不是还想在致富劳模大会上戴着大红花显摆显摆?

哪有?卫大民辩解说，我还不是舍不下这么多好地、这么新鲜的空气，在这里，咱过得多自在哪。

现在年轻人嘴里常念叨的幸福，是不是就是我们现在这样?

也算是吧?卫大民自己也拿不准。

什么是也算?本来就是嘛。发了财的杨发财嚯嚯笑着作了总结。

对台戏

冷静在一般情况下，总是人如其名，理性大于感性，理智胜过冲动。可是现在，她一点也不想冷静了，冷静只会让她在琐常日月里沉没，陷入被动挨打的局面。她一遍又一遍在日记本上划拉着丈夫的名字，劲道十足，是那种力透纸背、孤注一掷的写法，董拴强，董拴强。

在刚刚认识董拴强的时候，她也喜欢在日记本里不厌其烦地写他的名字，下笔柔曼舒缓，充满温情，生怕一不小心硌疼了他。同样是写，写的也是同一个人的名字，以前写的时候充满了爱，现在写完全是恨了。

就在刚才，她和董拴强发生了新婚以来最激烈的一场打斗，拳来脚往，互不相让。两个人都铆足了劲下狠手，直奔要害。起因说起来很简单，简单到不值一提：为了止住女儿的哭闹，董拴强给才七个月大的女儿喂食了两只雪糕。女儿吃的时候乐得手舞足蹈，董拴强在一旁看得也心花怒放，还顺势得出了育儿心得——原来用雪糕哄娃娃好得很嘛！他全然不顾冷静的劝阻，一口气买来好几根雪糕，他只想让女儿安静下来，消停下来。董拴强正在玩一款叫做“欢乐大嘴”的手机游戏，下面一只鸭子衔蛋而行，上面一只鸭子或行或止，虚嘴以待，上下二鸭行至交错处，下面的鸭子将蛋抛高，上面的鸭子噗一声接住。顺利闯关，前队变后队，新的一关开始。噗一声接住，又是新的一关，永无穷期似的。每过一关，他心里就会涌出一种别样的激动。这游戏最最要紧的是掌握抛蛋的时机，丝毫受不得干扰。冷静有写日记的习惯，她有一本精美的日记本，是她在她和董拴强急吼吼组建起来的小家庭里最重要的一笔精神财富，记录着她和董拴强从网上“认识”到相爱的全部过程和心路，女儿出生后，又开始记录由女儿生发的点点滴滴。女儿吃雪糕吃坏了肚子，拉了又拉，两个人都不胜其烦。女儿又拉了，两个大人却各忙各的，都没有时间朝女儿看上一眼。为了表达不满，女儿扯开嗓子开始哭闹。董拴强揭开女儿身上的小被子，朝在一旁埋头苦写的冷静大吼一声，娃娃又拉了，赶紧过来拾掇。冷静却让董拴强拾掇，说她一会就完了。董拴强望着一摊绿中带黄，黄中泛绿的秽物不知从何下手，又见冷静仍坐着不动，不由火冒三丈，冲过去就给了冷静后脑勺一拳。冷静回身就在董拴强脸上抓了两把，董拴强脸上顿时洇出十道清晰的血痕，像两朵并蒂开放的马蹄莲，一左一右洋洋洒洒地绽放在董拴强肥厚的两片脸蛋上。之前，董拴强也曾对冷静动过粗，冷静总是一再克制，忍了又忍。骂不还口，打不还手。这次他见她不光还了手，还下狠手，血一下子涌到头顶，他飞起一脚，踢中冷静的小腹，冷静“哎哟”一声飞出门外，跌到门外的泥地上。她疯了一样跳起来左右开弓，在董拴强脸上抓了又抓，撕了又撕，揪了又揪。剧烈的打斗伴随着冷静和女儿的哭叫在小院里荡开，惊得四邻纷纷引颈观望。众人好不容易把他们拉开，他们挣扎着又再向对方扑去，活像还没过够打斗的瘾。就这样。

冷静嘴里冷冷地迸出了一个字，离！

离就离！董拴强硬地回了她一句，少了你冷家这个杂种，老子还能吃连毛猪了？

冷静绝望了，她再也不想忍让了，她要做回自己。她当晚就打电话给自己的父亲，连哭带说地向父亲如数汇报了她的委屈。

那阵她还气愤难平，太欺负人了，脚都上来了！

这天晚上，冷静翻来覆去怎么都睡不着。她睁大眼睛望着黑洞洞的天花板，就像那里有她想要的答案。天花板最终没有告诉她什么，她只能独自在黑夜里想她自己拼死要来的这桩婚姻和她已经变质并且渐渐飘向远处的“爱情”。就像有一只看不见的大手伸进她的脑袋里，把那些七零八碎的记忆全部从脑海里捞出来，水淋淋地摆在眼前。

那时她正在一所末流职高学校里百无聊赖地打发她作为少女的最后几年纯洁时光，她迷恋言情小说和QQ聊天，她在学校里的大部分时间都花在这两样事上。虚幻世界各色人物的内心境界和语言风格让她感到新鲜并且为之着迷，她渴望自己能遇到小说主人公那样的感情奇遇，她发疯一样在聊天中体会那新鲜的感觉。她主动加了许多年纪相仿的陌生男子，她不舍昼夜地奋战在聊天一线，QQ好友里有一个叫做“一地书声”的男子叫她怦然心动，他就是董拴强。第一次聊天他就直接告诉她，他是个坏人，贪财又好色。她才不信他的鬼话呢，哪有坏人说自己是坏人的？连那些喝醉了的人都不肯承认自己醉了，坏人多数会在自己脸上贴上好人的标签。他不是。那些日子她特别渴望在网上遇到他，相信他也一样，她每次上网总能碰到他。她的同学都说她玩上网恋了，她死也不承认，她觉得那个词离她还很远，再说她也拿不定主意到底爱没爱上他。通过聊天她知道，他的家在这个偏远省份的另一端，那是省里一个以工业闻名的富裕大市，和她的家乡比起来简直就是天堂。他有一份收入不错的工作，他大大咧咧直愣愣的语气里常透着一种让人忍俊不禁的诙谐。她觉得他们能说得来，他们是一对“有缘人”，于是在他的怂恿下，在她对那所末流学校彻底绝望的时候，她只身来到他的这座城市，完成了他们梦幻般的千里相会。他说她比想象中要漂亮一些，他在见面的那一刻不顾一切地将她抱进怀里。接下来的许多天里，他带她周游了这个工业城市的边边角角。他带她吃精美的食物，给她买华丽的衣服。他把大把花花绿绿的票子花在她身上，一点也看不出心疼的样子。生活上，他对她也是悉心照顾的，过马路的时候他总是用身子护着她。他用他男子汉的身躯为她遮风挡雨，生怕她受到半点委屈。长这么大，还从没有一个男子这样对她，她在他的温情里渐渐融化，她投桃报李地也对他千好万好。他把她的远足搞得既隆重，又丰富。她被他彻底征服了，他也被她少女的纯情征服了。然后他们开始热恋了，后来她又随他去了他远在城郊尽头的家，那时他们对对方百分百的满意，他的家人也对她十分满意。婚姻随即列入他们的议事日程。他不知道她的父亲会不会同意他们的婚事，她十分肯定地告诉他，她的父亲对她这个独生女十分疼爱，会答应她的一切请求。合理的会答应，不合理的早晚也会答应。他忐忑地打发亲戚带着彩礼去了她家，他自己躺在家里看武侠小说，她知道那就是他全部的“书声”。事实上，除了看武侠小说和那些打打杀杀的影视剧，他似乎再不会关心别的什么。她也奇怪他的网名为什么叫“一地书声”，她对他的迷恋大概就是从这个网名开始的。他解释说他只有初中文化，缩手缩脚地总不是个滋味，他好歹也看过几本书，不是两手写不出一个八字的土老鳖，网名里沾点书味只是想让自己显得有文化，这也没什么错。她不计较这些枝枝叶叶的小瑕疵，就像他不在乎她那个贫瘠的出生地。

后来父亲也去了一趟他家，兼有“考察”新女婿和商定婚事的双重任务。父亲原本并不同意这桩婚事，想等她完成学业了再说，却又架不住她哭鼻子抹眼泪的伤心劲儿。父亲说如果董拴强不中他的意，她就是哭瞎了眼睛说破了天，他也执意要把她带回家去。她抹着眼泪说，爸，他是和我过日子又不是和你过日子，不管怎么说他都中我的意。

父亲长长地叹了口气，说，娃娃啊。

父亲总共在董家待了四五天，这期间董拴强像躲瘟神一样躲着父亲，他把自己关在屋子里，关在他的武侠世界里。父亲抽空对她说这个董拴强有点大，她说不大，只比她大两岁。父亲摇了摇头，又苦口婆心地劝她再慎重考虑考虑，婚姻大事不是儿戏。她学着父亲的样子使劲摇了摇头，说她已经考虑过千遍万遍了，要是她和董拴强结不了婚她宁可去死。父亲拈着下巴上短而稀疏的胡须说，你这个娃啊，老子真是拿你没办法。

最后父亲盘腿坐到董家堂屋大炕上，和董家大人三言两语就把他们的婚事定下了。

唉！当时要是听了父亲的劝告，怎么会落到现在这样？她以前在书里看到“恋爱中的女人智商为零”的话时，还很不以为然，现在看来那真是个大实话，是个不折不扣的真理。她怎么就那么傻，轻易地被他短暂的温情迷惑了，又随随便便地把自己交给这样一个胸无点墨、简单粗鲁的人。她实实在在地后悔了！爸爸啊，帮帮我！

父亲却硬着心肠说谁的福谁享，谁的罪谁受。缓过一阵，父亲又说实在不行就离婚净身子出门，趁着年轻再找个好人家。她哭得更凶了，她怎么能舍下还不满周岁的女儿？一想那粉嘟嘟的小脸蛋她就疼得浑身乱颤，那可千真万确是自己身上掉下的肉啊！

董家这边的父母看她把他们的儿子作弄得满脸是血，也早就不乐意了，他们也在第一时间同意她和董拴强离。可是，离婚真的就那么容易吗？父亲已经这样说过了，就一定有他的道理。父亲是高中毕业生，是他们那代人中的知识分子，再说他吃过的盐比她吃过的饭还要多。

高中毕业的父亲本该有个不错的前途，可他年轻时因一件琐事把人打成重伤，吃了十来年“公家饭”。父亲出狱后成了村里货真价实的“婚姻困难户”，在好心人的撮合下，父亲和体弱多病的母亲结为夫妻。母亲生下她后因产后虚脱撒手人寰，她和父亲从此相依为命。父亲也时常为自己年轻时的冲动懊悔不已，他不希望自己的后辈再犯同样的错误，他特意给女儿取名冷静，就是要时刻提醒女儿理智又冷静地处理身边的事。可是她真的像父亲希望的那样时时冷静了吗？

没有！

上学时她贪玩不好学，没有考上正经的学校；职高时她又沉溺不该沉溺的东西；特别是在她从网上认识董拴强以后，她利令智昏，一意孤行地追求虚无的爱情而置学业于不顾。真是愚蠢到家了！可是，现在说这些已经没有任何意义了。

随着婚姻生活的不断深入，她从董拴强身上发现越来越多的毛病，他也不断地挑她的刺，就像她真就是个“刺儿头”，浑身是刺。使得他们的结合真像一个天大的误会。他简单粗暴，句句带脏字，那张嘴巴简直就是脏话制造器，稍有不顺，他就会提拳动粗。还有，他们之间能说的话越来越少，根本就没办法交流。她发现她越是忍耐他越是来劲，把打她骂她当成饭后的消遣。这样的日子根本就没法过！她想了又想，如果没办法让他改变，只能让自己先改变。她不能再做那个出气筒、受气包了，她要反抗，她不能再做任人宰割的羔羊了，唯一的办法就是让自己变得强大一点。她要做出不怕他的架势。她已经忍无可忍了！

婚后的最初一段日子还是平静的，他的种种不良习惯还没露头，他和他的家人对她这个说普通话的媳妇还是客气的，她拿出她的全部柔情蜜意善待他。那基本上是他们婚姻生活里最最值得回忆的一段美好时光。女儿出生后，麻烦接踵而来。先是公公婆婆提出分家另过，随后是董拴强对她百般挑剔。他说你他妈一个女人家，连个饭都做不好活着有个屁用。他说老子挣钱供你吃供你喝，就是养头猪，也能造些粪，你倒是说你他妈的有什么用？他说你他妈走个路手揣在兜里装什么酷？一开始她总是忍着，甚至还带着笑脸听他发牢骚，后来她终于不耐烦了，随口顶他几句，结果自然是招来他的一顿拳脚。她身上的任何地方都可能成为他出拳的目标，她像个罪犯一样随时接受他的拷打。她身上的淤青此消彼长，有些地方疼得要命。她忍不住把她受的虐待告诉了几个朋友，她的闺中密友也在电话里给她支招，说男人不能宠，一宠就出问题，在必要时得下狠手。现在，她终于迎来了总爆发。这一晚她折腾得够戗，一会起来照顾女儿，一会躺在床上漫无边际地想心事。董拴强却像没事人一样早已呼呼大睡，就像一场打斗让他彻底活动了筋骨，放松了身心，浑身通泰，满心欢悦。熟睡中的他脸上挂着满足的笑靥，嘴巴还吧唧有声。冷静清楚地知道，以后的任何时刻，只要这个暴君有一丝不快，她就会遭到他的毒打。真的不能忍受了，她再也不能低眉顺眼地由着他的性子胡来了。

这就是她苦心苦意争来的爱情和婚姻？她失望透顶。她一遍又一遍回忆和他认识到现在的一些生活片段，越想她越难受。现在真是到了哭天天不应叫地地不灵的地步。她恨死董拴强这个骗子了，她连自己也一块儿恨了。苍蝇不叮无缝的蛋，她要是稍微能理智那么一丁点，怎么也不会一步一步走到现在这般田地。

这种时候她特别想念在娘家的日子。父亲是个出色的庄稼把式，也是个勤俭持家、知书达理的好男人，他把偌大一个家里里外外收拾得井井有条，旁人怎么也看不出这是一个缺少主妇打理的家庭。她的家在那个隐在大山深处的小村落里是个难得一见的殷实人家。父亲承担了家里的一切活计，从不让她这个宝贝女儿沾手家务，只想一心供她读书。在那个贫瘠荒芜的小山村，别的人家大多都舍不得花钱供儿女读书，这个营生好像看不出有什么好。父亲却反其道而行，宁可苦着自己也要供女儿读书。父亲也因此让乡邻笑话，背地里都说他不是个“正经人”。父亲乐意承受这一切，哈哈笑着把宝贝女儿搂进怀窝里亲了又亲。每到山花烂漫的季节，父亲总会采来大把大把的野花把她打扮得漂漂亮亮的，他说他一定把女儿培养成最攒劲的高素质人才。可是，她在学校里从没让父亲省心，她像男孩子那样上树翻墙、下河摸鱼，甚至还屡屡和男孩子打架骂仗，成了学校里最不好惹的“疯丫头”“假小子”，她把那些男孩撵得鸡飞狗跳，把他们的小脸蛋抓得血乎拉拉。经常有同学家长找到父亲断官司，父亲总是讪笑着给人家递烟倒茶，说上一大堆好话，并在客人面前把她臭骂一顿。等客人走了以后，他又好言好语、笑模笑样地安慰起女儿，劝她以后再不敢招非惹是，那些男孩子手里没个轻重，弄不好哪天她就会吃亏。唉，那些清苦却意趣盎然，贫穷却充实的日子哟！

天光放亮的时候，她终于架不住瞌睡，迷迷糊糊地睡了过去。她梦到一匹浑身雪白的马驮着一个俊朗的书生向她款款走来。还没等他们凑近，她就被人腾的一脚踹醒，耳边传来董拴强恶狠狠的声音，“都八点了，还不赶紧起来做饭，要睡到什么时候？！”

她挣扎着爬就来，没好脸地回了他一句你又不是没长手，自己做去！

董拴强正坐在被窝里抽烟，说话间烟灰缸就飞了过来，嘭一声砸在她的额头上。起包了，出血了，钻心的疼痛立刻传遍周身。

经过一夜痛苦而又漫长的思考，冷静已经不是以前那个忍气吞声软绵绵的冷静了。她一跃而起，抱着被子扑向董拴强。撕扯中，她抓住了董拴强的一根手指头，使劲拧着，她要让他见识一下当年那个“疯丫头”的厉害。董拴强疼得嗷嗷直叫，大声喊着冷静赶紧丢开，同时不忘发出威胁，老子要是起来，非要让你狗日的知道马王爷有几只眼，有能耐你就再拧一阵。

这时，窗户被人重重地叩了两下，门外传来婆婆沙哑的声音，大早上的又穷叫唤什么哩，真是闲得慌！

夫妻间的争吵、打斗，一旦开了头，就会像开了闸的洪水，再也没办法停下来。董拴强现在怎么看冷静都不顺眼，她的一个眼神、一个动作、一句无关紧要的话，都可能引爆他的火药桶。即使她什么毛病也没有，他也要鸡蛋里挑出骨头来。他现在简直就是无赖中的无赖，是暴君中的战斗机。冷静也在丈夫的铁拳下日日强大，她不屈不挠地迎接他的各种挑衅，她有时会故意呛董拴强一下，甚至会学着他的样子大骂几句脏话，就像丈夫的拳头不落到她身上她真的痒痒得不行。也真是怪，冷静一旦做出硬碰硬的架势，董拴强有时也会软下来，反倒苦口婆心地做起冷静的思想工作，甚至把本该落下来的拳头也主动省略了。当然，两个人还是逮住机会就能大干一场，他们用最恶毒的言语诅咒对方，拿出全身的力气捶打对方。在外人看来，他们似乎不是搭伙过日子的夫妻，而是有着血海深仇的敌人。显然，这不是一半对“另一半”的咬合，而是一个个体对另一个个体的严重排斥。

消停下来的时候，冷静就想这简直不是人过的日子，可是，她没办法改变现状，就像他没办法变得温文尔雅一样。

冷静还在坚持写日记，这会儿她从头把日记看一遍，看着看着她就泪流满面。瞧瞧，她在里面都写了些什么疯话、傻话、蠢话啊，她把那个畜生当成她的白马王子，她爱得死来活去，她拿她的青春、梦想、学业和前途做赌注，换回的却是这么一个冷冰冰、充满暴力和残酷的家。这些蠢事她做也就做了，要紧的是她还记录了下来，带着无限柔情。这真是一个天大的笑话。

耻辱，绝对的耻辱！

她不能让这耻辱带着柔情的印痕继续在她的生活中贯穿、延续，那么眼下，她要做的顶顶重要的一件事就是销毁这个日记本，连同他短暂的温情和持久不衰的暴力，也包括她心底关于爱和幸福的梦想。让它们一块见鬼去吧。

天空飘着雨丝，日记本碎片在火光中慢慢褪色、卷曲，最后变成一个个黑色精灵翩翩飞舞在墙角旮旯。董拴强就在这时顶着一头雨花闯了进来。

他愤怒地揪住她的衣领，你在烧什么？

我的日记。

败家玩意！话音还没落，她的脸上就重重地挨了一拳。鼻血很快漫过嘴巴，汹涌到那一团还没飞尽的灰烬上。她再也不会怕他了。她任由血水肆意流淌，她抬眼直视着董拴强这个暴君，似乎是要用目光称出他的胆量。她说你董家娃娃有种就来打死我，打死我就零干了。

董拴强的身子在她的直视下渐渐矮了下去，提起的拳头在空中犹疑了半晌，像是拿不定主意落在哪里才更好。最后，他的拳头终于落在茶几上。嘭的一声巨响过后，几只水杯哗啦哗啦从茶几上跌落下来，碎了一地。

冷静木头人一样呆呆坐在地上。她愤愤地想，他们两人的婚姻一开始就注定是一出对台戏，终归终了没有好结果。现在好了，一切都该结束了。

也不知过了多久，她木木地从地上爬起来，把女儿抱起来又放下，放下又抱起来，然后她在女儿额头上重重地亲了一口。然后又长久地端详女儿鲜嫩的面孔，像是要把女儿深深地印进她的目光里。

董拴强再次回到屋里已是半夜，他的肚子早已饿扁了，他揭开锅盖才发现冷锅冷灶的没一点可吃的东西。他大声喊着冷静，好半天听不到一丝声气。他家里家外找了个遍，也没有找到她的影子。他终于确信她已离家出走，他大声喊着冷静，你再不回来，老子非踏扁你不可。

夜色在阴雨的掩映下显得阴森可怖，董拴强找来几个朋友，租了一辆小车，一头冲进浓浓的夜色。他知道，顺着村路一路向东，总会到达这个偏远省份的省会城市，那里有通往省内各地的班车，那里也有冷静早已厌倦的那所职高学校和她熟悉的同学，明天一早，什么事情都有可能发生。无论如何，他一定要赶在天亮前找到她，好言好语地劝回她。

省道上车流如注，路边黑咕隆咚得不见一个人影。冷静——冷静——董拴强一路呼喊，到最后他好像再也发不出任何声音了，只在嘴里喃喃地咕哝着那两个字——冷静——冷静。可是没有一丝儿冷静的声气，只有他脑子里不断地闪现出冷静那甜丝丝的秀美脸蛋，还有她那一双绵软无力，发起狠来又坚决又有韧性的手。

车子在飞驰，雨幕中的灯光影影绰绰，路在脚下闪着诡异的波光。董拴强扯破嗓子的呼喊得不到一丝回响。

绿苹果

大园子只有二三亩光景，小园子却有十多亩，且在四周不断拓荒，呈逐年壮大之势。大园子离家近，果树已经长大，成了家里最主要的收入来源，小园子距家远，星星点点也种了些树，但是还不成规模，一年到头结不上几个果子，也没有打围墙还不能算作园子。家里最主要的劳动却都在小园子里进行，大园子不必操太多心，只需在农时施肥、浇水、打药、修剪果树、摘果子，完了就有一笔可观的收入坐实了，稳稳当当地落入主人的口袋。大园子的投入和产出基本稳定在一定的数额，操心是那些，少操心也不会因此减产多少，平常只需不定时地去查看一番，一年的收成稳稳当当地挂在树头，保险着呢。小园子就不行了，它是一个正在努力长身体的小孩，需要家长时时处处地照看、呵护，工夫做不到，哪一环出点小问题，果园的收益就会大大的受影响。

这些情况是新媳妇麦叶后来才弄清楚的，结婚前后，她的“小伙子”良树带着她去自家所有田园都转过好多遍，有引领新主人巡视的意思，当然也有显摆炫耀的意思在里头，看吧，这阵势绝不简单，绝不是你娘家能比的。良树大手一挥，兴冲冲地对麦叶说，叶儿你看，这一片都是咱家的。他的话一点也不外道，已经把麦叶当成这个家里重要的一个成员，麦叶很享受这种待遇，呵呵笑着随他走了一趟又一趟。夏天里一个阳光柔媚的中午，他带她去大园子摘时令水果。没走上几步，他和她都已被汗水湿透，整个人精光水滑得就像刚从雨地走过。汗水太多了，抹掉一把，新的一层更细更密的汗水又汩汩地冒出来。她说热哩！良树心疼自己的媳妇，拉着她快走几步，不无得意地说旁人家的果园离家都好远，咱家的才几步路，这是父亲前些年磨破嘴皮才和别人置换到的。稍微坚持一会，等到了果园，再热也热不到哪去，树下凉快着呢。

果园果然清凉得多，密如伞盖的巨大树冠撑起连绵的一片阴凉，硬硬在流火夏日营造出一方别有洞天的新天地。虽然也有一些细碎的阳光透过树隙泻进果园，但这样的阳光因为果树的遮掩已经变得温顺了许多，倒是为果园平添了一份情趣。枝叶间藏匿的果子已经大如鸡蛋，在阳光的抚摸下闪着晶莹的诱人的蛋青色光芒，妩媚极了，可爱极了。一股一股带着果实淡淡清香味道的微风也从果园四周钻进来，果园似乎是一个烈日关照不到的地方。阳光火暴的性子被果树的枝叶默默过滤了，那股热辣辣的激情也被稀释了、消磨了，就剩一股一股凉丝丝的轻风，有一搭没一搭地拂动人的面颊和身体。果树似乎也很是享受，轻摆枝条作出摇头晃脑的陶醉姿态。一进果园，麦叶就感到通身舒畅，满身的汗水瞬间偃旗息鼓不见踪影了，她欢叫着丢开良树的牵拉，一头扑到一片绽放着蓝色小花的苦菜前。麦叶轻轻地掂起一片苦菜叶，才发现它的茎叶单薄脆弱得像没有筋骨，稍稍一掂就断了，嫩生生地就像从来不曾生长。她从前吃过很多的苦菜，可就是没见过嫩的这样诱人的苦菜，她忍不住掂了几茎苦菜送进嘴里，苦菜的味道即刻在嘴里漫开。果树太霸道了，它把田里的养分全部据为己有，把这片土地的采光权也独吞了，害得树下的花草和粮食不得不以非常规方式完成生命——它们趴在地上的样子真是可怜。她这样想的时候良树已经撵到她身后，他从后面抱住了她，不安分的手早已伸进了她的衣服。苦菜的味道很快也浸进良树的嘴里，但他一点也不觉得苦，反而大口大口地吞食着这股甜丝丝也苦巴巴的奇怪味道。刚降下去的温度忽然又被他点燃，汗水也再一次爬上他们的身体。麦叶的挣扎形同虚设，良树抵着树干轻易地就把自己的老婆强暴了。麦叶在整理衣服的时候，说了句“树都是坏的”，良树不明其意，却放肆地坏笑起来，像是要证明他这棵树确实如麦叶所说，“是坏的”。

果园真是个好去处，刚刚在推搡、阻挡、挣扎，甚至迎合的过程中积攒的一身汗水，随着激情的燃尽，也都消失不见了。取而代之的，是一阵绵延无尽的舒爽。麦叶倚靠在树干上，望着被枝叶遮盖了的蓝天白云，急促又认真地想了一些事，想她远嫁后的甜美生活，也想她姑娘时代的故乡。麦叶十来岁的时候就没了母亲，正应了越渴越吃盐那句话，在稍后一段时间里，她的父亲也因对母亲的过分思念精神失常了，从此四处飘荡过起了一人吃饱全家不饿的逍遥日月。父亲有时也回家住些日子，但他不会为麦叶的生计和前程着想了，他只顾着自己一个人。值得庆幸的是，奶奶还在，奶奶还能拉帮麦叶一把。直到麦叶成人后，奶奶才托关系把麦叶许配给经济条件稍好的良树。

同是西北干旱带上的两个县，却把日月操持得各不相同。奶奶看好的就是这个，她不能给麦叶更多的照顾，只想把她送进一个不愁吃饭穿衣的好人家，不要再饿着、冻着了就很好了。其实故乡的季节都很各色，热起来没完没了，冻起来也让人顾头不顾腚。但冻的时候人可以爬热炕上焐一焐，再穷的人家也有能耐弄来柴草，把一通大炕烧得通红。真正难对付的是热，一到伏天，太阳就对故乡实施垂直打击，热浪一波一波似千斤大鼎下压、下压，让人躲无可躲。就算是光着身子出门也热得不行，人恨不得一头扎进冰水里再也不出来。可是哪有现成的冰水等着人往进扎啊，何况人们还得出门下苦挣光阴。

麦叶和奶奶没有多少劳动，她们只在早晨和傍晚凉爽一点的时候去田里干一阵，就能轻易地把田里的活计做掉，就能维持奶奶孙子的生计。剩下的大部分时间都在自家屋里打发。中午热得实在受不了的时候，她就扶奶奶去地窖里躲一阵，她在地窖里铺了好些干草，但地下的潮气还是源源不断地渗进身体。在她们获得短暂的凉爽的同时，也为健康埋下了祸患。故乡盛产土豆，家家都有一口阔大的地窖，用来存放土豆。麦叶和奶奶进地窖纳凉的事很快在村里传开，但他们没有笑话她们，而是纷纷依样画葫芦钻进地窖躲避日头，当然，光阴好的人家会在地窖里支上一张床，但麦叶和奶奶没有。

果园的凉似乎和地窖的凉不是一回事。麦叶在心里做着比较，地窖阴冷潮湿，凉得肤浅而毛糙；果园清爽利落，凉得透彻而深刻。

良树捧来新鲜的李子给麦叶吃，咬一口，汁水横流，芳香四溢。甜美满足的日子味道立刻在心头萦绕开来。想着想着，她就咯咯笑开了，刚吃进嘴里的李子也像她甜蜜的笑声，咕嘟咕嘟从嘴里往出冒。

傻样儿！良树嗔怪道，吃上几个李子就把你乐成这样，往后还不知道要咋样。

麦叶没理他，仍旧痴痴笑着。心里却在想，唔，人是好人家，地方也是好地方，真要铆足劲，和良树好好过日子呢。

良树丢下一句“我去大园子里铲草”，就骑着摩托飞出院门。日子已经滚过了麦黄七月，滚过了酷暑八月，进入了金风送爽的九月，天却依旧热着。麦叶胡乱吃了点东西，就准备随良树下地干活。这个良树真是个慌张鬼，这么热的天，下地干活却只带了把锹，热了怎么办，渴了饿了又怎么办啊？麦叶荷了把锄，又给良树带了些干粮和水，还有凉帽，就匆匆向远处的那个园子走去。呵，那块地要是圈起来做园子，真是大得没边啊。

可是她没在这连片的地里找到良树，却在埂边碰到同样来铲草的田邻朱八丈。朱八丈还没开口说话，先是大声吆喝一声。这一嗓子来得太突然，麦叶差点给吓得滚进渠里。

她定了定神，怒目说，你神经病，吓死人了！

新娘子家家的，不在家里度蜜月跑这野地里干什么来了？

我给良树送点吃喝，他说来这铲草，咋就不见个人。嘻，我们都结婚好几个月了还蜜月？你可真有意思。

这么说来你是给铲草的人送吃喝，在这铲草的人只有我一个，你直接说是给我送吃喝不就成了，这有什么不好意思的？我一早就来了，根本就没见你家良树的影子，怕是进城去潇洒去了。男人有点业余爱好也算正常，你也别不平衡，他潇洒他的，咱们潇洒咱们的，趁着现在没有旁人，咱俩二一添作五，一块乐和乐和？

想得美！麦叶作势要挥锄打朱八丈，快滚一边去。

朱八丈惊叫着跳开，还说买卖不成仁义在，发那么大火气坏了身子，他可赔不起良树一个活蹦乱跳的攒劲媳妇。

麦叶不再理朱八丈，自管到园子里找良树，可是确如朱八丈所说，“连个影子都没有”。那么良树可能是去了另一个园子，可是那个园子小小的，连这个园子的五分之一都不到，怎么能算是大园子？

麦叶最终在离家近的园子里找到挥汗如雨的良树，良树还埋怨她咋来得这么迟。麦叶就把走错地方的这一段给良树毫无保留地说了，临完还说朱八丈真是个有意思的人。

良树却动了怒，狠狠说：“他有个屁！三十几的人了还不着调，连个家也不成，整天死皮赖脸地到处招惹村里的大姑娘小媳妇。”他说，“我跟你说过了，别理那号人，他的手是村里最闲的，动不动就惹乱子。你咋就不听呢？！”良树很激动，就像受了天大的侮辱，就像朱八丈真的是洪水猛兽，和他说句话也十分凶险。

麦叶还从没见过良树这样，她倒不觉得朱八丈有多不好。但是此刻她不能再多说什么，她把劲用在锄头上，专心致志地对付起果园那些本不繁茂的杂草。

其实麦叶已经听很多村人说过游手好闲的老光棍朱八丈的事情，大家众口一词地说他的手闲。光棍朱八丈带着这样一双著名的手，整天走东家串西家，看到什么都想逗一逗，惹人心烦。村里一半以上的人家的家电他都侍弄过，一半以上的农机他都使用过，村里所有的手机电话他都拿来研究过，村里半数以上的新媳妇的盖头都是他抢先揭起的。这样看来，朱八丈的这双手不是闲，而是忙。不光手忙，嘴也忙。可是村人偏偏说他闲，村里人好像很喜欢正话反说、反话正说，把大的说小，把小的说大，高兴的时候哭，痛苦的时候笑。让人摸不着头脑，不知道该怎么判断这些话。

麦叶和良树结婚的时候，朱八丈也来帮忙，贴喜联、吊屋顶、接有线电视、架后厨高炉，甚至做婚礼司仪，什么活儿都抢着干，哪里都有他的身影，兴冲冲、乐癫癫得就像是要为他自己办喜事。感觉上，他是个很不坏的人，手勤嘴也勤，不过村里人对他好像有成见，总是尽力躲着他，总是在说他那双闲手的不是。

为了让良树消气，麦叶答应不再搭理朱八丈。可是在一个地方住着，抬头不见低头见，总不能一直冷着脸不递一句话吧？

这一天麦叶在院里洗衣服，良树在屋里看电视。突然，两个人都被一声晴天霹雳似的吆喝声从各自的事体里惊起。朱八丈高调出场了，“大兄弟，大妹子，把你家的苹果筐借几个救救急，行不行，吱个声。”

“哎……”麦叶欲言又止，着急地把水淋淋的手搁在膝盖上擦干，想了想觉得这样不对，又无奈地重新放进洗衣盆。

“借，自然不是问题。可这个时节要那玩意有什么用？果子都还绿莹莹没个色度。”良树推门而出说。

说话的工夫，朱八丈已把手搭在良树新买的喷雾打药机上，哧一声扯着了机器，满意地拍着手说，“这是个好东西！”

良树快步过来熄灭了机器，朱八丈像是突然想起什么似的，伸出右手食指冲着良树摇了摇，“大兄弟，不是我当哥的说你，你也太木头了，现在是什么时代了，干什么都得有超前意识——还没结婚就得为娃娃做打算，果树种上就得想卖果子的办法。果子没熟也得想办法让它熟，让它早熟，让它尽早占领市场先机。”

“实话对你说，我联系到一个贩子，人家就收绿苹果，半红不红的不要，齐码码红透了的也不要，价格还比平常年景的高。至于人家要绿苹果干什么，我不好说也不能说——你想嘛，连我们这些榆木疙瘩屎肚子土老鳖都能想出催红苹果的招，人家有什么不能的？人家要的数量不多，本来我想把我前川那的凑巴凑巴就够了，不敢再对别人张扬，要是全村人呼啦一下都去交，我估计会让贩子为难。既然让你知道了，别人的我不敢说，只要是你家的照单全收。”这一段，朱八丈是对着麦叶说的，明显有显摆的意思，甚至还有一层邀功的意思。

麦叶不语，仍在低头用力地搓洗衣服。良树分析说今年的果子太多太稠，大多果子根本就见不到阳光，色度肯定上不去，绿苹果多没走势，如果先把绿的解决了，剩下的果子才容易上色，也能卖上好价钱。他对朱八丈说，“明天，我们也下（摘）点绿苹果，你可得保证都能收了。”

“肯定收，还明什么啊，现在就去下，七五以上的。”

新一轮下苹果的劳作就在朱八丈的煽呼下拉开了大幕。人一忙起来，简直没个入屋的时间。由于好多果品的成熟期错前错后挨得很紧，下完这样下那样，人一下子忙得顾头不顾脚，安排得再周全也难免有做不到的地方。“大户”们更是深受其累，不得不从山下雇人来帮忙。果子很诱人，果子的收益也让人心动，但要下的苦很多，让人既焦急又无奈。下苹果、分级、甄别、包装、装箱、打听最新的果讯、交苹果、打条子，变现等环节一字排开，等着果农逐一落实。落到实处，一年的收益才算有了结果，高悬的心也会重回胸膛。

良树家的果树不算少，劳力却只有他和麦叶两个，紧当紧忙的也不能把活计做得有条理，不是错过了好价钱，就是撵不上贩子，田里活计像是被人施了定身术，一直在那搁着，没有半点松动的迹象。倒是那“一手人”朱八丈凡事都能做在前头，整天逍遥地骑着摩托到别人家乱窜，不断给村人带来新的果讯，不厌其烦地和别人交流卖果子的心得体会。麦叶到底没能忍住，问良树，“你说，他咋那么闲？”

良树说他家里只有三四亩果园，没有多少活计，这些年靠油嘴滑舌拉拢了几个外地贩子，做代办赚了不少，家里一有活，就拿出老板的派头雇人去做，他基本都不上手，只是到点验收就行了。这样一来，他那双闲手更闲了，东家撸一把，西家插一杠子。

良树终于听取了麦叶的建议，决定也雇几个人，尽快把果园整利索。依着麦叶的意思，先把色上得好的个长得大的下掉，绿的小的让它们接着长。良树坚决反对，理由是树大林深，靠自然上色长个肯定赶不上趟，还可能错过行市，整得两头都要瞎。现在当紧要做的是，把那些不受看的绿蛋蛋全部下树，搁到园子里“绿（念路）”起来，在贩子离开前统统交代了。麦叶知道，在这个地方，所说的绿苹果就是把绿苹果变红变成贩子喜欢的颜色。

“绿”苹果还是一项技术活呢。果农经过长期对比研究，创造出两种“绿”苹果的方法并且推广使用：一是把“绿”苹果平铺在园里松软的土地上，接受阳光和晨露的多重洗礼。用不了几天，露在上面的半张苹果脸就会变红，然后再翻转一下，把没红的那一面露在外头。有人为了让苹果红得更快更透彻，还会在地上和苹果上喷点水。二是把苹果装进塑料袋，然后挂在树枝上。这种方法快虽快，可苹果容易被毒日头晒煳，因此要谨慎使用。总的说来，这个地方“绿”苹果的方法基本绿色环保，不会对果品的质量产生大的影响，更不会产生有害物质。但是，经过“绿”才变红的苹果的红色不比自然红，总有那么一层锈色。外人根本没法分得清，苹果“绿”得越早越好，越容易出手。

雇人“扫荡”小园子这天，良树因要在大园子“绿”苹果就没去小园子。作为女一号的麦叶当仁不让地成了“老板”，她为来人简单地分配了任务，却不想像别的老板一样，袖着手满园子转着圈监工。雇来的都是山下的熟练工，可能比她业务更熟，用不着乱操心。在麦叶的记忆里，娘家似乎不曾有过果树，其他树也很少。看着那些下苹果的人轻盈地在树上走动，伸手就可以抓到一个又一个又大又红的苹果，麦叶的心也活泛起来——有闲转的工夫，为什么不能上树亲自体验一下采摘的乐趣?

让麦叶上树，就相当于赶鸭子上架，就相当于让瘸子赛跑、哑巴说话，难度自然不小。可是以后，自己注定会成为这个苹果之乡的一员，如果连树都不会上，会叫人笑话哩，就是旁人不说，自己也会因此害羞。上吧，没什么大不了的——麦叶为自己鼓着劲。麦叶狠狠心咬咬牙，竟然真就上去了。上树原来和翻墙上房一样简单，心里只要有向上爬的念头，该抓手的时候抓手，该蹬脚的时候蹬脚，待手和脚都有枝可依，她就成了树上一道独特的风景。

事情似乎并没有这么简单，上树的目的不是登高远望，也不是贪图凉快，而是要手脚不停地下苹果。麦叶也不想叫自己那么没用。她极力克服着恐惧和因恐惧而来的颤抖，伸手摘下一个又一个大大的红苹果，她像精心呵护一个个肉红的婴儿一样轻轻地把它们放进果篮。每摘一个，她心里都会滚过一阵难以言说的欢悦。挂在枝头的果篮很快就盛满了婴儿粉嘟嘟的笑脸。好了，麦叶心说，终于像个果农的样子了。这时候她看到田邻朱八丈骑着摩托风一样驶进自家果园，那些下苹果的人好像都认识朱八丈，纷纷扭头打招呼，并用近乎讨好的声气夸赞他的逍遥——

"朱老板的生意越做越红火，人也活得越来越潇洒。"

"朱老板，以后有什么发财的路子，别忘了提携提携大伙，好让兄弟也能像你一样过几天神仙日子。"

朱八丈好像很受用这肉麻的抬举，嘻嘻哈哈地和这些人扯着闲话。

麦叶想叫来一个人，帮她把果篮接下去，可人们都在各行其是，无暇分身。唉，算了，自己下吧，自己应该有能力把事做得更完美圆满一些。果篮死沉。麦叶勉勉强强提着果篮下了一个树枝，却在另一个树枝上止不住地打起了晃。突然，她一个趔趄，直挺挺朝树下栽去。麦叶最终抓住了一枝凭空伸出的树杈，一篮子苹果却跌落下去。

人们纷纷跑来支援麦叶，人虽然安全地着陆了，可一篮苹果都落了伤，基本报废。麦叶望着伤痕累累的一地苹果不住地抹眼泪，人们七嘴八舌地为她宽心，只要人好着，一篮子苹果不算什么。麦叶却哭得更伤心了，就像大家的好意劝慰是在鼓励她放声大哭。

“该干什么干什么去，让她歇一歇。”朱八丈朝人们大喊一声。

麦叶只管埋头哭，也不知过了多久，她感到一只大手轻轻地抚在她头上，“好了好了，这些苹果还能当落果卖，差价也就你家良树的一包烟钱，你这是心疼他，不让他多抽，好有个好身体。”

“朱八丈！”这个手闲得痒痒的家伙果然闲得可以。

麦叶像被开水烫了一样，猛地跑开一段说：“爪子拿开！”

人们依然在忙着手头里的活计，好像什么也不曾发生过。朱八丈似乎不觉得没趣，还自嘲地笑了一笑，“兄弟家的好像还是个绿苹果蛋子呢。”但是“绿苹果蛋子”已经不再理他，去最西头的埂边继续下苹果，丢给他的只是一个冷硬的后背。

这一年的苹果大获丰收，全村全镇都为此长了精神。良树这样的大户个个笑得眼睛眯成一条缝，大多人家在忙着为自家置办新式电器，有人准备翻修房子，还有人准备存下来养老，良树想买台挖机把周边的荒地再垦点来发展果园。朱八丈做代办也赚足了油水，闲下来的第一件事就是为自己买了一辆银白色的小车，鸟枪换炮的他越发“闲”得直哼唤，整天开着车东游西逛。一次在路上碰到麦叶，他软磨硬泡要带麦叶“去个好地方”，麦叶直愣愣地告诉他，“你最好是找个愿意跟你逛的人去”。据说朱八丈这个老光棍在媒婆眼里一下子成了炙手可热的“钻石王老五”，求亲的队伍一拨接着一拨，但朱八丈死拗，一个也没能看下。听到这个消息，麦叶感到很意外，同时又有点小小的幸灾乐祸，和一点点说不清意味的小欣喜。

麦叶进入冬闲后怀孕了，她拒绝吃良树买来的保胎药，她要让自己肚子里的这个“绿苹果”自然成熟，而不需要靠其他手段促成瓜熟蒂落的过程。她发现绿苹果虽然能经过“绿”改变颜色，但那过程其实少了顺理成章的坦荡，有点投机，有点隐晦。但不管怎样，要做母亲的喜悦还是终日笼罩着她，她感到由衷的欣慰、满足，她要把这欢喜的味道放大，放大到整个待产的日月。她也感到了良树的喜悦，他跑前跑后，比从前更尽心地操持着这个家，比从前更尽心地服侍着自己的老婆，就像一台永远不会疲劳的机器。

但是有一天，良树从山上回来就一直阴着脸，怎么逗他也不肯笑一笑，做起事来也懒洋洋得没一丝儿精神。麦叶以为他是在农忙时节累坏了，就让他上炕躺一会，随口又问他晚上吃什么？

“吃什么吃？我没心情！”良树大喊一声。

“你小声点，别吓坏了孩子。”

“还好意思说孩子！你说，老光棍怎么就把你调戏了？”

“你说的这是什么话？”麦叶颤着声问。

“要不我提醒你一下，下小园子苹果的那一天。很多人都看到了，你还抵赖！”

一年的欢笑涌上眼窝，一年的辛苦涌上眼窝，一年的委屈也涌上眼窝。麦叶终于再也忍不住，哇一声哭了出来。哭了一会，她对着良树又捶又打，“姓姬的，你还是个人吗？”

良树却像木头一样，不出一声。

我们的瞌睡

“欢迎来到齐哈纳尔大草原观光旅游，这片神奇的草原有着悠久的历史，是农牧文化在辽阔的西北大地的一个缩影，它有着极其丰厚人文科考价值和追古思今的现实意义，这里有大量有籍可查的历史故事。相传成吉思汗曾在这里游牧……在更早一些时候的盛唐，大诗人王维奉命出使塞上，走一路，歌一路，诗一路，传说王维到了齐哈纳尔大草原，被这里如诗如画的秀美风光所迷，竟停下不走了，甚至动了在这里居家过日子的念头。”身穿一身蒙古族服装，头戴白色遮阳帽的万小古一手拿着喇叭，一手优雅地把游客导向铺着彩色六角釉面砖的甬道。

离下班时间还早，游客潮水般一波接一波地涌来，值班导游倾巢出动也快要满足不了游客的解说需要了。总经理已经秘密下令，简化导游词，速战速决，“以最小的成本换取最大的利润”。可是万小古是个认真的人，他觉得如果不把那些事先编好的说辞全部说出来，就对不住迢迢远来的游客，更对不住旅游公司许诺的丰厚薪水，尽管那些说词多半是无中生有的谎话。游客们似乎对那很可能并不存在的历史十分感兴趣，不断打断万小古问这问那。万小古回答得十分从容，游客也很满意，不断爆出哇哇的赞叹。当然，这些解释也在岗前培训中周密安排过，万无一失。

此刻，万小古已经带着这个近百人的旅游团涉过一大片草甸子，来到一片葳蕤的林地边，游客纷纷跑进林地的阴凉里。万小古不得不靠近他们，再次抬起喇叭说，“大家可能注意到了，这块林地凉爽宜人，在茫茫草原游牧，这里无疑是个绝佳的小憩场所。当年成吉思汗游牧至此，也被彻底吸引了，于是在林边搭起帐篷，又开垦出一片土地，种植蔬菜、粮食，但遗憾的是，随着历史的发展，很多自然景观逐渐消失在历史的烟尘里，我们已经看不到当年的痕迹了。”

“都这么多年过去了，这些树怎么老也长不大啊？”一个小姑娘怯怯地问道。

这个问题难不住齐哈纳尔大草原的所有导游，更难不住聪明伶俐的万小古，他自信满满地说，“这个小朋友问得好，树其实和人一样，也是有寿命的，也会经历疾病和时间的考验，以前的古树虽然一批一批地不在了，但这里留下了种树的传统，总会适时地在缺树的地方补栽上新的树苗，这块林地也就始终保持着这个样子。”

这是一个昏昏欲睡的下午，昨晚和朋友疯了一晚，没来得及睡个囫囵觉天就亮了。如果大汗也是在这样一个燠热的下午经过此地，他一定不会蹦着跳着去看什么美景，而会选择一个合适的歇脚处饱睡一顿。一个团接一个团地带，一遍又一遍地说谎圆谎，万小古早已疲乏不堪。他靠在树干上闭目休息了一会，甚至忙里偷闲地给赵丽丽发了条微信：“亲，困死了，赶快找个人替我一下。”赵丽丽回复得非常快，快得还没等万小古收起手机。她说：“忍忍吧，现在大家都很忙。”困死了——万小古相信自己现在无论是站着还是爬着，随时都可能睡着，他可不能在游客面前露出站着睡觉，僵尸一般的蠢相。

万小古强打精神站起来，“喏，大家快看，那片湖足有千年的历史了，当年王维到这，看到水草丰美、鱼跃湖水的景致，高兴得一连打了几个滚，跑到湖边伸手捞鱼，一捞一条，一捞又一条。王维兴奋地对随从说，这真是块鱼水丰美的宝地啊，咱不走了，就住这算了吧……”他指着一块人工湖说，“王维捞过鱼的摩诘台还在那儿，当然了，这个名字是后人为纪念王维而取的……”

终于熬到下班，游客或者如鸟兽散，或者在景区休息。万小古本以为即刻能回到温暖的小窝，恣意地睡一觉，酣畅淋漓地睡一觉。可是不能。赵丽丽宣布要召开小长假工作会。她说不会占用大家太多时间，就一会儿。

但万小古觉得这个会长得没有尽头，他迷迷糊糊地听总经理说：“这次小长假对景区的发展是个不小的机遇，据了解，附近几个名牌景区在节前就收到很多预订，接待力已经接近极限，这就势必分流出一些小的客团，分流到其他还没有打响的景区。我们的接待任务很重，如果我们搞好了这次接待，让分流到我们这块的游客吃好、玩好，他们回去一定会为我们做免费广告，到这来的游客会越来越多，我们的效益也会越来越好。大河有水小河满，公司有了长足的发展，当然不会忘了大家，我们每个人的工资福利水平也会跟着上去……”总经理又就各部门的分工及需要注意的地方一一作了分解，赵丽丽埋头做着记录。

总经理说的话的确够多够长，大概连他自己也觉得很累，只见他长长打了一个哈欠说：“所以呢，我要求大家打起精神，鼓足干劲，把这次小高峰的接待搞好，搞出新水平。每个人的具体分工，由我们的总经理助理赵丽丽随后给大家安排。”总经理回头看了一眼赵丽丽。

赵丽丽说：“我看大家都很累了，现在抓紧时间回去休息，具体分工明早的例会我再细说。”没等赵丽丽说完，万小古就擦着她的身体飞了出去。

赵丽丽回家时，万小古已经歪在沙发上打了个长长的盹，甚至还做了一个与盹等长的好梦。他梦到他终于要和赵丽丽结婚了，他们终于有了自己的房子、车子，还有富足的生活。赵丽丽推醒他的那一刻，他脸上还写着心满意足的笑。万小古睁开眼睛，家具、电器、墙体，甚至墙上的挂饰，都还是老样子，才恍然记起刚刚是在做梦。

他不想让那美好的瞬间轻易地流逝，他想在沙发上多待一会，充分地享受梦里的精彩。他没头没脑地说了一句，“亲，我们该有自己的家了。”

“理想很丰满，现实很骨感。”赵丽丽带着一股浓香挨着他坐到沙发上，脸上现出一片愁云惨雾，“我们不是苦巴巴挣了好几年了，连套房子也买不起嘛。结婚哪有那么容易，等几年再说吧。啊？”

万小古迷糊的脑袋透出一线亮光，是啊，虽然他们两人的工资不低，但基本属于月光一族，买房买车无疑在做梦。可是，他们已经一起住了三四年了，结婚的念头无数次从心底泛起，但又无数次泡沫一样在眼前迸裂，这样拖下去算怎么回事啊？

这套房子是万小古姑姑借给他住的。表哥在省城工作，结婚生子后姑姑就举家去了省城，房子和家具都不能带走，借给万小古使用。姑姑表示房子不能卖，早晚还要回来。赵丽丽是他旅游学校的同学，其时她刚结束和李成的恋爱，正孤独着。赵丽丽本以为学业出色的李成会留在省城发展，谁想他却执拗地回到县里，一头钻进沙漠治理所做那无用的“学问”。沙漠治理所在沙漠中心，虽说治理已见了些成效，但沙漠治理所实际天天都在面临沙尘暴，是沙害的最前沿。她对他绝望了，终于摊牌说出了分手的话，不想那个呆子二话不说就同意了。后来她遇到万小古，两个暂时孤独的灵魂一拍即合，从此结束孤独的漂流。万小古务实，李成务虚，虚和实的较量很容易分出胜负。万小古就这样后来居上了，但他始终觉得这种关系不牢靠，需要一纸婚姻证明来加固，可赵丽丽总是以房子为由拒绝他。

赵丽丽泡了两杯茶，问万小古，“晚上吃点什么？”

万小古抓起一杯茶，咕咚一声一口吞掉，像是要把心头的瞌睡之火一起浇灭，他抹抹嘴说不吃了，只想好好睡一觉。说完他就起身去了卧室。

奇怪的是，尽管瞌睡得睁不开眼睛，可一挨到床上，睡意却又跑得无踪无影，就像一个不能落实的梦。可是他确实需要一场酣畅的睡眠，就像羔羊渴望母乳，就像旱塬渴盼甘露。困！困！困！万小古摊开四肢，想要以一种轻松自然的状态入睡。瞌睡似乎被无形的勾一把扯走了筋骨，软绵绵地蛰伏在体内，既保留着它的威胁，又要做出偃旗息鼓的样子。万小古掌握不少治疗失眠的小绝招，他把这些办法挨个使用了一遍，非但没用，反而越折腾越清醒，就像他的办法是用来驱散瞌睡的。困倦还是无休无止地折磨着他，脑袋却越来越悲哀的清醒。

赵丽丽忽然探头进来：“我煮了点面，没睡的话起来吃点。”

吃过面已近午夜，万小古又要了一回赵丽丽，他生龙活虎的样子根本不像一个饱受瞌睡折磨的人。他觉得他可能掌握不了赵丽丽这条船的航向，每一次都当最后一次，十分地投入、卖力。好像不如此，就不足以弥补自己对她的付出。

“让你弄得我都没瞌睡了。”赵丽丽一边套睡裙一边说，“你不是早就嚷嚷着要睡吗，怎么还有这么大的精神？”

万小古不出声，呆呆望着屋顶，停了一会儿他才慢吞吞地说，“要不我们出去喝点？”

“你疯了！这都几点了，明天还要上班呢。”她顿了一顿又说，“再说，两个人喝酒多没意思，这个点别人都睡了。”

万小古十分肯定地拿起手机说，“现在睡着的都是心里没事的人，有点层次的哪能这时候睡？”

果然有几个同学朋友还没睡，分别是小猛、囡囡、李成。

鸡睡着了，鸭睡着了，树木睡着了，村子也睡着了，花草睡着了，星星和月亮也半睡半醒，仅用一点昏黄的光勉强支撑着身子，不至于失重一头栽下来。但是城市却醒着，高楼醒着，地下超市醒着，啤酒屋洗浴中心醒着，城市的夜生活醒着。

其他人都聚齐的时候，李成却还没来，小猛打电话催了两次，总说在路上，快到了。万小古不由嘟哝了一句："请神怕也没这么难。”赵丽丽用胳膊肘碰了他一下："人家路程最远，肯定费事些。大家都是同学，就应该多体谅，哪来那么多废话？”话音刚毕，李成就顶着一头尘沙推门而入。李成拣边上一个位置坐下，郁郁寡欢的样子。都是同学，就没有太多的客套。喝酒。碰杯声此起彼伏。清脆、悦耳，还带着一股不由分说的倔强。同学的温暖情谊也随着酒会的进行在包间飘荡开来，充斥在每一个角落。到最后，他们一边打哈欠一边瞪着血红的眼睛捉对厮杀，大家越喝越高，气氛也越来越热烈。

囡囡是唯一没喝酒的人，她在超市做导购，就没有坐下来歇口气的时间，一天下来几乎就能累趴下，酒是一点都不能沾，用她的话说闻一闻酒味都能醉。这不，刚一开始她就趴在桌上睡着了，对各种声响充耳不闻，已经发出轻微的甜美的鼾声，活像她来的目的就是趁机补个觉。

坐在囡囡旁边的小猛虽没趴下，看起来却木木呆呆，好像对酒没有一点兴趣，他解释说连续作业很多天了，身上流动的液体早已血一半酒一半了。小猛的猛主要表现在两方面，一是喝酒的凶猛，爱喝也能喝；二是追女孩的无畏无惧，囡囡是他们同校不同班的校友，小猛看上了她，冲进囡囡正在上课的教室，也不管学生和老师的反应，只对囡囡说找你有点事，在众目睽睽之下，扯出了这个班里人见人爱、花见花开的班花。结果，他们真有了事，但也还没有修成正果，直到现在。可是今天，小猛一点不猛，半道上就拉起囡囡先走了。

李成倒是越喝越精神，他的眼睛只盯着酒桌，也不管其他人，只顾一杯一杯地往嘴里灌酒，就像他那瘦瘦的肚皮永远也灌不满。别人问话也不知道回答，张嘴一说就是风沙的治理、环境的改造，烦死了。

万小古终于不支，咕咚一下从椅子上歪下去，落地的同时也响起了有节奏的鼾声，就像倒地只是为了顺利地入眠。

李成像是才从梦中惊醒，慌忙和赵丽丽一块把万小古扶到椅子上，说：“你先照看他一下，我去结账。”

架万小古上车的时候，李成对赵丽丽耳语一句：“你可得注意你们那个总经理，我了解那个人，他不是什么好人，尽量离他远一点。”

赵丽丽扯着嘴角笑了笑，却什么也没说。但她心里却对李成的话作了否定，总经理没什么不好，单是色气重了些。传说公司好多女孩和他有一腿，但他也不亏着她们，关系能到什么程度就有什么程度的回报，各取所需嘛。景区还没有正式开放的时候，总经理竟然对一个外地女客动了心，花言巧语地骗她留在景区过夜，但女孩以景区连个像样的洗手间也没有为由坚决地随团走了。第二天，总经理亲自督促施工方建造了几个豪华的标准卫生间。但是那外地女孩已不知所踪，只为总经理的风流史留下了一抹怅怅的败笔。

紧张又忙碌的小长假终于过去，景区的游客渐渐少了起来，有时候一整天都不见一个人来，所有人都闲了下来。不久传出消息，大家的工资也即将发不出了，不少人撵去找总经理，但只得到总经理去外地考察学习的答复，至于什么时候回来，没人知道。所有人都急得如热锅上的蚂蚁，纷纷跑到总经理办公室死守。但总经理确实杳无踪迹，他们把赵丽丽堵在办公室要人，就像是赵丽丽把人藏起来了。

赵丽丽也不知道怎么办，却还在苦口婆心地劝慰大家："大家先静一静，公司现在遇到了一点困难，总经理也很着急，已经出去寻找解决问题的办法了，相信我们会渡过难关，重新走上持续发展的大道上。你们都知道，旅游业是个季节性很强的行业，有淡季和旺季的区别，现在我们正处在淡季，但困难是暂时的，前途是光明的，只要我们大家能同心协力，就一定能克服困难，再造辉煌。"话虽然这么说，可赵丽丽自己也很心虚，她感到自己就像托在一片浮云上，稍不留神，就会咣当一下掉下去，再无生机。她想抓住什么，或者被什么抓住，但是那失重的感觉像一团无形的绳索牢牢地束住了她的手。她在办公室来来回回地踱着步，似乎永无休止的行走才是摆脱困境的唯一方式。

万小古却像没事人一样，躺在休息室，大睡特睡。但到了晚上，他又精力十足，总要缠着她做那事，就像一个贪吃的孩子，永不满足。入夏以来，他一直就这死样子，搞得赵丽丽也心神憔悴，白天总是犯困，好在班上也没什么事。虽然没有什么具体的工作，一到景区就变着样休息，可精力总是上不来，有时两人面对面地坐着，也说不上几句话，相互把嘴张到最大程度，对着打哈欠，就像上班的目的就是为了比拼谁的哈欠更饱满。

“哎，我说，你看人家李成，每天都睡得晚起得早，可为什么他的精神状态永远那么好？”这是赵丽丽最不解的。

“他嘛，大概和我们的构造不同，简直就是一台机器。”万小古轻易地给出了结论。

大家就这样无所事事又满怀期待地上了几个月班，可是情况越来越不妙，会计和出纳先后神秘失踪，紧接着，公司的通勤车也不知去向。员工们心里的那最后一点侥幸的希望也随之破灭，迅速分离成两个派别：坚守派、撤离派。员工大量流失，景区几乎变成一片死海。还在坚持“上班”的人们要么凑堆打牌，要么找个地方困觉，要么商量怎样要回工资。万小古决定转投其他景区，但赵丽丽选择继续坚守，他也只好留下来陪她。

不管别人怎么想怎么做，赵丽丽一直主张等下去，她说总经理会给大家一个交代的。无论万小古怎样劝说，她都摆出一副誓死不回的架势，就像她的魂已经丢在景区，再也不能离开一步。没办法，万小古每天天一亮就用摩托把赵丽丽捎到景区，然后睡一大觉，等到下班时间再捎回赵丽丽。中间只脱过一次班，是因为要参加囡囡和小猛的婚礼。也就是那一次，万小古又一次强烈地要求赵丽丽和他结婚，但赵丽丽的态度依旧坚决，不行。

时间似乎就此停住，赵丽丽永远是数年前两个人刚同居时的态度，而万小古的那种不牢靠的感觉却是一天天强烈，结婚的欲望也一天天急切。

所谓上班，因老板的失踪，早已变成一场周而复始的无聊游戏。能坚持下来的已经为数不多，赵丽丽是这部分人里最坚定的，她想总经理一定会再次回来，带领大家创立和发展“市内旅游新品牌”，他不能丢下大家不管不问。可日子抽丝剥茧般一天天剥离下来，那个最核心的事实也越来越清楚，总经理已经卷走所有资金，彻底抛下大家去逍遥了。这个事实冷得让人发寒，寒意从心底生成，然后慢慢向周身扩散、漫漶，即使在大热天，她也会经常地止不住地打寒战。事实是，自从大家被总经理从各个景区当做精英当做骨干挖来后，从来没有得到最初许诺过的丰厚薪金，但那时项目刚启动，基础建设刚开始，景区的经营呈现出一片火热的景象，谁也没有朝不好的方向想，大家只想一力扶助总经理把景区搞起来，把自己的小日子搞得更有味道。

可是现在，所有美好的向往都成了泡影，成了一个让人又羞又恼，却又无处诉说的笑柄。在这种情况下，赵丽丽的坚持无异于自寻烦恼，她一方面要为自己的前途发愁，一方面还要艰难地和前来寻找总经理讨要薪水的员工周旋。因为总经理的悄然离场，赵丽丽自动升级为资方的最高领导，耗上她，就等于抓住了总经理的尾巴，就等于捞到讨回薪水的最后一点希望。万小古再三央求赵丽丽，让她不要再去景区让人当活靶子了，他说他可以出去挣钱，把她养活起来。可是赵丽丽死活不同意，就像被人养活是一件极其可耻又极其可怕的事。

摩托成了大家往返于城区和景区的唯一交通工具，大家轰隆隆地来，又轰隆隆地去，就像活着的全部乐趣就是在车上奔波。但万小古不甘心这样的结果，他已经和不少同事秘密组成了摩托队，发誓要在摩托能到达的所有地方就是掘地三尺也要挖出总经理，在摩托不能去的远地，也要秘布眼线，一旦发现总经理的行踪，他的摩托队将会在第一时间赶到，一举将那个从前耀武扬威现在神出鬼没玩人间蒸发的总经理拿获。

但是，事情似乎没有那么顺利。赵丽丽因为没事可做，整日显得昏昏恹恹，打不起一点精神。万小古因为心里藏了个大想法，一忽儿精神百倍一忽儿又心力交瘁，整个人，丢了魂似的没一点精气神。其间和老同学有过三五次小聚。他们的劲头让人羡慕，李成永远被他的治沙热情所鼓舞，睡很少的觉，做很多的事。小猛和囡囡因美满和谐的婚姻而光彩照人，焕发出无穷的动力，也焕发出无穷的能量，但囡囡还是当着朋友的面，讥笑小猛是头猪，一挨上枕头就能直接进入睡眠，打鼾、磨牙、说梦话，无所不有。

万小古很是羡慕。自己明明瞌睡得要死，却很难顺利睡着，心时刻被一种莫名的情绪紧紧揪着。这种古怪的情况甚至感染了赵丽丽，两个人经常抚摸着对方大眼瞪小眼，一直苦熬到天亮，然后进入新一轮的焦躁和烦恼。

有一天，赵丽丽终于支撑不住，她说："小古，我们结婚吧。"万小古却不能即刻答复她，他说："我们都熬了这么久，再等等看，等我拿到余吉庆那狗东西再说。"余吉庆就是他们的总经理，所有齐哈纳尔人共同的欠债人。

这一天，万小古终于得到一个确切的消息，余吉庆已经秘密返城，准备把景区转让掉。万小古命令所有摩托队成员立刻进入战备状态，封住所有余吉庆可能出没的路口，一有消息，立刻电告其他人，用人海战搞垮余吉庆。不，搞垮了不成，大家只要抓住他，让他给大家一个交代，拿回自己该得到的工资和赔偿，以及被忽悠了的大好时光。

"老大，目标出现在华锦大酒店。"在新区朝阳路负责监守的钱多多报告说。

"密切监视他的一举一动，"万小古吐掉嘴里的烟头说，"老狐狸狡猾得很，华锦交通便利可进可退，稍有风吹草动，老狐狸就会向邻县流窜。"

“控制住他的车，只要他从门里出来，立刻拖住他。”万小古又再交代说，“我们大部随后赶到。按第二套方案行动。”

此时的天气已经有些微凉，但万小古周身涌出了一层又一层热浪。他在一棵不断抖落杏黄树叶的紫槐树下停住车，急急给其他成员分派任务，他已经看到不少摩托车慌急慌急地向华锦方向疾驶。他忽然感到一种从未有过的放松，数月来的紧张情绪也像那些急急奔走的摩托走掉了一些，又走掉了一些。他俯在车上打了个盹，甚至在这个短促而惬意的盹里，做了一个短促而精悍的梦，他梦到自己终于变阔了，有鹰飞不过的田舍、贼搬不尽的金银，还有他和赵丽丽享不完的富贵。

忽然，他被一阵乱哄哄的铃音惊起，他一脚踩着油门，轰一声向远处射出。

写不好一个女字

省际大巴在山路上秋千似的荡下来，李长安的三魂六魄都几乎给颠到云梢，心思也像悬在那云端，怎么也不能收拢在迫在眉睫的亲事上。上车前，宋和平再三交代，这次，只许成功，不许失败。成了，他就可以搭上幸福人生的末班车；败了，他就会走进人生黑洞，再无天日。眼看就要进入邻省了，李长安却强烈要求下车，宋和平死死按定了他，让他好好想一想。此次，李长安奉父母之命，由媒人宋和平带队，前去邻省相亲。媒人不大，小李长安三岁，却已是两个孩子的父亲。宋和平的老婆来自邻省，他要给李长安介绍的对象，正是老婆娘家的一个拐弯亲戚。按宋和平的话说，只要李长安肯听话，此次相亲，板上钉钉。

可李长安很不配合，一路尽想打道回府的事，再不就是挑邻省人的刺，说他们又奸又猾、鬼鬼祟祟，还有一大把折磨人的啰里啰嗦的穷讲究。

宋和平可能也有这种感觉，但他大手一挥，把邻省人的这些缺点一笔抹掉："这些先不管了，去见个面再说。"

李长安说："那姑娘是你媳妇的姊妹，我是你爷爷辈，如果真的对上眼了，我们的关系岂不乱套？"

切！宋和平不以为然："现在要计较这些，你只能打光棍，小心老头子揍扁你，你可是他的一线单传，传宗接代的任务不管你愿不愿意，都会落在你身上。再说了，即便你和我媳妇她妹真成了，我们还不得各叫各的？没麻搭，利利索索地走。”

不管李长安情不情愿走，大巴一如既往地朝目的地疾驰，遇山过山，遇桥过桥。

翻过这架土石参半、天高地远的大山，就可望见邻省琼楼玉宇般散落在山梁和大川间的民居。不时有挎篮提袋的村民站在路边拦车。这是两地间唯一一趟班车，尽管车内已经很拥挤，但是司机见人就停，乘客照上不误。临近终点，司机也生出放手一搏的豪气，只是苦了车上的“原住民”。作为重点保护对象，李长安被安排在靠窗边的位置坐着，尽量避免被过道上的人流于拥挤中搞坏了形象。过道一侧的宋和平早给挤得妈哟妈哟直叫唤，李长安也给挤得以一种奇怪的姿势歪曲着，恨不得就此从窗口飞出去。天高地阔，想怎么舒展就怎么舒展。李长安反对相亲的理由立刻又多了一条，路不好走，车不好坐。宋和平意志坚定，比起家庭的幸福和美，这些算什么？不等李长安再作反应，宋和平叭叭叭又一顿好说。李长安趔趄着身子死死盯着转眼即逝的路景，对宋和平的絮语充耳不闻。

挤且不说，各种味道和着冷气直冲脑门，口臭、体臭、脚臭、屁臭、口腔里残留食物的恶臭，以及新鲜葱蒜韭菜的辛辣味道拧成一支奇怪味道的矛头，径直杀入他们的鼻腔，令人作呕。后来又上来一个长发青年，先是就四块钱的车资和票员讨价还价，后又觉得前门太挤，向着李长安、宋和平他们这边踅摸。人还没过来，十吨以上的洋葱聚集在一起的奇怪味道先自到来。到了宋和平坐的地方，长发青年终于选定“风水宝地”，手搭在宋和平前座的靠背上，不走了。腋窝正对准了李长安、宋和平，那股浓烈的洋葱味道成吨成吨地砸下来，像喷泉源源不断抛洒清澈的水流，像机枪无情扫出一串一串无情的子弹。眼前的道路似乎只有两条：要么死于怪味，要么止于半途。这么想的时候，李长安发现宋和平不再说话，但他一直攥着自己的手腕，好像真的担心他会跳窗而逃。算了吧，鱼和熊掌不可兼得，宋和平的安静和车内的清新也不可能同时存在，他伸手把车窗打开一条缝。针粗的窟窿缸粗的风，冷风灌进车厢的那一刻，洋葱味道被粗粝冬季干风冲淡了，清新的空气重新占据了呼吸的高地。冷虽冷了些，但大多乘客以沉默表达默许，只有一个抱孩子的妇女有不同意见："师傅，麻烦你把窗户关上，小心娃娃冻坏咧。"李长安应承一声，象征性地把窗户往严拉了一拉。

下了车，宋和平就跑到路边哇哇乱吐，李长安转过身去，以免自己也被感染。待宋和平吐完，李长安已经在寒风里冻得瑟瑟发抖，但他没有回头。至此，他终于决定屈从于现实，为了给父母一个交代，不妨老老实实跟着宋和平走上一走，他用现成的借口安慰自己，"既来之，则安之。"

待宋和平吐完，立刻转过来盯着李长安认真地查验，像是李长安身上确有还未看破的重大毛病。一边看一边说坏了坏了。

原来李长安的头发在车上给吹乱了，这让他的形象分折扣不少，看上去就像一个流里流气邋里邋遢的毛头小子。行前，李长安毛衣外面套了件黑西服，下身穿条天蓝色牛仔裤，宋和平坚决要求他打条领带。李长安找出一条银白领带，他知道这样的搭配很不规范，简直胡闹。但他要的就是这种效果。在打领带上，宋和平也非专业水准，手忙脚乱地摆弄半天也打不好。匆忙中，取法学生系红领巾的路数，总算勉勉强强地凑合上了。此番会晤，规格不高，乡土范围，没人会在这上面较真。聊胜于无。等摆弄好了，宋和平又觉得他的头发也该理一理。于是洗了头，理了发。不待吹干，车将来，宋和平拉起李长安就跑。在这个滴水成冰的季节，李长安头上未干的水立时成了冰块，把头发条分缕析起来，跑起来哗哗响。到了车上，复又进入热境，冰块化开，头发如出水芙蓉般，根根抖擞。却不料，因一个狐臭患者开了车窗，冷风再袭，刚刚解冻焕发容光的头发如经受台风袭击的作物，尽皆摧折，倒伏一片，胡乱耷拉在脑门上，像一群故意捣蛋的孩子。

宋和平坚决要求李长安再次理发，至少去洗个头，让他重新容光焕发，李长安以麻烦为由拒绝，两个人站在异乡大街上开始顶牛。

“你知道我们这次出来是干什么来了？”

“相亲啊！”李长安漫不经心地回答。

“为了能相上亲，咱还不得把自个收拾得像个人吗？”

“就是脸上贴着金，烂杆人也照样是个烂杆人。”

“咱不说这个，咱装也要装得好一点嘛。既然都来了，咱也不差这一步，快去拾掇拾掇。”

“谁想去了谁去。”

“你到底去不去？”

“不去！”

“还想不想相成亲？”

“不想！”

“你这个样子去只能把事情搞砸，难道你想打一辈子光棍？”

“想！”

最终，宋和平败下阵来：“没办法说你了都。”他用手指替李长安梳理着头发，但那头发也和它的主人一样顽固，不好驯服。他不得不凑上去哈着气好让头发变得服帖一点。两个大男人，数九寒天待在大街上侍弄头发，怎么看都很滑稽。宋和平这个媒人做得堪称尽心，李长安也几乎被他的称职打动。

宋和平电话联系了女方，说是现在有事顾不过来，相亲的事安排到明天更好。这样也好，宋和平正好有一桩要紧事去办，李长安也受母亲差遣，要去舅舅家访问。“先各办各的事，明天一早到朱庄会合，再不能有任何差池了。”宋和平如是安排。这次，李长安痛痛快快地应允了。在分头行动前，两人还可以一起坐一程车，但上午的班车已过了，下午天擦黑前可能还有一趟。两人决定打车分头送他们到达目的地，减少时间损耗，为相亲养足精神。

好不容易拦下一大屁股面包车，说是只能送他们到要去的地方的附近，不能直到，没有通融的余地。宋和平说只好这么了，但司机应在车费上适当优惠。正说着，又有一留着披肩长发的女孩撵上来要搭车。宋和平两眼放光：“美女快上车，我等得花儿都谢了。”女孩和李长安要去的地方不远，正好同路。宋和平一路欢笑，李长安不得不略作呼应，长发女子却不出一声，就像根本听不懂他们的话。

面包车在一段土路上扬起一股黄尘，又在干结的砂石路上抖了几抖，像是要抖落刚蒙上身的黄尘。宋和平大呼小叫地直喊颠。待面包车爬上一截新修的柏油路，宋和平直起身，不无遗憾地说：“我是到了，不用再受洋罪。你们两位继续享受！”完了又回头叮嘱李长安，千万别睡过了头。

李长安点头应诺：“放心吧，我可是村里瞌睡最少的人。”

待宋和平走远，长发女子竟然和李长安拉起了家常，女子叫刘燕，在县城卖服装，生意半死不活，勉强可以维持一个人的花销。她很不满意现状，打算回家说服父母追加投资。李长安对自己前来相亲的一节也不加隐瞒，如实相告。

刘燕笑笑说真是奇了怪了，你们那边男人年龄一大，齐刷刷都来我们这找对象，好像别的地方没有女的。

李长安肯定：“是很多，我们生产剩男，你们制造剩女，两相一搭配，互通有无，才能保证一个不多，一个不少。”

咯咯咯——相聊甚欢。有那么一阵，李长安甚至觉得，这趟“苦差”如果单是为了和这个叫刘燕的女孩如此欢快地聊一会，也是值当的了。但是显然，他千里赴会的目的并不在于此，而是那个叫他头疼，却无法躲过的“亲事”。

媒人宋和平对此似乎更上心，一大早就候在约定的地方，热急巴火的。待见了李长安，他上上下下、前前后后看了一遍又一遍，像一个鉴宝专家在审视一尊刚出土的文物。然后他打着长长的哈欠说：“唔，不错，你这身条拾掇拾掇，整个就一帅哥，可这么多年咋就一直单练呢？我就整不明白了。”

李长安也整不明白，宋和平为什么那么着急为他寻一个奶奶级人物，自己的婚事真就牵动了这个素不相干的人的心？

这是一个荒僻的自然村落，房子零零散散的到处都是，很不规整，像一把没有撒匀的化肥，胡乱据守在村子四周。房子却收拾得很精致，庙宇一样神气活现。房子之间的黄土路给踩得光溜溜白生生，这样的路横七竖八，到处穿插，显得很随意很任性。村里唯一的公路在村子中央，上面只铺了薄薄一层砂石，每有车子过来，立刻扬起遮天的黄尘。就是这样一个村子，却号称交通要道，盖因它占据在两省于山洼里的一个交接处，“一个蹦子就能跳出省”。村子属邻省管辖，风物语言习俗俱各不同。路上，宋和平已有交代，此番前去会晤的人家姓朱，家主生有5个儿女，坐底的是一个男孩，其余都是女子。现在要去相的，正是众女之首，朱家的大女子，人长得也还行，针线、饭食、农活样样拿得下。但不好的地方也有，家主喜欢赌博，把家输零干了还不肯收手，家里的大小事务一概不管，最要操心的仍是赌博。打蛇打七寸，现在可以不计较家主的态度，只需套取女主人的欢心。女主人如果首肯，事情八九不离十。

宋和平让李长安放宽心，如果这家不成，还另有两个备选项，一个在贺集，一个在草洼，都是好姑娘。岁数也都不大，宋和平揶揄李长安“老牛吃嫩草”绝对有戏。宋和平又开始数说几个备选的好处，李长安打断他：“照你这么说，我这次真得破处了？”

宋和平当胸给了李长安一拳，没大没小地说：“你这个杂毛！”

尽管有了足够的心理预期，可是李长安还是被眼前的景象惊呆了：这是一个没有院墙护卫的家，院里高上低下到处都是坑，大大小小的坑，成了这家人倾倒垃圾的好去处；黄泥垒就的几间泥屋早已破败，墙皮似乎随时会弃墙而去，毅然决然，没有商量的余地；院内肃杀得没有半点人气，却似一个野物出没的野外破院。

听到人声，当中一间屋门突然打开，慢腾腾地挤出一个庞然大躯的女人。女人已经年过五十，却花里胡哨地套着一件大红的羽绒服，翻领羊毛衫的领子嘟嘟噜噜地堆在颈项，肚腹鼓凸，双目深陷在满脸的褶子里。有其母必有其女，还没见其女，李长安已经对她的尊容猜个大概，心里即刻打起了退堂鼓。

但这时，宋和平已经隆重地向胖女人推销起自己：“姨娘，我这次专门给你引来一个好女婿，人长得洋气，家底也厚实，单就是年龄大了点。但您老人家也知道，男人大了会疼女人，这不也刚刚好嘛。”

胖女人一边和宋和平搭着话，一边拿眼打量着李长安。李长安略显局促，站在原地不动，却也十分配合地满脸堆笑。胖女人审定结束，长长吐出一口气：“哟，还戴着眼镜，看起来很斯文。”

宋和平顺杆子往上爬：“那可不，大学生，名牌！”

“县高中毕业。”李长安纠正道。

胖女人已不再计较李长安的学历，注意力迅即转移到另一个问题上：“既然这好，那也好，咋就一直没结婚呢？是不是有什么毛病？”

宋和平抢答：“您老也知道，婚姻这事得看缘分，缘分不到，再怎么折腾也白搭；缘分一到，立马冒泡。姨娘哎，这是老天故意给你老朱家留着个好女婿，你老可得抓牢了啊。”

胖女人择婿的标准似乎不高，也或者，急于将自己的女子推销出手，审核草草结束，对宋和平说：“人在屋里头呢。”

在胖女人的指引下，二人很快见到这家待嫁的大女子。他们掀起门帘进到西头一间矮小屋里的时候，就见一胖女子慌慌地从炉火边起身，见了生人，既不让坐，也不说话，只就呆呆站在炉前，一双手早就缩到背后。原来那女子正在炉子上烤土豆吃。土豆切成薄片，一张挨一张贴在通红的炉身上。女子大概正饿着，炉盘上还留有一颗未及撤下的瘦巴巴的甜菜，看来这家人在吃食上并不挑剔。饶是如此，个个吃得异常胖大，显示出生活富足的样子。其实呢？傻子都看得出他们过的是怎样不堪的艰难日月。

李长安早已兴味索然，但碍于面皮，不得不陪宋和平坐下来求亲。听胖女人的口气，来求亲的各路人都不少，条件一个顶一个的棒，他们还拿不定主意把女子许给谁。虽然自己的死鬼丈夫不着家，可大事上还要看他的意思，她自己做不了主。所以，李长安他们还要等她征求过她的赌徒丈夫的意见后，才能得到答复。现在不急，不妨先处处看。那女子始终不出一声，活像其母正在说与她无关的另外一个旁人的事。

李长安也在心里打定了主意，就算真的打一辈子光棍，也不再踏进这家家门一次。

到底没有像宋和平预计的那样，轻易地把这家女子说下，他们不得不从这家退出来。出得门来，就听到有人说这家的女子耳朵都有毛病，话也说不利索。这样的结果，却让李长安十分高兴。但脸上，他不能把这高兴表现出来，他假作失望地说："来也是白来，求也是白求，不如我们回家吧。"

宋和平安慰："没事儿，别急！还有两家，先来这家是因为这里最近，另外两个姑娘都比这个好。"李长安心说，恐怕这一个是宋和平最有把握说成的一个。龟孙子，就知道糊弄爷爷。

就在宋和平带李长安去第二家相亲未果返回的路上，李长安半道上溜了，怎么也联系不到，宋和平骂骂咧咧地独自回村，并把李长安的狡猾和不配合如实给他的父母做了汇报。

为这事，宋和平很生气，回村后就到处宣传李长安如何亲手搞砸一场眼看到手的亲事。他指了指自己的脑壳对大家说："那个人，这儿确实不对。"

家人还是要不断托人为李长安说亲事，哪怕一点十分渺茫的线索，也会让他们激动半天，并对此投入大量时间和精力做准备。但随着年纪的不断增大，这事儿似乎越见其难。李长安自己却并不当回事，仍是见天地下死力做活，没事可做的时候，就待在屋里，望着墙壁冥想，果如那些得知他偌大年纪还不成家的人作出的第一判断，"有毛病了"。

过了一段日子，宋和平揽下了一个工程，大的，用他自己的话说，把全村青壮劳力全部招去做活，从年头干到年尾，可能也干不了一半。正是农忙时节，宋和平开出的工资虽然不低，可是能招到的劳力却是不多。急，火烧火燎地急。心里急，嘴上却不急："四条腿的蛤蟆不好找，两条腿的人多的是。"但宋和平到底没招下几个青壮劳力，村里的老弱病残倒是去了不少。

尽管李长安在相亲路上曾放过自己的鸽子，宋和平却想表现得大度一些，不计前嫌，把他从苦思冥想中捞出来。多多参与社会实践，尽早催熟思想，把成家过日子的想法牢牢放进脑袋里。他相信，铁树能开花，朽木也可雕。

李长安答应得十分痛快："好！"

加上女人、加上村里的老弱病残，还有几个半大不小的毛头小子，宋和平的草台班子才勉强搭起来，他不下大苦，该操的心却都得操到了，开车接送工人、记工、派活、验收，一直到月底结算、发放工资，全都一个人扛。当然了，这都是小份意思，不用下大力，轻轻松松就能做好。除此之外，宋和平仍有大把时间倒背着双手，在工地转来转去，摆出一个老板该有的姿态。李长安倒也老实，干活卖力，说话不多，在别人讲荤话时总要躲开一点，像是怕受到污染。宋和平忍不住打趣："好我亲亲的爷哩，你几时才能开窍，就是个榆木疙瘩，活到你这岁数，也早就熟透了，你咋就熟不了呢？你这是生生要把人急死啊！"

李长安并不晚熟，非但不晚熟，甚至还有点早熟。早在上高中的时候，李长安就开始处对象，对方叫许永娜，一个稍稍有点疯的女孩。早恋在那个年头堪称惊世骇俗，一时风也起了云也涌了，舆论的矛头纷纷指向他们，各种批评、限令和封堵纷至沓来。他们顽强，百折不回；他们无惧，照样出则双，入则对，硬硬挺立成一对不死的校园鸳鸯。校方和家长拿他们一点办法没有，折腾来折腾去，这对校园鸳鸯没有被扑杀，反而成就了他们钟情无畏的英名，举校皆知。高考结束后，他们双双落榜，李长安回村，许永娜南下打工。这对棒打不散的鸳鸯，终于在现实的干预下，花开两处。但距离的增大，丝毫不能减损他们的感情。其时通信有限，能传情达意的方式只有书信和电话，电话费钱，更兼不普及不方便，基本是条死路。于是只能借助邮政，一时书信如雪片一样飞来飞去。李长安痛且快乐。突然有一天，南方再无一纸“相思书”飞来。李长安不安，飞临许永娜打工的城市，却没能见到许永娜本人，问了工友才知，许永娜在一月黑风高夜被人劫财劫色，谁也没想到，她竟因此疯了，从此生不见人，死不见尸。农村姑娘小伙结婚早，从南方回来就不断有人给李长安介绍对象，李长安死硬，不管对方品貌如何，坚决不要。他发誓，一定要寻到许永娜的下落，找到了，不管她现在变成什么样子，也不管她曾经经历过什么，他都非她不娶；找不到，他就等下去，等她如花的笑靥再次绽放在他面前，等她的一个确切消息。或者，干脆不娶。李长安一边干着粗活重活，一边四处寻找许永娜，有时出门一找就是几个月。家人的保密工作做得好，旁人问起，只说去“寻亲戚了”。如此，一过就是近二十年。李长安对婚事总是抱有抵触情绪，一开始，总是提什么高标准、严要求，有点漫天要价的嚣张，以此来堵媒人的嘴；后来眼见找许永娜无望，身边的同龄人甚至那些娃娃辈先后结了婚，只有自己这棵“不老松”还在独撑，才在标准上有所松动，但情况已经不妙，就算他没有标准，也难得一妻。这些情况，属个人绝密，旁人不知。

取笑李长安的不熟、晚熟，是如今财大气粗的宋和平最高兴的事，每日必修，到了见缝插针的地步。痛快着呢，嘻嘻嘻、哈哈哈。很多时候，李长安对这种耍笑都能坦然受之，他甚至还能故意表现出一点生涩，让大家笑得更彻底、更痛快。

其实当年，和许永娜刚分开那阵，李长安想过继续补习，以便考取许永娜打工的那座城市的某所名牌高校，延续他们赏心悦目的恋情。怎奈李长安的一手字实在不敢恭维，严重影响了他的成绩，甚至影响学习的兴趣，加上当时的家庭条件亦不敞亮，不容他有太多念想。

李长安搞不懂，自己名字里有个女字，按说应该在女事上占尽风流，至少也应该把这个女字写得像模像样。偏偏不是这样，他却在女事上吃尽苦头，永无止境。难道他的女运全被名字里那个安字占去了？李长安有些怨恨地想。

每到月底发放工资，宋和平就拿出卷了边的工资薄照单呼喊，被叫到的人撵上前来，从宋和平手里接过一叠钱，数数，脸上洋溢着心满意足走开。这是一个喜气洋洋的好日子。李长安却最怵这样的日子，因为这一天是宋和平要笑他最凶猛的时候，他拿他的签名说事，由此蔓延开去，说到他久不见影的婚事，说到他在女事上的种种窘态。这原本没什么，可当着这么多男女老少，自己的丑态一次次被放大被张扬，李长安就感到脸面发烧，很丢人，恨不得找个地缝钻进去。

又是一个喜气洋洋的日子。李长安想，等领了工资，再去南方寻一遍，如果确实找不到许永娜，他就开始考虑接纳其他人，尽早过上老婆娃娃热炕头的“好日子”。

李长安憋着一股劲，想把自己的名字签得受看一点，再不能让宋和平笑话了——可是事与愿违，李长安三个字再一次鬼画符一样落在工资表上，歪七扭八得像一摊稀泥。特别是那个安字，女部的两边奇怪地扭在一起，看起来就像笔头突然分了叉，走到半途再次合拢，然后又分道扬镳，一股东来，一股西去。

果然，宋和平又开始了：“啧啧，你这个安字咋那么像个干字？像干又不像个干，把腿都叉开了。就你这球姿势还想干！我的个妈呀……”

嘻嘻嘻、哈哈哈……

李长安窘得要死，偏在这时，手机铃响，是短信提示。这个短信救了李长安，他扭头走开去看短信，是那叫刘燕的女孩发来的：“长安哥，我失恋了，呜呜。”自从在邻省那偏远小村的路口分别后，李长安和刘燕一直保持联系。此一节，李长安不说，宋和平不知。

刚遭受了耍笑，还没从被耍笑的阴影里走出来。但突然，李长安的心情大好，拨云见日般的。此刻，他很想嬉皮士一番，于是他快速翻动手指，给刘燕做了回复：这不是我的机会来了嘛，刚刚好。然后按下发送，短信就带着他的恶作剧意味，飞向邻省某个不知名的地方。

醉春风

一

病汉子许成是村里著名的“专干”，所谓专干是对他做事不精细，脑袋不够用，手脚不够勤快的高度概括。比如老婆派他扫地，他就只顾扫地，油瓶子碰倒了也不去扶；如果派他去农田淌水的时候，他也只管淌水的营生，杂草绊倒了他，他跳起来拍拍身上的土继续朝前走，绝不去理会那杵在地当中的庞然大草，袖着手只管淌水；就是去村口买袋盐，他也只管买盐，不惜再跑一趟冤枉路，再折回去买包烟，或者其他零碎。“专干”许成的好多故事像新闻一样在村里广泛流传，村民对这个懒散的没有头脑的家伙笑了又笑。好笑得很。

摊上这样一个丈夫，确实够路秀云受的。可是路秀云并不气恼，反而笑笑地说我家许成是个实心眼，做事太认真了，这样的人可靠。当然了，许成对老婆好，听老婆话，一心一意的。不像村里其他年轻后生，手里一有点钱就烧得不知道自个是谁了，总想着那些不靠谱不沾边的事。

其实许成也就这点好。

许成有病，浑身是病，腰疼，腿疼，眼睛也不大好，还老爱犯那种文化人才会有的毛病——失眠。总之，病恹恹、软溜溜、乏沓沓的不像个男人。这样，路秀云既要干女人的活，还要做男人的活，屋里屋外，全她一个人操持，粗活细活都她自己扛。许成承认自己不行，凡事都听路秀云的，老婆让他往东走，他绝不朝西看一眼，什么时候做什么，怎么做，也都由老婆安排。为这，许成没少遭村人笑话。许成不觉得羞，路秀云更不觉得羞。如今，到哪里去找这么听话的男人啊？至于他的不能干（专干），那又有什么，大不了自己多出把力就是了。

日子就这么飘飘摇摇地往前滚着，一滚就是四五年。

二

又是一个稻谷飘香的金黄十月。

今年遇上了个好年成，农作物样样飙着劲地长，到处都是喜气洋洋的丰收景象。许成家的五亩水地全种了水稻，稻子们这会儿都低下沉甸甸的头，一副瞌睡得抬不起头来的样子。

路秀云带着许成来看过好几次了，却还拿不准是否到了开镰的时候。家里很忙，本来这事让许成一个人来就成了，可是她不敢轻易支派他，有一天她让他去田里赶麻雀，别让这些害人的东西把到手的庄稼祸害了，他竟在田里整整守了一天，一直到星月满天的时候才拖着疲乏的身子回了家。让他出门办点事，她还不放心，只能自己多费点心多跑趟路。

其实路秀云还是有点自己的小心思，她要看看前几年田邻们栽的枸杞子的收成咋样，顺路再问问销路好不好，价钱高不高。别人栽枸杞的时候她也动过那心思，却不敢拿家里仅有的五亩地冒险。老人常说手里有粮心里不慌，她先要保证一家人的口粮。

近十来天，路秀云已经看了不下五次，每次都看到田邻的枸杞园里挂满红彤彤的果子，像是永远摘不完。可园子里总有好些人在忙着摘枸杞，一桶又一桶的枸杞提出来交给主人过秤，摘的人和称的人脸上都挂着笑，富足的实实在在的笑。

她的心里很不是滋味。

路秀云知道，是她自己失算了，要是和他们一道种上枸杞，自家现在也过上了富足的生活，也会笑得那么甜。

可是她，已经带着许成白白浪费了几个赚钱的年头，家里的光景一年照一年的破败。想到这些，她甚至有点怨恨自己，许成那么信任她，把一个家交给她管理，她却把家经营得远远落后于邻居了，她还对得起许成的信赖吗？还能好好操持这个落后的家庭吗？

不能，她要振作起来！

刚送走一批过秤的人，紧邻稻田的田主米大钱眼子看到许成两个过来，赶紧打趣说："许成，你老跟在老婆屁股后面是什么意思，难道你老婆的屁也是香的？"

许成红了红脸，没说话，路秀云接过话茬说，"说那么多话你就不怕闪了舌头，有那工夫，你也凑过来闻一闻不就知道了。"

三

终于开镰了。

许成干什么都指不住，路秀云忙完家里的又要忙田里的，忙得顾前不能顾后。

在田里，许成干上两下就哼哼唧唧喊腰疼。路秀云割了捆，捆了割，累得嗓子眼直冒烟。活计太多，干了这个顾不了那个。偏偏这时许成又呻唤开了："哎呀，疼死我了，腰怕是要断了。哎哟哎哟……"

路秀云正为这一摊活计和家里半死不活的光阴烧心得不成，听他这么呻唤，更是烦得没边没沿了。她恨铁不成钢地深深剜了他一眼：“这也不行，那也不行，你到底能干什么？”

“疼死了……疼死了。”回答路秀云的是更加绵长的一段呻吟。

“羞人哩！”路秀云不管不顾地责备起许成，“就是扎个杌人也能吓个麻雀，白白活了趟男人，什么活也不能干，照这姿势光阴能过到人前头简直哄鬼哩！”

许成到底是再不能割稻子了，路秀云安排他把捆好的稻子装到架子车上，拉到打麦场上去。每次就让他拉十来捆，多跑几趟也就拉完了。

受了老婆数落的许成这下不干了，说既然要他拉稻子，就应该把稻子装好了他再拉，不然他是顾得上拉车还是装车？路秀云只好扔下镰刀，抱了十来捆稻子搁车上。

许成就拉着刚刚铺满厢底的小半车稻子忙不迭地朝打麦场走去。路上不断碰到相熟的村人，他们纷纷停下脚步开许成的玩笑。

“许成，才拉那么点儿，大忙天里你还有时间遛腿啊？”

“许成你个愣娃，稻子都丢光了也不回头看看，当心晚上跪搓板。”

“许成，你那么大的个男人，咋一点劲都没有，你的劲都跑哪去了，是不是交给老婆替你保管了？”

许成只笑不说，只管埋头拉车。只要一直拉着车，就算完成老婆交代给的任务了，就不算众人眼里只知道吃闲饭的废物了。

饶是说了些气话，等许成再次回到田里，路秀云还是关切地问他：“累了吧，腰还疼不？”

许成快乐地回答："直起腰活动活动就不疼了，你才装了八捆稻子，哪能那么容易累着，你还当我真是个泥捏的纸糊的？"

路秀云清清楚楚地记得，她害怕把他累着，不多不少刚抱了十捆稻子让他拉，怎么成了八捆，难不成是他半路丢掉了两捆？唉，这个吃货啊！

四

稻子是丰收了，价钱也卖得高，可是刨掉农田的缴费、人工工资，基本就没什么了，简直等于白白忙活了一年。那些早年种了枸杞的人家就大不一样了，他们在银行都有存款，有人忙着给家里添置家具，有人着手翻新房子，还有人装模作样地做起了老板。米大钱眼子最可气，他甚至打起了许成家那五亩稻田的主意："秀云啊，种粮食一年辛辛苦苦挣不了几个钱，不如把田转让给我，再栽几亩枸杞，价钱我给你们出得高高的。这样，你们松活了，我就可以当上村里最大的枸杞种植户。"

"两全其美嘛！"米大钱眼子强调。

"做你的大头梦去！"路秀云气咻咻地答复道。

回到家，路秀云就和许成商量来年也种枸杞的事。说是商量，其实是决定，路秀云的话一旦出口，就没有改变的余地了。

许成这次却是顾虑重重："明年再栽，会不会晚了，万一销路不好，价格变动了又怎么办？"连许成都能想到的问题，路秀云自然会想到，她已经做了大量的调查、对比，种植枸杞是一条切实可行的致富路子，中宁枸杞名扬天下，销路自然不是问题，至于价格嘛，再怎么变动都比种粮强。

"栽上肯定没错。"路秀云说。

“栽！”许成大声地表达了自己的意见。

五

许成家的茨园终于营务起来了。

树苗在田里一天天长大，许成每天都去茨园薅草、赶麻雀，有时还拿自家的茨园和米大钱眼子的做个比较，好像没有原来那么“专干”了。许成赶麻雀，在一定程度上也帮了米大钱眼子的忙，得到了米大钱眼子的多次表扬，“许成这家伙，越来越像个人了！”

夏天最热的时候，到处都热得像蒸笼，许成索性在枸杞越长越密的枝叶撑起的阴凉里继续他每日的课业，连家也不想回。就是在这期间，他发现有的茨条竟开始开花结果了，这些红果子害羞似的藏在密密的枝叶间。他觉得这是他自己的秘密，他甚至不想轻易地告诉路秀云。他把那些熟了的果子小心地摘下来轻轻地攥在手里，像是要把这个秘密紧紧攥进手心。

可是红果子越来越多，他的巴掌再也盛不下那么多果子。他把那些被自己攥得热乎乎的果子不断丢进嘴里，丢进一颗，再丢进一颗，以便腾出手来干点活计。他的腮帮子已经被鼓胀的红果子高高撑起来，他的头脸也被心底蒸腾起来的一股热量涨得通红通红，活像是他脖子上结出的又一颗硕大的红果子。

许成以为自己严守的秘密只有自己知道，谁想路秀云这一天安顿他：“到了茨园，别光惦记着干活，树上的头茬果子也该熟了，多摘几颗吃吃，那东西大补，对你的身体有好处。”

难道他每天都在茨园偷吃红果子的事情败露了？许成惊得半天说不出一句话。既然秘密不再是秘密，许成决定专门用几天时间把园里的果子都摘了，拿回家给老婆吃。路秀云却不是许成那吃法，她把红果子炒到菜里，掺到米饭里煮了吃，还泡了酒专让许成喝。

到秋上树叶开始发黄的时候，许成早不记得他吃了多少枸杞，喝了多少枸杞酒，他已经深深爱上了这片茨园，爱上了这种红彤彤的仙果。他觉得他的脑子好像忽然开了闸，看到了很多以前看不到的事，明白了很多从前不明白的道理，他决心和老婆一道把这个家认真操持起来。

园里有活的时候，不用路秀云吩咐，许成就自觉自愿地去干上一天，园里没活的时候，许成也愿意去园里转上一圈。路秀云惊喜地发现，他的“专干”丈夫已经开始动脑子想问题了，眼里有活，手里也有活。

六

许成简直成了枸杞痴，每天天还没亮他就下地忙活了，一直等到天黑透了他才肯回家。路秀云心疼他，不让他这么没命地干，可许成不听，照样在晨起以后一头扎进茨园。说起枸杞，许成也能说得头头是道。只要是和枸杞有关的事，他就愿意去听、去看、去琢磨。

许成家的茨园被许成经营得简直要把老茨农米大钱眼子比下去了。

许成再一次和米大钱眼子在茨园边上相遇，米大钱眼子不无羡慕地说：“许成你个二货，都像你这么搞，还不让我们茨农有个消停的时候了？你把茨园收拾得像花园一样，能当吃能当喝，还是能当婆姨用？”

许成笑了笑：“还真让你说对了，茨园这东西就得当婆姨一样伺候，你把她伺候好了，她才能给你红火的光阴。”

“日怪了——好长时间没见你犯二了，搁着好好的‘专干’你不做，这样没日没夜地苦干，要是两腿一蹬累死了，哪头多哪头少？你还别说，我就喜欢你犯二的样子，要多可爱有多可爱。”

“其实，我倒想让你二上几年，这样我才能撵得上你。”

米大钱眼子说得对，自从务营上茨园，自己越来越不二了，脑子灵醒了许多，腰腿疼的老毛病也见少了，眼睛也能看得远看得清了。

忽然有一天，许成“下班”回家的路上被一辆飞驰的摩托撞飞了，事不大，只是受了些皮外伤。路秀云却吓得要命，求他再不要那么不要命的干活，每天下地时迟点去早点回，说现在的光阴好了点，再紧忙的活计就算自己顾不过来，雇几个人的工资咱也拿得起了，再不用自己下死力了。

许成露出他招牌式的笑容：“没事，没事，造到了刀上就死不到绳上。”

七

三年了，许成家的茨园全面进入盛果期，许成走茨园走得更勤了。

许成家的房子在这期间翻新了，家里还添了不少家具，日子越过越有奔头，人也越活越有精神。越来越多的人感到许成和从前相比大不一样了，他不知怎么就变回了男人，好话坏话分得清，苦活重活干得下，干活也有眼窍了，还能做到两头都顾，多面齐抓。从前的那些专干笑话，早变成老故经了。难道是他娘老子把他带去“回炉”了，重生重养了一遍？

肯定不是的。

有人开玩笑说，许成的转折点是那次被摩托撞了的事故，撞得不多不少、不轻不重，没伤着许成却把他的窍眼子撞开了，他应该提着厚礼去感谢人家。

立即有人反对说这是胡说，要是出车祸有那么好，你自己去撞一下试试。归根到底，是人家路秀云管教得好，也调理得好，你不见许成的身体越来越好，没个好女人好吃好喝地伺候着，他哪能活得那么滋润?

这个观点得到一个读书人的赞同，这样说是有一定的道理的。

读书人接着说，许成的转变是从种植枸杞开始的，枸杞有补肾益精、养肝明目、补血安神、生津止渴、润肺止咳的功能，能治肝肾阴亏、腰膝酸软、头晕等病症。也是赶巧了，这些症状都是许成的症状。许成能一天天见好，其实是天长日久吃枸杞的结果。偏偏咱中宁枸杞又是枸杞里的“王”，是枸杞里最最精华最最优秀的儿女，是男人的“加油站”女人的“美容院”，吃这样的枸杞强过用药一百倍、一万倍。

的确，中宁枸杞因其品质超群，有着独特的营养价值和药用价值，被越来越多的人认可，享誉海内外。路秀云夫妻早年担心的销路根本不是问题，枸杞成熟以后，立刻有许多外地商户来抢购，本地也兴起一大批枸杞深加工企业。越来越多的人开始效法种植枸杞，越来越多的人从种植枸杞中受益。枸杞，盘活了许多个许成这样的家庭，也带动了地区经济的快速发展。

八

许成的另一个田邻张耀祖老汉过世了，路秀云和许成合计着把老汉的三亩茨园买下来。老汉的儿女都在城里发展，一直想把老汉接到城里，老汉却死活不依，说死也要死在茨园里，一个人侍弄着三亩茨园，倒也逍遥，不想真应了他死在茨园的话。老汉的儿女们决计不会回来，三亩茨园可不能撂荒。米大钱眼子一直想把老人的茨园买过去，可老人和他不对付，嫌他不是个正经的茨农，任是米大钱眼子说破了嘴皮也不肯松口。

现在，许成两个和老汉的后人们就茨园的转让和和气气地讨论开了，“五万。”许成一锤定音。“好，五万！”老汉的后人欣然接受。

老汉的枸杞栽得早，有些树都老化了，许成打算挖掉重新补苗。他正在田里“巡视”，米大钱眼子凑了过来，只听他长长叹了一口气。

“唉，张老汉这个死老汉太倔了，我不知哪辈子惹下了他，好说歹说，就是不肯把地让给我，这下好了，叫你这么个二球后来居上地霸了去，我不甘心呐。唉——”

“怪谁呢，你要是个正经的茨农，别一天到晚的钱、钱、钱，这地早就是你的了。”

“那是，人的个命天注定，胡思乱想不顶用，是你娃命大造化大。不过现在地多了，你不见得比我经营得好，不信咱比比。”

“比就比！”许成觉得，自己现在说话有的是底气。

这一年冬上，许成、米大钱眼子，以及其他几个枸杞种植大户一起被镇上评为致富能手，每个人领回了一挂红彤彤的缎被面、一张烫金荣誉证书，更重要的是，每个人都获得了一笔扶持资金，以便帮扶他们更好地发展枸杞产业，带动更多的人走向富裕之路。

领奖回来的路上，米大钱眼子说这次咱打了个平手。许成说哪能呢，我坐到你车上本来就输了一截，还是你厉害。

车上另外一个同村能手说："这可不见得，许成穷家薄业，不像你米大老板家底厚腰杆粗。照我看，他能折腾到这一步，已经胜了米大老板一招。"

"不不不，还是平手。米大老板，我们明年再见个高低！"许成急忙纠正道。

大家都笑。

九

又是一年春暖花开时。

这年春天来得早，第一缕春风吹来的时候，各家各户都在自己的茨园忙活开了，施肥、修剪、栽补，松土。一向疲沓的米大钱眼子也摆出一副埋头苦干的架势。许成望着一大片正悄悄抽芽吐蕊的枸杞苗，心情舒畅极了，他知道用不了多久，这些树苗就会舒展开身子，结出又大又红的果子，结出庄稼人红火的日月。他朝南边勾头做活的米大钱眼子大喊一声："米大老板，加紧干呐！"

"许大老板，加紧干呐！"米大钱眼子依样画葫芦地喊道。

忙了一天，路秀云准备好好犒劳许成一下，她炒了四菜一汤，还整了一瓶枸杞酒，麻利地摆到饭桌上。

"你吃。"许成说。

"你吃。你是咱家的家长，更是咱家过上好日子的功臣，你不动筷子我哪敢啊？"

"我真是一家之主？这个家里，什么事都是我说了算？"

"那是当然！"

"那好吧。我说咱现在也养得起孩子了，是不是先把你那买车买房的计划缓一缓、搁一搁，先该考虑要个孩子？”

“这个不急，等有了车有了房，咱把孩子送城里接受最好的教育，再也不要像我们和土坷垃打一辈子交道了。”

“这可由不得你了！”许成一把拉过老婆，像拎起一只小鸡一样拎进了里屋。

枸杞酒的香味即刻在里屋散开，浓得像一团化不开的千年谜团，多得屋子快要盛不下了，香得让人魂飞魄散。许成感到，他就要在这阵阵迷香里沉醉了，他的老婆好像已经先于他沉醉了，整个人柔软得像一根春天里的茨条。

过了很久，他喘着粗气说：“这遭好了。”

路秀云也红着脸说：“好了。”

赵刚的幸福

故乡杨柳镇名字起得很有诗意，只要你在二十年前到过杨柳镇一准觉得远不是那回事，那时的杨柳镇还是一片有待开垦的又荒凉又贫瘠的处女地，那时我们还是懵懂无知的初中二年级学生，那时我们的父母甚至还不知道拿什么喂养他们的孩子正在长大的身体和出人头地的热望。

镇上的居民全是山区搬来的“山里人”，我们习惯了拿鞭杆吆喝羊群的父辈还不适应杨柳镇扬水灌溉的耕作方式。镇里没有像样的公路，我们走的路全是田埂边随方就圆开辟出来的砂石路，美其名曰“生产路”，我们的家到学校的直线距离并不远，如果我们沿路走就要费些周章，不如从农田穿越来得方便，农田主人常常会及时站出来充当“拦路虎”，这样的时候我们就会规规矩矩地沿着沟渠和田埂走。说不清什么原因，当时杨柳镇虽然架设了许多电线杆，电力供应却十分吃紧，每晚只在八九点钟供一到两小时的电，时辰一到，不管你手头上有多么紧要的事，刚刚给你光明世界的电倏忽一下就不见踪影了，同学们传言说，电是世界上最贵重的东西，贵重东西当然不能让人由性子胡糟践。庄稼人一天苦到头累得直不起腰，一到晚上就能直接进入睡眠程序，对电的需求自然不如我们这些学生娃紧迫，要知道我们有多么充足的精力和多么紧迫的学习任务，白天的时间哪里够我们用啊。

还是说说我们学校的情况吧。

我们的学校位于杨柳镇最中间的地段，学校环境和师资配备在全县垫底，年年中考升学率也与之相匹配地在全县垫底。学校的电力供应严格遵守镇里的用电方案，校方为了给学生争取尽可能多的学习时间，安排我们上晚自习，并给我们按人头分发煤油，条件是要学生自己动手制作油灯。有电时间的晚自习是必须要上的，停电以后还得再坚持一会，约摸半个钟头以后学生就可以自行安排油灯照亮的时间。我们的体育委员赵刚的活动时间在所有的光亮消失以后才开始，他喜欢在黑暗中捉弄睡着的同学，他尤其喜欢捉弄我们班身子最单薄的潘多拉。老师们似乎也不太关心学生，任由我们海天湖地地瞎折腾。

我们制作的油灯五花八门，多数同学把废墨水瓶盖掏个窟窿穿上灯芯，讲究一点的再用铁皮圈把灯芯固定起来。在缺电年节制作油灯实际上是同学们制作手艺的一次大比拼，每个同学都尽心尽意地把自己的油灯做出花样、做出美感来，有人甚至愿意多费几道工序把油灯做成不怕风吹雨淋的马灯形状，有人还别出心裁地把自己的油灯做成一件艺术品，既方便了学习又能炫耀自己的手艺。到了晚自习，同学们就会提前拿出自己的油灯把玩一阵，随后还要不无得意地向别人展示自己的杰作，并且尖锐地指出旁人的不足。第一个晚自习上，大家就迫不及待地点亮自己的油灯，班里只有一个人还安安静静地坐在自己的座位上看书写字，他就是著名风骚娘们潘婷的显货儿子潘多拉，我们发现他在停电前根本没有拿出他的油灯，即使是在停电后也不急着点亮他的油灯，而是毫不害羞地向别人借起了光。他的秘密终于被别的同学发现了，这些被偷了光的同学感到很愤怒，写字的时候故意侧着身子挡住自己的油灯本来就很微弱的红光，潘多拉这时候才慢腾腾地拿出他的油灯，撕一条废纸就着别人灯头的火苗点亮自己的油灯。同学们这才发现更大的秘密，他的油灯哪里是什么油灯啊，那分明是他每天吃饭用的又小又破的瓷碗啊，里面倒了很少的一点煤油放着一条碎布条。潘多拉的油灯立刻遭到同学们的耻笑，他瘦削的脸上红一阵白一阵，最后干脆合上书坐在座位上发起了呆。

隔天早上别人打来开水吃馍馍的时候，潘多拉正忙着清洗被煤油污染过的瓷碗，赵刚哧溜一下站到了他面前，把自己吃剩下的半拉馍馍准确无误地丢进潘多拉的瓷碗，还热情地说趁热吃，快上课了。潘多拉不慌不忙地从碗里捡出馍馍，对赵刚说一个人对待粮食的态度足够说明他的品质。这句话里的意思赵刚有些不懂，他懵懵懂懂地站在空阔的操场上看了一小会天，然后就忍不住为心里酝酿出的下一个捉弄潘多拉的主意轻笑两声。再一天早晨起来，赵刚早早打来开水，等潘多拉把瓷碗洗净也打来开水，他就把自己没用完的煤油给潘多拉的碗里倒一点，然后给别的同学说，你们看，潘多拉洗的这叫什么碗啊，碗里的油花子还多得能淹死苍蝇。潘多拉一句话也不说，起身倒掉脏水，又洗了一遍碗，这时候真的要上课了，赵刚笑着第一个跑进教室。

潘多拉的身世我们还是了解一些的，他的家境很不好，他的母亲是我们杨柳镇最出名的风骚娘们，他的父亲在发现他母亲和村干部的奸情后愤然上了吊，留下了一个儿子和两个女儿。他们家的光阴于是一天更比一天烂杆了，他母亲把他们兄妹送到学校里再也不管不问，有了钱只会往自己脸上搽粉抹油，以便招惹更多的男人，到后来学校干脆不再问潘多拉兄妹收取学费了，并且免费为他们提供了宿舍。潘多拉和他妹妹在学校的可怜劲儿有目共睹，整个冬天他们就像得了颤抖病抖个不停，夏天里藏在外套下面的单衣单衫终于暴露在大家眼前，那是补丁摞着补丁的又一套棉衣啊，潘多拉的妹妹是一个心灵手巧的漂亮姑娘，她总是把她和哥哥的衣服洗得干干净净。他们的身子和他们的衣服一样单薄，让人看着揪心，谁也不知道他们的粮食吃到哪里去了，谁也不知道他们有没有粮食吃，那时大家的日子都不好过，谁有闲心去操心一个和自己不相干的人的吃喝呢？可是就是这样单薄的身体里藏着巨大的能量，潘多拉和他妹妹潘爱华每次期末考试以后总能戴着两朵大红花回家，可惜他们的母亲从来不把这当一回事，绝不会因此给他们一分钱的奖励，甚至不会给他们一个好脸色。但这并不妨碍潘爱华成为镇中学一个小有名气的小美人，赵刚就曾断言说潘爱华长大以后一定会成为影响镇里治安的美人胚子，赵刚甚至毫不掩饰他对潘爱华为时过早的想法，他说他长大以后一定娶潘爱华那样的女子做老婆。

我们的住宿环境十分简陋，并且十分拥挤，十多个人挤在一张大通铺上难免有磕磕碰碰的事。当同学们知道学校免了潘多拉兄妹的住宿费的时候，以为他们沾了其他人的便宜，就想尽方法地欺负他，最损的就数赵刚了，他假装走错了地方骑在潘多拉头上故意努出一个屁。无论同学用怎样的手段欺负他，潘多拉总是强忍着不发火。他妹妹的处境也比他好不到哪里去，女同学欺负起女生照样一套一套，她们最爱用的招数就是无缘无故地孤立这个长着两个好看的酒窝的小美人，并且时不时地在她的被窝里书包里塞进一个活物来吓她。实在受不了的情况下，潘爱华会哭哭啼啼地跑来拉着哥哥枯瘦的手诉苦，说她实在不想念书了。终于有一天，在潘爱华又一次哭着来找她哥哥之后，潘多拉给老师说他在校外找了一间房子，要搬出去和妹妹一块住，腾出地方让其他交了费的同学睡个舒坦觉，老师留了几留没留住就由他去了。

潘多拉找的房子根本算不了什么房子，那是附近村民看瓜时搭的早已废弃不用的瓜棚，他们一住就是一学期多，在这期间虽然照常上课上自习，其余时间任何人也不知道他们在哪里忙什么。要不是赵刚那次带人去偷瓜，谁也不会知道他们住的竟是这样的房子，赵刚他们刚摸到瓜地边就看到不远处一间瓜棚里闪着亮光，他们悄悄摸到瓜棚跟前一看，昏黄的油灯前挤着两颗细小的脑袋，那不就是搬出宿舍另过的潘多拉和他妹妹潘爱华吗？赵刚偷瓜回来就对他的伙伴们说了他的重大发现，大家对潘多拉兄妹的处境十分同情，好多善良的同学当下就带着他们的吃食去看望潘多拉兄妹。

为了舒服和暖和，潘多拉在炕上铺了厚厚的麦草，炕头上甚至还立着半块破烂的镜子和一把缺齿梳子，窗口搁着几疙瘩吃剩的馍馍，炕中间用破砖拼起了一张桌子。看来他们不住宿的这段时间过得很滋润，潘多拉和潘爱华的脸上都有一丝幸福的红晕，潘爱华脑门上居然还插着一朵大概是灰坡上拾来的塑料花，在学校上课的时候居然没人发现他们身上的变化。潘多拉要求前来做客的同学一定要严守秘密，同学们满口答应着走出他们临时的家。

我们照样上一会儿有电的晚自习，上一会儿点煤油灯的晚自习，所不同的是，潘多拉总是在下自习以后第一个冲出教室，赶在妹妹回到他们的瓜棚前把油灯点亮，让妹妹在回家的路上不要担惊受怕。老师说学校为了提高升学率，有可能把初二期末考当做选拔尖子生的考试，优胜者就会入选尖子班，就会得到更多更好的辅导，考上县里的重点中学的几率将无限增大。潘多拉获得这种殊荣本来是板上钉钉的事，可是他在瓜棚和学校之间来回奔波的过程中浪费了不少时间，再加上他得腾出时间照料上初一的妹妹，他的功课落下了不少，一直视他为宝贝疙瘩的老师对此也一片怨言，潘多拉却不理不睬照样在瓜棚和学校间来回奔走。

天气越来越凉，转眼就到了冬天，宿舍里生了火仍嫌冷，这样的时候人人巴不得多住进几个人靠同伴的身子取暖，赵刚就不止一次说狗日的潘多拉也不知道回来住，卧在烂瓜棚里非冻死不可。其他同学忍不住批判赵刚说，潘多拉在的时候，你欺负他欺负得最欢实，现在倒念起他的好来了？赵刚气得把自己宽大的身子更深地缩进被窝，却不再吭一声。

潘多拉不但没有冻死，逐渐肉乎的脸上甚至飞起两片腮红，他的妹妹也更见几分秀美，赵刚几次在上下学路上拦住潘爱华说一些不着三不靠四的胡话，潘多拉把妹妹使劲藏在自己并不雄壮的身子后面。有去潘多拉住的地方探望的同学回来报告说，潘多拉住的瓜棚里热乎乎得就像到了春天，他们的小炕更是暖和得没法说，同学们就有些眼馋潘多拉的睡屋，说早知道也找间瓜棚住，又自在又暖和，咋说也比住在宿舍里强得多。说归说，在潘多拉之后再也没人搬出宿舍去住。不过同学们还是有机会经常去潘多拉的瓜棚里去暖和一下，他们去了也只是爬在炕上烙烙冰冷的身子，再赶在学校锁大门之前赶回来。有一次，回来的同学警告别的同学说潘多拉的瓜棚再也不能去了，那里狭小得没有一块下脚的地方。有同学不明白，说瓜棚再小也能盛下好几个人，地方都哪里去了？被问的同学神秘地说，潘多拉存下的粮食和捡来的破烂就占了一半多的地方，他和妹妹睡觉都得侧着身子睡。于是，再没人轻易去潘多拉住的瓜棚了。

不久下了一场大雪，那天正好是周六，我们一大帮没车可骑的同学相约着去找潘多拉一起回家拿干粮，潘多拉说好几个周没回过家了，也应该回去报个信，拉上潘爱华就和我们一道踏上越积越厚的雪路。到了一条大沟前，一伙人就行走的路线发生了分歧。赵刚说顺路走比较稳当，沟里不好走并且还可能遇到蛇。潘多拉说这时节哪里来的蛇，就是有蛇也不用怕，夏天里他就曾碰到一条大蛇，他都不曾怕过，还是从沟底走便当。潘多拉说着伸出两条手臂向大家比那条蛇的长短，赵刚赶紧说蛇是不能比长短的，比短长，死爹娘！潘爱华朝着雪地上呸呸吐了两口口水说，真晦气，这样的话就不该说。潘多拉不以为然地说，说就说了，谁又不是没有死过爹娘。他的两条手臂还在倔犟地比着那条他曾遇到的蛇的长短，他的行为和话让我们很吃惊，死爹娘的话他都不在乎，他爹娘真是白养活他了！这时候潘爱华跑到一个旮旯角解手去了，赵刚趁机对潘多拉说，哪天我俩换个地方住？我是看你在这冰天雪地里受罪不忍心，宿舍里宽宽大大的又有火炉多舒坦。见潘多拉只顾走路不言传，赵刚又说潘多拉，你哪天把你妹妹介绍给我当女朋友，我就把我的床位让给你，再给你搭几斤饭票。没想到潘多拉忽然来了火，说夹住你的屄子，你去和你妹处朋友也没人拦你。赵刚说，哎，你这人咋这样，潘爱华不一定就是你亲妹妹呢，再说就算是你亲妹妹迟早有一天要嫁人生娃娃哩。赵刚还没说完，脸上就挨了潘多拉一记响亮的耳光，赵刚也不示弱，还了潘多拉一脚。没看出一向软了吧唧的潘多拉打起架来真是一把好手，只见他猛一下扑过去把赵刚搡了个仰面朝天，然后噌一下跳起来骑到赵刚身上左右开弓扇起了耳光，一边打一边说，我让你胡说，我让你胡说！这时潘爱华从远处跑了过来，看到眼前的情景她气得一跺脚说，搁着好好的路不走，打的什么架？真是没来头！她先是拉起了潘多拉，为哥哥理了理撕乱的衣服，又拉起躺在地上的赵刚，替他拍打掉沾在身上的雪。潘多拉和赵刚竟然都不再说一句话，其他人也不再说一句话，就像此刻无声的雪地。

潘多拉住瓜棚的事，到底让老师知道了。周日晚自习，老师严厉地批评赵刚不应该欺负同学，说赵刚怎样把潘多拉撵走就怎样把他请回宿舍，他不希望看到任何一个学生在升入初三的时候掉队。老师还说，学校下一年就要扩建校舍了，每个老师和学生都会有一个安心的住处，家庭困难的学生学校可以考虑适当减免学杂费。说完赵刚，老师又掉头批评起潘多拉，说他这样做是无视学校纪律，简直是胡闹。等老师走出教室以后，潘多拉还是第一个冲出教室，一头闯进漫天雪野里。赵刚怕走夜路，约了几个同学去“请”潘多拉，等他们跌跌撞撞地摸到瓜棚跟前时，瓜棚里早已亮起了昏黄的油灯，潘多拉和潘爱华正头对头地看书写字，潘多拉在里，潘爱华在外。看样子潘多拉已经劳累极了，虽然手里捧着书，却困得直打盹，他的头不住地往砖头桌子上磕。潘爱华伸手给哥哥盖了脚，自己也爬在炕沿上打起了盹。一个同学悄声对赵刚说人家要睡觉了，现在进去说事可能不好，要不，明天早上到学校里给他道个歉，再请他回来也不迟，赵刚点头答应了。于是，一伙同学悄悄来复又悄悄去。

谁也没想到一幕人间惨剧就要发生了，赵刚后来回忆说他要知道那天夜里发生那样的事，死也要把潘多拉从被窝里拉起来，潘爱华就不会落下那么严重的后遗症。可是，一切都成为过去，谁也没法改写历史。

就在赵刚他们快要返回学校的时候，睡梦中的潘多拉不小心打翻了油灯，火苗就着油水迅速点着了潘多拉的被子，然后是麦草和书本，再然后是整间瓜棚，就连搁在屋角的破烂和粮食也没能幸免。被火烧醒的潘多拉睁开了已经烧得血肉模糊的双眼……

天地间一片火光。

最先看到瓜棚着火的是赵刚，他一步三回头地看着那间温暖的瓜棚，看到火光，他心知不好，他赶紧拉着就要进入校园的同学以百米冲刺的速度再次向瓜棚跑去，赵刚后来说他也记不清这一路摔了多少个跟头，和赵刚一起去的另一个同学也说那真是一场大火。

赵刚他们跑到瓜棚跟前，正好听到瓜棚里角坍塌的一声脆响，接着就听到潘爱华一声比一声凄惨的惨叫——哥哥——哥哥——

事后了解到，潘爱华被烧醒后本能地往后倒，谁知她的脸正好跌到了一堆已经起火的废塑料上。赵刚他们七手八脚地把潘爱华拉出火堆时，火势正在慢慢减弱，他们不顾自己被烧伤的危险手忙脚乱地从火堆里扒出已经烧焦的潘多拉，完全没有少年面对死人应有的惊慌。在救援过程中，赵刚他们几个也被烧伤了，但是他们谁都没觉出疼，潘爱华当夜就被赵刚他们送到镇上的卫生院治疗，她的命虽然保住了，可是她的脸部因严重烧伤留下了难看的疤痕，她的一只耳朵也在大火中不知去向，后来由学校出面辗转多家大医院也没有得到根本好转，一个可能影响镇里的治安状况的美人胚子一夜之间变成了一个令人恐惧的丑鬼。赵刚懊悔得恨不得抽自己的耳光，他说他早去三五分钟就可能挽救一个花季少女，潘爱华那么俊俏的一个女孩就不会白瞎了。

潘婷寻到学校闹事那天，我们正好在开校会，全校师生齐刷刷站在冬日的阳光里听校长声情并茂的讲话。潘婷把校长从办公室门口的水泥台阶上扯下来，疯子一样不停嘴地说你赔我儿子、你赔我儿子！校长满脸通红地辩解说，你把儿女丢在学校再也不管，现在还好意思来说，当爹当妈的要知道心疼自己的儿女就不会把他们丢在学校里不管不问，赶紧走开，等我把会开完了再和你说事故的处理办法。潘婷不听，再一次揪住校长一把鼻涕一把眼泪地又哭又叫，几个老师赶紧跑过来把这个风骚女人架开。那是我们所经见的最有意思的一次校会，过后很长一段时间我们还在津津有味地回忆着当时的每一个细节，尤其让我们感到振奋的是，一贯在我们面前大模大样的威风凛凛的校长最后竟在几个老师的保护下狼狈地逃走了。我们的笑声就像是对潘婷的助威呐喊，她趁势又撵走了几个老师，最后门房老大爷成了我们的最高领导，他安顿我们回去上自习。潘婷一直号到太阳落山的时候才离开学校，去那间已经不存在的瓜棚里收拾潘多拉的遗骨。

说来也怪，潘多拉出事以后，杨柳镇的电力供应奇迹般地趋于正常了，同学们反倒厌恶起了有电的晚自习。以赵刚为首的捣蛋鬼为逃避上晚自习，开始琢磨怎样破坏学校的保险丝，每当教室里的高度数灯泡失灵的时候，教室里就会响起一片欢呼，同学们也开始怀念那些油灯点亮的晚自习，以及一个叫潘多拉的已故同学。但是校方已经把余下的煤油收了回去，多么严重的停电事故也能快速处理。我们费心制作的油灯也被学校悉数没收，留在我们心里的只有那段艰苦岁月的沉重记忆和一个悲情往事，以及那段日月带给我们幼小心灵的强烈震撼。

第二年春天，学校新舍破土动工，一项新的校规也开始执行，那就是绝不允许在校学生以任何理由不住学校宿舍，住校学生也要严格遵守校纪校规。

潘爱华最终以惊人的毅力考上了省城最高学府，毕业后放弃工作投身经济建设，成了县里著名的铁娘子，不知是什么原因，县里最活跃的经济人物潘爱华誓死不嫁，三十多岁还守着自己患了脑血栓的母亲。

许多年以后，我们杨柳镇也发生了惊天巨变，过去一穷二白的落后村寨成了瓜果飘香的福地，公路四通八达，土地改造得井然有序，人民群众的生活质量得到了显著的提高，再也没有人因为贫困上不起学，镇里人彻底告别了煤油灯时代。很多城里人都愿意到杨柳镇观光旅游，甚至购买田产住下来，呼吸甜蜜生活的甜蜜味道，人们越来越喜爱这个地方。我们那一批懵懂无知的初中小屁孩也成了镇里五行八作的代表人物，赵刚带头注册成立了公司，是镇里最大的果品批发商。赵刚发了，口袋里的钱多得藏不住，他对慈善事业忽然有了兴趣，动不动就捐出千儿八百，脸上笑笑的倒像得了别人的便宜。他要是知道镇里乡亲谁家有什么困难，就会带上钱物寻上门苦口婆心地劝人家收下，不收都不行。赵刚还对本地的教育事业情有独钟，在镇中学建校三十周年大庆到来之际，由他出资为镇中学添置了全套暖气设备和微机室，而且还对几个特困学生一帮到底。财大气粗的赵刚像是得了什么不可告人的毛病，从不考虑自己的婚事，旁人给他介绍一个，他看也不看就说丑得很，再介绍一个，他仍然是那句话，后来就再也没有媒人敢上他的家门了，不知他看上的是哪个美貌的仙女。赵刚读书不多却十分喜爱“读书人”，肯下力气结交各种“读书人”，我也有幸被他当成读书人从普通同学发展到形影不离的铁哥们。赵刚平常有许多生意场上的应酬，每到这种时候总喜欢带上我，我本不想跟这个匪气十足的阔佬搅在一起，免得落个揩油的嫌疑，我还害怕扎在有钱人堆里自惭形秽的那种感觉，一开始总是推托，可他不依，每次都不管不顾地拉上我，逢人就郑重介绍说我是作家，我小小的虚荣心竟也能得到一点满足。赵刚妈妈知道我和他关系不错，几次三番地跑来央求我劝他早点找个对象，他可是赵家一脉单传啊。我给赵刚说过几次，赵刚总是不耐烦地说少他妈啰唆，你把自己屁子上的屎擦干净再说，羞得我再不敢在他面前张口说这件事。

赵刚来找我写下这篇东西的时候，抱来两箱我一直听说却无缘痛痛快快地喝上一次的高档白酒，他说，兄弟，你一定帮我写好这篇东西，不然我跟你不是个事，酒嘛，管够。我勉强答应下来，但是我不知道我写的合不合赵刚的心意。赵刚的酒量其实不大，开第二瓶的时候他已经开始趴在桌子上自说自话了，他说大舅哥，我对不住你，你不知道你去了的这些年我心里有多难受，你要是能活到现在，我旁的本事没有，我一定会让你过上好日子，再也不用去瓜棚里住，那里有火，会烧着你和爱华的。你不知道，爱华她不理我，我说爱华呀，咱好歹也算是青梅竹马的好伙伴，鸡嘴拍拍扁就是鸭子，凑合凑合也是一家子，你咋不理我呢？赵刚后面的话我没听清一个字，他呜呜咽咽地干号了半夜。

赵刚酒醒以后，我问他咋说醉话把潘多拉说成大舅哥？赵刚竟然有些恼火，说那不是醉话，其实他心里一直把潘多拉当做大舅哥对待，包括不懂事的那些年总爱捉弄潘多拉，也是他想尽办法去接近潘爱华，或者是他以自己的方式让潘爱华注意自己，这些年来他一直对潘爱华痴心不改，他没想到他最终把潘多拉逼到绝路上，有时候想到这些往事他就恨不得掐断自己的脖子。赵刚还说，他最初想做生意挣很多钱，目的就是进一步向潘爱华靠拢，还有，他希望有朝一日尽自己所能把潘爱华脸上的伤治好，让她重新到美人行列站队，让他心里的负罪感减轻一点。治不好也没关系，他不会因此减少对潘爱华的爱，他会用一辈子的热情给她最多最大的幸福。

我说你能告诉我幸福是什么吗？

赵刚又有些不高兴，他说你他妈的少来考老子，这个问题有一百个人就有一百种体验，我的体验就是想得到偏偏又得不到的那种难受劲儿。前一阵子，我去向潘爱华说明我的心意，她竟然又哭又打，还说我是魔鬼，是害死她哥哥的凶手。

我说这个应该不会成为你们交往的障碍。

他红着眼睛说你太幼稚了，兄弟。

村里为什么没厕所

省道像一条飘带曲里拐弯地从蚂蚁山飘下来，到仙岗镇随着地势的平坦，这条白练似的省级公路豁然开朗了，路面一下子变直变宽，前方的柏油路面汪出一摊水，油光光，水亮亮，平平展展地向县城方向延伸而去。受够了颠簸之苦的旅人终于可以轻松地放眼陡然开阔的路景。路东成片的庄稼地在盛夏的阳光里葱茏出一派喜人的绿原，很是养眼；路西错落有致地散布着样式朴素整齐划一的一些老房子，那是最早搬到仙岗的前湾人的老根据地。熟悉仙岗的人都知道，这路是前湾村和后湾村的分界线，路东的大片庄稼地归后湾，路西的老房子属于前湾。老房子像一排排整齐的鸽笼，样子陈旧却排列整齐，六户一排，每六排中间隔一条巷子，巷子里有规整的街道。房子小而整洁。住在老房子里的人也活得一模一式，多年来他们已经习惯早起晚归、春耕秋收的农耕生活。仙岗土质优良，气候适宜，种啥成啥，近些年上面组织村民抓生产促发展，种植了一些走俏的经济作物，居民的生活质量因此大幅度提高，使仙岗成了远近庄户人羡慕的好地界，不少城里的退休干部职工也到仙岗购置田产，好在这块福地颐养天年。前湾人麦子就住在路西靠路的一排，从后往前数，第三家门前长着一棵歪脖子阔叶杨的就是。很好找。前后邻居都是从蚂蚁山上搬来的老邻居，知根知底，容易相处。每天早起打开院门，迎接麦子的就是从后湾田野里涌过来的铺天盖地的新鲜空气。那感觉让麦子无由地喜爱起自己的家乡，他觉得仙岗真是一块养人的好地界，自己和乡邻的光景过得也算得上如意、自在。

他一点也没料到，自己的好光景有一天会因大舅哥的到来而发生深刻的变化。

大舅哥是麦子新婚后第一次登门造访，带有考察的性质。大舅哥在酒桌上说仙岗什么都好，就是没厕所。其实不是这样的，仙岗地广人稀，除了前湾老房子这片，其他地方的宅基地大得吓人，大院子隐藏个把厕所根本觉不出来。前湾靠路的这些住户就不同了，因为靠着路，代表着前湾甚至仙岗的形象，什么事都摆在众人眼前，关乎仙岗的脸面，自然马虎不得。约束因而就多了一些。先前路边也曾建过一些或豪华或简易的厕所，搞外包装那年被村上请来的推土机一律毁平了，偏偏院子又小得容不下一个厕所，所以大多前湾人在方便的时候只能各行其便，一般他们会越过公路，在田埂或庄稼的掩映下解决问题。一个家院里没有厕所，感觉就像一个爱脸面的人腿脚出了毛病，落得浑身不自在。等上面验收过后，路边空出的林地又雨后春笋般地冒出了好多简易厕所，有用秸秆搭的，有用胡基围的，有的甚至直接在空地里挖个坑，四周夯点土，里面再挖个蹲坑就做成一个厕所。前些年村里光景不好，村民把农家肥看得金贵，还舍不得丢给旁人使哩。现在不同了，农田大多使用化肥，农家肥很少有人看得上眼了，屎尿东一榔头西一棒槌撒得到处都是。后来，这些行色各异的厕所又被公路段当路障清理了。不等清理路障的队伍开向远处，新的更加简易的厕所又冒出了许多。是人就要吃喝拉撒。这和农家肥的利用无关。再后来各种名目的清理多了起来，前脚搭后脚拆，村民不胜其烦，再也不愿白费力气了，路边一排老住户再也没有自己的厕所了。

麦子和大舅哥不太对付，这些话他不会白费力气说给大舅哥听。酒喝了一半，大舅哥就嚷着要去方便，麦子带他穿过公路，准备到后湾农田里解决问题。这时看到桂枝的婆婆从对面的玉米地里冒出来。后湾人刘玉民在后头撵着说：“你们前湾人太不自觉了，到处都是你们屙的屎尿，骚气哄哄得让人连个草也没法薅。”桂枝婆婆不服气，说：“前湾人咋了，免费给你们上化肥，你也不看地里的庄稼长得多秀气，这里面有前湾人的功劳，别给好不识好了。”刘玉民还是不依不饶：“谁稀罕你们的臭屎尿，你们要是觉得吃亏就拉到自家地里去，我们后湾又不是买不起化肥。你们要是说着不听，下次要是让我逮住，非拿土坷垃把你们的屁眼儿塞住。”桂枝婆婆轻轻拍了拍屁股上的土，回头盯着刘玉民说：“你娃娃这话说的，好像你闻过我的屎，知道我的屎味味子。咋能撵着我不放？你看见我在你田里屙了屎了？”刘玉民提着锄头朝着空气胡乱挥舞，却不能再说出一句话，桂枝婆婆骂骂咧咧地走开了。麦子和大舅哥尴尬地站在路边，一时愣住。尿却憋得厉害，看看路上没人，一起解开裤口，背对着公路将两束浑黄的尿液撒到路基下。尿完大舅哥就迫不及待地重申了自己的观点，仙岗坏就坏在没有厕所上。麦子没接话。

欢迎大舅哥的酒宴很快进入高潮，两件啤酒转眼就见底了。大家的话头突然稠起来，天上一脚地下一脚，说得最多的就是麦子媳妇娘家和仙岗两地的差异，环境的，民俗的，经济的，甚至气候的，活像是酒让大家大长见识。麦子找来的伴当来顺自然说仙岗好，大舅哥立刻像是要故意挑刺，马上能指出仙岗的种种不是。公说公有理婆说婆有理。后来，来顺和大舅哥抬起了杠，来顺一口咬定仙岗好，大舅哥固执地说他们家那边好。来顺说屁，你们那里要好的话，怎就留不住姑娘？仙岗小伙几乎不愁娶不上媳妇，实在说不上的，到你们那边随便就能说上一个，单就是彩礼高些，外地姑娘一个劲地奔仙岗图的就是仙岗的光景好。这是实话。大舅哥当初坚持把妹子给了麦子看重的也就是这点，但他嘴上依旧不轻省，说仙岗好是好，单就这一样差得没个形状，上个厕所就像做贼一样能把人难肠死。来顺说这是你对仙岗还不熟悉，多来上个三趟五趟，你就恨不得来仙岗做上门女婿。大舅哥说胡扯，我们那个地方再不成，上个厕所还是方便得很。来顺说你们那里人怎就只知道吃啊喝的屙了尿了的这些破事，一点层次也没有？再说我们这里也一样方便，阔天阔地哪里屙尿不成？还绿色无污染呢。大舅哥说在别人庄稼地里乱整确实不像话，你还厚着脸皮说什么绿色无污染，太没羞没臊了。麦子赶紧打圆场说，庄稼人最要紧的是把自己的光阴过好，不管在哪疙瘩都要努力扒扯光阴，不然厕所建得再光堂也没什么意思。

喝掉最后一杯酒，来顺使劲抹了一把嘴，说要带麦子大舅哥见识一下仙岗的超值豪华的厕所，酒喝到这种程度大家都有点憋不住了，于是三人一起出门。麦子自然对来顺说的好去处心领神会，自顾走在前头，大舅哥紧随其后。来顺像是怕大舅哥半道溜走，在后面压着阵脚。三人摇摇摆摆地穿过公路，跳下路东洼处名存实亡的林带，然后跨过一条水泥渠，沿渠边向北紧走几步，对站在渠头朝他们张望的刘玉民不理不睬。

斜阳正浓。午后的阳光温情地抚摩着大地，也抚摩着这片大地上的所有活物，包括麦子他们。庄稼地里的作物无精打采地耷拉着脑袋，田埂上的麦子他们也乏沓沓地走着。后来他们七扭八拐地来到了一道宽大的土坡上，坡下就是一片天然的厕所，星星点点地布满又黑又干的粪便，很是有些人气。麦子忽然感到有点晕，许是酒精的作用。麦子第一个纵身跳下土坎，还不忘回头提醒大舅哥“小心地雷”。跳到坎下麦子忽然被眼前的景象惊呆了，麦子看到来旺婆姨慌慌张张提起裤子朝坎上的玉米地跑去，他脑子里就剩刚刚跌进眼里又即刻消失的那一截耀眼的白肉，没等他明白怎么回事的时候，就听到来旺媳妇炸雷一样的尖叫，“麦子要流氓啦，不要脸！”随后就看到大舅哥和来顺呆呆站在坡头上一动不动，随后又听到玉米地里爆发出长一声短一声的哭叫：“麦子你不要脸，天杀的麦子你真是个不要脸的东西。”玉米地里的哭声越来越高，哭声像一只不断膨大的气球越过玉米秆，向远处飘开。麦子脑子顿时一片空白，心想这遭坏了。来顺听出是自己的弟媳妇，安慰麦子说没事，那个二货成天闲得慌，就爱无缘无故地乱叫唤，谁又没吃了她。别理她！大舅哥却是另一种看法，因为生气话说得有些结巴：“麦子，我还看……看不出你是这号人，我说你热急慌忙地撵在前头是甚意思，平时看你挺老实的一个人，原来都是装……装的！”麦子哭笑不得，却不愿过多解释。这种事，弄不好会越描越黑的。

麦子耍流氓的事像晴天一声惊雷，很快在村里引起轩然大波。好事的人甚至添油加醋地对整件事进行了“艺术加工”，流言着重描画了来旺媳妇屁股的白以及麦子看到那截暴露在天光下的白肉时流露出的放肆的色相，还有鼻子有眼地说麦子其实没对自家婆姨动过心，之所以三十几岁才结婚，是因为心思早就拴在来旺媳妇身上。

事情的经过其实很简单，麦子无意看到了来旺婆姨的屁股。就这样。

麦子是个特别好脸面的人，他觉得因这事没办法再在村里抬起头来，倒像真的做过什么亏心事一样，整天耷拉着脑袋大门不出二门不迈。麦子媳妇也哭哭啼啼说自己穿错了衣嫁错了汉，麦子还是不解释，话更少得让人怀疑他是个哑巴。大舅哥的生气渐渐发展成了愤怒，后来又把怒火发泄到自家妹子身上，说妹子当初不该草率地依了麦子，好像她是个嫁不出的女子，还说实在不成离了算了，反正咱还没生养过娃娃，离了还是姑娘家。麦子媳妇只知埋头啼哭，她死也不相信麦子是那号人。大舅哥悻悻地又住了几日，随后向妹子讨要车费回家，妹子去找麦子要，却发现麦子不见了。

麦子决定去仙岗最东边的豁屿村的同学家躲几天，扫扫这些天沾在自己身上的秽气。同学姓孙，外号“老刘”，含老流氓的意思，那是当年大伙编排这同学胡说的，其实老刘也是三棒打不出一个闷屁的老实疙瘩，麦子能和他交好性格起了决定作用。同学见了麦子特别高兴，当下派婆姨下灶整两个菜，他要和麦子好好叙叙。

完全出乎麦子的预料，谣言就像插上翅膀的天使，几天工夫就从前湾飞到后湾，又一鼓作气飞到豁屿甚至仙岗的每一个角落。席间麦子几次看到老刘吞吞吐吐欲言又止的样子，知道朋友一定有话对自己说，就问老刘咱哥俩还有什么话不能往开里说？老刘的脸倏地先红了，鼓了老大劲才对麦子说，打死我也不相信你能做那瞎事！麦子自然知道老刘所指为何，却故作镇定地说嘴在人身上长着，自己也没办法管住旁人的嘴，都是狗日的厕所惹的祸。

老刘很是为麦子的遭遇愤愤不平了一阵，末了又赞叹自己村子的优越，他说豁屿村虽在乡里最东头，交通不是很便利，却有幸成了乡上搞沼气池的试点村，可以把厕所和猪圈里的臭气收集起来用作燃料，生火做饭样样行，既经济又干净。等实验成功就会向全乡推广，到时候前湾也会有自己的厕所，再不会出现那样的尴尬事，更重要的是麦子就不会蒙受眼前这样的不白之冤了。说到高兴处，老刘带麦子去参观了自家的新鲜玩意。老刘的灶房里没有柴火，干干净净像不曾生火做饭。麦子说怪了，咋一点也不臭呢？老刘自豪地说要不咋叫好东西呢，厕所里的东西都填到沼气池了，发酵以后就能用这些气生火做饭了，一开始是有点淡淡的臭味，火一着起来就什么也闻不到了。这东西还有一样好，池子里废物能当化肥用。麦子还想让老刘说得更细一点，老刘推辞说自己实际上也是个门外汉，刚用上这东西也说不透彻，等麦子自己用上了一定比他精通。麦子爱惜地围着老刘家的灶房、厕所和猪圈转来转去，边转边赞叹，恨不得立刻把这洋玩意搬到自家去。老刘安慰麦子说人的舌头能压死人，屁大点事就能吵上天，好在咱没做什么亏心事，最好的办法就是不理它，宽宽心心住上几天风头一过也就没事了，就像这沼气池里的臭味，想闻也不容易哩！

十多天后，舆论的逃兵麦子终于回到让他沾惹上是非的让他又爱又恨的前湾村。他感到村里人看他的眼光照旧有些异样，无论他走到哪里背后总有人指指戳戳。就是说，十多天的出逃并没让人们忘记他和他“可耻”的经历，反而变本加厉地让人怀疑他出逃的原因。隔着老远，麦子就看到自家后院天成东墙边站着好多人叽叽喳喳正在为什么事热烈地讨论着，天成媳妇看到他猛吐了一下舌头，慌忙躲进院里了，其他人识趣地散开，热烈地讨论也戛然而止。

麦子心里有些痛，这些相处了好些年的街坊邻居难道还不知道麦子的为人？居然随便相信那样一个荒唐的谣言？太让人难受了！麦子愣了一愣，随即心想管他的，自己又不是真的做过亏心事，然后迈开大步昂扬地向那些正在散开的人走去。破罐子破摔的样子。邻居们躲得更快了，有一个来不及躲开的邻居朝着麦子讪笑着说：“麦子回来了？回来就好！”麦子没工夫搭理这别有深意的问话，三步并作两步赶紧朝自己家里走。

家里冷锅冷灶，媳妇正在收拾行装，像要出远门的样子。见麦子进了屋，媳妇扑上来又捶又打，哭丧着说："你要是没做亏心事，跑什么跑？"麦子擦了擦媳妇脸上的泪花说："咱得赶紧建个像样的厕所，不然旁人笑话哩。"媳妇哭着说，麦子走了的那几天，大舅哥动员她回娘家另找出路，理由是麦子不是个靠得住的人，媳妇说她不相信麦子像人们谣传的那样，向邻居借了钱打发走了哥哥，心想等麦子回来再拿主意，麦子再迟来几天没准她就没耐心等了，说不上真的要回娘家了。麦子好言劝了媳妇一阵，见媳妇平静下来，就涎着脸问："你看我是那号人吗？"回答麦子的是一阵更加激烈的捶打。麦子说饿了，让媳妇赶紧做点饭，媳妇说饿死才好呢，家里的烧柴早用完了。他跑了外面不管自己的死活，她都好几天没动过烟火了，麦子让媳妇等着，他跑到灶房里忙活起来。

麦子回家的消息很快在村里散开。晚上，来顺就带着自家兄弟来旺来麦子家"慰问"麦子来了。来顺埋怨麦子不该丢下媳妇出门东游西逛，前湾人的眼睛不是全让屎眯了，那个"二货"一顿不分青红皂白的乱叫唤，一些闲人跟着乱起哄，把白的硬硬说成黑的了，好在大部分人的眼睛是亮堂的，知道谁的长谁的短。来旺忙附和着说就是，我家那扫帚星说话做事的德性我们都知道，就那点事到处嚷嚷着生怕旁人不知道，让我跟着臊得不成成，我们二十来年的老邻居了让她这么一闹还咋做人？麦子啊，这事你还得大人有大量，再不要计较那个骨头，就这么让它过去吧。

来旺这么一说，倒叫麦子更不好意思了。红着脸说："不管咋说，我不该那么冒失地闯到那旮旯，里面确实有我的不对。好兄弟哩，你千万不要因这事难为弟妹。"

来旺咬着牙说那个欠揍的货，三天不打上房揭瓦，就因这点事，丢了丑不说，还嚷着要和爹娘分家另过，我不打她一顿就说不过去了。来顺听了兄弟的话，气就不打一处来，说当初真是瞎了眼，娶进了那么个丧门星，把一大家人的脸都臊得没地搁。麦子赶紧反过来安慰来顺、来旺兄弟，说事情既然已经这样了，不如好好规劝来旺婆姨好好过日子，她不咋咋呼呼的时候其实还挺有人样的。说完这话，麦子忽然忽然觉得不再那么恨来旺婆姨了，甚至，心里隐隐有点对不住她的感觉。作为整个事件的另一个受害者，来旺婆姨承受的压力可能比他大得多。乡间流言对女人的伤害向来比男人严重，特别是这号风流事上。

这个夏天让麦子吃尽了是非的苦头，他不知道自己咋就那么背时，看到了自己不该看的东西，惹上让自己永远说不清的是非。事情过了很久，他和来旺婆姨仍然是村人嘴里最热门的话题，他走到哪里都有人当面问他那件事。多数情况下，麦子都不言一声，使他看起来更像个老实疙瘩。他不知道怎么才能摆脱自己的霉运，这些是非到什么时候才能不再影响他的日子。

秋天庄稼成熟以后，后湾成片的金黄被后湾人收割了以后，人们对这片土地上曾有的风流渐渐失去了往日的热情，麦子终于不再为那事羞愧。庄稼地里了无遮挡，麦子常常失神地望着那片空旷的土地，呆呆坐在院门前。四野的翠绿变成了没有生气的土黄。这时候他已经不怕风言风语，可以坦然地和邻居打招呼，甚至能热心地说几句不关痛痒的农事。但是，当来旺婆姨远远出现在他的视野里，他总会有种莫名的恐慌。他想在适当的时候，他应该当面对来旺婆姨说点什么，不然他的心里终究不是滋味。说什么呢？道歉？愧疚？安慰？鼓励？好像都不是，又好像都有点，究竟说点什么一时拿不准，不说点什么也似乎不妥。可是，他实在害怕面对来旺婆姨，尽管来旺有不计前嫌的胸襟，也一再表示麦子没什么错。

季节的变更带来的不光是大地颜色上的变化，细心的前湾人一定不难发现村里或渐或微地出现了一些细小差异。比如来旺婆姨变乖巧了那么一点点，她不爱往人堆里扎，说起话来也细声细气，脸上经常挂着紫一道青一道的伤痕，显然是来旺的杰作。老实疙瘩麦子似乎更老实了，甚至在言语间经常流露出一点呆傻气，让人费解的是他们两口似乎更加恩爱了一些。曾经在前湾消弭了的简易厕所再次破土而出，公路边的人家大多有了自己的厕所，形形色色的“建筑”让空出的林地有了内容，平添几分芜杂，甚是影响村容。

谁都知道这些脆弱的“建筑”没有多少生命力，天气转凉的时候传说有一大领导路过检查，村民一觉醒来就发现林地那些多余的“建筑”不见踪影了。麦子院外用秸秆搭的厕所被人一把火烧了，他当时为这厕所还别出心裁地挂了门帘。

与往常不同，麦子这次没对这破坏行为表示不满，反倒高兴地搂着媳妇说，咱快能用上真正的厕所了。

去村部买冬水水费的路上，麦子不可避免地和来旺婆姨碰到了干支渠桥头上。四野人头攒动，麦子还没说话，脸先红了，局促了老半天才盯着桥底的石子对来旺婆姨说：“兄弟家的，那事有我不对的地方，不好意思啊。”

来旺婆姨倒是快人快语：“我不怨你，那阵差点把你害瞎了，我也有不对的地方。”说完她就甩开步子朝村部赶，身子轻得就像一片顺风落下的树叶。她越走越快，很快就和麦子拉开了距离。

麦子看着她轻轻扭动的越走越远的腰身，禁不住在心里赞叹说，还真别说，来旺婆姨真是一副好身材哩。这个想法很快让他臊得低下了头。

她的手

总之，对我来说，那是一个渴望爱与被爱，有机会干很多好事也有机会做很多坏事的特殊年代。可是我什么也没来得及做，就沦为一个街头混混，一个让人望而生畏又无限怜惜的可怜虫。

这一切要从亚桐说起。

那天早上我奉父亲之命去城东的农贸市场买菜，父亲是一个嗜酒如命的下岗工人，每日都会把自己整醉，醉了就没完没了地数说家里人的种种不是，仿佛是酒让他开了慧眼，只有不停地喝酒，只有从早到晚地醉着，他才能正确看待世界才能认清家人的嘴脸。父亲在喝酒前必须要整两个小菜，如果有谁违拗了他，让他喝得不顺意，轻则摔碟子砸碗，重则大打出手。母亲当然是父亲铁拳的重灾区，忍无可忍的她带着小妹去城南一家腌菜厂做了洗菜工，吃住都在厂里，工资不高，却能挣来一份短暂的安宁。从此，母亲很少回家，偶尔回来，也是顶着一团浓浓的腌菜味搁下几个钱就走。父亲无处发泄，经常莫名其妙地逮住我就是一顿胖揍，活像一个即将成人的小小男子汉不经过捶打就不可能成人。

街上到处都是人，男人、女人、老人、小孩、当官的、打工的、流浪的，形形色色。我喜欢在人群中挤来挤去，我渴望能在人群中找到一个可以倾心相谈的朋友，无论男女。

我脑子乱哄哄的，怎么也想不明白这样一天天过下去有什么意义？还有，这种无聊又无趣的日子到底能不能如常过下去？我不爱想这些问题，一想，脑子就疼，可我还是忍不住想了又想。

我就在这乱哄哄的思绪里上了一辆公交车。那时公交车在这个北方小城刚刚兴起，人们还没来得及认识它，还不能充分享用它，只有少数无事可做的闲人才会偶尔坐坐。总之，小城公交的顾客寥寥，为了拢住这为数不多的顾客，公交司乘人员不惜和他们拉关系套近乎，甚至为他们改变运行路线。想走哪儿就走哪儿，爱怎么走就怎么走，坐公交犹如打的一样舒服。即使如此，愿意坐公交的人还是稀稀落落。

我毫不费力地在后门靠边的位置找到一个座位，既能方便地看到街景，又可以轻易地总览车内各色人等。坐定以后，我看到车里空座还很多，有几个形迹可疑的家伙却不去坐座位，反而在车里蹿来蹿去，就像坐公交的全部乐趣就是在阔大的车厢里抓着扶手来回蹿动。我在心里很快否定了这个想法，我相信最早熟悉公交的不是普通乘客，而是那些寄生虫一样无处不在的扒手，当游走在公园、商场、银行、车站等一些地方的人们见惯了自己或别人被割破口袋或皮包，辛苦钱被轻易顺走的情景以后，他们的警惕性也空前高涨，扒手们不得不开拓新的地盘。作为一种新生的、人口可能密集并方便下手的公众场所，公交车潜在的“商机”不可能不让这些嗅觉灵敏的家伙心动。

当然，我不能把自己的想法告诉车上任何人，我只能睁大眼睛看这些可恶的家伙怎么表演下去。我盯着，一眼不眨地盯着这几个人的一举一动。这几个人好像并不急于下手，还是在车厢里来回走动，就像那些虚位以待的座位统统有刺。我的眼睛因长时间的凝视变得酸涩，脖子也跟着僵硬了。这时候，车上又跳上一个活灵活现的漂亮女孩，她左手提着一只分量不轻的书袋，右手抓紧扶手，却也不去坐座位，就像和前面几个家伙是一伙的。

这是一个普通得不能再普通的女孩，她头发长长地从肩上瀑布样披下来，整张脸也被葱郁的头发遮盖起来，两只眼睛却在时隐时现的发丛里闪着狡黠的光。她上车以后一直保持着同一姿势站在离后门最近的地方，有人上下车，她会主动侧一侧身子。她不时要甩一甩满头长发，腾出眼睛快速又轻缈地掠一掠车内的景象，看起来对所有人都保持着足够的戒备。

她与我四目对接的那一刻，我感到一股电流一样的东西穿过全身，我被一种神秘的东西打中了，即刻产生想要认识她的冲动。但我知道人的真实想法不能轻易地表露，而是要适当地遮掩一下、隐藏一下。可是我没办法做到心如止水，我的目光开始定定地围绕她，暖暖的，很可能也色迷迷的。我其实没有那么坏，我只想把这个可爱的姑娘用目光和那几个可恶的家伙隔开，免受污染。

也许是我的心思过于集中，竟没注意先前那几个家伙怎么凑到长发女孩身边。只见他们故意在她面前碰碰撞撞，狼子之心昭然若揭。正好票员开始报站，说下一站就是农贸市场，下车的往外换一下。我站了起来，抓紧扶手盯着那几个人蠢蠢欲动的手。就在车门打开的那一瞬，一个五大三粗留着光头的家伙故意朝她身上一撞，另一个留着长发眼睛有点斜的家伙假意帮她托快要掉到地上的书袋，却不失时机地把手伸进去。一沓大票的一个拐角已被他从书袋里拽出。

熟悉我的人都知道，我是一个贪吃逞能、是非分明的蠢货，看到丑恶现象，我会大声表达自己的厌恶，遇到不平事，我会挺身而出，用拳脚表明自己的立场。父母给了我强健的体魄，既经得起打，又能打出威势。我却因这种直鲁鲁、毛糙糙的性格，广泛树敌，鲜有人缘，活得十分孤独。

说时迟，那时快。我一把扼住“斜眼”抓着钱的那只手腕，声色俱厉地吼道，你要干什么？！“光头”和另外几个人立刻过来在我身上左一拳右一拳打开了，但这不疼不痒的捶打在我简直如同搔痒。公交车上顿时乱成一团，好在长发女孩已经警觉，抱紧书袋先自下车了。我的事情却还没完，我一手扯着“斜眼”，一手阻挡“光头”他们的进攻。司机早已不耐烦了，说你们下车打去，别影响其他人了。司机的话没有让我难为情，反倒提醒了我，车里碍手碍脚施展不开，我在几个人的夹击下处于尴尬的被动状态，如果换到大街上，量这几个小蟊贼也不会是我的对手。我狠狠扯下“斜眼”，却不料，这一扯竟扯出了一长串，公交车几乎被我扯空了。

下了车，我立刻和那伙人用拳脚交流，路上好多人都停下来看我们打斗。让我想不到的是，“光头”一边和我打斗，一边大声指责我手脚不干净，“斜眼”也立刻会意，说再他妈乱偷人家东西，老子废了你。

我挡开一个脸上长满疙瘩的家伙迎面砸来的一拳说，你们真不要脸，要是我，做贼也做个光明磊落的贼，这样贼喊捉贼把人都羞死了。但是他们哪里能容得我分辩，砸向我的拳头一下比一下重，踹向我的大脚一下比一下狠。我看到围观的人中有几个也凶巴巴地扑向我。成了众矢之的的我很快招架不住，但我嘴里还一遍一遍地申明我不是贼，打人的才是贼。

农贸市场外面的马路已经被不断涌来的人流围了个水泄不通，越来越多的人涌向这里，路过的车子也一辆接一辆停下来，交通被严重堵塞。闻讯赶来的交警急急忙忙地疏散越聚越多的人和车辆，顾不上处理我们这些仍扭在一块的“骚乱分子”。我感到身上的疼痛越来越多越来越重，我同时看到无数人向我挥拳。

虱子多了不叮，疼多了也就不知道疼了。到了这个地步，我根本不再去躲袭向我的拳脚。打吧，打死我也不会承认我是贼。

我不是贼——我大声喊着，但是没人在乎我在喊什么。

交警终于让交通恢复如常，转而开始专心“研究”我们这些仍在混战的鼻青脸肿的家伙。

你们怎么回事?

他是贼！许多个指头同时指向我，许多张嘴同时表述着一个不是事实的事实。

我不是，他们才是。

好汉难敌四拳，更难敌这么多张嘴巴。“光头”已经开始绘声绘色地向交警讲述我如何偷盗一个八十岁老太太的钱包，他们又是如何见义勇为挺身而出。

他们瞎说，我不是。我有气无力地申辩着。

谁能证明你们说的是事实?交警显然有些不耐烦了，想要快刀斩乱麻解决这一桩无头案。

我们都能证明。许多个人大义凛然地举起了自己沾满血水的手说。

证明……我嘴里喃喃着，能证明我清白的只有公交上为数不多的乘客，特别是那个长发女孩，可是我到哪里去找他们?就算找到了，他们愿不愿意为我证明清白?

“光头”他们把谎话越说越圆，不断加进一些新细节，声音也越说越大，仿佛声音越大越占理。我也大声吼着，他们都在说谎他们才是贼。

都不要吵了，搁着安生日子不过，吃饱了撑的！交警各打五十大板，说要是你们觉得气还不顺，找个僻静的地方接着练去。临走又再次强调了路的重要性，“路是让人走的，不是吵架的地方，更不是打架的地方，都像你们这样胡闹，那不乱套了嘛，都赶紧回家去。”

那一天，他们并没有遵从交警的嘱咐，让我“回家去”，他们像拖一只拉杆箱一样把我从农贸市场拉到西街一处烂尾楼。这段路，坐车只需十多分钟，他们却扯着我的双手走了整整一下午。我的衣裤被磨得支离破碎，我的身上早都没有一块完整的皮肤，脊背上的皮肉磨掉一层又一层，我仿佛能听到肌肉不断爆裂的声音，呲——呲——呲。但我一声不吭，我咬牙挺着。巨大的疼痛让我昏了，醒了，醒了再昏，昏了再醒。生不如死。但是对我的折磨还远没有结束，他们又轮番在我头上撒尿，嘴里一直不干不净地骂着。

经过这一番长长的难挨的折磨，我成了农贸市场到西街这段路上的一个响当当的硬汉，成了街头小混混想揍却又不敢随便揍的“打不死”。如果我再次对某件事稍有不满，人们会一反常态马上附和我，西街那些小混混也甘当我的拥趸。

就这样，我也成了一个连自己都瞧不起的混混。

为什么会是这样？在无数个白天和黑夜我这样问自己。我因一点心动为保全一个陌生人的财物差点搭上自己的性命，更要紧的是，我的人生轨迹就此改变。这样做值得吗？那个长发女孩在事发后就消失得无影无踪，我可能再也见不到了，我甚至没有得到她一句带有感谢性质的话。父亲说，现在的人都聪明，多一事不如少一事，人家早远远地躲开了，谁会像你那么傻，狗拿耗子多管闲事！

我傻吗？我不觉得。一个人，能快意表达自己的喜好，做自己想做的事，就是最大的“值得”，受一点皮肉伤又怎么了，丢掉本就不光明的前程又怎么了。我高兴这样。

大概过了两个月，其时我已经威名赫赫，和南街的周大脑袋、北街的沙丁鱼、东街的小瘪三齐名，并称县城“四大门神”。我应朋友之邀去北门调解了一场非打不可的纠纷，完了喝了点酒，朋友们借着酒兴说要去唱歌。在路上，我竟然再次看到了长发女孩，我迷糊的眼睛突然间清亮了，凌乱的脑子也变得清晰起来。她隔着老远就向我伸出了手，笑吟吟地向我大步走来。然后还没等我回过神，她温热的小手就被我紧紧握在掌心，触电般的感觉瞬间传遍全身。原来目光与目光的对接可以生电，手与手的碰撞也能生电。我痴痴地捏着她的手竟忘了松开，她也不急着抽回，还一个劲地叫我大恩人。她说那天真是太感谢了，那天她下了车就急着去给东街一病危亲戚送钱，十万火急，都没顾上说声谢谢。她说她后来听说了我的一些事，知道我为那事受了不少委屈，一直想找机会登门致歉，谁想隔天就被发配到外地出了两个月的长差。这不，刚一回来就碰到了大恩人。

赶巧了。

就这样，我认识了这个叫亚桐的长头发姑娘。我发现她是一个能说会道的活套人，小嘴一张，那些枯燥的事也给她说得馨香无比。有那么一刻，我甚至想变成一个方方棱棱的字，被她轻快地从嘴里吐出来，和她一起感受人世的快乐和苦闷。人海茫茫，相识就是缘，我被我和亚桐这种离奇的相识深深陶醉，我梦想着我们的关系能进一步，再进一步。

亚桐其时在县自来水公司做水表工，主要任务是月末到各单位核查、登记用水量，平常也没多少事做。每周还能轮休两天，闲暇时间她会主动帮同事做这做那，在单位人缘很好。她也喜欢这工作，和这份恬静淡然的心境，平常总是笑呵呵的，就像永远没有烦恼。

认识以后，亚桐见天就从县城东街赶到西街看我。这段路程虽不远，却是县城最繁华的地段，人多，车也很多，因此特别拥挤，走一趟下来简直就像唐僧取经一样。亚桐说她决定减肥，每天走一个来回就当锻炼了。我说你一点不肥，再减就成麻秆了。她揪着我的耳朵问我，那你说麻秆好还是胖大猪好？我却没头没脑地回了一句，你怎样我都喜欢。

有一阵我总是为她的安全担忧，劝她尽量待在单位，非要来，就坐车来。她说好啊，富轻松，你这么快就烦我了，我偏要走着来，天天来！

其实我挺烦我这名字的，每回听到别人叫我名字，我仿佛都能闻到一股古怪的药水味，并且固执地认为这味道是由我散发出来的，因此满心愧疚。亚桐这样叫我，我一样不舒服，可我喜欢我的名字从她嘴里轻轻蹦出的感觉，那种古怪的药水味好像被她嘴里淡淡的清香过滤了，没有那么浓烈了。但我还是不喜欢这个名字，我自作主张改了个新名字，富小虎。我决定从亚桐这开始纠正过来，可我说了很多次，亚桐每次都能答应，可到再次叫我的时候，她还是富轻松、富轻松的，就像这三个字已在她舌尖生了根似的。

父亲照常酗酒，我照样隔三岔五地和别人干一架，亚桐还是经常造访我位于县城西街破烂的家，日子还是这么不紧不慢地向前滚动着。亚桐有时来还带着酒菜，殷勤地劝父亲多喝点，这让父亲喜笑颜开。亚桐一来家里，就一刻不停地收拾屋子，甚至把我和父亲的衣服也从那些旮旯里搜出来洗。父亲睁着蒙眬的醉眼说，儿子，亚桐是我这辈子见到的最好的闺女，你他娘的给老子好好待承着。就这样，亚桐成了常年醉着的父亲唯一作出肯定鉴定的人，开天辟地的一个，空前绝后的一个。母亲、妹妹和我连她一根脚趾都不如。

在没有旁人的时候，在有机可乘的时候，我总是喜欢抓住亚桐的手，就这么静静地握着，我希望世界所有的干扰都不在了，让我一握就是一辈子，一握就是千年万年。亚桐也不挣脱，好像也很享受这种被握住的感觉，有时她还主动把头靠在我饱经捶打的胸膛上。这样的时刻真是再美妙不过，一股又一股的热流从我身上每一个毛孔涌出来。我的热似乎也感染了亚桐，我看到她也大张着嘴巴，像一条缺氧的鱼，她的鼻尖涌出许多细密的汗珠。必须承认，我不是个坐怀不乱的真君子，我不止一次地想把亚桐扳倒，让我温热的嘴巴走过她的每一寸肌肤。但我是个无所事事的混混，她是个有体面职业的“工作人”，我干什么都可以，但不能破坏她的美好，不能亵渎她的神圣。不能。我最多是握着她的手，让她的心跳连同体温一起慢慢渗进我的手心我的骨血我的澎湃青春，让我真切地感触她甜丝丝的气息，直至地老天荒。亚桐。

我没有对亚桐说破我的心思，亚桐也没有更多表示。我们像两个握手爱好者，坐到一起就用一只手和对方粘连在一起，说笑，逗乐，倾听彼此嗒嗒嗒的心跳。

我不知道我和亚桐这样算不算恋爱，我想恋爱应该有个正式的仪式，牵手显然不算什么仪式。我承认我对亚桐的欲念不是牵手那么简单，人生的风浪太过频繁，谁也不知道究竟哪片云彩会下雨。如果因我的过失，导致亚桐不快乐，甚至打碎她的幸福，我说什么也不能原谅自己。那么，亚桐，就让我这么牵着你的手，走过这段我们各自孤独的时光。百死而无悔。

我曾问过亚桐，要是我们成天什么都不做，就这样彼此握着对方的手行吗？亚桐噘着小嘴想了想才说，你傻啊，别人都恨不得多生几只手多做点事，你可倒好，倒想着把自己的一只手绑起来——那样什么也做不成你吃啥喝啥啊？还有，要是我不小心摔一跤，连累着你也得栽一个跟头，我可不干。我说亚桐，其实我们是很好的一对呢。她的脸红了一红，说，你想得美，我是想不了那么远，我们能不能走到一起不是你说了算，也不是我说了算。我说难道我们连自己的主也做不了？她说傻瓜，世上的事不是你想的那么简单，命里有时终须有，命里无时莫强求。

我恨透了这些酸溜溜的话，我以为人世的很多事就坏在这些话上，行就是行，不行就不行，喜欢就是喜欢，讨厌就是讨厌。多么简单明了，没必要把这些意思揉蔫巴了再曲里拐弯地说出来，或者干脆隐藏起来遮盖起来。比如男女间的事，一上来双方就开始打哑谜，结果在很多时候会错了对方的意，造成终身遗憾，追悔莫及。

这一天，亚桐破天荒地叫了我一声小虎，在我一愣神的工夫，她忽然抓过我的一只手，轻轻地抚摩起来。我粗糙的大手在她的抚摩下，也变得柔软了，我用指肚探着她的手心，一遍又一遍，就像那里藏着她所有的秘密。火舌不知疲惫地舔着锅底，流水一刻不停地浸润着土地。我要把她的秘密一点一点抠出来，抠出来。

秘密果然被我抠出了一点点，亚桐长长地叹了一口气说，小虎，其实我们那个破单位，也没你想象得那么好，有些人的人品就很有问题，特别是那些老光棍，见到女的就起腻，就胡说八道，还动手动脚。

我却说，哪里都有好人，也有坏人，谁敢对你动手动脚，我非把他的爪子剁下来喂狗。

亚桐嘻嘻一笑说，我知道你厉害。可是你整天这样打打杀杀，我真的好害怕。求你以后别再和人打架了。说着，她竟攥住了我伸进她手心里的那根手指，使劲拧起来，疼得我嗷嗷大叫，她还是不肯撒手，我要你答应我——别——再——打——架——了！

我赶紧点头如捣蒜，好好，我答应你。

我万万没想到，这是我最后一次握亚桐的手了，这样的温情时刻今生不会再有。亚桐一连几天都不再露面，一开始我以为是她单位里忙，可能走不开。于是我接着等，可亚桐始终没再出现，我越等越是焦急。我已经离不开她温热的小手了，没有她的手的抚慰，我宁可去死。又是几天后，我终于等来了一个消息，自来水公司的那个常年叼着烟，牙齿被烟熏得金灿灿，满嘴烟臭的煤质化验员老胡，已经先于我，用一双黑糊糊的大手，把我的亚桐霸占了。更要命的是，一个浓缩了的化验员老胡已经甜蜜地钻进亚桐的肚子里了，为了遮丑，老胡和亚桐决定用速婚遮盖丑恶。亚桐最后找我的那次，就是她决定和老胡结婚的那天。我的天就这么被亚桐和老胡轻轻掀开了一个边角，流金满地。

我疯了一样冲到街上，我想尽快找到老胡，一拳打碎他那秃亮的脑壳，再一拳打碎他对亚桐的所有无耻念想。

老胡老胡，就算你是关公，我也要在你面前耍耍大刀；就算你是猫我是老鼠，我也要捋捋你的胡须；就算你是黄鼠狼我是鸡，我也要去给你这个狗杂种拜个年。

我像一股风，从西街刮到东街。我的闪电速度我的凶狠表情，一定吓坏了人们，我看到路人纷纷停下脚步为我让道，来来往往的车也放慢速度，给我留开一条可以自由穿行的通道。只用了抽根烟的工夫，我就跑到自来水公司街口。我生了风的一双大脚顾不上作半点停顿，拐了个弯，又大步连天地跑向那个光棍云集色狼多多的自来水公司。

门卫想要拦住我，却差点被我带起的疾风掀个跟头，只能讪讪地目送我闯进厂区。

经过一路的飞奔，我的脑子也给风吹清醒了些，我是先打碎老胡的那颗狗头还是先剁了他那双胡作非为的爪子？还没等我和老胡干上架，这两个念头先自开战了。打头的念头说，先打头，多坏的主意都是从脑袋里产生的，手不过是受了脑子的驱使，打碎了脑壳，老胡就再也想不出什么坏主意了。剁爪的念头不甘示弱，脑子再坏也得通过爪子使坏，剁了，再没法使坏，那才叫一个难受。

我顺手抄起一根生满铁锈的自来水管，见人打人，见物砸物。十多个保安七八个工人从四面向我扑来。我手里的自来水管挥得呼呼有声，他们一时也无法靠近。

打他下盘！居中一个穿着西装领导模样的人大喊一声。十多根胶皮棍七八只扳手钳子一起朝我下身捅来，我抡着水管护住下盘。却不想，一根胶皮棍狠狠砸在了我背上。我向前扑了一交，手里的武器在瞬间成了他们抽打我的凶器。

也不知过了多久，他们终于打累了，胶皮棍、扳手、钳子成了多余的东西，在他们手里晃荡来，晃荡去。我像一个杂耍演员被他们围在中间，我看到他们有好些人也挂了彩，还有几个人的胳膊腿也好像被我打出了毛病。我浑身酸软，眼冒金光，周身没有一个地方不疼，眼睛也血乎拉拉看不清楚。我挣扎着想要站起来，围着我的人立刻紧张了，手里的胶皮棍、扳手、钳子马上绷得笔直。

那领导模样的人朝我大喊一声，哪来的这么个瘪三，还无法无天了，这里是你闹事的地方吗？啊？！

我说我不闹事，我找老胡！

老胡请了三个月假，去云南旅行结婚了。

我訇一声软在地上。

我最终给送进了县医院，胳膊腿多处骨折，腰膝脚踝多处软组织损伤。父亲自此不再喝酒了，母亲和妹妹也从腌菜厂搬回家住。一家人围在我的病床前，其乐甚是融融，可是只有我自己知道，这是多么叫人蛋疼的一段难挨时光。我在病床上一躺就是三个月，我享受到了从前没有享受过的家庭温暖，也享受了从前没有享受过的那种因相思因痛失而来的切肤之痛。我一遍又一遍回忆我和亚桐交往的全过程，回忆使痛苦加重，也让甜蜜蔓延。无论如何，我都真心希望亚桐幸福，我不想损害她一丝一毫。亚桐给过我无限甜蜜，当然，也给我带来无限痛苦，但留在我心里的甜蜜似乎更多一点。我想明白了从前不明白的许多道理，也坚定了从前飘忽的一些信念。在亚桐这事上，我之所以败给老胡，并不是老胡比我更出色，也不是亚桐对我不用心，归根结底，是我的原因。我本来不是什么斯文人，却在亚桐面前装斯文。我没有给亚桐更多的爱，甚至连一点爱的表示也没有。老胡胜就胜在不伪装，不遮掩，直接上手。但我并不能因此削减对老胡的恨，更不能眼睁睁看着老胡在亚桐面前为所欲为。

我终于能下地走路了，在办理完出院手续准备回家的时候，我看到亚桐从出租车里走下来，她的头发剪得短短的，像是决意要和从前的长发时代告别。长发不在了，但长发时期的习惯还在，她仍要走几步甩一下头。天地间尽是温情的辉光，我坍塌了的天也给严丝合缝地缝上了。我挤出一丝笑，朝她伸出一只手说，新婚快乐！

她也笑呵呵地伸出一只手，轻轻捏了一下我的指尖说，你可要记得对自己好啊，天天快乐！

突然她又俯在我耳边说，对不起，我尽给你惹麻烦。

我哈哈一笑说，哪能怨你呢，该说对不起的是我，是我没有照顾好你。唉，说这些没用，这不都是你说的那个命里有没有的事嘛。

亚桐从身后的提包里摸出一件鲜亮的T恤说，这是我跑了很多地方专门给你买的，你一定要记得把自己打扮得帅帅的哦。你放心，我和老胡都会把你当朋友，也会经常去看你。丢下这些话，亚桐就像一只翩跹的鸟从我身边飞走了。就在那一瞬，我已经决定不再难为老胡，就全当是为亚桐好。

从医院出来，我看到前面聚了一大群人，吵吵嚷嚷乱成一片。我凑过去，一眼看到我的小兄弟小宝也在里面，他正扯着一个留着毛寸的青年不依不饶。原来小宝给“毛寸”的电动车刮了一下，小宝没伤到什么，却喊来几个兄弟索要天价医疗费。对方自然不肯，僵持不下。这时候出现了令所有人吃惊的一幕，只见一穿着牛仔毛边短裙的女子上前啪啪甩了小宝几个耳光说，你不是要医疗费吗，先让我打出点问题再给，肯定给！小宝蒙了，他带来的兄弟也蒙了，但是很快他们就反应过来，纷纷扑向那女子。这时候我喊了一声：小宝，让他们走！他们没走，走的却是小宝几个，围观的人也跟着走了。我看到那女子回头深深地看了我一眼，好像是感激，好像是轻视，又好像什么内容也没有，眼神显得有些空洞。

帅哥，我们聊聊好吗

我是个文青，喜欢写小说。

我实在羞于对人说我有写作的爱好，因为我始终觉得自己干这个有点强人所难，有种赶鸭子上架的意味。我是说我是个愚笨的人，不善于，或者根本就不会去观察、揣摩、描写精灵的人们在想什么做什么、怎样处理人与人的关系。尽管我还算刻苦，我的小说却始终不能叫我满意，更不能让读者朋友大声叫好。我感到我愧对一直关心我写作的朋友们了，就像一只不能为主人生蛋，不能为主人生出好蛋的公鸡对自己无能生蛋而生的无尽愧疚，就像一捧炭火不能温暖整个严冬对造物生出的无限歉意，就像一个伟岸丈夫不能造福妻子儿女而生的那种发自心肺的有质感的疼痛。因为我总是写不好小说，我的小说总是带着撼山撼岳的伟大抱负，抱着周游世界的崇高梦想，从我的笔端飞出，从我海拔1368米的家向着每个可能的方向飞出。可是很不幸，这些饱蘸我心血的文字，最终只能像纸飞机那样完成一次短暂旅行，最远飞到市文联办的那份内部刊物上，为我带来二三百块钱的收入，然后长久地蛰伏在我的破电脑里伺机而动。当然了，机不是那么容易伺的，动也不是那么轻易就可以实现的愿望。然后悄无声息，或者更干脆，被挑剔的编辑挑出来，然后嗖的一声扔进废纸篓。又或者，被生产它们的我早早掐死，黯淡地生，黯淡地亡。

当然，我不能也不会抱怨什么。只是在无数个白天和黑夜，我会既苦又恼地在心里无数遍责问自己，为什么会是这样呢？

答案很简单，其实根本不用动用太多脑细胞不用浪费太多时间我就已然明白，我的小说之所以飞不远主要是因为功夫不到家，生活太贫乏。功夫可以通过勤学苦练慢慢提高，生活或曰阅历，则需要参与到具体事务中切实地体悟，搀不得哪怕一丁点假。

概括我的前半生只需寥寥个字：出生、求学、伤残、苦挨。但是我不甘心这样，我想通过自己的努力做一次又一力所能及的补救，换来一次重新洗牌的机会，哪怕是一点聊可自慰的臆想。比较来比较去，文字可能是我最有力的武器最有分量的砝码，小说可能是最适合我的表达。就这样，我成了小说的奴隶。在我未知长短的生命里，我要么在加紧充电，不断看一些层次更高的小说，要么在埋头苦练，努力让自己的小说稍微好看一点，尽可能地把自己哄开心，进而连带着也能哄别人高兴。可是我做不到，我拼尽老命熬干心油也做不到。于是我退而求其次，把写小说的目标降低到最底线，只要能哄自己高兴，不至于灰心丧气得活不下去，就一切OK。正所谓骑着驴拄着棍，舒服一阵算一阵。

本着这个基础信念我一次又一次地操刀上阵，万千字符哗哗啦啦涌上洁白的纸面，涌进水深似海的电脑屏幕。然后带着无数梦想和荣光埋头向各级刊物容量超大的邮箱俯冲，等待文字牧师——那些编辑同志的洗礼。当然了，我亲爱的士兵们面临的要么是陷坑，要么是铜墙铁壁，能侥幸脱逃的，就被市刊收留，或者再平行滑翔到附近一些内部刊物，断难上到新台面——这显然不是我所希望的，难道我真的要死于平庸？

鸣呼，我要变招了，我要在构思、题目、句式甚至标点上动点心思了。可是该动的心思，早有聪明人先我动了，我不能鹦鹉学舌，不能人云亦云，更不能拾人牙慧嚼别人的剩饭剩菜。要活，我就活个不一样的我；要写，我也要写出个不一样的精彩。我不想湮没在大众平庸的审美里，也不想踩着别人的脚印简单地复制文字。

有一天我看到一段文字，大意说有的写作者为吸引编辑眼球，会给自己起一个很诗意的女性化名字。爱美之心，人皆有之。男人有之，女人有之，两性人也有之。当遇到署着这样的名字的文章，编辑昏花的老眼在爱美之心的驱动下，牵动出一丝丝怜香惜玉的豪情，内心忽然柔软得要滴出水来，眼前的事物也忽然像妙龄美少女一样变得分外美好。这个时候编辑的免疫力降到最低，鉴赏水准也一塌糊涂，文字粗糙一些也好，肤浅一些也罢，名字水灵灵地摆在那，叫人不忍痛下杀手？有着这样的好名字，如果碰巧再遇到这样几个春心不老的编辑，文章刊发的几率无疑会大大增长，文名也会随之水涨船高，写作水准也可能大大提高。

这是个不错的、有着不可低估的杀伤力的好办法。但是我不想改名换姓，我只想让我的士兵更有战斗力。就是说，我只能丰富、充实我的“生活”。有了——

整日枯坐在电脑前显然不是办法，我得玩出新花样。我用“手捧玫瑰花的女人”这个名字申请了一个新的QQ，资料显示该女22岁，家住省城另一端一个盛产美女的县。我之所以申请这么一个号，一方面的确是因为空虚无聊，另一方面是我想看看和我一道在街上厮混的那些朋友在面对一个陌生的年轻女性时是不是果如他们自己标榜的那样清爽明利，以便为我的写作积累素材。我用该号添加的第一个人是村街上开药店的朋友阳朔，这个笨蛋广有艳福却至今独身。

我说："帅哥你好，我们聊聊天好吗？"我相信任何人都喜欢听好话，这样的开场白无疑是一次愉快交谈的良好开端，虽然现如今美称泛滥，是男人就敢称帅哥，是女人就敢叫美女。

"你好，聊什么呢？"阳朔反应迅速，我猜他一定正无聊地坐在电脑前，手正痒痒得不知搁哪儿好。

"我们说说婚姻和感情吧。"我想诱阳朔说说他那些不为我知的秘密，满足我那见不得人的窥视欲。虽然我们是儿时玩伴，可后来我们各自经历了一些人和事，再无交集，直到后来我们又回到村街厮混。

"好的，在聊天前我们还是先认识一下吧？我叫阳朔，30岁……有过一次不幸的短暂婚姻。你呢？"

"呵呵，我叫李小倩，22岁，家在你北边的小城。我没有结婚，但谈过几次朋友。"

"哦。"这个笨蛋整日在电脑里玩游戏，试图在虚拟世界实现别样的辉煌。我相信此刻阳朔正在电脑前指挥大军挥杀，无暇聊天，只能用这个简单的字来支吾。

"可是，好好的，你为什么要离婚？"隔了一会我又问。

"我当时老是出差，我不想冷落了她，也不愿我有负于她的地方。"

"哈，你可真有意思，开个小卖部，还说什么出差——其实我见过你的。"

"你是谁？"阳朔一连问了三遍。

"你可真是贵人多忘事，我已经告诉过你了，李小倩。听同学说你们那地方好多人都认为你脑袋做过手术，脑子受了影响一定有了毛病。我不这样认为，你英俊潇洒又有男人味，千万不要为别人的无知生气，你的出色才是打击他们的愚昧的最有力的武器。”打击和安抚双管齐下，这样才能勾引阳朔继续。

阳朔好久没反应，我猜他正在思考怎么对付一个陌生的、看起来有点思想也很有意思的年轻的直率的姑娘。

“哦，看得出你是一个有责任心的可靠的值得信赖的好男人。”为了让他继续保有交谈的欲望，我及时地说出一大堆哄人开心的好话，身上立刻皱起一层鸡皮疙瘩。

“谁说不是呢？”阳朔给捧得晕晕乎乎，立刻迎合我说。

“你肯定不记得我了（大哭的表情），那次去你们那的同学家时顺路去你店里买过药，肛泰。我看你长得帅帅的，做事有板有眼，待人一团和气，并且已经小有所成，都不相信你现在还是单身。”

“有印象！”阳朔好像也记起了那个买过肛泰的女子，急吼吼地解释说，“不过很抱歉，我当时正忙，没太注意。”

我信口说出一个买过肛泰的女子，是因前几天在阳朔店里见到过一个买肛泰的女子。女子穿着毛边牛仔短裙，很时髦，走起路来一扭一扭很好看，也很容易让人产生一点不切实际的想法。我甚至撵出门去又狠狠地看了看她远去的背影。肛泰，30元一盒。阳朔收钱、找零的镜头仍历历在目。有这个情节，我更有办法哄他往下说了。

“呵呵，你有过一次婚姻，即使再短暂，总归会留下一点痕迹，难道就没有留下个孩子？”

“没有。”阳朔沮丧又果断地说，“才八个月，怎么可能有？”

“即使没有生下来，八个月时间也足可以怀上了——就算离了婚，那也是你的孩子，不是吗？”

“唉，那阵为改善居家条件，我想尽办法努力去工作，还得经常出差，很少回家和她亲热。”阳朔絮絮叨叨地解释。

“我无条件喜欢你直率的性格，也无条件相信你的话。”我害怕阳朔跑了题，赶紧把他往“正道”上引，“可你毕竟离了婚，毕竟没把握住一次可能很幸福的婚姻生活，是你不能让前妻满意还是你根本不能满足她，还是她让你看到了生活的无望？”

“切！我每次最少都要四十分钟！”阳朔果然上当，他大言不惭又毫无羞耻地说，“最终是我不要她了，而不是她不要我了。”

“照这么说来，你们的离婚是她的损失，可你毕竟因一次短暂的婚姻搁浅了自己的家庭幸福，你为什么不选择再婚呢？”

“这个，说来话长，我觉得一个男人首先要立业，然后才能成家，没有事业就没有办法养活老婆孩子，那样的男人活着也活得没有尊严，算是白活。”

“我没看错，你果然是个好男人，好喜欢。”我肉麻兮兮地吹捧说。

“呵呵，其实我也没有你想得那么好。”终于，阳朔谦虚了一把。

一谦虚，就很容易滑向现实的轨道，我好像还应该再逗引他说点平时听不到的声音：“那么，你一定不反对婚外情了？”

“不反对，但我主张在不影响家庭大格局的情况下，适当地培养一点个人感情，既无伤大雅，又赏心愉情。”阳朔推心置腹地说。

“你很理性，也很有人格魅力，人又长得那么那么帅，一定有不少女孩围着你转，难道你就没有动心的时候，就没有情不自禁地对这些女孩做点什么？”

“我承认，有过。数量还不少，去年还和村里一个小媳妇有过一次。”阳朔已经对这个叫李小倩的陌生女孩不再设防，比在老朋友我的面前实诚多了。

“你不觉得你对这些女孩亏欠些什么吗？也可能，因为你的薄情，她们会背负一辈子感情的伤。”

“呵呵，哪有那么严重，各取所需，这没什么的，现在的女孩看得很开。”

“你说得可真轻巧。我看出来了，你的人格品质好像有点问题，还不小。”我觉得是该给阳朔泼点冷水的时候了。

“本来嘛，现如今的大气候就是这样的。”阳朔强词夺理。

这时候，老婆喊我下地了，我必须以每小时一百八十公里的速度结束这场恶作剧式的谈话了。我说：“你简直是个畜生，和那些长尾巴的禽兽没有两样！”

阳朔一定吃惊不小，他已经被电脑里那个由我操控的女孩给宠娇气带坏了，肯定接受不了这些字眼。过了好一阵，他才慢吞吞地打出几个字：“你怎么可以这样说，满嘴喷粪。”

“狗杂种！”骂完这句，我果断关了电脑，把阳朔的震惊、愤怒、失望和郁闷，统统关掉。但阳朔气急败坏地一边在店里踱着步，一边妈的、妈的叫嚣着的模样还是清晰跳跃在我眼前。

哈哈哈。

我们这里朋友间可以肆无忌惮地对骂，骂得越是凶狠，关系越是亲密。搁平时，阳朔可以当着众人的面拿我早已化作灰的先人辱骂我，我也可以用同样恶毒的字眼回敬他，一点关系都没有，不但没关系，还更显出我们的亲密无间。但是现在的情况很不一样，阳朔是被一个刚刚建立好感的“陌生女子”大骂痛骂了，这骂和村里朋友间的骂可就大不一样了，他一定非常愤怒，也可能吃惊会大于愤怒。反正不好受的是他，高兴的是我，不管了。

我带着无比愉悦的心情和老婆一道下地干活去了，干不了几下我就被自己的恶作剧带来的快感搞得哈哈大笑，老婆直骂我神经。我也不做解释，直笑得泪花飞溅，笑得口眼歪斜。

而此时，我的朋友阳朔正在经历一场痛苦的折磨，他灰心丧气地想要关了店门好好睡一觉，决意要把刚刚发生的不愉快挡在睡梦前。他甚至想一拳打熄了电脑，就像要把辱骂击碎在黑洞洞的电脑里，让它永世不得超生。可是胡乱折腾了一会，他才发现，他所有的努力都是白费，越是想要忘掉的情景越是清晰地浮现在眼前，就像那无处可躲的阳光，贴身贴心地追着他，直到他把内心里积淤的那些不曾见光的东西全部抖出来，才算有了交代。

阳朔的电话是在我还没有收工的时候打来的，十万火急。

他说："你来！"

"有事吗？"

"今天早上差点被气死了！"

"怎么了？"我忍着笑，装作关切的样子问。

"电话里说不清，你来了就知道了。"

"好，中午见。"

原来叫阳朔沮丧的不是被骂，而是一桩陈年风流案可能败露了。他说他简直被气炸了，他说他知道是谁出卖了他。他一边念聊天记录给我听，一边穿插着给我讲去年在县城经历的一场风流。我冷静地帮他分析说可能没那么严重，很可能是哪个男性朋友在恶搞。他十分肯定地大摇其头："不可能，不可能，人家都给我当姑奶奶呢！"我伸手把一串即将脱口而出的爆笑压回嘴里，继续帮他分析："还有一个可能，你拈花惹草祸害的女人太多了，有人气不过，就把这事说给闺中密友了，她的朋友回头通过这种方式报复你。”

阳朔叹了口气说：“我担心的就是这个，这事要是在村里传开，我就没法做人了。”

这回，我放心放纵地大笑了好一阵，然后诲人不倦地教训起阳朔：“你这个婊子儿啊，要是像爷爷一样正正经经做人，哪来的这么多麻烦？”

“其实，有些事不像你个驴日的想的那样。”阳朔已经有气无力。

那是一个阴暗潮湿的下午，阳朔的心也温热潮湿。那天有人给阳朔介绍了一个对象，对方是个商场柜员，离异，有一女孩，肤白貌美，脸上带着经久不衰的甜美笑容。这些，很对阳朔胃口。那女的还在上班，阳朔苦巴巴等了几个钟头，心里的热望也跟着翻滚了几个钟头。终于熬到下班的时候，那女的如约和他去了一家咖啡屋。包间里有两只软椅隔桌相望，阳朔却不想和那女的分开坐，他没话找话地黏糊在女人身边，好说歹说总算挤在她那只窄巴巴的椅子上了。这样的时刻实在美妙，阳朔的心也旷了，神也怡了。他没费什么劲就把女人拥在怀里，他的手勇敢地也别扭地伸了出去，想要有更多作为。他几乎就要实现一个鳏居多年的正常男性的求欢夙愿了，却不想，怀里的女人居然是个节烈的怪物。女人挣脱他，啪地甩给他一个响亮的耳光，然后拿起包，头也不回地冲出咖啡屋。阳朔给打蒙了，他把头抵在桌子上，开始极其艰难的思索。他已经久历风月，征服的女人足够组成一支女子足球队，他雄心勃勃地想要继续扩大战果。可是就在刚才，他经历了成人以后最耻辱的一面，脸到现在还隐隐作痛。是他太性急了，还是那女人在装正经，或者她本来就是个节烈女子？难道自己兴冲冲跑到城里就是为了接受女人的一记耳光？

思考极其痛苦，阳朔越想越不是滋味，他垂头丧气地走在洒水车刚刚洒过水的街道上，成群的乌鸦在头顶枝叶繁茂的垂柳上空久久盘旋，这座北方小城流通不畅的下水道在夕阳下散发着滚滚臭气。阳朔的心情灰暗到极点，他漫无目的地在大街上游走，像是要通过行走把心中的烦恼和忧愁消耗掉。

阳朔不知走了多久，向阳路的夜市已经拉开大幕，夜色薄雾一样从城市的每一个角落升起。如果不是碰到一个惶急的同村小媳妇，他可能还会走下去，走到心情豁然开朗，走到天色渐渐大白。小媳妇在街上走得惶急惶急，不安地朝四周乱看，好像要找到什么，又像是躲避什么。她看到阳朔，就像捞到一棵救命草，大步朝他跑来。

"你这是去哪啊？"这个因姿色不坏，在村里像公主一样骄傲的小媳妇竟然主动撵来和阳朔搭讪。在村里路遇时，她从来都不正眼看他一下，简直视他为无物。

"不去哪，随便走走。"

"那你今天回家不？"

"不了，我住店。"

"你的房子里有沙发没？"

"应该有的，还没开呢。"阳朔木木地回答，在这一问一答的过程中，阳朔始终木木呆呆，就像他真的是传说中的那样，脑子坏掉了。

原来小媳妇在商场买衣服时丢了钱包，所有的钱都丢了，回家的班车已经没有了，城里又没个熟人，真正的叫天天不应叫地地不灵。她苦苦求着阳朔看在乡亲的面子上收留她一晚。

"好吧，跟我走，你睡床我睡沙发。"阳朔向我保证，直到此刻，他心里一点邪念也没有。他说，"孙子骗你。"

阳朔最终带她开了一间标间，果如先前设想的那样，电视、沙发、桌椅都有，还有淋浴，甚至还在卫生间摆放着男女发情药物，等等。

小媳妇一听房费很高，惊得直咂舌，说她从来没有住过这么高级的房子。还说花那么多钱就住一夜，确实有点亏，得赶紧把房间里能用的该用的统统用一遍，不然就对不起那些房费。

“你一定累坏了吧，先去床上躺一会。”阳朔关切地对小媳妇说，“我去冲个凉。”阳朔再次保证说，到这个时候他还是“很正经”，出门在外，谁还没有个难处？能帮人的地方就帮点，这没什么。

洗完澡，阳朔躺在沙发上看了一会电视，是一场让人恨得牙根痒痒的球赛，兴味索然。阳朔看了一会就沉沉睡去，手里的遥控器早已掉在地毯上。也不知过了多久，阳朔感到有两条小蛇在身上游走，时而蛰伏，时而剧进，时而低垂，时而高扬，时而独行，时而交错。

见阳朔慢慢醒转，穿着单薄浴衣的小媳妇吃吃笑起来：“现在的宾馆怎么这样啊，卫生间里还放着那玩意，我的我已经吃了，你的我拿来搁床头柜上了。”小媳妇说得无羞无臊，阳朔昏沉的脑子却透过一丝光亮，不能这样，他在心里又一次提醒自己。

那晚阳朔到底没有服用小媳妇殷勤拿来的春药，但也最终没能抵挡住小媳妇来势汹汹的热情，很快就和她滚在了一起。他们大叫着从床上滚到地下，沙发、地毯、卫生间、桌子、椅子，甚至床头柜上都留有他们迷乱的造爱痕迹。整整两个小时，阳朔得意洋洋给我吹牛。

但是，阳朔拒绝满足我无耻的窥探欲，死活不肯透露小媳妇的名字。

我的第二个捉弄对象是我另一个儿时伙伴，他是我另一篇小说的主人公吴老二，也是我整个少年时代的铁杆哥们。吴老二经营一家百货超市，家庭和美、生意兴隆，我却在小说里把他写成个瘸子，老婆也跟人跑了。

吴老二对我很关照，事事承让，一起玩耍时从不让我掏钱，他还鼓励我把写作的爱好“好好抓一抓”。他说你本来可以发个星星的光，却偏要发火柴棍那么大点光，这不好，很不好。

早年我受吴老二的鼓动，参加了一次征文，结果得了奖。他要求我带他去“水世界”潇洒一回，我答应了，却一直拖着、赖着，没能兑现。“水世界”是个色情场所，价钱却出奇的厚道。小说发表后，吴老二旧事重提，我耍赖说：“老子都把你写小说里了，还要咋样？”

“快别羞你先人了，你个驴日的老婆才跟人跑了！”

“去‘水世界’50块钱就可以搞定，要不我给你50，你爱怎么潇洒就怎么潇洒去。反正老子不去。”

“谁稀罕你的50块钱，老子就想和你一起去，看看你个瘸驴日的功夫怎么样。”

“我劝你娃娃别做这个梦了。”

吴老二平日很忙，很少有时间聊天，即使有聊天的兴致，又打不了几个字，等他一句话简直比等一场雨还难。捉他的难度很大，可是我有信心，越是困难越是刺激。

“帅哥，我们聊聊好吗？”

长久而又恼人的等待。

“帅哥，我们聊聊好吗？”

“你好。”

“帅哥，我们聊聊好吗？”

……

我到底没能戏耍成吴老二，但这并不妨碍我捉弄下一个活跃在村街上的朋友。我以一个年轻女孩的名义加了他们，极力吹捧抬举，等他们获得足够的自信，飘飘欲仙的时候，抓住他们话里的一个漏洞，狠狠打击他们的自信，甚至伴以毁灭性的辱骂。这样，我能间接地体验他们曲折的心理活动，好像也能把人世看得更清楚明白一些，同时也能获得很多低级的快感。我很快陶醉于这快感，就这样傻呵呵乐癫癫地过着我原本寡淡无味的日子。

这个号码带给我无尽快乐的同时也带给我无尽的麻烦。我每捉弄一个朋友的时候都会换一个名字，我不得不记住和他们说过的话，以便尽快想出捉弄他们的下一句话。我的脑力显然不够支配，很多时候我不能得偿所愿，白白浪费了好多时间。还有，经常有一些陌生男子加我，各个年龄段的都有，不胜其烦。我一般都会拒绝，但有时又架不住好奇心的驱使，接受几个。接下来，我要尽快进入角色，以一个女子的心态语气和他们聊天。这些人有的很无耻，脸不红心不跳地逮住我乱说一气，我还得忍着恶心和别扭，艰难地继续和他们交流。

“帅哥，你好，我们聊聊天好吗？”

有时也能哄个把人上当，但他们带给我的乐趣远远不如阳朔带给我的多。终有一天，我厌倦了这游戏，开始认真对待我的写作，开始认真对待很可能终身不得志的人生跋涉。后来我写了几篇称心的东西，但我不知道它们能不能为我带来什么新气象，或者说，我对能否把握自己的命途还不确定。

在后来的日子里，我一直没有告诉阳朔那个叫李小倩的女孩其实就是我，一开始是不想告诉，到后来是忘了告诉。阳朔也没有告诉我那个小媳妇到底是谁。我们各自守着一个秘密活在自己的世界里。这个过程中，我无耻的窥探欲一直折磨着我，我的朋友阳朔也一直纠结在一桩陈年风流案里。

阳朔让我加李小倩，帮他问问这人是哪方神圣，又是谁告诉了她原本属于他和小媳妇的秘密，我笑着答应了，并不断把我的进展告诉他。到后来，阳朔几乎崩溃了，他说一定是那小媳妇说了不该说的，他说要真是那样，他会让她身败名裂，活得比他还难。

玩笑开大了！

我不得不坦白，那是我在逗他玩，阳朔却死活不信，还要我继续帮他套那“女人”的话。我不能再装神弄鬼了，我赌咒发誓地又把事实说了很多遍，阳朔才慢慢相信了我的话。他说你这个驴日的不写小说真是亏了，太能煽呼了。

事情说开了，我终于卸下了一个负担，如释重负的感觉顷刻在全身蔓延。

再到后来，我深深厌倦了聊天这事，不再加人，也不再接受别人的添加，甚至都懒得挂QQ。偶尔打开QQ，总有一个叫“辣妹火啦啦”的年轻女子加我，无孔不入，永不罢休。我终于架不住她猛烈的攻势，点了确定。

对方立刻打出一句话：“帅哥，我们聊聊天好吗？”

我的第一反应是，哈哈，也有人给我上套了。明知道是圈套，但我还是想知道那个给我上套的人是谁，他又有些什么新花招。于是我笑吟吟地打出几个字：美女你好。

老　赖

“爸爸，都到家了，你怎么不把车直接开到家里？”

金波抚着副驾座圆圆光溜溜的头皮说：“儿子，我们得再等一会，等家门口那些黑头狗走掉才能回家。”

圆圆放眼望去，家门口守着数十个人，没有狗。

“爸爸，他们怎么总是蹲在我家门口，咱是不是欠他们钱了？”

没有，没有。金波赶紧否认：“他们都是些赖皮，是村里最坏的人，咱欠什么人的钱都行，就是不能欠他们的，儿子，等你长大了，千万千万不能和那样的人一搭里搅和。”

“败兴得很！”金波强调。

“黑头狗”们于烈日下三三两两地蹲在金波家门口，他们见天都要上门讨要上一年猴头果的货款，一副不达目的誓不甘休的架势。黑头丛里有一须发皆白的老人，他没有随大伙钻进树阴里，而是倚在金波家的绿漆大门上，直接与太阳对峙。很是显眼，看得金波心惊。都是庄前庄后的乡亲，他们的难处他知道，自己的苦衷他们不了解。他也想早点把钱还给他们，落一个清明瓦亮的好声誉。可是没有办法，他还得硬着心肠做些日子“老赖”。

金波从前在村里可是一个叫得响的“信誉人”，借了人钱物，说是初一还，绝不拖到初二，答应人家的事，自己再有多么紧急的营生，也要先把别人的事处理了。可是现在情况有变，他成了村里最不受待见的“老赖”，生生把上一年的猴头果货款拖到如今。这种情况，就是在整个盛产猴头果的诵经山区，也属罕见。金波无奈，只能赔上笑脸，信誓旦旦地给大家许下一个还钱的日期，到时又拿不出钱，只好把还钱的日子再往后拖一拖：“一分钱能难倒英雄汉，这可是数十万呢，大叔大爷兄弟姊妹们，我金波是个吃人饭干人事的，只要我还活在这个村里，一定少不了大家的，就请再宽限几天吧。”金波不是英雄汉，就是勉强能算，也早给放翻。四十万！

“等我缓过气来，一定马上还大家的果子钱。”金波保证，“一分不少。”

诵经山常年干旱，万物萧条，经济水平十分有限。近年因种植猴头果，声名远播，群众的生活质量也跟着大为改观，银行有存款，出门就坐车，有人甚至在城里买了房，村里城里两头跑。此果诵经山独有，个大肉厚，营养丰富，形貌却极为丑陋，像极一个个长瘪了的猴头，因此得名。现在，猴头果成了整个诵经山最重要的生活内容，人们张嘴必说猴头果，出门必做和猴头果有关的事。如果抽掉猴头果，诵经山将成一片空白，山不像山，人不像人。

在代办猴头果之前，金波是个老实本分的农民；经手猴头果的代办以后，金波就成了一个无利不往的商人。但金波觉得，自己从头到尾都是那样一个人，并无变化。金波平常快快乐乐，好像是个没有忧愁的人。其实不，他烦心事多着呢，他的快乐是装给别人看的，那些不顺心的事拧成疙瘩被他生生咽进肚子里，自己消化。金波所有的烦心事归结起来，就是简简单单两个字：儿子。在儿子之前，他和老婆通力合作，一气生产了四个女儿，如今四个女儿站在一起，已成一处“远近高低各不同”的靓丽风景。金波的代办做得风生水起，自家的猴头果也经营得有模有样，光阴眼见着在村里扶摇直上。但没有儿子，一切归零，挣再大的家业也是扯淡。金波为这事愁得经常吃不下饭睡不好觉，在人前人后也觉得短了半截。金波不怕“绝后”，他怕因没有儿子在别人面前显出“短”来——你看嘛，房前屋后，谁个没个儿子？独眼小强整天流着哈喇子，也没耽误他把儿子生下来；村前张登科的那个羊角风儿子，打光棍打了三十多年，谁想后来竟然找了个干攒的小寡妇，第二年就生下一个白白胖胖的儿子；紧邻许大旺本来有两个儿子，竟还不知足，说什么丫头大了知道心疼人，决心再要个女儿，却不料，又接连生了两个儿子，许大旺愁得直呻唤，哼，狗日的是烧心得不成；最可气的是已经儿孙满堂的周学章老汉，老婆在一次车祸中丧生，老汉不知从哪又领来一个灰不溜秋的老女人，据说已经年过五十了，就是这样两个老棒子，一年后奇迹般地折腾出一个儿子，儿子也就得了，还心疼得不成成。凭什么他们都有儿子，独独自己没有？金波恶狠狠地想。

随着年纪的不断增大，自家生儿子的希望越来越渺茫。但要儿子的想法，却水涨船高，越来越强烈了。

在生完第四个丫头后，老婆就做了绝育手术，自家生儿子的愿望基本落空。但金波不死心，老婆可以不生，儿子必须得有！金波不顾老婆的反对，决定抱养一个儿子。

可是抱养一个孩子已经很不容易，抱养一个儿子更是难上加难。

金波四处打听可以抱养的男孩，这事不是那么光明正大，打问的过程因此显得鬼鬼祟祟。如此折腾了两三年，金波仍旧没有一个儿子入账。在村里，金波有个真正的发小儿，他叫刘其中，金波遇事总喜欢找他拿主意，刘其中也从不藏着掖着，无论好点子还是馊主意，总是无私地提供给金波。

“没想到抱个娃娃这么难肠！”金波感叹。

“现在人生得少，日子过得也好，没人愿意费劲巴拉地生个儿子再送给别人！”刘其中帮他分析。

金波绝望，失神望着公路上一大群散学回家的学生娃，脸痛苦地扭曲着。公路上的学生娃不知道金波的痛苦，快快乐乐地追打、嬉闹。

“其实呢，抱养一个儿子也不是没有可能，关键看你的路子走得对不对。”顿了顿，刘其中又说，“你想嘛，现在农村家庭基本都是生一个两个小孩，很少有人愿意多生，你只在这周围打转转能打问出个结果？”

淤积在心头的心事在脸上左冲右突，金波感到自己脸上疙疙瘩瘩很不像样。但他顾不了这些，着急巴拉地追问好友：“那该怎么办？”

“医院里倒是有不少孩子，你应该在那个地方琢磨琢磨。”刘其中点到即止，再不多说一字。

医院里果然有很多孩子，男的，女的，丑的，俊的，壮实的，瘦弱的……各种体相的都有，看着让人眼馋。这些孩子有的躺在病床上，有的偎在母亲的臂弯里，更多的还住在母亲的便便大腹里，无惧风雨。无论他们眉头紧锁还是喜笑颜开，金波都觉得很生动，很招人喜欢，特别是那些“带把儿”的男孩子。可惜没有一个属于自己，金波愁肠。

金波在医院转悠了三天，眼馋了三天，同时也绝望了三天。男娃儿一个接一个地降生，他们偏偏和他没有半点关系，偷又偷不得，抢又抢不成。但金波确信他会有儿子。“必需的！”

儿子就是他的天就是他的生命就是他活着的全部意义。刘其中说得不错，医院确实有许多“儿子”，可那都是别人的，他没有办法把他们转化为自己的。简直要命！

三天里，金波脸也不洗头也不梳，他痛苦而又焦急地思谋着盘弄儿子的办法，但是不等着手实施计划，他又很快把自己给否定掉了。他只能看着那一个个活蹦乱跳的男娃儿降生，看着生了病被自己的亲人带来又带去的男娃儿。那些男孩，还没来得及在他脑袋里多住一会，就像那长着翅膀的天使，一个接一个地飞走了，连个泡影也没留下。

绝望了！金波想暂时放弃医院这根稻草，他打算回去请教刘其中，讨一个简单易行地得到儿子的办法。但是他又舍不得立刻离开医院这个有很多别人的儿子，也让他保有要一个儿子的希望的地方。决意要走的时候他像一个即将远行的旅人，前前后后，左左右右，把医院转了个遍，看了个遍。

住院部后面有一大片空地，植有大量齐腰深的花木，甬道错综复杂，犹如迷宫。花木用水泥护栏圈起来，两旁随意搁置一些木椅或石凳，供病人和家属小憩、闲坐。金波每天都会来这逗留一会，一面大口呼吸清新的花木气息，一面思谋盘弄儿子的方法，还要贼不溜地观察来这闲坐、玩耍的那些男娃。那些娃娃喜欢在甬道里追打、嬉闹，冷不丁的，一个小小的身影就会从身边呼啸而过，不待看仔细，连个影子也没有了。金波想，如果把自己一米七五的身子扔进这片花木里，照样找不到。

此刻，金波一蹦老高，跳上水泥护栏，极目望着这片时有“儿子”出没的神地。可是很奇怪，真的要走了，金波的这一小小心愿也没法满足。林地静谧，只有一丝儿风轻摇树叶发出的沙沙声，没有“儿子”，神地不神。金波失望地跳下护栏，转身欲走。他忽然觉得有什么东西绊住了自己的脚，低头一看，是一个脏污不堪的孩子，他正抱住同样脏污不堪的金波的腿叫爸爸呢。孩子叫圆圆，人长得喜庆，小嘴也滑溜，父母带他来医院看病，却因付不起费用狠心扔下他跑了。

金波相信，这个圆圆是上天专意派给他的儿子，是他能捞到的最后一棵救命稻草。当他把孩子带出医院大门的时候，就感到孩子有点异样，浑身颤抖，委靡得没一点精神。他不得不把孩子再次送回医院，检查的结果叫他大吃一惊，孩子病得不轻。

其时猴头果款项已全部到位，金波自信能治得好圆圆，自信能拿得起全部费用。为方便给圆圆看病，也为了伺候四个女儿上学，金波在城里租了一套房子。每次带圆圆上医院，金波都会得意地拍着新买的轿车说：“儿子，别担心，爸有钱，一定能给你看好病！”

圆圆的治疗费用数目大得吓人，见天就得交一次钱。一趟趟放疗、化疗下来，金波手里的现金倏忽间就给蒸发掉了。这还远远不够，他不得不一次次从银行取款，找人告借。而这些钱，似乎也不能保证把圆圆的病治好。圆圆的情况虽有好转，但他的头发早已相继离开了头皮，还时不时地得上医院复查、治疗。但金波不愁，他现在是有儿子的人了，钱没有了可以再挣，儿子没有了可就没什么指望了。

偏就在这样的时候，村里风传金波在城里买了车买了房，卷走大家的猴头果钱逍遥地过上了城里人的日子。于是追讨猴头果钱的电话接连打进来，金波总是以果商还未付款为由支吾开。后来追得急了，他不得不开车回家“给大家一个答复”。

还没等金波回村，消息早已传开。所有还没使上果子钱的果农都撵了来，黑压压一片蹲守在金波家的大门口。这个情景金波早已料到，也做足了心理准备。躲不是办法，只能面对。

停好车，金波朝债主们抱抱拳："对不住了各位，'任大骡子'不讲信誉，今天推明天，这月拖下月，害得我跟着受夹板气，我倒也无所谓，主要是大家使不上钱，耽误了事。"

"任大骡子"就是猴头果的批发商，大家都认识，经年在金波家收购猴头果，然后再转手销售给各地果商，让猴头果这种带有诵经山味道的水果走向全国各地。"任大骡子"事业做得很大，资金广多。他因人长得高大，且又没有生养过人，脾气还坏，被人叫成"任大骡子"，他也不恼。作为一个买卖人，他大体上是讲信誉的，一是一，二是二，不含糊。

自然有人不信："少扯那没用的，人家任大老板差这几个小钱？人家早把钱给你了，是你赖着不给大伙发，拿着我们的钱买车买房过逍遥日子。你倒是说，我们的果子钱你到底给不给？"

"给！肯定给！等'任大骡子'把货款发来，我立马分给大家。"金波掏出烟递了一圈，"'任大骡子'再有钱再神通再讲信誉，他也会有三紧三松的时候，这不是赶上经济危机了嘛，比'任大骡子'能耐得多的人说破产就破产，'任大骡子'还是比较能耐的，他没倒，这钱早晚会给大家的，放心吧。退一步说，如果'任大骡子'也破产，大家的果子钱由我这个代办来付——这样总可以了吧？"

金波真诚又惭愧地保证："绝不会少大伙一个子儿。"有人立刻说："话虽这样说，可总得有一个期限，不能让大家为了几个果子钱成年累月地撵着你的屁股跑，就算能，也放不下家里的大事小情，又一季猴头果也马上上市了。"金波掏出手机背过人打了个长长的电话，随后就见他笑吟吟地向大家走来。

"'任大骡子'还真不错！他已经答应赶下月15号结清货款，大家请放心，都请回吧。"金波说。

"走吧，多的都等了，也不差这几天。"

"要是还弄不上，我们可不能再客气了。"

"果子钱还从来没有这样拖过，真是要命！"

群众失望之余，丢下这么几句话，还是愤愤地走开了。

金波确实给"任大骡子"打了电话，电话内容也确实和钱有关。经济危机这个十分遥远的词，在不觉间一下子贴近了普通人的生活，"任大骡子"也未能幸免，周转不灵，货物积压，资金链条咔嚓一声说断就断。他动用所有关系，率先保证了果农的货款，然而自己的果品批发事业却陷入前所未有的困顿。不得已，他向自己的所有合作伙伴伸出了求援的手，当时金波很慷慨，一下子支援了他20万。钱不多，远远不够"任大骡子"拯救自己的果品批发业，但他已经很感动了，抱着金波哭得半天出不了声。

此番告急，金波原本就不指望"任大骡子"一次把借款全部还了，哪怕扔个仨瓜俩枣过来，也好打发对果款如饥似渴的果农。"任大骡子"确实有了难处，但他还是于下午就打来5万，而上门讨要果款的果农有40余户，真真的僧多粥少。搁往常，"任大骡子"出手大方，回回堪称大手笔，区区5万，眉头都不带眨一下。5万不多，仅够支付两三家的果款，如果一次发完，可以保证对个别人的信用，但会失信于绝大多数人。孰轻孰重，金波还能掂得来、分得清。偏谁向谁都不是办法，最好的做法就是一碗水端平，先给每家每户一点，以解"燃眉之急"。金波想。

15号一大早，催要猴头果钱的村民早早就拥到金波家大门口死守，生怕落了后。金波平常住在城里，把偌大一个家交给一把大铁锁看守，他坐落在诵经山的家就是一座无人看守的空宅。大家也知道，金波平常住在城里，难得一见。但他今天一定会回来，把拖欠大家半年的果子钱还给大家，不然他真的没法在村里活人了。

大伙盼星星盼月亮地伸长脖子等金波，早饭都没顾上吃。金波家大门口黑压压站了一大片，人们一边焦急地等待金波，一边热烈地议论此番货款严重滞后的原因，太阳在人们的议论声里越升越高，金波却远得连个影子也没有，门锁骄傲地把人们挡在门外。不断有人架不住饥饿，纷纷跑回家吃饭，走前又喊来一个家里人“接班”，也有人给相熟的人留下电话，一旦有风吹草动，立刻电话招呼。债务面前，人人平等，攻守同盟正宜结成。

金波也惦记着这事，一早胡乱扒拉了几口饭，就准备回乡给乡亲们付款。车子刚爬上诵经山下长达20公里的大坡，偏头就看到圆圆再出症状，全身抽搐不止。金波来不及多想，立刻掉转车头，直奔医院。一番紧张的检查、治疗下来，日头早已偏西。“对不住了，乡亲们——”金波心说，“等我熬过这一关，做牛做马报答你们。”

等到吃晚饭的那个钟点，圆圆的情况才稍稍稳定。与此同时，金波手里的货款又减少了很多。“没事。”金波安慰自己说，“我有儿子了！”这一段，金波总是用这法子来激励自己，看一眼圆圆烦恼顿消，叫一声儿子精神百倍。金波四处求爷爷告奶奶又借了一点，这才驱车回村。

院门口的人大多已散去，但还有三五个聚成一团等待着。金波的车驶进人们的视野，人们立刻向他围拢过来，不多会儿，便有更多的人从四下冒了出来，他们手举白条，大声嚷着要钱，有人甚至当面说金波在耍赖皮。金波也不辩解，欠着钱没还是事实，不容狡辩。

这一回，金波总算给部分果农支付了部分果子钱，也部分维护了他已经岌岌可危的信誉。每户一两千，不够“塞牙缝”，仅仅是货款的沧海一粟，但金波已经尽力。不给是一种姿态，给更是一种姿态，聊胜于无。尽管人们吵吵嚷嚷的不得行，可又不得不接受现实。他们埋怨金波不守信，但埋怨得又十分节制，生怕惹恼了他，真的卷走大家的果子钱再不露面，也怕下次使果子钱让金波“格外照顾”，发放无门。于是大家软声软气地逼着金波许下下一次还钱的日期，然后拿起自己薄薄一叠钱各自回家。金波保证：“我就是不吃不喝，也会把大家的果子钱还掉的，一分不差！”

就这样，金波一边替圆圆治病，一边艰难和果农周旋，老赖的名头越来越响。金波在村里，已经获得了最广泛的不信任，金波不恼也不急，见人还是笑呵呵的。欠着大家的钱总归是事实，伸手不打笑脸人，金波信任乡亲，也希望重新获得乡亲的信任。金波暗暗发誓，赶在下一个猴头果销售的季节，一定还完所有的债，不然自己的代办都没法做了，代办做不成，以后的日子就难熬了。圆圆的病忽好忽坏，金波自己都知道，短期内还完所有债几乎铁定是一个悬而不决的疑案。

金波平日喜欢开车四处了解猴头果行情，及时掌握最新果讯，以便更充分地做好代办。无论走哪，只要圆圆的身体状况许可，他都会带上圆圆，他愿意把圆圆放在自己的视线范围内，切实地感受他的存在。有儿子和没儿子的感觉就是不一样，他喜欢实实在在拥有一个儿子的感觉。实在很享受很舒服，尽管这个儿子已经让他背上了巨额债务和一个并非己愿的“老赖”身份。金波心情不坏，逢人就乐癫癫地抚摩着圆圆光光的脑壳说：“这是我儿子，圆圆！”圆圆很配合，总是及时而又响亮地叫一声：爸爸！

笑容立刻就会在金波脸上荡开，没边没沿的。

老婆一开始很反对金波收养圆圆，说如今时代不同了，生儿生女都一样，自家的四个丫头养活起来已经不易，再整一个不明来路的娃娃养上，还是个病孩子，日子只会更难肠。金波反对：“再怎么说圆圆是个男娃，他管我叫爸爸！”老婆见他要子心切，而她又不能满足他，就不好再说什么了，但当为给圆圆治病花去大把钱的时候，总是忍不住要埋怨几句。金波很坚决：“就是把这个家花个底儿掉，也要把儿子的病治好。”老婆无奈。圆圆很懂事，在家总会主动和每个人套近乎，见了金波老婆就叫妈妈，叫一声妈妈她的骨头就酥了，再叫一声妈妈她的心也软了，渐渐地她也觉出圆圆嘴里的妈妈和四个女儿的不一样来，也就在心里接受了这个儿子。圆圆能清楚地分辨出大姐、二姐、三姐、四姐，并摸透她们的脾气，总是投其所好地尽力讨她们的好，一嘴一个姐叫得顺溜，很招人喜爱。全家渐渐接受了这个家庭新成员，觉得他本来就是他们不可分离的一个重要家庭成员，他们为他的痛而痛，为他的乐而乐。

乡亲们上一年的果子钱，总这么拖着也不是办法。金波一面寻机会向“任大骡子”催要借款，一面想法筹钱给乡亲们还账，同时还要照顾一家老小的吃喝拉撒。更紧要的是，圆圆的病。现在全家都在城里住着，既方便照顾圆圆，又可以借以躲债。城里的花费自不能和村里比，大得吓人。因为债务，全家连街也不敢随便上，生怕给人捉住，出个门都要偷偷摸摸的， 狼狈得很，根本不似传说中那么潇洒。有时恼了，家里人也会责怪金波几句，金波也会想这样的付出值也不值——圆圆长大了不认亲怎么办？圆圆的病看不好了怎么办？圆圆的亲人寻上门了又怎么办？“任大骡子”还没缓过气，自顾不暇，根本没法给金波落实借款。碍着金波的老赖名声，能借到的钱越来越少，而果农催要债务的情绪越来越高、越来越急。金波也不愁肠，或者说，金波愁肠的时候就会想到圆圆，他强挤出一脸笑容，他信心十足地说：“我有儿子，什么也不怕！”面对如此内忧外患，金波的底气显然已是不够，但他依然兴冲冲地带圆圆四处游荡，他自己管这种做法叫“苦中取乐”。

老婆的担忧也在一天天加重：“为给圆圆治病已经欠下一屁股债，我们拿什么还？”金波笑笑地说：“没事，果园的收入再不成一年也能弄个十来万，加上做代办的收入也有小二十万了，圆圆的病看得着地往前来，一定会好。”

村里已经广泛流传着关于金波的一个最新版本：说是金波为了生儿子背着老婆在城里包养了一个“二奶”，他用大家的果子钱给二奶另买了一套房子。如今儿子大了，纸已经包不住火。金波倒也日能，大婆二婆都调教得服服帖帖，同在一屋檐下，却能和平共处、互敬互爱，堪称奇迹。

金波的“苦中取乐”已经难以维持，是因债主们寻到城里他的家，并扬言要扣了他的车和房，给大家还债。如果不行，就向法院起诉。

金波讨饶：“各位大叔大婶兄弟姐妹，先饶我几天吧，扣了车和房，我没法生活，更难给大家还钱了。如果把我拘了，难道还能指望我老婆娃娃给你们还钱？”

大伙听他说得有道理，但又不想放松警惕：“那你倒是说，什么时候能一总子把大伙的钱还掉？”

“十天以后！”金波信誓旦旦地保证。

十天后，新一季的猴头果也即将上市，金波就是有日天的本事也不可能一次还完所有人的账。大伙怀疑，金波指天发誓：“一定能！”

新一季的猴头果即将成熟，长势凶猛，收益肯定差不了 。但金波却在这样的时候作出一个大胆决定，他要将自己正处在盛果期的20亩猴头果园连同今年的果子一起贱卖40万，用来还大伙的钱。

老婆反对：“你这样踢倒江山以后不过了？简直疯了！”

金波振振有词：“钱没了可以再挣，果园没了可以再置办，但要是信誉倒塌了就再也扶不起来了！”

“你觉得你现在还有信誉吗？不如索性往烂杆混，信誉不能当饭吃！再说了，谁过谁的日子，管得着别人吗？”

“因为这样，我才要在没有烂到最坏的时候，赶紧扭转过来。”

“这日子没法过了！”老婆说着开始失声痛哭。

老婆最终没能拗过金波，说干就干，金波带着圆圆四处找买主。虽是贱卖，40万毕竟不是小数，村里光阴最最殷实的人家面对此数也会发怵。更何况，果园里的猴头果已近成熟，那才是火烧眉毛的要紧事。大忙季节，家家都在忙，自家的果子都顾不过来，一下子再接手 20亩，雇不到人手，只能眼睁睁看着果子掉在地里，坏在地里。事实上，金波的20亩猴头果已然成了一块烫手山芋。

金波一连转了几天，也没找到一个合适的买主。倒是也有人表示愿意接手，但资金不能一步到位。这在金波绝不能通融，没有缓和的余地。于是谈崩，不想后面连谈的机会也没有了。

金波苦恼。

老婆见缝插针地劝说：“就算一定要卖果园，也要等这茬果子下掉以后再卖，去年冬天一老板出50万都没卖，现在这样卖，就等于给人家再送一年的收成，还贴着钱。当下最主要的是赶紧找人下果子，不能让果子烂在树上。”

金波却说：“一个都不能下！”

金波的果园到底没能顺利脱手，而约定的还钱日期却在一天天临近。没办法，金波只能找刘其中讨主意：“好老哥，怎么办啊？”

“事也不难！”刘其中先给金波吃了一颗定心丸，然后拈着胡须慢条斯理地说：“你这么着急慌忙地要卖果园，价钱上一定要打折扣。不如先以承包的方式把果园承包给山下失地农民，有合适的买主再卖不迟。”

末了，刘其中又追上一句：“咱丑话说到前头，我可是无利不起早。”

金波忙不迭地点头答应：“一定，一定。”

金波要贱卖果园给大家还债的消息已经在村里传开，这让先头那些撵上门追要果子钱的村民稍稍有点过意不去，是他们硬逼着他做出这号赔本买卖的。一念间，大家忽然觉得，金波其实不是那么可恨。

过了两天，刘其中就带过话来，山下有人愿意接手金波的果园，承包也行，转让也行，但付款方式等诸多细节还需仔细商议，他将作为资方的全权代理人与金波商谈。心头那座大山即将被铲平，金波高兴，抱住圆圆亲了又亲。

“你要是真敢卖了果园，我们就离婚！”老婆发狠说。

金波不理，抱起圆圆就去拿车。

现在，两个昔日好友坐在一起，就金波果园的转让事宜进行商谈。依着刘其中的意思，买主一次拿不出那么多现钱，在签订协议时可预付30万，剩余10万等卖了果子一次付清。不管最后双方以怎样的价位成交，都得由卖方，也就是金波支付给他百分之五的中介费。

金波答应得爽快："好。"

协议双方知根知底，商谈一点不费事，刘其中拿出早已备好的协议书签字。签好字，刘其中转头问金波："把果园卖了，以后的日子你就不过了？"

"怎么不过？我是有儿子的人了！"金波得意地说。

刘其中哑然。

停了停，金波让刘其中透露一点买主的情况，刘其中含糊，说字也签了，押也画了，就算是他自己买，金波也不能再反悔了。

金波嬉笑："不就一张破纸嘛，防得了君子，防不了小人。"

"你敢？"

金波坏笑："有什么不敢的，谁不知道我是老赖啊？"

刘其中笑，金波也笑，哈哈哈。

突然，一阵急促的电话铃响，是久没音信的"任大骡子"。还没等对方说出一句话，金波已经满眼是泪。

煮　命

兴旺住在村子最东头，院门外是连片的庄稼地，一眼望不到头。兴旺家的光阴是村里最烂杆的，穷日子也一眼望不到头。

时节接近盛夏了，庄稼地里热热闹闹，绿肥红瘦。秧苗在节节拔高，你争我赶得好不欢快；作物笑模笑样地绽开各色小花，怒放着生命的意趣；野草也不甘示弱，在田间地头见空就钻地铺盖出层层绿意。家境殷实的人家在庄稼地里还辟出一小块地种了蔬菜，韭菜、黄瓜、茭瓜、辣椒、豆角、芹菜、香菜、萝卜、茄子、西红柿、葱蒜等应有尽有。菜叶肥肥绿绿，水格灵灵得惹人怜惜，带着露珠的蔬菜在菜叶的掩映下更加招人喜爱，红的耀眼，绿的夺目，地上地下的蔬菜都在茁壮成长，像村里欢欢实实的大胖小子。这让兴旺一家眼馋，他们没有新鲜蔬菜吃，顿顿咸菜，最多能到田埂上挑几把苦苦菜或蒲公英下饭。他们一年到头总吃面食，面糊子、面疙瘩、面条、馍馍。现在，村里生活水平普遍提高，只有兴旺家还赶不上趟，日子越过越麻缠，人越活越难肠。兴旺有病干不动活，病在腰上，疼起来要死要活，不光自己干不成活，还要搅连一个人来服侍他。就算硬着心肠不去服侍，干活的心情也会给抽丝剥茧地消耗掉。病就像赖在家里的臊皮客，留着不是事，赶又赶不走，整得兴旺只能傻傻待在家里，活活成了家里的“活死人”。家里老的老，小的小，庄稼地又没几个收成，也没有别的外出息，全家人就像拴在磨盘上的一群乏驴，只能由着光阴的绳索套着在苦日子周围打转转。

现在，村里家境好的人家几乎顿顿吃肉，还有人肉吃厌了把粗粮野菜当稀罕吃，情况次一点的人家也能隔三岔五地吃顿肉，锅里顿顿有新鲜蔬菜。再次一点的就数三泰那样的人家，三泰兄弟五个都到了如狼似虎的年纪，饭量大，消耗也多，光阴因此比不上旁人。但他们都是舍得下力气的主，常年在村里庄外扛活挣钱，小日子照样过得有模有样，个个吃得红头涨脸，五大三粗。三泰爹还放出豪言，要在小康路旁为五个儿子一人置一院房子，赶快让他们成家单过。春忙刚过，三泰家就为盖房拉砖拉土，木头也买下了不少。

兴旺家的院舍总有二十年没动过土了，房屋和院墙早已现出破败样儿，到处都有泥皮脱落。院里也没别的物什，两间土坯房孤零零立在宅基上，像没娘贼一样不让人待见。爹住一间，兴旺两口和娃住另一间，爹住的上房盛放着杂物，农具和五谷都搁在里头。为节省燃料，一到冬上兴旺两口子就会带上娃娃去上房和爹“团圆”，屋子挤巴得更不成样子，收拾起来很费事。饶是有媳妇不停地打扫，屋子还是乱得不像话。院里却收拾得光光净净，只有一小堆柴火堆在前墙角与房屋遥相呼应，柴火摞上插着把破扫帚，迎客松一样孤独地站在柴火堆上。每天早上，白花花的太阳花子总是最先照进兴旺家荒败的院子，兴旺家的日子也像那太阳白花花一片，缺滋少味的。他们过完年后再没吃上一顿可心的饭菜，邻居李大头家一到饭点就会冒出一团香味，勾心利剑般地撕扯着他们急需美食的胃，家里两个娃娃会准时跑过去贴着高高的墙根起劲地抽动鼻翼，比赛似的吸那团飘忽不定的香气。媳妇不多说话，总是泪汪汪在门里门外忙活。爹早在正月十五晚上就曾说过，得想办法改善一下伙食，不然春忙时节人乏沓沓地干不动活。可是，实现这点小小心愿比登天还难，前些年为给兴旺治病和讨媳妇，家里借下了一河滩账，还账时间眼瞅着到了，债主看他们的眼神怪怪的，紧迫得不容人稍微喘口气。欠账还钱天经地义，他们不会怨恨债主，他们能做的就是勒紧裤腰带，摁死肚里的馋虫，缩手缩脚地活着，把钱一分一厘地攒下来，尽快把债主的账还掉。

爹说，兴旺他们祖上也曾是乡里的风光大户，正应了富不过三代那句老话，祖上留下的基业到爷爷那辈很快就踢踏光了。爷爷是个不务正业的二流子，整天跟着说书人听故事，后来也照猫画虎会说点书，可是总也说不好。爷爷很爱脸面，家业垮掉后觉得对不起先人也没脸继续待在乡里，就拖家带口逃到兴旺现在住家的地方。百废待兴，自然好一场忙乱。爷爷过世后，留给后人的似乎只有几个半生不熟的故事和没完没了的债务。爹是个勤劳本分的庄稼人，爹好不容易还清了爷爷留下的债。后头又生下了带病的兴旺，爹从此又接过了爷爷四处举债的接力棒，一门心思地为儿孙扒家置业。兴旺读了几年书，因身体原因中学没念完就退学了。那会儿给兴旺说亲事的时候，媒婆花言巧语地移花接木，拿祖上的富足说事，把兴旺家夸成一朵花，媳妇过门后发现不是那回事，心里窝了一团气，嘴里却没有一点怨言。

媳妇是个好媳妇，勤苦、本分、善良，对兴旺百依百顺，过门五六年，她就为兴旺添了一双儿女。她的缺点也显而易见，不够精明。那年生儿子时她害口得厉害，竟然跑到院门前庄稼地里偷摘了几颗西红柿。兴旺知道后对她大发雷霆，还动了拳头，她没回一句嘴，只是没头没脑地哭了一通，隔天早上起来该干什么照干什么。

尽管缺吃少穿，两个娃娃照样茁壮成长，没有一点像病恹恹的兴旺。儿子六岁，女儿两岁，都很皮实、健康，而且聪明。爹把这归功于媳妇和自己的教养，兴旺想，爹是对的，爹是个有主见的人，他没有学爷爷的样子把家撇下四处游荡，而是把心安在劳动上，在他已经是巨大的跨越了。爹唯一的错就是生下了自己，他是爹的拖累爹的孽债。

爹也会讲故事，爹只给兴旺讲过一个故事：从前有一家人很富有，可主人偏偏生了个败家子儿，败家子儿后来把先人留下的家业败光了，人们都叫他“倒灶子”。他很想回到过去衣来伸手饭来张口的富日子，可是他又不愿意辛辛苦苦地下力气做事，请高明的法师来禳治，法师告诉他不需做很多，只要他把家搬到人稠的地方，每天五更就起来，起来以后哪怕什么都不干，也得赶紧把灯点上。“倒灶子”连吃粮都成问题，哪有闲钱买煤油白白消耗，但是他不敢不听法师的话。他全照做了。“倒灶子”越起越早，他起来就把灯点亮，他舍不得灯白白亮着，于是不停手地做活计。每天赶早下地的人一推门就发现“倒灶子”屋里灯火通明，便不由喟叹一句：“‘倒灶子’起来了。”“奇了怪了，‘倒灶子’这么快就起来了。”众人这般说，实在有众口铄金的神韵。奇迹果真出现了，“倒灶子”几年后居然再次一跃而起，他不光挣回了败在自己手里的祖业，还把家业越挣越大。

这是爹讲给兴旺的唯一故事，好像讲过不止一次。爹每次讲这故事脸色都很沉重，眼睛却闪着希望的光芒。爹每天不到五更就拉亮电灯，简单吃几口就出门下地了，真正的披星戴月。看得出，爹十分迷信故事里的奇迹，无时无刻不盼望奇迹在自己家族应验。可是，人生的起伏波折实在太多了，命运的福分何时才能偏爱自家呢？

事实上，眼下自家已经吃了上顿没下顿，活命都成了问题。

正是青黄不接的时候。去年的秋粮爹全卖了还账，最后不得不向隔壁李大头挪借了几个。李大头不催不要，每天都笑眯眯地过来串门，嘘寒问暖的很是贴心，他还主动帮兴旺联系了乡上民政干部，替兴旺家申请了低保。低保十分有限，甚至不够随庄前屋后婚丧嫁娶的人情。李大头的儿子也说下了亲事，正是用钱的时候，爹说得赶紧设法把他家的钱先还上。亲戚邻居借了个遍也没借上几个钱，家里又没有什么东西可卖。爹找兴旺商量，不如把沟口五亩农田卖了救急。兴旺没作声，爹劈头就骂兴旺窝囊，到担事的时候什么事也担不起。

李大头这时腆着肚子，踱着方步走了进来。门口忽地一暗，爹赶紧跳下炕让座。李大头仿佛没看见，只是朝里挪了挪，小眼睛在屋子里嘟噜一扫说："敢情还没吃饭？"爹满脸愧色："媳妇子正做着哩，兴旺赶紧去看做好了没有。"

媳妇做的是揪面片子，面是陈年黑面，黑乎乎得就像刚从炉洞里掏出来。媳妇做得很精细，揉匀，擀薄，拿刀一绺一绺划开，取一条捏在手里，两只手同时动作，在面上捏出两排浅浅的指印，然后抓紧面条两头，一抻一抖，一抻一抖，面条忽忽悠悠变得又长又薄，兴旺觉得自家的穷日子也让媳妇越拉越长。锅里的开水已经翻起了水浪，媳妇揪的面片子一截一截地扑进锅里，锅心的水浪渐渐放缓了节奏，没过多久，又一次像任性的孩子在锅里扑腾开来。

饭端进堂屋时，兴旺听见李大头正在责怪爹，说那么点小事也值得这么做怪！爹不住点着头说："是哩是哩，他李叔话这么说开了，我就放心了。"两个娃娃早已趴在桌前眼巴巴望着碗里冒着热气的白水煮面咽吐沫，爹轰了几次也没轰开，不得已，兴旺走过来一个一个地抱走。李大头斜瞥了饭桌一眼，摇着头快步出门，兴旺和爹赶紧出门相送。李大头回头说：“再怎么说粮食下来先得把吃粮留下，不管谁的账缓几年还也不迟，人心都是肉长的，谁也不忍心把人往绝路上逼。”爹的头低得厉害，像在地上找什么，嘴里不住声地唉唉应着。爹的软骨头样子让兴旺臊得说不成，他也低头在地上努力寻找一个可以让他躲避眼前窘状的地方。地面十分坚硬，就像时刻蚕食他生存意志的严酷生活，他逃无可逃，只能在心里一个劲地骂自己无能。

两个娃娃一人吃了两大碗面条，头上脸上尽是汗，这会儿正心满意足地舔着嘴唇。兴旺劈手夺下儿子端起的又一只碗，推给爹，爹把碗又搡过来说：“让娃娃往足里吃。”

和往常一样，爹在五更天就出门了。兴旺捅醒媳妇说：“不行，咱以后也得找点事做。”媳妇没言传，只是抬手给娃娃们掖了掖被角。娃娃们能睡就让他们多睡会，一醒来就会鸡飞狗跳地胡闹，要不就嚷嚷着饿，大人的肚子也会在娃娃的提醒下准确地捕捉到饥饿的寒意，冷飕飕、沉甸甸。天一亮透，全家才会慢腾腾起来一起经受穷日子的折磨，吃过早饭就眼巴巴盼着太阳早点落山，以便省略一天漫长的饥饿和因之而来的屈辱。儿子已经带着女儿跑到远处的野田里玩去了，媳妇的家务仿佛永远做不完，这里扫完擦那里，兴旺只能在院子里踱来踱去，活活就像一个会动弹的机人。儿子女儿不一会就一脸得意地从外面跑回来，小脸小手糊得黑乎乎的，衣服也左一道右一道糊满了黑灰，一问才知道在外面逮蜻蜓烧着吃，兴旺知道那种吃法，一只蜻蜓，去头去尾去翅就剩还没有指甲盖那么大的一点身体，丢进火堆烧一会刨出来更没多少了。两个娃娃都很开心，女儿还嚷着要吃肉，儿子捧出一团黑乎乎的东西给兴旺，让他给爹和媳妇一人分几个。兴旺突然感到一阵难过，他向着院门别过脸去。

爹瘦弱的身影就在这时从院门口闪进来，手里居然提着一只活蹦乱跳的大红公鸡。爹说他在村前岔路口发现的，可能是谁家信迷信用完扔掉的，不吃可惜了，他提到地里胡乱干了几把活计又提回来了，正好打打牙祭。兴旺担心地问："能吃吗？"爹直着身子说："怎么不能？不偷不抢的咋就不能吃了？就是供了神仙老家的供品最后还是让人吃，赶紧搭好开水杀掉拔毛。"儿子女儿齐声欢呼。

久不开荤，家里几个大人竟然笨拙得连一只鸡也没法对付，烫完鸡已近晌午。全家人七手八脚地把软肉剔出来切成臊子，鸡骨架也碎碎地卸开了，爹让媳妇去李大头家借几碗米，中午吃鸡骨头。成群的苍蝇闻风而来，在院子里飞来飞去，好像专程赶来分享兴旺家的盛宴。儿子女儿自动挥舞着小手驱赶起了苍蝇。

媳妇还切了些芋头疙瘩，芋头和骨头烩在一起竟然满当当一锅了，爹抿嘴笑着说，这下足够全家美美吃上一顿，别人家天天信迷信才好呢。

锅一会就欢快地哼起了歌，久旱逢甘露似的，火急火燎的，肉香顷刻就在院里荡开。娃娃们借口赶苍蝇赖在灶前不走，兴旺狠着心像赶苍蝇把他们赶进堂屋。兴旺的心忽地疼痛起来，他感到自己就像锅里上下翻腾的一块煮食，在生活的大锅里越煮越烂。只是，再怎么翻腾，他永远是一块不被人待见的芋头疙瘩，和骨头不是一回事。他几乎绝望了，他懊丧地垂下头，对满院的肉香无动于衷。

兴旺的思绪越飘越远，他甚至想到了一些严肃的命题，比如生存的意义，他想活着也就那么回事，死亡其实不可怕，真正可怕的是对艰难生活的恐惧。他不是一个软弱的人，他不该听任命运的摆布。

饭菜终于端上桌了，这无疑是兴旺家一次空前绝后的盛宴。爹严厉制止了蠢蠢欲动的儿孙们，嘱咐媳妇去隔壁院里把李大头请来。李大头满脸堆笑地跨进屋门时，儿子乐出了鼻涕泡，女儿笑出了声，爹的脸也由阴转晴，呵呵笑着把客人请到上座。李大头也不客气，端起海碗就往里舀了一勺骨头，还说大鱼大肉的吃惯了，偶尔吃几口乡土野味就是带劲。李大头没吃上几嘴就搁下海碗没完没了地掏起了牙。儿子女儿这会儿才大开吃戒，左一疙瘩右一疙瘩，爹也搁下碗筷说：“杀生害命，骨头啃尽。”这话每次吃骨头爹非说一次，可能是憋得太久了，爹今天竟重复了两遍。

李大头说：“现在村里多数人都过上了好日子，可个别人家的光阴还不行，只有大家都过上好日子才是真正的好日子。”李大头还说：“兴旺的病还得看，再不济也得找份事情做，不然真的没办法向前奔。”李大头已经安排三泰兄弟几个到乡里建工队做合同工，有劳保福利还有社会保险，兴旺这边也不用愁，他计划把儿子婚事上收的人情全部拿出来，在村口办个超市，到时候请兴旺和后岗张有财的瘸儿子去做售货员，兴旺他俩是识字人，准能干好。爹只顾点头，饭也不吃了，一个劲地夸李大头是自家的贵人。李大头把油乎乎的手摊开说自己就见不得别人的日子过得孬，有机会一定帮大伙出出力，出大力，让大家都有好日子过。

李大头儿子的婚礼定在周六，爹让兴旺过去帮忙烧火。兴旺一般不会参加宴席，他感到婚礼现场的来客都拾掇得像新郎新娘，只有自己像个叫花子破衣烂衫的，搁在人堆里特别扎眼。爹阔绰地掏出一嘟噜零票，让兴旺到商店换成整钱随人情，兴旺问：“随多少？”爹说：“别人随多少咱就随多少。”爹顿了一下又说：“不能，咱欠你李叔的人情，得随双份。”兴旺在李家昏头涨脑地烧了半天火，越烧越觉得憋屈，最后竟昏头涨脑地空着肚子逃回家了，家里冷锅冷灶，隔壁院里熟食的香味连同嘈杂的喧哗一块涌过来，兴旺却在这喜庆的气氛里掉下了眼泪。

李大头设在路口的超市不久后隆重开张，照样一番热闹。兴旺和张瘸子果然被邀去做售货员，李大头给他们每人发了一身新衣裳做工作服，两个“工作人”很快就笨手笨脚地忙活开了。李大头安排他们两班倒，兴旺负责下午时段，中午十二点上班，晚上八点锁门，同时负责盘点一天的营业。李大头说兴旺身体不好，来去太麻烦，不如在店里搭床休息。爹替兴旺做了主，说行。超市的生意很红火，晚上八点正是村人忙罢农活回家歇息的时候，他们相约着三五成群地来超市采买生活用品，直到十点左右才能闲下来。兴旺刚锁上门，常常就有人嘭嘭嘭擂门买东西，半夜也有人喊。兴旺很累，身体越来越不舒服，可他不愿说，他不想让人笑话自己连这么点活也做不了。他只能强忍着，谁让自己不是有钱人呢。有一次，兴旺抱一箱白酒进超市时不慎跌了一跤，酒瓶稀里哗啦撒了一地，满地都是玻璃碎片，酒水在地上越流越长，兴旺手忙脚乱地打扫干净。正好被李大头看到，兴旺的脸窘得烧乎拉拉的，李大头却笑笑地替兴旺宽起了心：“没事，没伤着人就好。”兴旺私下里拿工资把超市的损失给补上。后来李大头家还信过一次迷信，他把兴旺拉去禳治了一下，还把供品给他装了满满一提兜。爹觉得过意不去，叮嘱兴旺一定好好干。

可怕的饥荒终于随夏收的临近结束了，家里虽然新添了一个“工作人”，钱的紧迫似乎从没放缓过，反倒越是顾前顾不了后。兴旺经人介绍去了一趟省里的大医院，说是他的病有治，可医疗费贵得吓人。兴旺想了很久也不敢下决心留下来治病，家里没完没了的债才是最紧迫的事，破墙烂院也得收拾收拾，儿子已到了上学的年纪。钱、钱、钱，家里家外用钱的地方太多了。唉！

三泰买烟时透露了一个重要消息，今年冬上村里又该换届选举了，乡里内定了两个候选人，一个是李大头，另一个是沟口能人苏建民。三泰强调说，这是一次真正的强强对话，李大头在村里人脉很旺，苏建民的儿子在县委工作，背后有人撑腰，鹿死谁手还没定数，所以两人都在努力拉关系捞取更多的选票。兴旺和三泰都是穷苦出身，三泰的话他无条件相信。他笑着对三泰说，这两个都是村上的能人，心眼都不坏，谁当了村里的带头人都是大家的福。三泰不以为然地笑了：“咋能一样呢，苏建民的小舅子手里有好几个工程，你算算能解决多少劳力的就业。”三泰前脚刚走，苏建民就骑着摩托突突突地停在超市门口。兴旺从没见他来超市买东西，沟口就有一家小卖部，他没必要舍近求远。苏建民老远就哈哈笑着给兴旺打招呼：“兴旺兄弟穿上工作服咋就这么洋气，说说话话就不认识老哥了。”兴旺苦笑了一下，苏建民从摩托上跳下来说：“老哥我可想坏你了，哪天赏个脸喝几杯？”兴旺这才慢吞吞说自己有病，沾不成酒。苏建民的头发胡须已经花白了，额头上一大撮干脆全白了，苏建民却把那撮白发朝头顶顽强地梳去，遮盖了一大片脑袋，样子十分好笑。苏建民站在门口和兴旺闲扯了几句，见超市人多了起来，苏建民也不进去买东西，而是跨上摩托风一样刮向沟口。

贫穷让兴旺变得多思，他想这样下去真的不行，待在家里他永远是受穷受苦的命，煮命的感觉越来越强烈，几乎比病痛更让他无法忍受。口袋里有了几个活便钱，兴旺的眼界渐渐开阔了。他跟媳妇说他想到外面学点技术，找份像样的工作挣钱养家，媳妇一开始还担心他的身体，后来发觉他的态度十分坚决，才勉强同意。爹的态度却十分强硬，爹说那样做会亏了李大头的心，才吃了几天饱饭就想上天入地，他死也不同意。兴旺说人挪活，树挪死，自己总不能在这里死守着过一辈子穷日子。爹的脸色越变越黑，后来竟提起老镢头追打起兴旺。追打从院里发展到院外，最后发展到东边无边无际的庄稼地。爹是真心实意地想给兴旺两家伙。但爹毕竟上了年纪，脚步迟钝多了，反应也慢多了，说什么也撵不上兴旺。搁往常，兴旺胆敢违拗爹的意愿，爹只需几步就会像抓小鸡一样抓住兴旺，想怎么揍就怎么揍。爹手里的老镢头早已不知丢在什么地方，可他还在田野里气喘吁吁地跟着兴旺，好像兴旺肩上扛着祖上曾有的荣光。

爹真的老了，家庭的重任即将大厦一样压在兴旺瘦弱的多病的肩膀上，兴旺可不想被它压垮，唯一的出路就是让自己变得强大一些，再强大一些。兴旺想，这次不管爹是什么态度，他都要按自己的意愿顽强地走自己的路。义无反顾。

兰楼那么好　石也那么孬

结果，我喝醉了。喝醉的基本特征之一是胡话连篇，尽管我不认为我是在说胡话。反正我稀里糊涂地对兰楼说：“东风吹，战鼓擂，当今世界上谁他妈怕谁。”

兰楼说：“你说什么？”

不承认也没治，是酒让我管不住自己的嘴，我字正腔圆地复述了一遍：“东风吹，战鼓擂，当今世界上谁他妈怕谁！”

如上对白是在电话中完成的，说过以后我再也想不起我说这些话的由头，直到兰楼愤怒地挂断了电话我才意识到这下坏菜了。

果真就坏了菜，兰楼从此和我形同陌路。大路朝天，各走一边。

在此之前我已经明白无误地向兰楼表露了我的倾慕之情，当然兰楼没有做出让我安心的呼应，每次她都巧妙地顾左右而言他，兰楼好心肠，笑着和我说一些无关紧要的话，我不经意的胡说八道总能让兰楼开怀一笑。我觉得兰楼聚集了我理想中的女人全部的优点，淑雅、活泼、青春、美丽、灵动。正是我千回万转久寻不遇的梦中人形象，有这样的人儿陪我说说话，石也无憾矣。

兰楼做服务生的那家酒吧老板是我的酒场拍档，也是阳街一字号色狼，相貌娇好的兰楼成天就在这样的人面前穿梭，而且色狼可以随心所欲地支使兰楼跑东走西。我想我对兰楼所说过的混账话于兰楼也是种善意的提醒，一个豆蔻年华的妙龄美女子很容易成为色狼狩猎的对象。当然，色狼的游戏法则里没有兔子不吃窝边草这么一说，可能的情况是，越是窝边草色狼会越吃得便当、带劲。跟兰楼决裂以后，我一次又一次地回忆那天惹兰楼不畅快的原因，泪水也一次又一次地漫过我酸涩的心坎，我痛苦，我自责，我绝望。兰楼是在什么时候温柔了我的心我已无从考证，我只是觉得像兰楼这样一个乖巧的可人儿生在人间，就不该是来受罪和经历磨难的，她更应该是来享受人生之乐了无牵挂地成长、恋爱、过活。

事实不是这样的。

兰楼小小年纪就出来为自己为家人谋生活，也许她的命中注定了太多的苦和难，哪怕是一丁点的小委屈都足以让兰楼泪如泉涌。每次看到兰楼伤心的样子我心里都有一种别样的痛，我甚至想把我的手轻轻地放在她肩上，给她些许安慰，为她分担一点愁闷。可是我无能亦无力，我自己尚且生活在许多不为人知的苦闷中。

我，石也何许人也？

众所周知，我是阳街一带著名的瘸子，与腿一块儿瘸了的还有一条胳膊。可以骄傲的资本仅仅是上过几天学多读了几本书，我之所以大大咧咧地整日借酒消愁，也只不过是给自己寻找一个赖以支撑精神世界的支柱，坚强正是我遁世的外衣。我拿什么去庇护兰楼？我有时觉得自己是卑鄙的，我这样一个四体不勤的人竟对兰楼生出许多不切实际的念想，甚至，我曾奢望过拥有。我不得不承认兰楼是一个聪明的女孩，她对我从没有流露过相呼应的情意。有时静下心来想一想，我想我已经经受着一个苦命人应该经受的苦命，我为什么还要另外一个如花般的少女陪我一起经受我的苦难，尤其这样一个少女是我心爱的人，我多么渴望她过得好。而兰楼的处境并不是很好，甚至有一些危险。对了，我是让兰楼提防着点儿她的老板，说如果他再对她动手动脚的话我就要收拾他。兰楼轻蔑地说：“就你？”于是有了开头的一幕。

在认识兰楼之前，我到酒吧喝酒就是为了喝酒，认识兰楼之后，我想我到那家酒吧喝酒更多的是为了看兰楼。兰楼有一种摄人心魄的甜美的笑，笑的时候嘴角微微上扬，纵观她整张溢满笑容的嘴，有点扁。据说扁嘴女子有后福，我也诚心实意地希望兰楼拥有许多的福，前福后福中福边边角角的福一举拿下。从兰楼的笑容里完全看得出，兰楼对我有那么一点点好感，起码不讨厌，而好感是增进情意的情感基础，我很想通过这种基础优势扩大战果。随着熟悉程度的加深，我对兰楼生出越来越多的爱慕，我大言不惭地对兰楼说了许多肉麻却也真实的情话，兰楼总是一笑了之。经历过许多不如意的恋爱，原以为我不会再有什么狗屁爱情了，兰楼却让我再次跌入爱情的圈套，而且比以往任何一次都凶猛，而且是在我处在人生最低谷的时候。看出来了吧，我即使是在没有喝酒的时候也会胡说，并且我还有许多难以启齿的毛病，比如好高骛远、嗜酒成性、懒散，还有生活细节上的种种不良习惯，等等。

兰楼与我决绝以后，我还是愿意去那家水吧时不时地喝两杯，当然，喝酒不是主要目的，我只是想多看看兰楼，在心理上分担她的苦与痛。不过，兰楼迎接我的再也不是花红柳绿的笑，我只听得见橱间叮咚有响的炊声。偏偏兰楼越是这样我对她越是向往。我在我临街租住的小房子里临窗凭眺，一俟发现兰楼下班骑上她那辆红色的自行车，我就开始掐算她到家的时间，然后就往她家里打电话。电话里的兰楼柔声细语，话语里没有明显的感情色彩，从不轻易说是或者不。我想兰楼是一个心细如发的善良的好姑娘，她是在刻意回避一个敏感的事实，即我业已残废的肢体俨然是横挡我们前进步伐的一个屏障，她无意于伤害我本已脆弱的自尊，更无意于我热力四射的表白。

我是一个认准一条道就要摸黑走到底的人，虽然我清楚我和兰楼之间的差别不仅仅是正常和残疾的事，可是再怎么说我也有追求幸福和爱情的权利。再说呢，如果得到兰楼的爱情如同顺手拣起路边的一块石子那么容易，这样的爱情恐怕还勾不起我太大的兴趣。知难而上方显英雄本色。

对我的这些谬论我的朋友阿火就很不以为然，他说正常的爱情应该是钉对钉铆对铆。就是说，我是一个肢残人，我的爱人也应当是一个或多或少存在些微毛病的人，那样才显得和谐，才不至于存在谁愧对谁的问题。

我说要是那样我才不需要什么狗屁爱情和婚姻呢，那样的婚姻不过是血脉传承的一个需要，与货真价实的爱情他妈的并没有关系，庸俗！

阿火笑笑说："心高不是坏事，但你起码应该考虑就算是兰楼选择了你，你拿什么为兰楼提供幸福的生活和保障，仅仅凭你信口开河的一点小幽默和偶尔脱手的几篇豆腐块文章？恐怕不行！"

见我哑口无言，阿火继续对我展开新一轮的攻势，他说："我发现你这个人其实很自私，光考虑你自己的感受也不设身处地地为兰楼想一想，兰楼有人见人爱的好模样，性格上也温顺，吃苦耐劳，而且家庭背景也不错，两相一对比其实你什么也不是。在婚恋问题上我就想得开，我打生下来就坐在轮椅上，我每天操心的就是能吃上一顿饱饭，结不结婚的事想都不敢想，一想脑仁子都疼，要我选择的话，我只能选择跟我差不多的人，做不到等量最起码也要齐观。所以，我奉劝你早日调整好心态，找个差不多的人凑合一下，叔叔婶婶为你的事已经愁得不成样子了。"

我知道，“差不多”其实是差太远，无论哪一个“差不多”和兰楼相比什么也算不了，况且我的心里恐怕没有别人多少位置，兰楼一个人足以将所有的空虚填补。

有一段时间我专心专意做我的文字梦，差不多要将兰楼忘记了，却忽然知道兰楼新到一家厂子上班，我为兰楼高兴的同时又对兰楼生出点点念想，胸口整日价隐隐发疼。终于有一天，我再一次拨了那个烂熟于心的号码。

电话通了，兰楼竟还能分辨出我的声音。我告诉她要是没有对象的话我仍愿意积极参加竞争，电话那头的兰楼咯咯笑了一阵，随后就温柔地收了线。每次打完电话我都觉得意犹未尽，想说的话总也说不完，兰楼总是不咸不淡地用各样借口支吾过去。所以我不得不像一个屡战屡败的志者那样锲而不舍地重复拨号。可能是我电话打得太勤了给兰楼带来了不必要的麻烦的缘故吧，兰楼竟从此不接我的电话。我试着换了一部电话再打，果然通了，接电话的正是兰楼自己，说不上三句话兰楼狠狠地挂了电话，那天我气个半死，我想我再怎么日赖兰楼总应该让我保留一点做人的尊严。我疯了一样拿拳头捶打着院墙，仿佛那墙是阻断我和兰楼互通音信的恶魔，那一阵我杀人的心都有。

其实我是想从兰楼那儿得到确信以便回绝家人亲戚为我提的五花八门的亲事，要知道我的年龄在同乡未婚青年当中算是非常大的，差不多就到了“巨无霸”的地步，再也耽搁不起。但是如果我能得到兰楼的确信，我两次抗日战争的时间也熬得起。兰楼却始终像个事外人，冷眼旁观。

恰巧这时我的姑父为我一股脑儿介绍了两个对象，都是山外邻县的农村女且都或多或少存在“质量问题”。我不敢面对亲人期许的目光和热望，二十大几快奔三十的年纪了，所以我决定一走了之避而不谈婚事，因为我知道倘使我和别人结婚至少会祸害三个人，我和她，还有兰楼。我对我给兰楼说过的花言巧语和山盟海誓记忆犹新。

在县城疯玩了一天，我觉得清醒了许多。我以前已经错失了许多好姻缘，以我自身的“硬件设施”实难觅得更好的婚配，我一意孤行的结果只能是错上加错，我想我应该回家告诉家人我的真实想法，至少不能辜负姑父的一片好意，至少让父母得到一丝宽慰。有些事想通了也就是那么回事，横竖都是个人，找谁都是那么回事。既然我得不到兰楼，其他人的好坏于我都无所谓。回到家里，我急吼吼地告诉家人这事他们拿主意，随便哪一个我都愿意，就算是只老母猪也无所谓。家人对我的转变很感欣慰，十万火急地委托某个熟人到邻县某个小山村为我说亲事，成或不成只待早就进了我家考核范畴的那个肢残女的一句话。

我梦里一回回惊醒，无数遍在心里默念着兰楼的名字，兰楼差不多在每个夜晚都要走进我的梦境。梦里的兰楼一如往常，扁扁的嘴里涌出圆圆的笑，说起话来轻声细语，待人接物一团和气，只是我跛行的脚步距她越来越远，直至兰楼消失在梦的另一头。我颓然坐到床上，心里愤愤地骂道，这样的好女子不知要留给哪个龟孙，我知道无论留给谁反正这里没有我什么事干。不——我急切地想改变我的现状，只为兰楼。我拼力挣扎大声呼喊，兰楼兰楼兰楼。

夜，好深！就在这时汗水肆无忌惮地湮没了我孱弱的身体，床头上搁的我写给兰楼的情诗遥远得像上世纪的梦境。我翻身下床，情诗变成美丽的碎片在微明的月色中闪烁着银白色的光芒。

哦，兰楼，我梦中的“安琪儿”，你走吧，借这月色走好你的人生之路，走进你完满的归宿，走到一个我无法通达的异地。

山里跛行女子到来那天夕阳正好，我木木地敲打着键盘，一任她和阿火天南地北地神侃。阿火替我辩解说他这人就这样，精明的时候精明得要死，糊涂起来比头驴子都不差。女子咯咯笑了一气说：“他是知识分子，和我们是两路人，再说，玩电脑也是做学问，我想玩还玩不了呢！”

我抽完第三根烟的时候女子起身说她该走了，阿火摇动轮椅说：“我送你。”我长叹一口气麻利地关了电脑目送他们走出院门。女子优雅地推着阿火的轮椅，阿火得以解放的双手比比划划地和女子交流着我无法猜测的内容，笑声不时透过厚重的空气穿入我的耳膜。然后，我看到女子一拐一拐，又一拐，出了小区的大门，泪水就在这时模糊了我的双眼。

胡　子

很多年前，我因“嘴上没毛”，被同伴们戏称为假小子。那阵我看到上唇有一抹淡淡黑胡须的同伴总是很羡慕，觉得他们威风极了。我当时最雄伟的人生理想，就是拥有一把闪着雄性光芒的胡子。

常青说，男人要想胡子长得厉害，就得经常拿剃须刀刮刮，刮得越勤，胡子长得越凶。常青说这话的时候嘴角骄傲地撇着，两抹小八字胡一左一右，耀武扬威地摊开。常青是个长胡子的牛皮哄哄的魁伟青年，也是个舍得下手刮胡子的家伙，他关于胡子的理论我无条件相信。在我又一次拥有一笔可观生活费的时候，我抠着、掐着，努力把自己的生活标准放在一个叫花子的水准上，想要挤出购买一只电动剃须刀的费用。为此我瘦了足足有十斤，当然，最后我成功了。电动剃须刀捏在手里的感觉实实在在，电动剃须刀在脸上游走的那份美好悸动让我如坠云雾。从此以后，熟悉我的人总会见到我拿着电动剃须刀有事没事地在脸上乱蹭，呜一下过来，呜一下过去，不厌其烦，乐享其中。

当时我正疯狂迷恋工地大灶的帮厨梁秀芝，那是个被常青亲切地叫做芝芝的丰满女子。但在整个长长的青少年时代，我害羞而又胆小，从不敢当着别人的面把自己的想法说出来。如果别人不小心猜到我的心思，我也会窘得没处躲。我和常青、梁秀芝都是工地应急招来的小工。不用说，我们刚从早已厌烦了的课堂脱，精力旺盛，劲多得没地儿使，我们能轻松胜任小工的活计，却又得不到正常用工的价钱。这些都不要紧，我们有的是力气和无数冒着傻气的愚蠢想法，我们喜欢脱离大人的管束自由自在地生长。在工地上干得大汗淋漓，把那些多余的劲头泼洒开去，正好可以把我们积攒在身体里的邪火释放出来，就算不给钱也好像是对我们的极大优待。晚上歇工的时候，我和常青总是挤在一块起劲地胡扯，扯着扯着就扯到女人身上，其实我们根本不懂女人，大街上千姿百态的女人和我们嘴里的女人根本不是一回事。常青特别热衷这个话题，最喜欢拿梁秀芝说事。这个流氓居然说他早晚要把芝芝给睡了。黑暗中，常青把那个睡字说得过分地重，我一下子给打中了，心不由得痛了起来，好似常青已经把想法变成了现实。但我努力让自己平静下来，假装不明所以，继续和他胡说八道。他的话越来越不中听，越来越下流，我却不害羞地配合着他胡说疯笑，不时用哦、是吗、真来劲等简短词句应答。

就像你猜测的那样，在我和常青攻占梁秀芝这个堡垒的无声角斗中，我败北了，成了落荒而逃软弱无能的那一方。我是说他们很快就睡到了一起，他们在一起都干些什么我不得而知，我能做的就是远远躲着他们想我自己的心事。常青其实比我大不了多少，搬出工棚后他的床位没有补充进新的工人，忽然空大起来的床位给了我无限想象的空间，后来在一次吃过早饭后，我趁灶房没人的时候假装洗碗凑到梁秀芝跟前，腆着脸追问她轻贱地跟了常青的理由，她说常青有两撮小胡子，看着有男人味。这个借口太他妈欺负人了，简直能把人肠子气断！但我不想和她理论，转身扑进工地抡起大锹玩命似的筛起了粗沙。我暗暗发誓，我一定更加勤奋地拿剃须刀在脸上蹭，一定要自己也长出茂盛的胡子，把常青比下去，把所有因为长着胡子就生出优越感的愚蠢家伙都比下去！还没等到吃中饭的时候，这个小骚货居然把我问她的话一字不落地说给常青，常青气势汹汹地拿着铁锹满世界找我，貌似我做了什么见不得人的事。这让我受不了，我二话不说提锹迎了上去。这次我赢了，常青躺在地上半天爬不起来。完了他吐掉一嘴血沫说："少打老子女人的主意。"我没理他，扔下锹，昂扬地把一堆惊诧的眼神丢在身后，一头砸进工棚的硬板床，一睡就是三天，水米不进。

我和常青的这一架干完以后不久，我就面临一次重大的人生抉择：要么继续在工地厮混，每月挣240元到320元的现钱，过着有烟抽有酒喝的潇洒日子；要么到一所民办高校继续我中断有日的学习，学来一门技艺，以便找到哪怕稍微体面一点的工作。其实根本不消选择，这简直就是我其时能捞起的唯一的救命稻草，于是我像当初逃离学校一样迅速地逃离了工地。父母对我的转变很是欣喜，给我加足了油，添足了醋，千叮咛万嘱咐，好似他们嘴巴一合拢，我继续念书的信心就会悄悄溜走。有那么一刻，我开始后悔轻易地答应了他们去上什么破学，把自己拼力争来的自由咣当一下又丢进臭水沟里，我甚至开始怀念和常青胡说八道，又能每天看到梁秀芝胖胖的身子扭来扭去的那些难挨又暗藏着幸福滋味的日子。

人生其实是由很多次选择连缀起来的，每一次选择都是站在命运的十字路口，一边阳光明媚山花烂漫，一边山高路远恶浪翻滚。作为一个鼠目寸光的平常人，我们永远无法看清路口前面的景况究竟如何，更不大可能总在哪头轻哪头重的权衡中作出永远有利无害的决断，只能看到一点鬼火一样的渺茫希望，然后蒙头走下去，一不小心就走进了书里说的"歧路"，就算把肠子悔青也已经于事无补，这个世界卖什么的都有，唯独“后悔药”永远缺货。

我是说在很多年以后，我为这次错误的选择吃尽了苦头，并且为此深深懊悔。尽管这次选择并不完全是我自己的意愿，用时下流行的话说，我是被选择了，但我不能对此有丝毫怨言。生活中的不确定因素太多，而我们又不能总是毫发无损地游离于“歧路”之外。

这所民办高校的软硬件设施据称在省内堪称一流，但管理稀松得形同于无。我们每天稀稀拉拉地上完几节课，然后就像一群无人管束的羊胡乱地散在校园内外。我很快又有了一帮铁杆哥们儿，我们给自己定了一个更加宏伟却也愈发无聊的远大理想，我们要把省城所有好吃的东西吃个遍，把所有好玩的地方玩个遍。那阵我开始注意自己的形象，每次出门前总喜欢对着镜子把头发梳得油光到苍蝇打滑的地步，衣服领子也不允有一点褶皱，皮鞋更是擦得亮得能当镜子使。总之，我刻意把自己弄成一个流里流气，有点帅，又有点坏的街头小混混形象。

我们宿舍有一面阔大得能把我整个人装进去的大镜子，旁边立着一个同样巨大的脸盆架，层层叠叠堆放着我们六个人五颜六色的脸盆。这伙人整体上懒得要命，洗完脸，把脸盆胡乱塞进架子里，拍拍屁股就走人，有的更绝，打一次水可以连续洗好多天，甚至毛巾扔里面也不知道捞。后来我们被一股越来越犀利的怪味给搅得吃不香睡不好，这才集体动手查找怪味源头，最终在脸盆里捞出一条浑身长满绿毛大放异味的毛巾。就算在这样的环境里，也不妨碍我们把自个收拾得清清爽爽、人模人样。

每次出门前，我都要站在这面镜子前，谨慎又挑剔地打扮自己。我顺手把梳子伸进脸盆，一遍一遍地梳理我粗壮黝黑的头发，直到自己满意的时候为止。梳完头发，我甚至还要在地上跳几下，看看头发乱了没乱。然后我使劲扯着衣服领子，看看白衬衣领子有没有被后颈磨黑，完了又仔细端详衣服上有没有令人扫兴的褶皱。接下来，我得拿剃须刀一遍一遍地剃嘴脸上尚不显山露水，也可能压根不会有的胡子。正所谓有枣没枣，打上两杆子再说。等确认这些都做得不坏的时候，我才可以放心出门。

我们这样的形象在当时很时兴，堪称潮流，一俟走上大街，立刻会吸引大片火辣辣的日光。不用说，都是些脑子里装满花里胡哨情爱思想的傻大妞。就这样，过了没多久，我身边的朋友们再出门时，身边就多了一个或丰满或骨感的女友，但在我看来她们全是脑壳里不长脑子的白痴。一个再明显不过的事实是，她们应急寻找的伴当不会给他们什么切实可握的承诺，即使有，也缺乏实行的依据。

但是，嘴再硬也说不过心，我其实很羡慕我的这些同伴，并在心里热切地盼望着再多一个脑壳里不长脑子的白痴快快来填补我身边的空白。我发现这渴盼比当年对梁秀芝的想念来得更凶猛，一发不可收拾。当然，这时候我并没有具体目标，直到认识谢维。

谢维是一个天真烂漫的女孩儿，喜欢一些时尚的东西，总把自己装扮得像朵花，但她又坚决地否定时尚，说时尚是一块容易过时的抹布。其时她在我们常去的学校附近的一家火锅城做布菜工，我们去过几次就跟我混熟，在等饭菜的空当，我会站在包间门口一边抽烟，一边和她有一句没一句地聊一会天。

我和谢维的交往其实也就是一块聊聊天，洁白得“就像一张白纸”，这是当时我们比较喜欢并且经常使用的比喻。但朋友们却每每对着我们起哄、笑闹，好似我和谢维已经有了什么“见不得人的勾当”。

真正有事是在同屋一哥们过生日那次，那天我们六个在谢维做工的那家火锅城全都醉得横七竖八，连他们的伴当也都醉得找不到北。我不知道他们怎么相互搀扶着歪歪斜斜地走回学校，我也不知道他们走时是故意把伏在桌上酣然大睡的我丢下，以便给我创造和谢维独处的机会，还是压根就忘了我这个“单干户”。

谢维住的地方离火锅城有三四站路，谢维事后说她平时赶不上公交空身子走都能走出一身汗，那天她却拖着重达150斤烂醉如泥的我一气不歇地从火锅城回到她的住地。我说我喝醉后虽不能脚下生风也不至于把全身的重量都压到她一个弱女子身上。谢维狡黠地点着我的鼻头说：“你以为呢？比死猪还要沉！”直到多年后，我送一酒醉的瘦猴哥们回家，我才深切体会到谢维当年的艰难，不由对她生出几分敬意，可那时我已经高调毕业，把谢维连同与她有关的记忆全都扔进历史的尘埃。瘦猴身量极轻，平时我一只手就能把他提起来，但那天他却沉得出奇，单是扶他上楼就累得我大喘不止。

谢维那自此成了我的另一个宿舍，逮住机会我就会过去。谢维喜欢一眼不错地盯着我看，她总能准确无误地挑出我身上或许可以忽略不计的“毛病”，比如头发长了、衣领皱了、抬头纹有点深、步调有点快……每到这样的时候，我就会拿出无赖样，张开身子让她帮我整治，谢维总是愉快又认真地立刻动手，好似迟钝一秒，这些毛病就会长到我身上。这期间，谢维负责打理我们的生活，我出门穿哪件衣服也要她拍板决定。

终于有一天，谢维在我脸上发现了新大陆，她说你长胡子了！和过去一样，我每天都会照着镜子刮胡子，可我从没在胡子该出现的地方看到过胡子，我当即表示了我的怀疑，她伸手就要拔下来给我看，我赶紧躲开。

这根胡子长得很蹊跷，它长在下唇正中，居然神奇地一次次从剃须刀的利刃下成功脱逃，在我已经长出和没来得及长出的胡子里特立独行，是个异数、意外、引人关注的出头鸟。它弯弯溜溜独自矗立于下唇，似乎在向我业已走远的“假小子”声名发出挑衅，庄严宣战。它的出现，让我心底滚过一阵无以言说的欢悦，它至少证明了我这张长期缺乏胡子装饰的面庞并不是一块“不毛之地”，不是不长，只是时候未到罢了。

果然，过了几天谢维就郑重其事地对我说：“你的胡子长得还挺凶的，以前就没看出来。”她说着就用手指一一指给我看，“这有，这也有……”谢维手指经过的地方，如春风拂面，痒酥酥的。

胡子如吃了激素一天天破皮而出，飘飘摇摇就变长了，帮我打理胡子成了谢维生活的一个重要内容。谢维的作用差不多就像镜子，不过相对于我的粗心大意，她剃得更周到仔细。她几乎每天都会把我面部刚刚冒头的胡子尽情收割，连脸上那些汗毛也不肯放过。如果有一天谢维离开了我，我真不知道我的日子该怎么过。

谢维常年不休假，十月末她决定回老家几天，我看着提着大包小包的谢维挤进火车的时候，忽然没来由地有点伤感。谢维走后第二天下午我有个约，我在宿舍一觉睡到中午饭点才起身洗刷。在镜子里，我看到一个完全陌生的自己，人中和下巴上都冒出了一些稀稀朗朗的胡须，根根抖擞，周遭更多的毛孔也隐隐罩上一点暗黑色，胡子呼之欲出。谢维走前分明给我刮过，怎么可能长得这么快?

不容我想太多，其他哥们已经全部收拾停当。他们不断催我：“赶紧的，再不行动就晚了。”我没有时间四平八稳地刮胡子了，而我又是那么在乎自己的形象，不收拾下绝对不能出门。仓促间，我抓过打火机打着火，冒着被烧伤的危险对着胡子们来来回回地一阵扫荡，宿舍里立刻升腾起一股尖锐的焦毛味儿。完了我用力把脸和下巴抹了一把，捋掉那些胡子的残骸，回头招呼起朋友们：“走！”

谢维回来也被我的样子吓了一跳，她抚着我布满胡子的脸蛋和下巴不住声地叹息：“你怎么连自己都不会照顾，这让我怎么放心离开呢？”

我在这所光鲜却也枯索的民办高校就读的大部分时间，都是由谢维陪伴着的，我丝毫没有料到终有一天我们会不可遏止地分开，会分头扑进各自的命运里。我和谢维的分手不能怪任何人，我们只是命运推手操控的两枚无足轻重的棋子，到必须分开的时候就得分开，“花开两处，各表一枝”。我在这所学校其实什么也没学下，倒是落下了两样足以毁掉我一生的坏毛病：心高气傲、懒里懒散。我曾为自己走进“歧路”深深懊悔过，直到很久以后，看到一著名作家描述的大学生活，才逐渐释然。他说大学从来不是教人学好的地方，我深以为是。

民办高校在入学之初给我们承诺的高就业率根本就是“水中月”“镜中花”，一俟我们面临毕业择业的时候，我们才如梦方醒般地纷纷惊呼上当。可是晚了，我们最宝贵的几年韶华，还有父母的血汗，已经打了水漂，冒了烟，成了扔给狗的一个个断不可能回来的肉包子。

我们给安排到外省一家冶炼企业，一开始还坐在办公室纤尘不染，没过多久就给派到基层车间见习，一天班上下来，就如从垃圾堆里捡回来一般。我因文笔还说得过去，给放到办公室做文员，却又不是什么真正意义上的文员，既要负责进厂职工档案的建立和管理，又要东一下西一下地办理各种保险，还得负责工资和福利劳保等等，哪样做得稍微迟钝些都会招来无尽的麻烦和批评，真真是一个吃力不讨好的营生。一起分来的同学一时怨声四起，有抱怨学校的，有诅咒企业的，有人责怪父母为自己选错了路的，有的还喟叹自己生不逢时。没过多久，同来的同学就跑了一些，还有一些人随时想当逃兵，剩余的也在盘算着另谋出路，得空就去人才市场投简历。我呢，也打算过做一天和尚撞一天钟的混沌日子，班上得无精打采。这让我想起在学校时一老师看不惯我们的集体厌学，曾苦口婆心地规劝我们，他说："先生们，你们现在努力多学点，毕业后好歹会有个工作，我可不希望日后在劳务市场看到你们。"我相信此一刻，我的不少兄弟一定正经历着这种难言的尴尬。

办公室主管倪姐大我两岁，人却长得小巧水嫩，说话温吞，做事圆润得体，平常没事时我们会嘻嘻哈哈开几句玩笑，大体还算融洽。有次有个年轻人叫她姐叫我叔，倪姐哈哈大笑一阵回头正色说："老弟，这辈分有点乱。"过一阵，她端详着我说："其实你要把胡子刮干净了，还是蛮帅的，也显得年轻。"我笑笑，没出声。

我记不清有多久没刮过胡子了，毕业后，特别是离开谢维后，我一直处于各种忙乱，把我曾执着地刮胡子的课业荒废得一干二净。镜子里看到的也是一张黧黑的乱糟糟的脸，到处都是密如杂草的胡子，下巴、左右脸颊和脖子上更是突出，黑泱泱得看不到半点肉皮，整张脸，在胡子的映衬下也显得粗糙沧桑。面对这样一张脸，我自己是没办法下手的，只好去美发店请技师代为操劳。第二天上班，倪姐围着我转了一圈又一圈，嘴里不住地发出啧啧声，倒像我让老娘重生重养了一遍。可是好景不长，隔天镜子里的我又是一副万劫不复的老朽模样，我只好再次去了美发店。技师说我的胡子凶且硬，不好修理，建议我晨起后别急着刮胡子，那样会长得更快。但是，晨起后我必须在半小时内完成洗漱、刮胡子、做吃早餐等具体事务，以便准时挤进高峰期的公交，赶在上班前在我虚位以待的皮椅上安稳地落座。

这样，胡子在我生活中已经泛滥成灾，我恨不得找来一种药水一劳永逸地把它们连根除掉。问了许多商家，所有人众口一词地否认了有这种药水，看来我得做好和胡子做长期斗争的心理准备。

我在这家公司一干就是四五年，每天往返于公司和住地，心里想的手里做的都是和工作有关的事，简单而又繁忙，无聊却也充实，其间我没有回过一次家。四五年时间，短得仿佛一天，似乎只做过吃饭、上班、睡觉三件事，却又长得仿佛过了一个世纪，人的心理一下子变得苍老寡味，不再怀有太多念想，再也翻不起什么惊涛骇浪。

就在这样的时候，我收到父母的紧急召回令，同时我也看到就算在这家公司混到老，混到死，也不大可能有志者们千回百转最终能喜滋滋见到的出头之日。这次我思考了很久才做出辞职的选择。

路过省城时我决定逗留一天，和留在省城的朋友们坐一坐。晚间的酒席上，朋友们纷纷对我不可思议的胡子表示了惊叹，还有朋友笑称我这型号的适合“晚报女”。本城晚报不久前登了一则逸闻，说是一新婚女酷爱满脸胡子的男人，偏偏她的新婚丈夫生得细皮嫩肉，不见一根胡子。新娘每天起来第一件事就是帮丈夫一遍一遍地刮根本没影的胡子，不厌其烦。她不觉得累，倒把丈夫搞烦了，忍无可忍的他一把夺过剃须刀砸了她个满脸开花。有朋友手里正好有这张报纸，还兴冲冲指给我看：“喏，就是这篇，还配发了照片呢！”照片很模糊，可我分明看到了谢维那张时尚俊俏的脸，血一下子涌上我的头，泪水顷刻模糊了我的双眼，我推开面前的杯盘说：“不喝了不喝了，头有点疼，我先回宾馆去。”

父母见了我都很吃惊，父亲先是高兴得光脚从炕上跳下来，然后又冷冷地盯着我看了好久，才说：“怎么搞的，胡子这么多这么长？”说完重新爬炕上去，同时不忘丢下一句话，“比我的还长！”母亲倒没说什么，只顾埋头嘤嘤抽泣，活像我的回来是件必须大放悲声的伤心事。其实他们不知道，走前我已精心处理过那些让我烦恼透顶的胡子，但我不想说，我宁愿他们把这归咎于我的懒惰、邋遢。

父母此番紧急招回我，是为解决我的终身大事。在他们的安排下，我先后和几个条件不错的女孩见了面，但她们都是望胡生畏之辈，只一面，再无下文。我倒十分乐得这样，我想总有一天我会重新遇见谢维，那时不管她身处何境，我都会想办法让她立刻回到我身边。

胡子，现在已成了我命里的一个劫数，成了我通向一桩美满婚姻的绊脚石，成了我人生路上一个总在唱反调的刺儿头。尽管我每天都在刮，尽管我不断努力让自己变得清爽些，可它总是出其不意地闹哄哄地出来大煞风景。早晨出门时，刚刮了脸的我像青年，等到了中午，我就成了个胡子拉碴的中年人，晚上回家时，我一定会成为长须飘飘的老者。我受不了胡子的折磨了，真想去一个陌生的地方躲起来，永世不再回来。

害怕我把心逛得更野，父母坚决不许我再去外面闯荡，坚决地把我的活动范围限制在县城以内，这让我有机会了解从前那些熟人和他们已经埋进历史之城的一些往事。和他们有关的消息不断传入我的耳朵，无论喜悲，我都听得有滋有味。

我早就听说常青在县城建筑业混出了名堂，现在是县内屈指可数的房产大佬。我还在电视里见到过他一次，电视里的常青面庞清亮、神采奕奕，早年为梁秀芝喜爱的八字胡早已消失不见，代之以一种自信、笃定的神态，他在屏幕里夸夸其谈地卖弄自己的发家史，我看了几眼就生气地关了电视。据说常青发家后一直没结婚，但身边从不缺女人，而且一直在换，越换越年轻，也越漂亮。梁秀芝在为常青堕过几次胎后，就被常青果断地遗弃了。随后她和同村的一老光棍速婚，不想光棍婚后不久就死于一次煤矿透水事故。再后来，她又嫁给一做豆芽菜的小贩，后来小贩借口要把生意往大里做，卷走了家里所有的钱，竟从此没了音信。

有一天，我居然在县城大街上遇到了梁秀芝。当时她骑着电动车，车上捎着大小三个孩子，在县城繁华地段与我迎面相遇，她竟然没认出我，擦着我的身子呼啸而过。我发现她曾让我着迷的丰腴身姿已经瘦得没形没状，就像被岁月的小刀一片一片削小了。

骑车的梁秀芝越走越远，渐渐模糊成一个小黑点，直到再也看不见。

后　记

出部小说集的想法由来已久，因经费问题和对自己作品的自信心不够，结集出版的事一拖再拖，一直挨到这年夏末。

一次和中卫天天网CEO姚思杰无意中说起这事。不想数日后，中卫天天网出现为我公筹出书费用的帖子。经过姚先生热心策划，已有市内几家企业老总表示愿意出资，一些不愿透露姓名的爱心人士也纷纷联系我们。

最让我感动的是，一农村老大姐在网上看到消息，非要把她参加征文得的奖金拿出来支持我，钱不多，但心意大过天。

箭在弦上的感觉立刻包裹了我。

为了让书稿能尽量对得起关心这事的所有朋友，我请了一个月的假，回家专门校正书稿。经过一番挑拣、砍杀、修补，这部约25万字的集子基本成形。

在此特别感谢为此书的出版做过努力的所有好心人，他们是中卫天天网姚思杰、大麦地农村电商公司童伟强、金芒果商贸公司赵建军、沙坡情饮品王小忠、红豆家纺徐建华、网友米露、学弟常保利等，还有我柔远中学96届同学魏云鸿、孙学广、徐辉等，中卫中学97届同学刘保华、陈国华等，宁夏财经学校97届工商班同学王生忠、张质彬等，文友苟大乾、焦自强、郝文娟等，以及一些不具名的爱心人士。他们都是普通人，但却具有很不普通的爱心和热情，没有他们的支持，这部集子是不大可能付梓出版的。我想说的是，因为他们的支持和鼓励，我不光能再出本书，而且收获了满满的温暖和信心。

再次真诚感谢！